Harper
Collins

Zum Buch:

So hat sich Sarah Wells ihre Auszeit in Montalcino nicht vorgestellt: Nicht nur ist der einst glanzvolle Palazzo in der Toskana, den sie geerbt hat, in einem jämmerlichen Zustand – sie muss sich das Erbe auch noch mit ihrer Jugendliebe Tommaso teilen. Dabei wollte sie eigentlich so schnell wie möglich wieder zurück nach London. Sarah lässt sich auf einen Deal ein: Nach der Weinlese im Herbst hat Tommaso genügend Geld und wird Sarah ihren Anteil auszahlen – bis dahin bleibt sie in der Toskana. In den vier Monaten wird sie das Castel Sant'Angelo renovieren – und versuchen, sich nicht von dem attraktiven Tommaso ablenken zu lassen. Doch manchmal hat die Liebe ihre ganz eigenen Pläne …

Zur Autorin:

RITA-Award-Finalistin Romy Sommer liebt Märchen und Liebesromane über alles. Sie ist nicht nur erfolgreiche Autorin, sondern bringt als Coach und Dozentin auch anderen das Schreiben bei. Wenn sie nicht gerade reist, am liebsten quer durch Europa, lebt sie mit ihren zwei kleinen Prinzessinnen und einer Bartagame in Johannesburg.

Romy Sommer

Das kleine Weingut in der Toskana

Roman

Aus dem amerikanischen Englisch von
Wolfgang Thon

Harper
Collins

HarperCollins®

FSC
MIX
Papier
FSC® C014496

1. Auflage: April 2020

Deutsche Erstausgabe

Originaltitel: »Last of the Summer Vines«
erschienen bei: HarperImpulse, an imprint of HarperCollins *Publishers*, UK

Published by arrangement with
HarperCollins *Publishers* Ltd., London

Umschlaggestaltung: bürosüd, München
Umschlagabbildung: plainpicture / Böhm Monika, DaLiu, Iurii Kachkovskyi,
StevanZZ, Venus Kaewyoo, Chansom Pantip, pixel creator
Lektorat: Annkatrin von Roth
Satz: GGP Media GmbH, Pößneck
Printed in Germany
Dieses Buch wurde auf FSC®-zertifiziertem Papier gedruckt.
ISBN 978-3-95967-422-5

www.harpercollins.de

Dieses Buch ist meiner Mutter gewidmet, die einen großen Beitrag zu diesem Roman geleistet hat, die meine Familie mit Essen versorgt und das Haus geputzt hat, und die mir bei der Recherche half, indem sie mir viele Flaschen Wein und Weinkisten mitgebracht hat.
Und meinen Töchtern, die mir Zeit und Raum zu schreiben gegeben und verstanden haben, wenn ich mürrisch war, weil ich nicht genug Schlaf bekommen hatte. Und weil sie mir gesagt haben: »Du sollst teinem Hertzen volgen.«
Schließlich widme ich dieses Buch all den Leuten, die ihr Leben der Herstellung von Wein verschreiben: Ihr macht das Leben oft erst lebenswert!

1. KAPITEL

Chi lascia la via vecchia per la nuova, sa quel che lascia ma non sa quel che trova.
Jene, die das Alte zurücklassen, wissen, was hinter ihnen liegt, nicht aber, was sie finden werden.

Ich schloss die Augen und atmete tief ein. Warme Luft füllte meine Lunge wie Balsam. Sie schmeckte nach Hochsommer, obwohl in England der Frühling gerade erst begonnen hatte. Nach der frischen Kühle von London wirkte diese aromatische Luft sonderbar einschläfernd.

»Soll ich nicht lieber die Klimaanlage einschalten?« Der beleidigte Tonfall des Taxifahrers machte mir deutlich, dass er die sterile Luft einer Klimaanlage der frischen Landluft vorzog.

Zögernd schlug ich die Augen wieder auf. Das Autofenster ließ ich jedoch offen. Da ich einen fürstlichen Preis für diese Fahrt quer durch die Toskana bezahlte, konnte ich ja wohl das Fenster auflassen, wenn mir danach war. Ich atmete erneut tief ein, diesmal aber nicht, um die sprichwörtlichen Rosen zu riechen, sondern um mich zu beruhigen.

Einatmen. Bis drei zählen. Ausatmen. Und entspannen.

Es war unglaublich, dass ich jetzt erst lernte, die Stresssignale meines Körpers zu erkennen und damit umzugehen. Ich hatte mich all die Jahre, viel zu viele Jahre, ständig zu Höchstleistungen angetrieben. Mir zu lange die Zeit versagt, auf meinen eigenen Körper zu hören. All diese Jahre hatte ich mich nur auf ein einziges Ziel fokussiert – und wohin hatte mich das gebracht? Ins Exil.

Wenn ich es doch ein bisschen ruhiger hätte angehen lassen! Wenn ich nur einmal im Jahr wie all die anderen Urlaub gemacht hätte, statt mir für meine Hingabe auch noch auf die Schulter zu klopfen! Hätte ich meine Priorität auf ein paar Stunden mehr Schlaf jede Nacht gelegt, wäre ich vielleicht jetzt nicht gezwungen gewesen, hier mitten im Nichts herumzuhängen.

Aber all diese »Hätte-wäre-wenns« langweilten mich schon jetzt. Ich nahm mein Handy aus meiner Handtasche und warf einen Blick auf das Display. Keine entgangenen Anrufe. Nicht mal eine SMS. Es musste doch mittlerweile bestimmt irgendjemand aus dem Büro versucht haben, mich zu erreichen? Heute Morgen hatte dieses wichtige Treffen mit dem Finanzvorstand der Delta Corporation stattgefunden. Würde Cleo mich nicht wenigstens darüber informieren, wie es gelaufen war?

Einatmen. Bis drei zählen. Ausatmen und entspannen.

Auf der Habenseite durfte ich verbuchen, nicht einfach gefeuert worden zu sein. Ich hatte einen derartig dummen Fehler gemacht! Einen dummen und vor allem kostspieligen Fehler, die Art Fehler, den man nur mit jeder Menge unterwürfiger Speichelleckerei ausbügeln konnte. Ich war zu Kreuze gekrochen, so gut ich es nur konnte, aber der Rest meines Teams war immer noch dabei, die Scherben zusammenzukehren.

Ich massierte meine Nasenwurzel. Ich konnte wirklich von Glück reden, immer noch einen Job, ein Haus und ein Leben zu haben, die in England auf mich warteten. Aber ein von oben angeordneter »Erholungsurlaub« fühlte sich nicht wie Glück an. Sondern wie eine Bestrafung.

Wenn sämtliche rechtlichen Formalitäten bezüglich Johns Anwesen erledigt waren und ich sein Eigentum auf den Immobilienmarkt geworfen hatte, was sollte ich dann die weiteren vier Monate mit mir selbst anfangen?

»Das ist keine Strafe«, hatte Kevin mir versichert. »Betrachte es einfach als all deine nie eingereichten Urlaube auf einmal.«

Dann hatte er mir wieder diesen Blick zugeworfen, diesen ganz besonderen Blick, der besagte: *»Wenn du früher einmal Urlaub genommen hättest, wären wir vielleicht immer noch zusammen.«* Als ob ich ihn vermisste und wiederhaben wollte. Gott bewahre!

Ich merkte erst, dass ich verächtlich geschnaubt hatte, als ich im Rückspiegel die erhobenen Augenbrauen des Taxifahrers sah.

Ich blickte wieder aus dem Seitenfenster. Wir fuhren gerade in einem weiten Bogen um Montalcino herum. In der Nachmittagssonne glänzte die mittelalterliche Bergstadt wie ein goldenes Juwel. Dann bog die breite Landstraße nach Süden ab und führte uns von der Stadt weg zwischen sanft geschwungene Hügel, die vom üppigen Grün des Frühsommers bedeckt waren.

Die Besprechung mit Delta musste längst vorbei sein. Ich konnte meine Finger einfach nicht mehr beherrschen und tippte Cleos Nummer in die Handytastatur.

»Hat Deltas Finanzvorstand die ganze Sache abgeblasen oder eingewilligt, den Kredit umzustrukturieren?«, fragte ich, noch bevor meine allerbeste Freundin ihre Begrüßung zu Ende gesprochen hatte.

Cleo seufzte. »Du hast Urlaub, Sarah. Du sollst doch nicht an die Arbeit denken. Eine Anweisung des Doktors, schon vergessen?«

Ich stieß verächtlich die Luft aus. »Ein Doktortitel in Versicherungsstatistik gibt Kevin noch lange nicht das Recht, mir vorzuschreiben, was ich tun soll.«

»Das nicht. Aber dass er dein Boss ist, gibt ihm das Recht.« Cleos Stimme wurde weicher. »Er macht sich Sorgen um dich, Sarah. Wir alle machen uns Sorgen. Du arbeitest dich noch zu Tode. Du musst wirklich endlich mal ausspannen.«

»Das mache ich ja! Ich spanne aus. Aber muss ich wirklich den ganzen Sommer ausspannen? Eine Woche reicht. Maximal zwei!«

Cleo seufzte schon wieder. »Du bist ausgebrannt. Du kannst vielleicht nicht richtig einschätzen, wie gefährlich so etwas ist, aber wir anderen, die dich lieben, wir können das. Du musst eine vernünftige Work-Life-Balance finden, und diesen Rhythmus schaffst du nicht in einer Woche. Lies ein Buch oder spiel Touristin oder such dir ein Hobby. Oder noch besser, stürz dich endlich wieder in den Dating-Zirkus.« Sie hustete vor Lachen. »Nicht, dass du jemals Teil dieses Zirkus gewesen wärst! Du bist schließlich nur aus dem Grund mit Kevin ausgegangen, weil du deinen Arbeitsplatz nicht verlassen musstest, um ihn zu sehen.«

»Ich brauche keinen Mann, um eine gesunde Work-Life-Balance hinzukriegen! Ich mache einfach Yoga. Verdammt, ich würde sogar mit Meditation anfangen, wenn ich dafür schneller wieder an die Arbeit zurückkehren könnte.«

Cleo lachte. Sie hatte ein schönes Lachen, fröhlich und überschäumend. Ich fragte mich, wie mein eigenes Lachen klang. Es war schon sehr lange her, seit ich über irgendetwas gelacht hatte.

»Weißt du, was viel schneller funktioniert als Meditation? Sich flachlegen zu lassen! Schnapp dir einen sexy italienischen Hengst und reite ihn bis zur Erschöpfung! Danach wirst du dich verdammt viel besser fühlen!«

Nie. Niemals!

Im Rückspiegel begegnete ich dem Blick des Taxifahrers. Eine seiner dichten Brauen zuckte, als er anzüglich grinste. Gott, er hatte das doch nicht gehört, oder doch?

Nicht mal in deinen Träumen, Kumpel! Ich starrte finster in den Rückspiegel, und er wandte den Blick hastig ab.

»Ich bin vielleicht ausgebrannt, aber nicht gehirntot!« Ich senkte die Stimme, damit der Fahrer nicht lauschen konnte. »Urlaubsaffären verursachen mehr Ärger, als sie wert sind!«

»Oh, das würde ich nicht sagen. Der Bursche, mit dem ich in Spanien zusammen war, war allen Ärger wert!« Cleos Stimme wurde rau bei dieser Anspielung.

»Ja klar, so sehr, dass du dich nicht mal an seinen Namen erinnern kannst!«

Sie kicherte. »Es war nicht sein Name, der den größten Eindruck gemacht hat.«

Ich schüttelte den Kopf, obwohl sie es nicht sehen konnte. Niemand wusste besser als ich, wohin wilde und leichtsinnige Urlaubsaffären führen konnten – zu Beziehungen, die nicht hielten, zu unerwarteten und unerwünschten Schwangerschaften, zu einer Mutter, die ihrer verblassenden Jugend rund um die Welt hinterherjettete, und einem Vater, den ich kaum kennengelernt hatte. Nein danke. Als Produkt einer Urlaubsaffäre würde ich niemals so dumm sein, mich selbst auf eine einzulassen.

One-Night-Stands, Seitensprünge, leidenschaftliche Affären ... Das war einfach nicht mein Ding.

Aber als mich plötzlich und unerwünscht die Erinnerung an ernsthaft dreinblickende graue Augen überkam, verkrampfte sich mein Bauch auf eine Art und Weise, die ich fast vergessen hatte. Ich unterdrückte die Erinnerung resolut. »Nie im Leben!«

»Ich weiß, was du von Urlaubsflirts hältst, aber du bist schließlich kein impulsiver Teenager mehr«, fuhr Cleo fort. »Du bist eine vernünftige Frau und kennst dich mit Verhütung aus! Du darfst nicht zulassen, dass das, was deine Mutter dir angetan hat ...«

»Geraldine«, korrigierte ich sie automatisch. Meine »Mutter« hatte diesen Ehrentitel nicht verdient.

Cleo seufzte zum dritten Mal. »Also gut, keine Urlaubsaffäre. Aber wenn du zurückkommst, könntest du ...«

»Wenn du mir jetzt wieder mit Onlinedating kommst, bring ich dich um! Die drei Tage, die ich an diese App verschwendet habe, waren einfach vollkommen niederschmetternd.«

»Willst du es vielleicht lieber mit Speeddating versuchen?«, fragte Cleo hoffnungsvoll. Sie machte mich fertig.

»Auf keinen Fall! Jede Art von Dating ist eine demoralisierende Erfahrung für alle Frauen über fünfunddreißig. Alle anständigen Single-Männer in unserem Alter sind entweder vergeben oder schwul. Nein danke! Wenn ich nicht auf natürliche Weise jemanden kennenlernen kann, bleibe ich lieber allein.«

Cleo seufzte. »Du bist nicht *über* fünfunddreißig, sondern du bist fünfunddreißig. Und das ist viel zu jung, um für immer auf Sex zu verzichten.«

Ich warf einen Blick auf den Taxifahrer, aber diesmal hielt er die Augen auf die Straße gerichtet. »Also hat Deltas Finanzvorstand dem Kompromissvorschlag zugestimmt?«

»Hat er. Die Firma stellt einen ihrer wichtigsten Finanzberater ab, um mit uns ihre Finanzlage neu zu analysieren und den Kredit umzustrukturieren. Kevin hat mich darauf angesetzt. Alles wird gut.«

Erst als ich ausatmete, merkte ich, dass ich die Luft angehalten hatte. »Ich kann dir gar nicht genug danken. Ich weiß, dass mein Fehler euch alle schrecklich unter Druck gesetzt hat.« Mein schlechtes Gewissen erzeugte einen bitteren Geschmack in meinem Mund. Wie hatte ich so etwas Offensichtliches wie den Kapitalfluss nicht mit einberechnen können? Meine falschen Kalkulationen hatten einen unserer wichtigsten Kunden an den Rand des Bankrotts gebracht. Hätte sich einer meiner Mitarbeiter einen solchen Fehler geleistet, hätte ich ihn auf der Stelle gefeuert. Und zwar ohne diese »Ein Jammer, aber du arbeitest einfach zu viel«-Samthandschuhe, mit denen mich alle anfassten. Ich hatte wirklich mehr Glück, als ich verdiente.

Cleos Stimme wurde weicher. »Das nehmen wir dir nicht übel. Uns liegt viel an dir, und wir wissen, dass Fehler passieren, vor allem wenn jemand so unter permanentem Schlafmangel leidet wie du. Versprich mir, dass du da unten Schlaf nachholst. Genieße die Sonne und komm ein bisschen zur Ruhe. Es ist noch genug Arbeit für dich da, wenn du zurückkommst.«

Ich seufzte. »Okay, ich verspreche es.«

»Und, hast du schon mit dem Anwalt deines Vaters gesprochen? Wie ist das Schloss denn so?«

Ich schaute wieder aus dem Fenster. Nach über einer Stunde desselben Ausblicks, endlose Reihen von Feldern mit Weinstöcken, die dunklen Wäldern wichen, die wiederum von Weinbergen abgelöst wurden, hatte die Schönheit der Landschaft sich ein wenig abgenutzt. Aber jetzt bog der Fahrer von der Landstraße auf einen holperigen, staubigen Feldweg ab, der wohl irgendwann einmal asphaltiert gewesen war. Es gab so viele Schlaglöcher, dass das Taxi langsamer fahren musste, um die schlimmsten Unebenheiten zu vermeiden. »Noch nicht, aber wir sind fast da.«

»Tut mir leid, dass ich nicht bei dir sein kann. Schaffst du das wirklich, ganz allein den Nachlass deines Vaters durchzusehen?«

»Natürlich schaffe ich das.« Es wäre heuchlerisch gewesen, wegen einer Person Beklemmungen zu empfinden, die ich schon seit Jahren nicht mehr gesehen und mit der ich kaum geredet hatte. Es war schließlich nicht so, als hätte ich einen »richtigen« Vater verloren. Abgesehen von ein paar gemeinsamen Sommern in meiner Kindheit hatte er sich nie um mich gekümmert. Er war in keiner bedeutsamen Weise in mein Leben involviert, er hatte kein einziges meiner Schulkonzerte oder meiner Basketballspiele besucht und war nicht einmal bei meinem Abschluss dabei gewesen. Seine ganze Liebe hatte seinen Weinen gegolten – für Menschen war da nichts mehr übrig geblieben.

Trotzdem, immer wenn ich an ihn dachte, hatte ich noch den Geruch von Rotwein, Zitronen und Sonnenschein in der Nase. Er hatte mich gelehrt, wie man Wein genoss – und zum Glück hatte er nicht gewusst, wie viele Tetra Paks mit billigem Fusel Cleo und ich schon hinuntergekippt hatten.

Ich verabschiedete mich von Cleo und beendete das Gespräch. Dann schob ich mein Handy wieder in die Tasche und widmete mich der Szenerie.

Die Straße schlängelte sich jetzt zwischen den geschwungenen Hügeln hinauf, und ich erkannte einige Punkte am Wegesrand wieder – die winzige Kapelle aus Stein in dem Tal auf der linken Seite, die lange, niedrige Mauer um den Besitz eines Nachbarn, dann der kleine Schrein an der Kreuzung, mit dem verwitterten Gemälde eines Engels. Hinter der nächsten Kurve würden die Tore des *Castellos* auftauchen. Aufgeregt beugte ich mich auf meinem Sitz vor.

Früher einmal, in einem anderen Leben, hatte ich diesen Ort geliebt. Damals in jenen unschuldigen Tagen, als das Weingut mir nicht wie ein Rivale vorgekommen war, sondern wie ein Abenteuer. Und jetzt war ich die stolze Besitzerin von sechzig

Hektar toskanischen Rebstöcken und meinem eigenen Kastell. Das war das einzig Große, was John jemals für mich getan hatte – abgesehen von dem Moment, als er mich aus Versehen gezeugt hatte.

Meine Erinnerungen an diesen Ort waren im Laufe der Jahre verblasst, aber ich erinnerte mich an das *Castello* als ein magisches Bauwerk, mit seinen Türmchen und Fresken, den Räumen voller Schätze. Drinnen war es immer kühl gewesen, selbst an den heißesten Sommertagen, und der Garten war das reinste Paradies. Beete voller Lavendel und süß duftenden Rosen, gesäumt von sauber gestutzten Buchsbaumhecken.

Der Fahrer bog in die Zufahrt zwischen zwei hohen, prunkvoll verzierten schmiedeeisernen Toren ein, über denen ein Schild hing. *Castel Sant'Angelo.* Kastell des Heiligen Engels. Die Tore zeigten Rostflecken, und das Schild knarrte bedrohlich, aber der Eingang war immer noch so beeindruckend wie beim ersten Mal, als meine Mutter mit mir durch diese Tore gefahren war. Damals war ich fünf.

Die lange Auffahrt war noch löchriger und wies noch tiefere Furchen auf als der Feldweg, und die Reifen des Taxis wirbelten hinter uns eine riesige Wolke weißen Staubs auf. Hohe Zypressen säumten den Weg und warfen lange, dunkelblaue Streifen auf den Erdboden. Sie blockierten die Sicht auf das Haus.

Schließlich wichen die Bäume zurück und erlaubten einen Blick auf die vordere Zufahrt zum *Castello*. Das Gebäude erhob sich vor uns, und seine so vertraute Fassade schimmerte warm in der tief stehenden Nachmittagssonne. Die Pinien auf dem Hang über dem *Castello* waren auf der Vorderseite des Hauses zurückgeschnitten worden. Das Gebäude schien in der Sonne förmlich zu leuchten. Einen Moment lang schien es in allen Farben zu erstrahlen: angefangen von dem mit roten Ziegeln gedeckten Dach, über die samtig apricotfarbenen Mauern bis hin zu den taubenblauen Fensterläden.

Am Ende der Auffahrt teilte sich die Straße. Die linke Gabelung führte hinter das Haus zum rückwärtigen Garten und von dort weiter zur Weinkellerei, während die rechte in einem rechteckigen Platz vor dem Haupteingang endete. Johns Notar war bereits da.

Diese Seite des Hauses lag nach Westen, in Richtung Montalcino, und die späte Nachmittagssonne tauchte die Mauern in warmes goldenes Licht. Aber als das Taxi vor dem Eingang hielt und ich die Tür öffnete, wurde mir klar, dass das Sonnenlicht täuschte. Das Haus wirkte heruntergekommen.

Ach, da machen wir einfach ein bisschen Farbe drauf, dann ist das Problem gelöst.

Ein Mann wartete auf der Treppe des Hauses unter dem Türbogen. Dann trat er ins Licht, und mir schlug das Herz plötzlich bis in den Hals. Nicht auf diese panische Art und Weise, die ich in letzter Zeit häufiger erlebt hatte, sondern auf eine gute Art.

Dieser Notar war genau die Art Mann, die den Italienern ihren legendären Ruf als Liebhaber eingebracht hatten. Etwa Mitte dreißig, mit einem Gesicht, das aus honigbraunen Flächen und klaren Zügen bestand. Er trug ein lässiges Polohemd und Jeans, die beide so eng an seinem schlanken Körper anlagen, dass ich den Anblick der Muskeln unter dem Stoff genießen konnte.

Meine Güte! Das war der Notar und Anwalt meines Vaters?

Er stieg die kurze Treppe hinab und näherte sich mir mit einem einladenden Lächeln. Mein Herz schlug plötzlich in einem albernen, unregelmäßigen Rhythmus, was ich schon seit Jahren nicht mehr erlebt hatte. Kevin hatte mein Herz jedenfalls niemals so pochen lassen.

Die Augen des Mannes waren dunkel, schokoladenbraun und genauso verführerisch wie der Rest von ihm. Und er lächelte. Ich konnte nicht anders. Ich seufzte.

»Signor Fioravanti?« Ich klang atemlos. *Oh bitte! Reiß dich zusammen, Sarah!*

»*Benvenuta in Toscana, Signora Wells.* Bitte nennen Sie mich Luca.« Seine Stimme passte zu seinem Gesicht. Sie war tief, warm, und er hatte einen wundervollen Akzent. Dann lächelte er, und in seinen Wangen bildeten sich Grübchen. *Grübchen!* Soweit ich mich erinnern konnte, hatte ich noch nie weiche Knie wegen eines Mannes bekommen. Bis jetzt. Vielleicht hatten Kevin und Cleo recht: Ich musste wirklich ausgebrannt sein.

Ich streckte ihm zögernd die Hand hin, und Luca nahm sie zwischen seine beiden Hände. »Mein tiefes Mitgefühl wegen Ihres Verlustes.«

»Danke. Und danke auch dafür, dass Sie die Einäscherung und alles andere organisiert haben.«

»Das war doch selbstverständlich. John Langdon wurde in unserer kleinen Gemeinschaft sehr respektiert. Er war ein guter Mensch.«

Ich blinzelte ein paar unerwartete Tränen aus meinen Augen und konzentrierte mich auf den Mann, der immer noch meine Hand hielt. Ein derartig heißer Typ musste verheiratet sein. Ich riskierte einen verstohlenen Blick auf seine linke Hand. Kein Ehering. Okay, also war er wahrscheinlich schwul.

Ich zog meine Hand zurück und drehte mich um, um den Taxifahrer zu bezahlen. Während Luca mein Gepäck aus dem Kofferraum holte und die Treppe hinauftrug, schlenderte ich um das Gebäude herum und blickte an der langen Frontseite des Hauses entlang, die nach Süden in Richtung des Tales lag.

Es war mehr als abblätternde Farbe, die das Haus so heruntergekommen aussehen ließ. Der Putz bröckelte bereits in großen Stücken ab und enthüllte die schlierigen Travertin-Quader darunter. Einige Fensterläden hingen schief in ihren rostigen Angeln.

Rasch revidierte ich meine wohl doch etwas zu optimistische Preisvorstellung um etwa eine halbe Million Euro nach unten. Der Käufer würde eine Menge Schönheitsreparaturen einkalkulieren müssen.

Das Haus wirkte auch kleiner und weniger beeindruckend als in meiner Erinnerung. Es wurde immer noch von den Türmen auf beiden Seiten flankiert, auf denen sich mit Zinnen versehene Bastionen erhoben. Aber jetzt sah ich, dass sie nur Dekoration waren, ein etwas angeberisches Accessoire, um ein gewöhnliches Herrenhaus wie eine Burg aussehen zu lassen.

Seufzend wandte ich mich ab. Das Taxi war bereits halb die Auffahrt hinabgefahren und nahm all meine Kindheitsillusionen mit. Ich war in der kalten, harten Realität gelandet. Aber wenigstens hatte ich einen echt heißen Anwalt, der diesen harschen Übergang ein wenig abfederte.

Ich ging zu Luca zurück, der auf der Treppe wartete. Er hatte einen großen Ring mit uralt aussehenden Schlüsseln in der Hand und steckte den größten in das Schloss. Er drehte ihn um und drückte dann die große Messingklinke herunter. Die Tür klemmte. Ich musste mich gemeinsam mit ihm dagegenstemmen, um sie aufzuschieben, und als sie schließlich unter protestierendem Quietschen der alten Angeln aufschwang, stolperten wir beide ins Innere.

Na großartig! Natürlich musste ich mich ausgerechnet dann so ungeschickt und dusselig anstellen, wenn ich nur einen Atemhauch von dem hinreißendsten Mann entfernt war, der mir je unter die Augen gekommen war.

»Das Holz ist ein wenig aufgequollen«, bemerkte Luca. Er klang außerordentlich gut gelaunt, angesichts dieses eher grimmigen Willkommens.

Die Diele war düster und muffig, ein Effekt, der zweifellos all den geschlossenen Fensterläden geschuldet war. Luca stellte meine Koffer auf die unterste Stufe der Steintreppe, über die man ins Obergeschoss gelangte, und folgte mir, als ich durch die Räume im Parterre schlenderte.

Tücher zum Schutz gegen den Staub bedeckten die Möbel, die wie Ungetüme in der Dämmerung herumstanden und fast die gesamte Bodenfläche in Beschlag nahmen. Als Kind hatte ich in diesen Räumen Verstecken gespielt und nach Schätzen gesucht, aber jetzt, mit den Augen einer Erwachsenen wirkte es hier einfach vollgestellt, als hätten Bewohner über etliche Jahrhunderte lang Möbel als Hobby gesammelt – und sich niemals auch nur von einem einzigen Gegenstand getrennt.

»Die Wohnfläche des Hauses beträgt etwa eintausend Quadratmeter«, erklärte Luca, während er mit mir durch die Räume ging. Als ich mich verblüfft zu ihm herumdrehte, lachte er. »Das sind über zehntausend englische Quadratfüße.« Er rümpfte die Nase. »Füße! Euer Englisch ist keine besonders attraktive Sprache«, lachte er. »Aber der eigentliche Schatz ist natürlich das Land. Mehr als zwei Drittel des Geländes sind landwirtschaftlich nutzbar. Es gibt einen Obstgarten, Olivenbäume und fast die Hälfte des Bodens ist mit Weinstöcken bepflanzt. Hauptsächlich Sangiovese, aber auch Malvasia- und Vernaccia-Trauben.«

»Verstehen Sie viel von Wein?«

»Alle Bewohner dieser Region verstehen zumindest ein bisschen etwas von Wein.« Er lächelte, und seine dunklen Augen leuchteten. »Und Sie?«

»Ich verstehe absolut nichts von Wein, außer wie man ihn trinkt.«

»Das ist immerhin ein sehr guter Anfang.«

Ich plante nur nicht, damit anzufangen. Ich hatte nicht das geringste Interesse daran, irgendetwas über Weinanbau zu lernen, und ich trank genauso gerne Wein aus einem Tetra Pak wie aus einer Flasche mit einem richtigen Korken. Ich vermutete, wenn ich so etwas hier in der Toskana öffentlich zugab, würde man mich sofort des Landes verweisen, Erbin hin oder her.

Im Wohnzimmer, einem langen Raum, der zum anderen Tal hin lag, öffnete ich die Fenster und die Läden. Das Licht der Nachmittagssonne vertrieb die düstere Atmosphäre jedoch trotzdem nicht, denn jetzt sah ich die Staubschicht und den Schmutz, der alles überzog, den verschlissenen Teppich, die burgunderfarbene Tapete, die bereits an vielen Stellen abblätterte, und den Staub, der in dem Strom aus frischer, warmer Luft tanzte.

»Wann ist mein Vater gestorben?«

»Vor etwas über zwei Wochen.«

Das Haus war also schon lange vor diesen zwei Wochen vernachlässigt worden, sonst würde es jetzt nicht so aussehen.

»War er sehr lange krank?« Eigentlich wollte ich die Antwort gar nicht wissen. Ich hatte auch so schon ein schlechtes Gewissen. Ich hätte es mitbekommen sollen. Ich hätte anrufen müssen. Ich hätte mir mehr Mühe geben sollen, mit meinem Vater in Kontakt zu bleiben, obwohl er sich kaum angestrengt hatte, Kontakt zu mir zu halten.

»Nein. Er ist sehr plötzlich gestorben. Er war in der Weinkellerei, als er einen Herzinfarkt bekam. Tommaso hat ihn dort gefunden.«

Er betonte den Namen, als müsste er mir etwas bedeuten, aber ich zuckte nur mit den Schultern und wandte mich ab. Ich war seit zwei Jahrzehnten nicht mehr hier gewesen. Man konnte kaum von mir erwarten, dass ich mich an all die Namen und Gesichter der Angestellten meines Vaters erinnerte.

Die einzige Person, die ich noch vor Augen hatte, war Elisa, Johns Haushälterin. *Nonna,* hatte ich sie immer genannt, *Großmutter.* Obwohl sie keine Blutsverwandte war. Aber Elisa war vor ein paar Jahren gestorben. Das hatte mein Vater mir während eines unserer seltenen Telefonate erzählt.

»Hatte er nach Elisa keine andere Haushaltshilfe?«, fragte ich.

Luca zuckte mit den Schultern. »Nach Elisas Tod hat Ihr Vater sie nicht ersetzt. Er war ein alter Mann, dem zu viel Veränderung nicht besonders gefiel, und Fremde mochte er schon gar nicht. Er hat in den letzten Jahren nur wenige Räume dieses Hauses bewohnt.«

Das erklärte den Schmutz und den generell heruntergekommenen Zustand. Glücklicherweise gehörten zu dem Besitz all die vielen Hektar mit Weinstöcken, die zweifellos Käufer anlocken würden. Sonst hätte ich ganz schön dumm aus der Wäsche geguckt.

»Ich würde diesen Besitz gerne so schnell wie möglich auf dem Immobilienmarkt anbieten. Können Sie das für mich organisieren?«

»Sì.« Er antwortete gedehnt, als hätte er Zweifel.

»Welchen Preis kann ich Ihrer Meinung nach erzielen?«

Er betrachtete die abblätternde Tapete, als würde sie ihn faszinieren. Also hatte ich mir sein Zögern nicht nur eingebildet.

»Es ist ein bisschen ... kompliziert«, antwortete er schließlich. »Ihr Vater hat so lange hier gelebt, dass er sein Testament nach italienischem Recht verfasst hat, deshalb greift hier auch der Grundsatz der *Legittima*. Es wird eine Weile dauern, um das abzuwickeln.«

Was musste da abgewickelt werden? Ich war Johns einzige, noch lebende Verwandte. »Wie lange?«

»Das hängt von der Festlegung der *Successione necessaria*, eben des Pflichtteils, ab.«

Ich hatte genug Erfahrung mit Konzernslang, um zu erkennen, wann jemand absichtlich etwas verklausulierte, um auszuweichen.

»Ich brauche eine Tasse Tee.« Ich verließ den staubigen Raum und ging durch den mit Terrakottafliesen ausgelegten Flur in die Küche.

Lucas leises Lachen folgte mir. »Sie ähneln Ihrem Vater wirklich sehr. Der Tee war das Einzige, was ihm an seiner englischen Herkunft wichtig war.«

Die Küche lag im hinteren Teil des Hauses. Sie hatte eine hohe Decke und lag zum hinteren Garten hinaus, der fast aus dem Hügel hinausgeschnitten zu sein schien. Die Küche hatte dieselben Terrakottafliesen wie die anderen Räume im Erdgeschoss, und auch hier reichten die hohen Fenster bis zum Boden. Staubige Delfter Teller schmückten eine Wand. Wenigstens sah dieser Raum sauberer und bewohnter aus als die anderen Zimmer, obwohl er sich mehr wie ein Museum als ein Zuhause anfühlte. In den zwei Jahrzehnten, die ich nicht mehr hier gewesen war, hatte als einzige neue Errungenschaft ein elektrischer Wasserkocher seinen Weg hierher gefunden. Dafür dankte ich Gott.

Missbilligend beäugte ich den uralten Holzofen mit seinen rußigen Kochplatten und der schmutzigen Porzellanfront. Es war schon immer mein Traum gewesen, ein Haus mit einem großen, altmodischen Aga-Herd mit großen Kochplatten und mehreren Backröhren zu besitzen. Aber dieser uralte Ofen ähnelte so gar nicht dem Herd aus meinen Träumen. Das konnte doch nicht derselbe Ofen sein, an dem Nonna mir das Backen beigebracht hatte?

Neben dem Kessel stand eine Dose mit losen Teeblättern, die immer noch frisch rochen. Daneben eine Teekanne aus chinesischem Porzellan mit zarten, pinken Rosen. Ich füllte den Wasserkocher, schaltete ihn ein und wusch die Teekanne an dem riesigen Waschbecken aus. Dabei bemerkte ich an einer Seite einen tiefen Riss im Marmor. Dann brühte ich einen kräftigen Tee auf. Der tröstliche, vertraute Geruch dieses uralten Ortes beruhigte mich. Ich hatte zwar damit gerechnet, den Tee schwarz trinken zu müssen, entdeckte jedoch frische Milch im Kühlschrank. Irgendjemand hatte mich erwartet. Luca?

Ich goss den dampfenden Tee in zwei Tassen und setzte mich dann Luca gegenüber an den großen Küchentisch aus Holz. »Okay. Ich bin bereit, es mir anzuhören. Was haben Sie mir nicht erzählt?«

Er wirkte sichtlich befangen. »Nach englischem Gesetz gilt, dass jeder, der ein Testament aufsetzt, ›testamentarische Freiheit‹ genießt, die ihm erlaubt, jeden Beliebigen auswählen zu können, dem er gerne seinen Besitz vermachen möchte.«

Ich nickte. Bis jetzt konnte ich problemlos folgen.

»Hier in Italien jedoch haben wir das Gesetz der *Legittima*, der erzwungenen Erbschaft. Das bedeutet, dass in Italien die Person, die das Testament aufsetzt, nicht völlig frei entscheiden kann, wer was bekommt. Das italienische Gesetz wurde verabschiedet, um den Erbteil von Familienmitgliedern zu schützen, die möglicherweise … übersehen worden waren.« Er lächelte spöttisch. »Hier in Italien können wir einem Familienmitglied, das uns missfällt, nicht einfach mit Enterbung drohen. Denn jeder weiß, dass das Gesetz entscheidet, wer etwas erbt und wer nicht, um dafür zu sorgen, dass alle Erben einen fairen Anteil erhalten.«

Ich trank einen Schluck Tee. Konnte er vielleicht einfach mal zum Punkt kommen? Ich verstand nicht, inwiefern irgendetwas davon für mich relevant sein sollte, da ich Johns einziges Kind war.

Lucas Miene wurde ernst. »Verstehen Sie, nach italienischem Recht ist es obligatorisch, dass gewisse Familienmitglieder einen Teil des Besitzes erben, ganz gleich, was im Testament steht.«

Jetzt endlich dämmerte mir allmählich, in welche Richtung dieses Gespräch führte. »Sie wollen sagen, es gibt einen anderen Erben? Jemand anderen mit einem Anspruch, der möglicherweise das Testament anfechten könnte?«

Er nickte, erleichtert, dass ich ihn nicht nur verstand, sondern ihm sogar einen Schritt voraus war. »Und dieser Jemand sind *Sie*.«

Es dauerte einen Moment, bis ich seine Worte kapierte. Und noch länger dauerte es, bis ich den Mund wieder zubekam.

Langsam trank ich den Rest Tee aus meiner Tasse, füllte sie neu und achtete darauf, dass meine Hände nicht zitterten. Erst als ich Milch hinzugefügt hatte und umrührte, riskierte ich es, Luca wieder anzusehen. Jetzt hatte ich meine Gefühle wieder unter Kontrolle.

»Sie wollen mir sagen, dass mein Vater mir nichts von seinem Besitz hinterlassen hat? Er hat ihn jemand anderem hinterlassen. Und nur wegen dieses Gesetzes der *Legittima* habe ich überhaupt einen Anspruch auf irgendetwas davon?«

»*Sì*.«

»Wem hat er es vermacht?« Meine Stimme klang erstaunlich ruhig, angesichts dessen, dass mir gerade der Boden unter den Füßen weggezogen worden war.

Sicher, wir hatten uns nie nahegestanden, aber wessen Fehler war es denn, dass mein Vater und ich nur Fremde füreinander gewesen waren? Ich war das einzige Kind, das er je gehabt hatte, und so verdammt wenig lag ihm an mir?

»Er hat es Tommaso hinterlassen.«

Schon wieder dieser Name.

Auf meinen verständnislosen Blick hin fügte Luca hinzu: »Johns Geschäftspartner.«

Ich wusste nicht einmal, dass mein Vater überhaupt einen Geschäftspartner gehabt hatte. Als wir uns das letzte Mal unterhalten hatten, zu Weihnachten, bei einem unserer halbjährlichen Telefonate, hatten wir über nichts Bedeutungsvolles geredet. Ich hatte mich nach dem Weingut erkundigt, und John hatte mir erzählt, dass einer seiner Weine irgendeinen Preis gewonnen hatte. Er hatte mich nach meiner Arbeit gefragt, und ich hatte erwidert, dass alles in Ordnung sei. Das sagte ich immer.

Ich räusperte mich. »Wie groß sind meine Chancen, dass ich überhaupt irgendetwas erbe?«

»Die Chancen, dass Sie zumindest die Hälfte des Wertes dieses Besitzes erben, sind ziemlich hoch. Die Gerichte sind in dieser Hinsicht sehr gerecht. Aber italienische Zivilprozesse können sich über Jahre hinziehen, also sollten wir versuchen, die Sache ohne Gericht zu regeln. Tommaso ist ein sehr vernünftiger Mann. Wir werden mit ihm reden. Wenn wir ihn überzeugen können, Ihnen Ihren Anteil auszuzahlen, kann alles in freundschaftlicher Atmosphäre geregelt werden. Die Alternative wäre, den ganzen Besitz zu verkaufen, sodass Sie und Tommaso den Gewinn zwischen sich aufteilen könnten, sobald die Schulden beglichen sind.«

Natürlich gab es Schulden. Die gab es immer. Niemand wusste besser als ich, wie man sie finanzierte, umschichtete und sie effektiv nutzte. »Wie hoch sind die Schulden?«

»Es sind etliche Kredite fällig, und Ihr Vater hat vor ein paar Jahren eine Hypothek aufgenommen, um neue Geräte und Ausrüstung für das Weingut anzuschaffen. Die Schulden belaufen sich alles in allem auf fast drei Millionen Euro.«

Ich pfiff unwillkürlich. Laut meiner Recherchen wurden Immobilien von dieser Größe für etwa drei bis fünf Millionen Euro angeboten. Allerdings handelte es sich dann auch um perfekt renovierte Villen. Also musste ich nicht nur den Gewinn aus dem Verkauf von Johns Besitz teilen, sondern ich konnte von Glück reden, wenn am Ende überhaupt so etwas wie ein Gewinn übrig blieb.

Ich trank einen Schluck Tee. Er schmeckte plötzlich bitter. Vielleicht lag das aber auch nur an dem schlechten Geschmack in meinem Mund. So viele Jahre lang hatte ich dieses Stückchen Land gehasst, weil es das Einzige war, was John jemals geliebt hatte. Dass es jetzt zu allem Überfluss auch noch so wenig wert war, machte alles nur noch schlimmer. Er hatte mich so wenig geschätzt, dass er mir noch nicht einmal ein verfallenes Bauwerk mit großen Ambitionen und ein mit hohen Hypotheken belastetes Weingut hinterlassen wollte.

»Ich denke, ich sollte das Taxi zurückrufen. Wenn dieser Besitz mir gar nicht gehört, kann ich wohl kaum hierbleiben.«

»Tommaso würde sich freuen, wenn Sie das *Castello* als Ihr Heim betrachten, bis diese Angelegenheit geregelt ist.«

Wie überaus großzügig. »Und was machen wir jetzt?«

»Sie klingen wie Ihr Vater. Immer so pragmatisch.«

Was blieb mir unter diesen Umständen schon anders übrig als Pragmatismus?

Luca schob seine kaum angerührte Tasse Tee zurück. »Wir müssen die Dokumente ausfüllen, um Ihre Identität zu bestätigen, und Ihre Absicht festhalten, das Testament anzufechten. Aber da es jetzt schon fast siebzehn Uhr am Freitagnachmittag ist, können wir heute nicht mehr allzu viel ausrichten. Morgen früh um zehn können Tommaso und Sie in mein Büro kommen, dann besprechen wir, wie wir weitermachen.«

Ich brachte Luca zur Haustür, wo er mir den großen Schlüsselring in die Hand drückte. Ich nahm ihn und kam mir wie eine Betrügerin vor. Das war nicht mein Haus. Mein Vater hatte sich entschlossen, all das jemand anderem zu hinterlassen, jemandem, den er mehr geschätzt hatte als seine eigene Tochter.

Luca musste mir helfen, die Haustür zu schließen. Er zog, und ich drückte. Es war nicht gerade eine besonders würdevolle Verabschiedung, und als die Tür zwischen uns geschlossen war, konnte ich nicht einmal richtig auf Wiedersehen sagen. Als der Motor seines kleinen Sportwagens aufheulte, und er die Auffahrt hinabbrauste, lehnte ich mich gegen die große, verzogene Tür. Ich war vollkommen erledigt.

Vielleicht war ich einfach nur erschöpfter, als ich gedacht hatte. Jedenfalls war ich froh, dass ich dem geheimnisvollen Geschäftspartner meines Vaters erst morgen gegenübertreten musste. Denn jetzt wollte ich mich nur noch zusammenrollen, mir eine Decke über den Kopf ziehen und mich vor der Welt verstecken.

2. KAPITEL

Chi cerca, trova, e talor quel che non vorrebbe
Wer sucht, der findet, manchmal auch, was er lieber nicht gefunden hätte

Ich schleppte meine Koffer nach oben. Die Stufen der Treppe bestanden aus Stein und wirkten durchaus solide, aber das schmiedeeiserne Geländer wackelte bedenklich, als ich mich daran festhalten wollte. Die Renovierung des Hauses würde viel Arbeit erfordern. Vielleicht war dieser Tommaso ja genauso froh wie ich bei dem Gedanken, das alles loszuwerden?

Ich wusste nicht mehr, wie viele Schlafzimmer das Haus hatte. Als Kind war es mir wie eine unvorstellbare Menge erschienen. Aber angesichts dessen, wie beeindruckt ich damals von ein paar hübschen Zinnen gewesen war, waren es vielleicht doch nicht so viele, wie ich gedacht hatte. Ich fing mit dem alten Schlafzimmer meines Vaters an. Ich warf einen Blick hinein und schloss die Tür rasch wieder. Ich war noch nicht bereit, mich den Gefühlen zu stellen, die seine private Umgebung in mir auslösten.

Stattdessen entschied ich mich für ein Gästezimmer am anderen Ende des langen Ganges. Es war dasselbe Zimmer, das ich als Kind benutzt hatte. Sowohl die Fensterläden als auch die Vorhänge waren geschlossen. Ich stellte meine Reisetasche auf die Bank am Fußende des hölzernen Himmelbetts, schob den großen Rollkoffer in die Mitte des Zimmers und zog vorsichtig die Vorhänge zur Seite, bevor ich hastig die Fenster aufriss. Staubflocken tanzten im Licht, aber das Zimmer sah einigermaßen sauber aus. Das Bett war frisch gemacht. Graue Kissen- und Deckenbezüge verströmten eine eher maskuline Aura.

Ich streifte mir die Schuhe ab, schlüpfte unter die Decke und zog sie mir über den Kopf. Dann schlief ich ein. Ich ließ mich vom Schlaf von der Fremdheit Italiens entführen, von diesem stummen Haus und seinen Erinnerungen, zurück an den einzigen Ort, an dem ich mich jemals wirklich zu Hause gefühlt hatte: in das Eckbüro im fünften Stock in Cheapside, aus dem ich für vier unendliche Monate verbannt worden war.

Als ich aufwachte, war ich einen Moment orientierungslos. Als sich mein leerer Magen lautstark beschwerte, fiel mir wieder ein, dass ich seit dem Schokoladenpanini und dem Cappuccino am Flughafen heute Morgen nichts mehr gegessen hatte. Es war noch stockfinster. Die Stille hallte förmlich in meinen Ohren. Kein fernes Brummen vom Verkehr, keine dumpfen Stimmen aus dem Fernseher des Nachbarn, nichts von den kleinen, beruhigenden Geräuschen meiner Mitbewohner, die sich im Haus bewegten. Ich wusste nicht, wann ich mich das letzte Mal so allein gefühlt hatte. Wahrscheinlich nicht mehr, seit ich das letzte Mal hier gewesen war.

Plötzlich knackte etwas im Haus, und ich richtete mich ruckartig im Bett auf.

Das *Castello* fühlte sich plötzlich sehr groß und sehr leer an. Wie weit befand es sich vom nächsten Nachbarn entfernt? War noch jemand anders in der Nacht auf dem Gelände? Arbeiter oder ein Wachmann? Würde mich jemand hören, wenn ich um Hilfe schrie? Ich hatte nicht daran gedacht, Luca danach zu fragen.

Ich stand auf und huschte barfuß zur Schlafzimmertür und legte das Ohr an das Holz. Aber es waren keine weiteren Geräusche zu hören. Die Tür knarrte, als ich sie öffnete, und ich fuhr heftig zusammen.

Das ist albern! Du bist eine erwachsene Frau. Du bist eine kompetente, erfolgreiche Frau des einundzwanzigsten Jahrhunderts, die auf sich aufpassen kann.

Außerdem war ich hungrig.

Die Küche hatte sich irgendwie näher an meinem Zimmer befunden, als ich noch ein Kind gewesen war. Ich schlich durch das dunkle Haus und verzichtete darauf, Licht zu machen.

Selbst wenn ich mich daran hätte erinnern können, wo die Lichtschalter waren, wollte ich mich nicht zum Ziel machen, für den unwahrscheinlichen Fall, dass sich tatsächlich ein Einbrecher im Haus befand.

Die riesige Küche mit ihrer hohen Decke war unheimlich und voller Schatten, und das gelbliche Licht der einzigen Lampe hoch oben an der Decke konnte nur sehr wenig gegen die Dunkelheit ausrichten. Ich füllte den Wasserkocher, und wusch die Teekanne aus, um mir frischen Tee aufzusetzen. Aber Tee reichte nicht, um meinen knurrenden Bauch zum Schweigen zu bringen. Hatte die umsichtige Person, die Milch im Kühlschrank deponiert und mein Bett frisch bezogen hatte, vielleicht auch etwas zu Essen dagelassen?

In der Küche selbst fand ich nichts, aber John hatte gerne einen Keks zu seinem Tee gegessen. Das war zumindest besser als nichts. Also ging ich in die Speisekammer und tastete nach dem Lichtschalter, als ein Geräusch mir das Blut in den Adern gefrieren ließ. Ich erstarrte. Die Außentür der Küche öffnete sich knarrend.

War das der Wind, der eine unverschlossene Tür aufdrückte? Geister?

Nein, das hier war schlimmer als Geister. Das laute Quietschen endete mit einem bedrohlichen Knall, als die Tür sich schloss. Dann ertönten schwere Schritte von Stiefeln auf dem Küchenboden.

Das Herz schlug mir bis zum Hals. Es schlug so schnell, dass ich sicher war, gleich einen Herzinfarkt zu bekommen! Ein Job in einem Konzern macht Stress? *Vergesst es!* Dass hier war eine Million Mal schlimmer!

Das Herz schlug mir so laut gegen die Rippen, dass der Einbrecher es bestimmt auf der anderen Seite der Speisekammertür hören konnte. Ich umklammerte Halt suchend den Türgriff und war erleichtert, dass ich in der pechschwarzen Speisekammer versteckt war. Mit der freien Hand tastete ich hinter mich, und meine Finger berührten kaltes Eisen. Sie schlossen sich um einen festen, massiven Griff.

Der Türknauf unter meinen Fingern drehte sich unerwartet, und ich schrie, lauter als das rostige Eisen. Erwischt!

Die Speisekammertür schwang auf, und ich erstarrte.

»Sarah?« Der Mann war groß, breitschultrig und gebaut wie ein Türsteher.

Er beugte sich vor, und ich zuckte zurück, schlug mit aller Kraft zu, im selben Moment, in dem die winzige Speisekammer von kaltem, weißem Licht durchflutet wurde.

Unmittelbar bevor meine Waffe auf festes Fleisch traf, erhaschte ich einen Blick auf den Bösewicht. Er war dunkelhaarig, bärtig und furchteinflößend. Er stolperte mit einem Aufschrei zurück und hielt sich den Kopf.

»Was zum Teufel soll das?« Sein Akzent war sehr stark, und ich konnte ihn nicht sofort einordnen, aber er hatte instinktiv Englisch gesprochen. Das zumindest registrierte ich, während ich mir den schweren Metallgegenstand an die Brust drückte.

Und er kannte meinen Namen! Ach du liebe Güte!

Wahrscheinlich war er gar kein Einbrecher.

Der Mann sah mich finster an und hielt sich immer noch den Kopf. »Warum versteckst du dich hier drin?«

»Ich habe mich nicht versteckt. Ich habe nach Keksen gesucht.«

»Im Dunkeln?« Er nahm die Hand von der Stirn und seine Finger waren blutig. Noch mehr Blut sickerte aus einer großen Platzwunde auf seiner Stirn.

»Sie bluten!«

Er starrte mich finster an. »Natürlich blute ich. Du kannst von Glück reden, dass ich nicht bewusstlos bin oder noch Schlimmeres!«

Ich warf einen Blick auf die Waffe in meiner Hand. Ich hatte ein altmodisches Bügeleisen erwischt, eines dieser uralten antiken schmiedeeisernen Geräte, die man aufklappen konnte, um glühende Kohlen hineinzulegen. Eine wahrhaft gefährliche Waffe. »Es tut mir so leid! Ich dachte, Sie wären ein Einbrecher.«

Er lehnte sich gegen den Tresen mit der zerkratzten Resopalplatte, als könnte er nicht ohne Hilfe stehen. Ich eilte zu ihm, um ihn zu stützen, obwohl ich mich so zittrig fühlte wie ein Blatt im Wind.

Er schob mich verärgert von sich. »Wie kann ich ein Einbrecher sein, wenn ich hier lebe?«

»Sie leben hier?« Oh. Luca hatte nicht erwähnt, dass jemand hier wohnte. Ich riet einfach drauflos. »Sie sind Tommaso?«

»Natürlich. Wer soll ich sonst sein?«, herrschte er mich an. Ich konnte ihm seine Gereiztheit schwerlich verübeln. Das Blut lief ihm jetzt über die Schläfe, und sein Gesicht schien erheblich blasser zu sein als in dem Moment, als er in der Speisekammertür vor mir gestanden hatte.

Ich fühlte mich auch ein bisschen blass um die Nase. Das Bettzeug oben war eindeutig männlich. Hatte ich einfach im Bett des Bären vor mir geschlafen? Obwohl man diesen Mann unmöglich mit einem kleinen Bären verwechseln konnte. Er ähnelte eher einem großen, wütenden Grizzly.

Bis er plötzlich schwankte.

»Sie müssen sich setzen.« Ich legte das alte Bügeleisen weg und zog einen Stuhl vom Küchentisch heran. Tommaso warf mir einen weiteren verärgerten Blick zu, während er sich darauf fallen ließ. Zufrieden, dass er nicht gleich auf dem Boden zusammenbrechen würde, eilte ich zu der riesigen Spüle, befeuchtete ein Küchentuch und tupfte ihm damit die Stirn ab, bis die Blutung gestillt war und die Wunde einigermaßen sauber aussah. Glücklicherweise war es nur eine einfache Platzwunde und brauchte nicht genäht zu werden. Ich hoffte nur, dass das Bügeleisen nicht rostig gewesen war und die Wunde sich entzündete. »Sie brauchen ein Antiseptikum und ein Pflaster, damit der Schnitt sich nicht infiziert. Wo finde ich das?«

»Unter dem Spülbecken.«

Unter der Spüle war ein Erste-Hilfe-Kasten, den ich auf den Tisch stellte und seinen unordentlichen Inhalt nach Pflaster und einem Desinfektionsmittel durchsuchte. Er zuckte zusammen, als ich Jod auf die Wunde tupfte, gab aber keinen Mucks von sich. Als ich fertig war, ging ich wieder zum Wasserkocher und schaltete ihn an. Ich brauchte den Tee jetzt dringender als je zuvor. Ich hätte auch nichts gegen einen Schluck Brandy gehabt, aber ich war nicht tapfer – oder dumm – genug, um meinen Gastgeber zu fragen, wo sich seine Bar befand.

»Tee?« Ich trug die volle Teekanne und zwei nicht passende Tassen zum Tisch.

»Ja, bitte.«

Während ich den Tee einschenkte, beobachtete ich ihn verstohlen. Er war nicht so alt, wie der Bart ihn zuerst hatte erscheinen lassen, und auch nicht ganz so rau und bedrohlich, wie es zuerst den Eindruck gemacht hatte. Sein dichtes Haar war ziemlich lang und reichte ihm fast bis zu den Schultern, aber es war keineswegs ungepflegt, wie ich im ersten Moment angenommen hatte.

Aber auch wenn er kein bedrohlicher Einbrecher war, war er keineswegs harmlos. Er war der rechtmäßige Besitzer dieses *Castellos*, und ich war sein Gast, und darüber hinaus wahrscheinlich ein höchst unwillkommener – jetzt noch mehr als vorher.

»Wollen wir noch mal von vorne anfangen?« Ich verlieh meiner Stimme so viel Fröhlichkeit, wie das meine immer noch etwas angespannten Nerven bewerkstelligen konnten. »Ich bin Sarah Wells, Johns Tochter, und ich bin Ihnen sehr dankbar, dass Sie mich im Haus wohnen lassen.«

Er sagte nichts, sondern betrachtete mich mit einem kühlen Blick seiner grauen Augen, der mehr als nur ein bisschen feindselig wirkte. Also gut, er würde mir wohl nicht so bald den roten Teppich ausrollen.

Ich räusperte mich und versuchte es noch einmal. »Luca hat mir nicht gesagt, dass Sie im Haus wohnen.«

Er bedachte mich mit einem sonderbaren Blick. »Ich wohne auch nicht hier. Ich wohne im Cottage.«

Das Cottage stand auf der anderen Seite des Gartens. Es war ein ehemaliger Stall gewesen, der in den Fünfzigern zu einem Wohnhaus umgebaut worden war. Dort hatte Elisa, die Haushälterin, gelebt.

»Aha. Und was machen Sie dann hier in der Küche?«

»Ich habe gesehen, dass das Licht brannte und wollte Hallo sagen. Ich dachte, du würdest vielleicht gerne zu Abend essen.« Er wedelte mit der Hand, und ich drehte mich um. Er musste das Tablett auf den alten Holzofen abgestellt haben, bevor er mich in der Speisekammer gesucht hatte. Erst jetzt nahm ich den aromatischen Duft in der Küche wahr. Mein Magen krampfte sich zusammen, und nicht nur vor Hunger.

Er war nur auf einen freundlichen Nachbarschaftsbesuch vorbeigekommen, und ich hatte ihm mit der erstbesten Waffe, die ich in die Finger bekam, fast den Schädel eingeschlagen. Nicht gerade ein vielversprechender Weg, um eine Verhandlung zu eröffnen.

Ich zwang mich zu einem höflichen Lächeln, nach dem ich mich nicht gerade fühlte. »Danke. Das ist sehr freundlich.«

Er kniff die Augen zusammen. Ein unbehagliches Schweigen machte sich breit, aber ich weigerte mich, vor diesem einschüchternden Mann irgendwelche Schwächen zu zeigen, also ignorierte ich es und erwiderte seinen harten Blick.

Irgendetwas an seinen hellen, blaugrauen Augen, die eindeutig zum Grau neigten, kam mir sonderbar bekannt vor.

Dann dämmerte es mir plötzlich. »Tommy?«

Die Entdeckung, dass dieser große, breitschultrige und bärtige Mann mein alter Jugendfreund war, erschütterte mich noch mehr als die Angst, dass ein völlig Fremder in das *Castello* eingebrochen sein könnte. »*Du* bist der Geschäftspartner meines Vaters?«

Seine Augen wurden noch schmaler, obwohl ich das kaum für möglich gehalten hätte. »Seit meine Mutter gestorben ist, hat mich niemand mehr so genannt. Du wusstest das nicht?«

Um die Situation zu verarbeiten, brauchte ich eine Weile. Ich konnte nichts dagegen tun – ich starrte ihn jetzt ganz offen an. Wenn ich scharf genug hinsah und das lange Haar und den struppigen Bart ignorierte, dann konnte ich Elisas Enkel durchschimmern sehen, den Jungen, mit dem ich immer gespielt hatte, wenn er in diesen endlosen Sommern vor so langer Zeit zu Besuch gekommen war.

Ich kannte ihn immer nur als Tommy, das Englisch sprechende Kind aus Edinburgh, nicht als Tommaso, aber natürlich war er Halbitaliener, väterlicherseits. Sein Akzent war schon immer eine verschwurbelte Mischung aus Schottisch und Italienisch gewesen, wenngleich er jetzt eindeutig zu seiner italienischen Seite ausschlug. Wie lange lebte er schon hier?

»Es tut mir leid wegen deiner Mutter. Und wegen Nonna.«

Er zuckte mit der Schulter. Es war eine einfache Geste, die dennoch sehr viel mitteilte. Und es war eine einzigartig italienische Fähigkeit. Ich hatte noch nie einen Engländer getroffen, der so viel einfach nur mit seiner Körpersprache ausdrücken konnte.

»Meine Großmutter war alt, und ihr Tod kam nicht unerwartet. Aber meine Mutter … Es ist vor fast neun Jahren passiert. Sie hatte Krebs, und am Ende war ihr Tod eine Gnade.«

Ich hatte seine Eltern niemals kennengelernt, aber trotzdem durchfuhr mich ein schmerzlicher Stich wegen seines Verlustes. Wie mich hatte man auch Tommy als Kind allein nach Italien geschickt. In meinem Fall war Geraldine einfach nur scharf darauf gewesen, mich loszuwerden, aber bei Tommy war es eine Notwendigkeit gewesen. Seine Eltern hatten beide gearbeitet und einfach nicht die Zeit gehabt, einen energiegeladenen Jugendlichen den ganzen Sommer über zu beschäftigen. Und seine Großmutter war entzückt gewesen, wenn er sie besuchte. Er war erwünscht gewesen.

Seine Besuche bei seiner Nonna Elisa waren das Highlight meiner Sommer. Selbst in dem Alter, in dem die meisten Jungs entsetzt gewesen wären, wenn sie auf Schritt und Tritt ein junges Mädchen im Schlepptau gehabt hätten, waren wir Freunde. Wir hatten dieses große Haus zusammen erforscht, waren überall auf dem Gut herumgelaufen, hatten geangelt, nach Trüffeln gesucht und zusammen Brombeeren gepflückt. Und dann hatte es diesen einen letzten Sommer gegeben …

Unwillkürlich glitt mein Blick zu seinem Mund. Tommy hatte für einen Jungen den sinnlichsten Mund gehabt, mit weichen, vollen Lippen, und sie hatten so süß geschmeckt, nach …

Ich errötete und riss den Blick von ihm los, aber er hatte es schon bemerkt.

Seine Augen verengten sich erneut, als er mich musterte. »Dein Haar ist gewachsen, seit ich dich das letzte Mal gesehen habe.«

»Na ja, das ist immerhin gut zwanzig Jahre her.« Ich berührte das Ende meines langen Zopfs. Ich hatte es schon seit Jahren einfach wachsen lassen, zumeist deshalb, weil ich nicht die Zeit hatte, dauernd zum Friseur zu rennen, sondern mir nur die kaputten Spitzen schneiden ließ.

»*Fast* zwanzig Jahre. Ich mag dein Haar länger.«

»Tja, und ich mag dein Haar kürzer.«

Das amüsierte Funkeln in seinen Augen erinnerte mich sehr an den jungen Mann, den ich aus diesem letzten Sommer vor Augen hatte. Immer neckte er mich übermütig, um mich zu provozieren.

»Das Letzte, was ich von dir gehört hatte, war, dass du immer noch in Edinburgh lebst«, sagte ich, um das plötzliche, verlegene Schweigen zu brechen.

»Das ist schon lange her. Ich bin kurz nach dem Tod meiner Mutter hierhergezogen. Nonna wurde alt, und ich wollte nicht, dass sie allein war.«

Fast neun Jahre. »Mein Vater hat mir nie etwas davon gesagt.« Ich biss mir auf die Unterlippe, eine alte Gewohnheit, die ich eigentlich überwunden hatte. Es gab so viele Dinge, die John und ich niemals besprochen hatten, und jetzt würden wir das auch nie mehr tun können.

»Wir haben morgen früh ein Treffen mit Luca, um zehn.« Tommaso nahm die Teekanne und bot mir an, meine Tasse nachzufüllen. Ich schüttelte den Kopf. »Wir fahren zusammen dorthin. Wir sollten hier etwa um halb zehn aufbrechen.«

Ich nickte, obwohl der Gedanke, eine halbe Stunde mit diesem Mann in einem Auto zu verbringen, den ich einst so gut gekannt hatte und der jetzt ein Fremder war, mich noch unruhiger machte. Ich stand auf, um die Teekanne und die Tassen wegzuräumen. »Dann gehe ich wohl besser schlafen. Es war ein langer Tag.« Ein verheerender Tag. Noch vor einer halben Stunde hatte ich Angst gehabt, allein zu sein. Jetzt sehnte ich mich danach.

Tommaso stand auf. »Du kannst das Bügeleisen ruhig unten lassen, wenn du ins Bett gehst. Das hier ist eine ziemlich sichere Gegend. Du wirst friedlich schlafen.« Das amüsierte Funkeln war wieder in seinen Augen zu sehen.

»Danke für das Essen«, sagte ich, als er durch die Tür in den Hinterhof trat. Er nickte nur. Ich verzichtete darauf ihm nachzusehen, wie er über den Hof zum Cottage ging. Ich schloss die Tür, schob den Riegel vor und seufzte. Dann nahm ich das Tablett und hastete die Treppe hinauf, ohne vorher nachzusehen, was sich unter dem Küchenhandtuch befand. Ich machte nicht einmal eine Atempause, bis ich sicher in meinem Zimmer war, die Tür geschlossen und meinen Rollkoffer unter den Griff geschoben hatte. Als schützende Barriere zwischen mir und dem Rest des leeren, hallenden Hauses.

3. KAPITEL

Non tutto il male vien per nuocere
Nicht alles Schlechte, was passiert, ist umsonst

Ich schlief länger als ich … bestimmt seit meiner Studienzeit geschlafen hatte.

Ich hatte in der Nacht zuvor vermieden, die Vorhänge zuzuziehen, falls sie einen weiteren Staubtornado auslösten, aber obwohl die Sonne in das Zimmer schien, wachte ich erst auf, als sie das Bett erreichte. Ich musste wohl erledigter gewesen sein, als ich bemerkt hatte. Nicht, dass ich es irgendjemand gegenüber zugegeben hätte. Ich würde Cleo nicht die Chance geben zu krähen: »Ich habe es dir ja gesagt.«

Trotz des gleißenden Tageslichts wurde es im Haus kaum hell. Ich schlurfte zur Küche hinunter. Am Tage wirkte die Speisekammer größer, aber auch leerer. Und es gab tatsächlich Kekse, ein Paket Mürbeteig-Kekse aus dem Supermarkt. Aber weder Brot noch Müsli noch irgendetwas, das auch nur am entferntesten für ein Frühstück geeignet war. Und nur Instantkaffee. Ich stöhnte, weil ich nicht gerade scharf darauf war, Tommaso schon wieder mit leerem Magen zu begegnen.

Aber ich musste ihm lassen, dass dieser Rindereintopf, den er mir gestern Nacht gebracht hatte, wirklich gut gewesen war. So gut wie Nonnas Eintöpfe früher gewesen waren.

Nachdem ich mich mit Kaffee und Keksen gestärkt hatte, stand als Nächstes ein Anruf zu Hause auf meiner Agenda. Es war zwar Samstagmorgen, also hatte Cleo mir nichts Neues über die Arbeit zu berichten, aber ich wollte ihre stets optimistische Stimme hören, die mir sagte, dass nicht alles so schlecht war, wie es aussah.

Aber das Handysignal war so schwach, dass sich keine Verbindung herstellen ließ. Ich ging von Zimmer zu Zimmer und schwenkte mein Handy durch die Luft. Nichts. Nicht einmal auf der Terrasse oder dem vernachlässigten Hinterhof, und auch nicht auf der Auffahrt, obwohl ich bis zum Tor hinunterging. *Verdammter Mist!* Als ich die schmiedeeisernen Tore erreichte, fuhr ein kleiner, kanariengelber Fiat vorbei, in dem sich junge Männer drängten. Die Pfiffe aus dem kleinen Wagen, die langsam verklangen, machten mir plötzlich und äußerst unangenehm bewusst, dass ich nach wie vor nur Schlafshorts und ein Top anhatte.

Also ging ich die Auffahrt wieder hoch und blieb eine Weile an der Tür von Tommasos Cottage stehen, das sich in den Hügel hinter dem Castello schmiegte. Glücklicherweise schien alles verlassen zu sein, und als ich klopfte und fast Angst hatte, er würde öffnen, bekam ich keine Antwort.

Aber John musste irgendwie Zugang zur Außenwelt gehabt haben. Ich hatte ihn einige Male hier in der Villa angerufen, also musste es zumindest einen Festnetzanschluss geben. Das Castello war vielleicht noch nicht im einundzwanzigsten Jahrhundert angekommen, aber es war ganz sicher ein Teil des zwanzigsten Jahrhunderts.

Es hatte doch eine Bibliothek gegeben, oder nicht? Einer dieser Räume, in dem die Möbel schon in meiner weit zurückliegenden Jugend von Staublaken bedeckt gewesen waren. Also machte ich mich daran, Türen von Räumen zu öffnen, die schon seit Jahren kein Tageslicht mehr gesehen hatten. Ein Billardzimmer, das mittlerweile nur noch als Lagerraum genutzt wurde, und ein Wohnzimmer mit verblichenen Tapeten. Unter den Staublaken kamen wacklige Stühle, verrottende Polster und Gemälde zum Vorschein, die unter der Dreckschicht kaum noch zu erkennen waren. Schließlich erreichte ich ein Zimmer, dessen Wände mit Büchern bedeckt waren und in dem es roch, als wäre jemand gestorben. Die Bibliothek. An der Decke waren Wasserflecken, und der Parkettboden bog sich in der Folge von Wasserschäden. Jemand hätte den gesamten Inhalt dieses Raumes schon vor langer Zeit auf den Müll werfen sollen.

Aber dort war tatsächlich eine Telefondose an der Wand,

und ein Kabel führte über den abblätternden Putz hinauf zum trockensten Teil der Decke, hindurch und ... wohin?

Genervt ging ich wieder hinauf, und zählte meine Schritte. Ich war nicht sonderlich überrascht, als mir klar wurde, dass die Zimmer über der Bibliothek meinem Vater gehört hatten. Ich stieß die Tür auf und spähte in das dämmrige Innere.

Ich öffnete die Fensterläden und schob das Schiebefenster hoch, um ein bisschen Licht und frische Luft hereinzulassen. Das riesige Himmelbett mit der gehäkelten Tagesdecke hatte John schon benutzt, als ich noch jung gewesen war. Es gehörte zum Haus, hatte er mir einmal gesagt.

Wie kam es, dass im Gästezimmer das Bett frisch gemacht war, aber dieses Zimmer, in dem jemand gelebt hatte, in der Zeit erstarrt zu sein schien?

Das Telefon, nach dem ich gesucht hatte, stand auf dem Nachttisch. Es war ein schwarzer Apparat mit einer Drehscheibe, der eigentlich ins Museum gehört hätte. Funktionierten solche Geräte eigentlich heutzutage noch?

Ich nahm den Hörer ab und hörte das vertraute Freizeichen. Halleluja!

Cleo antwortete nach dem zweiten Klingeln. Sie klang verschlafen.

»Du scheinst ja gestern Nacht ein wirklich gutes Date gehabt zu haben«, begrüßte ich sie fröhlich.

Sie stöhnte. »Schön wär's!« Ich hörte, wie sie sich reckte. »Ich glaube, jetzt bin ich endlich offiziell bereit, dieses Dating aufzugeben.«

Wow, das war eine Premiere! Im Wörterbuch findet man Cleos Namen unter »ewiger Optimist«. Sie war der »Das Glas ist halb voll«-Typ, vor allem, wenn es um Männer ging. Oder vielleicht sogar, wenn es um Männer ging. »So schlimm kann es doch nicht gewesen sein ...«

»Es war das schlimmste Date aller Zeiten.« Cleos Dating-Geschichten hätten eine ganze Enzyklopädie füllen können. Sie hatte mehr Verabredungen als jede andere Person, die ich kannte. Ich hatte nach Kevin damit aufgehört, obwohl, wie

Cleo so freundlich bemerkte, ich vor Kevin auch nicht besonders viele Dates gehabt hatte. Aber obwohl einige der Männer, mit denen sie sich verabredet hatte, Kevin wie einen echten Hauptgewinn aussehen ließen, hatte sie sich bislang geweigert, die Hoffnung aufzugeben, dass ihr »Richtiger« irgendwo da draußen war.

Sie stöhnte wieder. »Er war kahlköpfig. Und nicht auf diese sexy Vin-Diesel-Art. Sondern eher wie ein vierzigjähriger Buchhalter, der irgendwie sein ganzes Haar verloren hat. Die Haare in seinen Ohren waren länger als die wenigen auf seinem Kopf. Das Foto von seinem Dating-Profil muss mindestens zehn Jahre alt gewesen sein. Und das war noch nicht mal das Schlimmste. Ich hätte die Tatsache ja übersehen können, dass er wegen seines Aussehens gelogen hat. Aber er hat während des ganzen Essens nur über seine Ex geredet.«

Ich zuckte zusammen. Dating wurde mit jedem Jahr wirklich immer schwieriger. »Ich habe dir ja gesagt, dass Onlinedating die Seele zerstört. Vielleicht solltest du nach Italien kommen. Jedenfalls sehen die Männer hier eindeutig besser aus.« Und sie sind charmanter – mit einer mürrischen, bärtigen Ausnahme.

»Schön wär's. Aber ich habe nicht etliche Jahre Urlaub angesammelt wie du. Moment mal – spielst du da auf jemand Besonderen an? Hast du jemanden kennengelernt?«

»Mein Notar sieht aus, als wäre er direkt der *GQ* entsprungen.« Ich hockte mich auf die Bettkante. »Gut aussehend, sexy und metrosexuell. Es ist auch ganz gut, dass es wenigstens einen Augenschmaus gibt, denn was er mir eröffnet hat, ist nicht gut.«

»Was ist passiert?« Cleo war jetzt hellwach. Sie hörte zu, als ich sie auf den neuesten Stand brachte, stöhnte an den richtigen Stellen und lachte, als ich ihr erzählte, dass ich Tommaso mit einem antiken Bügeleisen auf den Kopf geschlagen hatte.

»Lach nicht, das war überhaupt nicht komisch. Ich hätte ihn dabei umbringen können!«

»Sieh es doch positiv: Wenn du ihn getötet hättest, würdest du jetzt alles erben, stimmt's?«

»Das schon, aber dann würde ich dich grade vermutlich aus dem Gefängnis anrufen.«

»Das ist schon okay. Du hast ja deinen sexy Anwalt, der dich wieder rausholt. Und dann könnt ihr beiden glücklich bis an euer seliges Ende in eurem Schloss leben und GQ-Babys zeugen.«

Ich sah mich in dem schäbigen Schlafzimmer meines Vaters um. Es gab eine Tür zum angrenzenden Badezimmer. Wie oft musste das Wasser im Bad übergelaufen sein, um einen so großen Schaden in der Bibliothek darunter anzurichten? »Es ist alles andere als ein Schloss, und diese Erbschaft bereitet vielleicht mehr Ärger, als es wert ist.«

»Unsinn. Ein halbes Weingut ist besser als gar keins.« Das war genau dieses Fünkchen von Optimismus, auf das ich gehofft hatte.

Cleo gähnte. »Außerdem bist du doch noch nie vor einer Herausforderung zurückgeschreckt. Du bist die nüchternste Analystin, die ich je kennengelernt habe. Wenn sich in dieser Situation irgendwo ein Vorteil verbirgt, wirst du ihn schon aufspüren.«

Sicher, aber das war noch gewesen, bevor ich die Rückzahlungsfähigkeiten eines der wichtigsten Kunden der Bank überschätzt und ihre größte Investition aufs Spiel gesetzt hatte. Ich rieb mir das Gesicht und war froh, dass Cleo mich jetzt nicht sehen konnte. Wenn es um meine Arbeit ging, zeigte ich nie Schwächen, nicht einmal meiner allerbesten Freundin gegenüber.

»Du wirst also nicht in das nächste Flugzeug hierher zurück steigen, ohne einen dicken, fetten Scheck in deiner Gesäßtasche zu haben, hast du mich verstanden?« Sie gähnte erneut.

»Ich hab's kapiert.« Ich seufzte. »Außerdem weiß ich ohnehin nichts Besseres mit meiner Zeit anzufangen. Selbstverständlich kriege ich das hin. Das ist ein Kinderspiel.« Aber wenn diese Metapher wirklich zu meiner Lebenssituation passen sollte, dann war es ein ziemlich kompliziertes Spiel. Die Art von Kinderspiel, die die Kinder heute auf ihren Computern spielten.

*

»Ich verkaufe nicht.« Tommaso beugte sich über den kleinen Konferenztisch in Lucas Büro. Er hatte die Arme verschränkt und sein Gesicht war finster. »Dein Vater hat mir dieses Weingut hinterlassen, weil er wollte, dass ich es betreibe, nicht, um es an irgendwelche Fremden zu verschachern.«

Ich reagierte gereizt. Er war unnötig stur, weil Luca ihm bereits erklärt hatte, dass das Gericht die Erbschaft unausweichlich fünfzig zu fünfzig unter uns aufteilen würde – am Ende. »Es gibt andere Weingüter, die du kaufen kannst, wenn wir das hier verkauft und den Gewinn aufgeteilt haben. Warum muss es ausgerechnet dieses Weingut sein?«

Tommasos Blick wurde so hart wie Stein. »Wie kannst du diese Frage überhaupt stellen?«

Ich zuckte mit den Schultern. Was erwartete er von mir? Mich hielt hier nichts. Selbst mein Vater hatte hier keinerlei Verbindungen gehabt. Er war nur irgendein Fremder gewesen, der sich entschlossen hatte, ein Weingut in der Toskana zu kaufen, ähnlich wie ein etwas weniger glamouröser Sting. »Dann zahl mich eben aus, wenn du das Gut unbedingt behalten willst.«

Tommasos Miene verfinsterte sich noch mehr. Was war aus diesem unbeschwerten Jungen geworden, an den ich mich erinnerte? Und was hatte ihn in diesen mürrischen, säuerlichen Mann verwandelt, der auf der ganzen Fahrt hierher kaum ein Wort gesprochen hatte? Seine Sturheit war noch wie früher, aber was an einem Spielkameraden nur ein wenig ärgerlich gewesen war, war bei einem Mann, mit dem ich einen Kompromiss schließen musste, ausgesprochen nervig.

»Ich kann es mir im Moment nicht leisten, dich auszuzahlen. Mein ganzes Vermögen steckt in meinem Geschäft.«

»Dann hast du keine Wahl. Wenn das vor Gericht geht, dann musst du trotzdem verkaufen, um mir meinen Anteil auszahlen zu können.« Ich wollte die ganze Angelegenheit genauso wenig vor Gericht zerren wie er, aber das musste Tommaso ja nicht erfahren.

Wir gifteten uns über den Konferenztisch hinweg mit bösen Blicken an.

»Sie sollten vernünftig sein.« Luca spreizte die Hände, als wollte er uns umarmen. Dann drehte er sich zu Tommaso herum. »Sie hat recht. Wenn Sie es sich nicht leisten können, sie auszuzahlen, wird das Gericht einen Verkauf erzwingen.«

»Es kann Monate, wenn nicht sogar Jahre dauern, bis dieser Fall vor Gericht kommt, und mehr Zeit brauche ich nicht. Sobald die nächste Abfüllung auf den Markt kommt, bin ich in einer besseren finanziellen Situation und kann Miss Wells auszahlen.«

Ich beugte mich vor. »Großartig. Wann ist die nächste Abfüllung?«

»Nach der Lese.« Ich wusste zwar nicht viel über Weinanbau, aber das Wenige genügte. »Aber das dauert ja noch Monate!«

»Du kannst alles von Wert aus dem Castello verkaufen. Betrachte es als einen Vorschuss auf deinen Anteil an dem Besitz.« Tommaso machte eine wegwerfende Geste mit der Hand, als wollte er sagen: *Friss oder stirb!*

Ich sah ihn finster an, und er erwiderte den Blick ebenso böse. Er zuckte nicht mit der Wimper, und sein kalter Blick war wie eine Herausforderung. »Das ist mein letztes Angebot. Wenn es dir nicht gefällt, lassen wir das Gericht entscheiden.«

Er hatte offenbar vergessen, dass ich niemals vor einer Herausforderung zurückschreckte. Und jetzt würde ich ganz sicher nicht damit anfangen. »Du könntest einen Kredit aufnehmen, um mich auszuzahlen.«

Tommaso kniff die Augen zusammen. »Bevor du noch mehr Vorschläge machst, solltest du vielleicht irgendetwas über dieses Geschäft in Erfahrung bringen, das du so dringend loswerden willst. Der Besitz ist bis zum Anschlag mit Hypotheken belastet. Es erholt sich allmählich, aber so etwas passiert nicht über Nacht. Die nächste Abfüllung hätte eigentlich unsere Schulden spürbar senken sollen, aber nach Johns Tod ...« Er zuckte mit den Schultern. »Sobald unsere nächste Abfüllung verkauft wird, sind wir in einer erheblich besseren finanziellen Lage. Aber man kann Wein nicht zur Eile antreiben.«

Das ging mir zwar gegen den Strich, aber ich weigerte mich, nach dem Köder zu schnappen. Immerhin war ich dafür bekannt, cool und sachlich zu bleiben. Allerdings fühlte ich mich im Moment nicht besonders cool. Aber wirklich, wessen Schuld war es denn, dass ich nichts vom Weingeschäft verstand? Und ganz sicher war ich nicht dafür verantwortlich, dass John sich entschieden hatte, den Enkel seiner Haushälterin zu seinem Partner und Erben zu machen. Und wenn John mich je gefragt hätte, ob ich in sein Geschäft einsteigen wollte ... Hätte ich es getan? Ich biss mir auf die Unterlippe. Wer konnte schon sagen, wofür mein jüngeres Selbst sich entschieden hätte? Es hatte einmal eine Zeit gegeben, da hätte ich alles getan, um Johns Liebe und Anerkennung zu gewinnen. Aber er war tot. Mein Traum, dass wir uns eines Tages aussöhnen würden, war ausgeträumt.

»Ihr könntet den Besitz aufteilen«, schlug Luca vor. »Tommaso könnte das Weingut behalten und Sarah könnte das Castello verkaufen.«

Tommaso lächelte und lehnte sich mit immer noch verschränkten Armen auf seinem Stuhl zurück. Es war kein freundliches Lächeln. »Damit wäre ich einverstanden.«

Natürlich wäre er das. Wahrscheinlich konnte er es kaum erwarten, endlich diesen Mühlstein vom Hals zu bekommen. Und was wollte ich mit einem Gebäude anfangen, dass unbedingt renoviert werden musste? Man musste kein Genie sein, um zu begreifen, dass der Wert dieses Besitzes im Land und in den Weinstöcken lag und nicht in einem baufälligen Herrenhaus mit vornehmem Gehabe. Wer würde schon viel Geld für ein heruntergekommenes Castello ohne Land ausgeben? Und was ich dafür bekam, würde zweifellos von meinem Anteil an den geerbten Schulden aufgefressen werden.

Ich schüttelte langsam den Kopf, und Tommaso hob die Hände in einer verzweifelten Geste, die ganz und gar italienisch war.

»Dann haben wir ein Patt. Ich werde das Weingut nicht verkaufen, das deinem Vater alles bedeutet hat, selbst wenn du das tun würdest, und ich kann dich nicht vor der Lese auszahlen. Kehr nach Hause zurück und wir reden wieder, wenn die Lese vorbei ist. Oder wir sehen uns vor Gericht.«

Kehr nach Hause zurück. Ich dachte an meinen ganzen Stolz, dieses Reihenhaus in der von Kirschbäumen gesäumten sichelförmigen Anlage in Wanstead, wo ich den ganzen Tag herumsitzen würde, während meine Mitbewohner zur Arbeit gingen. Ich dachte an die vier Monate, die wie eine lebenslange Strafe vor mir lagen.

Der Gedanke kam so unglaublich schnell und mit solcher Kraft, dass er mir fast den Atem nahm. Ich stützte die Ellbogen auf den Tisch. »Wann ist die Lese?«

Tommaso zog argwöhnisch die Augenbrauen zusammen. »Gewöhnlich im September, aber das hängt letztlich vom Wetter ab. Warum?«

Das waren noch vier Monate, also etwa der Zeitpunkt, an dem ich wieder zu arbeiten beginnen durfte.

Cleo hatte mir vorgeschlagen, mir ein Hobby zu suchen. Ein heruntergekommenes Haus in der Toskana zu renovieren war doch ein Hobby, richtig? Und sie hatte gesagt, ich solle nicht nach Hause kommen, bevor ich einen dicken, fetten Scheck in der Tasche hatte. Aber das musste ja nicht heute sein.

»Ich bleibe.«

»Du machst was?« Tommaso und beugte sich ungläubig vor. Luca dagegen schien angetan zu sein. Ich war froh, dass wenigstens einer sich freute.

»Du hast Luca gesagt, ich solle das Castello als mein Heim betrachten, bis die Sache geregelt ist. Also werde ich bis zur

Lese bleiben und derweil das Castello renovieren. Falls ich das Haus vor deiner nächsten Abfüllung zu einem anständigen Preis verkaufen kann, ist die Sache damit erledigt. Falls nicht ...« Ich zuckte mit den Schultern, was allerdings nicht annähernd so lässig aussah wie bei Tommaso. »Dann zahlst du mich eben nach der Abfüllung aus.«

In beiden Fällen konnte er seine kostbaren Weine behalten, und wir mussten die ganze Sache nicht vor Gericht austragen. Und das Sahnehäubchen darauf war, dass ich etwas gefunden hatte, was mich während meines erzwungenen Exils vom Büro beschäftigte.

Tommaso sah nicht sonderlich glücklich aus. »Musst du nicht in deinen Job zurückkehren?«

Einatmen. Bis drei zählen. Ausatmen. »Ich habe noch sehr viel Resturlaub übrig.«

Er atmete seufzend aus. »Ob du gehst oder bleibst, stellt für mich keinen Unterschied dar. Das Castello ist nicht bewohnt, und solange ich auf dem Weingut arbeiten kann, kannst du dort machen, was du willst.«

Luca strahlte. »Damit wäre das geregelt. Ich werde Dokumente aufsetzen, in denen Sie sich zu einer gleichberechtigten Partnerschaft verpflichten, bis entweder das Castello verkauft wird oder Tommaso Sie auszahlen kann.«

Tommaso sah zwar immer noch nicht glücklicher aus, aber er nickte.

Luca begleitete uns zur Tür und schüttelte Tommaso die Hand. Dann küsste er mich auf beide Wangen. Seine Hände legte er dabei leicht auf meine Oberarme. »*Ogni cosa ha la sua ragione.* Alles hat einen Grund. Ich bin froh, dass Sie nicht so bald wieder abfahren.«

Er strich mir mit den Händen über die Arme, eine Berührung, die beiläufig und bedeutungslos hätte sein können, oder auch alles andere als das. Meine Haut kribbelte vom Scheitel bis zu den Zehenspitzen.

Tommaso war etwa auf der Hälfte des schmalen Gangs stehen geblieben und sah jetzt zu uns zurück. Sein Gesicht war wieder so finster wie immer. »Ich muss noch Besorgungen erledigen. Ich treffe dich in zwei Stunden am Wagen.«

Ohne auf meine Antwort zu warten, drehte er sich um und ging weiter.

»Ich muss auch etwas erledigen!«, rief ich hinter ihm her. Er winkte mit der Hand, ohne sich auch nur umzudrehen.

Ich sah ihm stirnrunzelnd nach, bis mich eine leichte Berührung am Arm in die erheblich angenehmere Gegenwart zurückholte. »Der Tod Ihres Vaters war ein großer Schock für Tommaso. Er wird sich schon beruhigen.«

Meine düstere Miene verwandelte sich in ein Lächeln. »Das ist wirklich nett von Ihnen, aber Sie brauchen sich nicht für ihn zu entschuldigen.«

Lucas Grübchen blitzten auf. »Das ist schon besser. Sie haben ein wunderschönes Lächeln.« Er fuhr mir mit den Fingern über die Wange und schob mir eine widerspenstige Haarsträhne hinters Ohr. Ich erschauerte. Diese Berührung konnte man unmöglich für beiläufig halten – jedenfalls nicht in Verbindung mit diesem heißen Blick in seinen Augen. *Er ist also alles andere als schwul. Das ist einfach zu gut, um wahr zu sein.*

Seit Jahren hatte kein Mann mich so angesehen, selbst Kevin nicht. Mein Ex hatte viele gute Eigenschaften, aber Leidenschaft zählte nicht dazu. Lucas Miene löste ein sonderbar schwereloses, schwindelerregendes Gefühl in mir aus. Cleo hätte ein Freudenfest gefeiert, wenn sie mich jetzt hätte sehen können.

»Da Sie noch ein bisschen Zeit haben, darf ich Ihnen ja vielleicht unsere kleine Stadt zeigen?« Luca hielt mir seinen Arm hin, und ich schlang meinen hindurch, während ich ihn lächelnd anblickte.

»Wenn Ihre Stadtführung einen kleinen Imbiss einschließt, bin ich dabei!«

4. KAPITEL

Mangia bene, ridi spesso, ama molto
Iss gut, lache oft und liebe viel

Lucas Büro befand sich in der breiten Straße, die kreisförmig den alten Teil der Stadt durchzog. Dahinter erstreckte sich ein Gewirr aus krummen, schmalen Gässchen, die sich den Hügel hinauf ins Zentrum der Stadt schlängelten. Während wir hinaufstiegen, lag Lucas Hand auf meinem Rücken in Höhe meiner Taille, um mich zu führen, und erfüllte meinen Körper mit ungewöhnlicher Wärme. *Hallo, Dorothy. Wir sind nicht mehr in Kansas.*

Mein Blick saugte unaufhörlich die Myriaden von Einzelheiten auf, die mich daran erinnerten, dass ich tatsächlich in einem fremden Land war – die reich verzierten Türklopfer, die Blumenkästen an den Fenstern, die Madonna-Schreine hoch oben in den Nischen der Mauern der alten Häuser.

»Ich bezweifle, dass sich Montalcino seit Ihrem letzten Aufenthalt hier sehr verändert hat«, bemerkte Luca.

Da sich die Stadt in fünfhundert Jahren kaum verändert hatte, war das eine ziemlich sichere Annahme, aber trotzdem schüttelte ich den Kopf. »Ich kann mich an die Stadt kaum noch erinnern. Ich war bei meinem letzten Besuch noch ein junges Mädchen, und John hat das Gut nicht sehr oft verlassen. Aber ich weiß noch gut, dass ich mit Elisa auf den Markt gegangen bin.«

Luca zeigte mir den Palazzo Pieri, das städtische Museum, die Chiesa di Sant'Agostino mit ihren hohen Rosettenfenstern, und dann schlugen wir einen Bogen zur Piazza Garibaldi. Sie war kaum breiter als eine Straße und glich überhaupt nicht den großen Plätzen von Rom, an die ich mich noch von einer früheren Reise erinnerte. Damals, als ich noch Urlaub gemacht hatte. An einem Ende der Piazza lag die asketische, kleinere

Kirche von Sant'Egidio, und auf der anderen stand der hohe, schlanke Uhrenturm des Palazzos.

Die subtile Berührung von Lucas Hand auf meinem Rücken, die weder aufdringlich noch beiläufig war, löste wohlige, warme Schauer in mir aus, als wir durch die schmalen, gepflasterten Straßen schlenderten. Es war schon sehr lange her, dass ein Mann mich so angefasst hatte, so behutsam und aufmerksam. Es war so lange her, dass ich mich nicht mehr daran erinnern konnte. Kevin hielt nicht viel von Berührungen, und selbst in den wenigen Momenten, in denen wir intim gewesen waren, hatte seine Berührung mich nie so erregt wie die von Luca jetzt.

Die Piazza war von Touristen und Käufern besucht, voller lachender, plaudernder Menschen und überall spielte Musik.

»Aber sehen Sie hin«, flüsterte Luca. »Hier können Sie deutlicher als irgendwo sonst in der Stadt erkennen, dass es zwei Montalcinos gibt. Es gibt die touristischen Sehenswürdigkeiten, die alle Außenstehenden sehen, und dann gibt es hier auch unsere kleine Stadt, wo jeder jeden kennt.«

Er hatte recht. Obwohl Touristen und Einheimische nebeneinander über dieselben Straßen gingen, schienen sie gleichzeitig in zwei verschiedenen Welten zu existieren. Sie streiften einander, aber sie verschmolzen nicht. Aber wohin gehörte ich, die ich weder Einheimische noch Touristin war?

Er führte mich in ein Restaurant auf dem Platz, wo er überschwänglich von den Angestellten begrüßt wurde. Sie kannten ihn offenbar sehr gut und wir wurden zu einem hervorragend gelegenen Tisch auf dem Bürgersteig gebracht, der von einer weißen Markise und einer Hecke aus Topfpflanzen abgeschirmt war. Er orderte eine Flasche einheimischen Weins, Brunello di Montalcino, damit ich ihn probieren konnte, und wir bestellten beide die Spezialität des Hauses.

»Sind Sie sicher, dass Sie das Weingut nicht behalten wollen?«, fragte Luca mich, während der Restaurantbesitzer persönlich uns den Wein einschenkte. »Selbst wenn Sie nach London zurückgehen, könnten Sie Partner auf dem Weingut bleiben, wenn Sie das wollten.«

Ich schüttelte den Kopf. »Ich bin mir absolut sicher. Was soll ich mit einem halben Weingut anfangen?«

»Sie wollen nicht mal einen Teil des Weinguts Ihres Vaters behalten?«

Da war er wieder, der alte Schmerz, und ich fühlte mich erneut wie ein hilfloses Kind. »Früher einmal hätte ich alles dafür getan, Johns Anerkennung zu bekommen, aber dafür ist es jetzt zu spät.«

In Lucas Augen zeichnete sich Mitgefühl ab, als könnte er diese Empfindung verstehen. »Und wenn Sie es nur als eine geschäftliche Anlage betrachten? Falls Tommaso recht hat, wird das Weingut sehr bald Profit abwerfen. Und die Hälfte dieser Profite könnte Ihnen gehören.«

Ich schüttelte den Kopf noch nachdrücklicher und griff nach meinem Wein. Es war ein aromatischer Rotwein, schwerer und weniger süß als der Wein, den ich für gewöhnlich trank.

»Wenn Sie sich wirklich sicher sind, dann kann ich eine Immobilienmaklerin bitten, für Sie den Wert des Castellos zu schätzen«, bot Luca mir an. »Ich habe eine Freundin, die bei einer der besten Agenturen in dieser Region arbeitet.«

»Danke. Das weiß ich sehr zu schätzen.« Und weil es ein viel zu schöner Tag war, um ihn mit Gedanken an das Castello zu verschwenden, wechselte ich das Thema. »Erzählen Sie mir etwas über diesen Wein.«

Lucas Gesicht strahlte in fast jungenhafter Begeisterung, als hätte ich ihn gebeten, mir sein Lieblingsspielzeug vorzuführen. *Oh bitte, hoffentlich ist er nicht einer dieser Langweiler, die einfach nicht die Klappe halten können, wenn sie einmal angefangen haben, über ihren Lieblingssport zu reden.* »Der Brunello wird aus einem hiesigen Ableger der Sangiovese-Traube gewonnen, derselben Traube, die auf Ihrem Weingut wächst.«

Etwas kribbelte in meiner Brust bei den Worten »Ihr Weingut«, aber ich unterdrückte es rasch.

Ich will überhaupt nichts mit diesem Weingut zu tun haben, schon vergessen?

»Die Brunello-Traube hat einen höheren Alkoholgehalt als die durchschnittliche Sangiovese, deshalb haben unsere Weine einen reifen, vollen Körper, ein konzentriertes Aroma und einen kräftigen, lang anhaltenden Nachgeschmack.«

Er schwenkte den Wein in seinem Glas geschickt und atmete tief das Aroma ein, bevor er einen Schluck trank. »Der Brunello di Montalcino ist ein reifer Wein, gut gealtert, weshalb er sehr kostspielig ist, sowohl in der Herstellung als auch im Verkauf. Aber er ist jeden Cent wert.«

Ich trank noch einen Schluck, langsamer diesmal, und atmete das Aroma ein, so wie er es getan hatte. Dann rollte ich den Wein einen Moment genießerisch auf der Zunge, bevor ich ihn herunterschluckte.

Er grinste. »Können Sie die Luft von Montalcino in dem Wein schmecken? Die Haselnüsse, die trockenen Feigen, den Anis? Jüngere Jahrgänge sind fruchtiger, aber dieser Wein ist nicht so kräftig.«

Vor langer Zeit hatte mein Vater mich gelehrt, Wein zu kosten. Er hatte mir die verschiedenen Aromen erklärt und mich ermutigt, sie zu benennen. Aber diese Erinnerungen waren ebenso vage wie die an die Zeit, die wir zusammen verbracht hatten. Ich trank noch einen Schluck, ließ den Wein um meine Zunge spülen, bevor ich ihn schluckte, und war überrascht, als ich genau die Aromen identifizierte, die Luca beschrieben hatte. »Wow!«

Er lachte und warf den Kopf in den Nacken. Er hatte ein offenes und ansteckendes Lachen. »Wir schicken Sie noch als Weinkennerin nach Hause. Wartet ein Mann in England auf Sie?«

Hallo, schüchtern war er nicht gerade! »Nur, wenn Sie meinen Chef mitzählen.«

»Ah, Ihre Arbeit. Was machen Sie?«

»Ich bin Finanzanalystin bei einer Investmentbank in London.«

»Und man erwartet Sie dort nicht sehr bald wieder zurück?«

Ich blickte auf das Tischtuch und fuhr mit dem Finger den Silberfaden nach, der in das weiße Tuch eingewebt war. »Man hat mir gesagt, dass ich so hart gearbeitet habe, dass ich wirklich lange Ferien machen muss.« Ich verdrehte die Augen. »Ich soll unbedingt eine gesunde Work-Life-Balance finden.«

Luca nahm meine Hand in seine. »*È perfetto.* Italien ist dafür genau der richtige Ort. Wir arbeiten hart, aber wir amüsieren uns auch genauso gern.«

Er glitt anzüglich mit dem Daumen über meine Handfläche, und ich zog die Hand errötend zurück. Himmel! Ich war zu alt für eine schulmädchenhafte Verknalltheit, und noch viel zu jung für Hitzewallungen, also was war mit mir los? Ich überspielte meine Verlegenheit mit einem strahlenden Lächeln. »Ich würde viel lieber über Sie reden. Erzählen Sie mir etwas über Luciano Fioravanti.«

Wie jeder Mann, dem man die Gelegenheit gibt, über sich selbst zu sprechen, tat er es auch. Aber meine Sorge, er könnte ein Langweiler sein, war unbegründet. Luca besaß den legendären italienischen Charme, und unsere Konversation floss ebenso leicht dahin wie der Wein. Viel zu leicht. Ich empfand nicht die übliche Zurückhaltung, die ich sonst immer bei einer Verabredung verspürte. Allerdings war das hier kein Date. Er war nur ein Anwalt, der seine Klientin zu einem Geschäftsessen ausführte, richtig?

Wir aßen Bruschetta, *fiori di zucca,* gebratene Zucchiniblüten, die uns der Besitzer persönlich servierte, und schon bald fühlte ich mich so unbeschwert wie schon seit Monaten nicht mehr. Ich genoss die ungeteilte Aufmerksamkeit dieses hinreißenden Mannes, das berauschende Aroma eines reifen Weines, die göttlichen Geschmäcker von Italien und die schwüle Juniluft auf meiner Haut.

Seht ihr, ich kann mich entspannen. Ich weiß, wie man sich amüsiert.

Den Antipasti folgte ein Spargel-Risotto. Ich hatte ganz eindeutig schon zu viel Wein getrunken, weil der Geschmack auf meiner Zunge zu explodieren schien. Ich schloss die Augen und seufzte, woraufhin Luca erneut lachte. Ich mochte sein Lachen, es war so offen und ungehemmt.

»Alles schmeckt in Italien besser«, sagte er und seine Augen funkelten aufreizend.

Oh nein. Da war schon wieder diese Hitzewallung. Fünfunddreißig war doch zu jung für die Menopause, oder nicht?

Ich sonnte mich in dem goldenen Schein der neidischen Blicke der anderen Frauen im Restaurant, einschließlich der unserer polnischen Kellnerin. Vielleicht war es auch nur das warme Glühen des Weines. Es kümmerte mich nicht. Ich war entspannter als je zuvor. Cleo wäre stolz auf mich.

Nach dem Essen begleitete Luca mich zum Supermarkt und schob meinen Einkaufswagen, während ich Lebensmittel einkaufte. Er wartete sogar geduldig, als ich in den Regalen nach Backzutaten suchte. Da ich sehr viel Zeit hatte, konnte es nicht schaden, mir irgendetwas Süßes und Dekadentes zu backen … Etwas, um meine plötzlich wild gewordenen Hormone zu befriedigen.

Als wir schließlich zu Lucas Büro zurückgingen, wartete Tommaso bereits. Er lehnte an seinem Wagen, einem alten Alfa Romeo Giulietta Sprint, der so gar nicht zu dem bärigen Mann passte. Als wir näher kamen, verfinsterte sich seine ohnehin düstere Miene noch mehr. Wie die von Papa Bär, der feststellt, dass seine Schüssel mit Haferschleim leer ist.

»Ich nehme an, deine Erledigungen sind nicht gut gelaufen?«, fragte ich strahlend. »Oder ist diese grimmige Miene auf deinem Gesicht festgewachsen?«

Er atmete gereizt aus, als er sich von dem Wagen abstieß. »Ich habe nur gewartet. Ich habe das Gefühl, als würde irgendein Teil von mir immer auf dich warten. Selbst wenn ich alt und grauhaarig wäre und in Istanbul um eine Ecke böge und du da wärst, wäre ich nicht überrascht.«

Lucas Verwirrung war fast komisch, aber das war nicht der Grund, warum ich lachte. Das Lachen stieg in mir hoch, plötzlich und fast ein wenig befremdlich. Lucas Verwirrung verwandelte sich in Besorgnis.

»Du zitierst *Buffy*?«, brachte ich schließlich heraus.

Obwohl sich Tommasos Miene nicht änderte, bemerkte ich

das amüsierte Blitzen in seinen Augen. Es war so schnell verschwunden, dass ich es verpasst hätte, wenn ich nur geblinzelt hätte. »Genau genommen zitiere ich Willow. Aber schön, dass du es nicht vergessen hast.«

Luca wirkte noch ratloser, und ich lächelte ihn beruhigend an. »Das stammt aus einer TV-Serie, die wir zusammen angesehen haben. Es ging um Vampire.«

Luca verzog das Gesicht, als könnte er sich nichts Schlimmeres vorstellen als Vampire. Tommaso nahm die Einkaufstüten und stellte sie in den winzigen Kofferraum seines Autos.

»Danke, dass Sie mir die Stadt gezeigt haben«, sagte ich höflich zu Luca. Mir war sehr bewusst, dass Tommaso jedes Wort hörte.

»Es war mir ein Vergnügen.« Luca hob meine Hand an seine Lippen und küsste sie auf eine altmodische Art und Weise, bei der mir erneut die Knie weich wurden. Ich sollte mich wirklich von Buffy inspirieren lassen und mich mehr wie eine scharfe Vampirjägerin benehmen und nicht wie ein albernes Schulmädchen.

Tommaso hielt mir die Wagentür auf, und ich musste mich zusammenreißen, um mich nicht noch kindischer zu benehmen und ihm die Zunge herauszustrecken. Konnte er wirklich noch auffälliger versuchen, mich von Luca loszueisen? Wovor hatte der Mann nur so viel Angst?

Aber Luca ignorierte Tommasos Unhöflichkeit einfach. Mit einem fröhlichen Winken verschwand er in dem Bürogebäude, und Tommaso stieg zu mir ins Auto. Das Innere fühlte sich plötzlich dreimal so klein an, als er neben mir saß.

Als er auf die Straße bog und den Hügel hinabfuhr und die engen Kurven für meinen Geschmack ein bisschen zu schnell nahm, drehte ich mich zu ihm um. Und wenn genug Platz in dem kleinen Wagen gewesen wäre, hätte ich die Hände in die Hüften gestemmt. »Du musst dich nicht wie ein Hund aufführen, der Angst um seinen Knochen hat. Es war nur ein Mittagessen, keine Verschwörung, um dir dein kostbares Weingut wegzunehmen.«

»Ich mache mir keine Sorgen um das Weingut.« Tommasos Stimme klang fast grollend. »Vertraue Luciano Fioravanti nicht zu sehr.«

»John muss ihm vertraut haben, da er schließlich Luca als Testamentsvollstrecker ausgesucht hat. Oder willst du damit andeuten, dass mein Vater kein besonders guter Menschenkenner gewesen ist?«

Tommaso presste die Lippen zusammen. »Luca muss sich vielleicht an gewisse Regeln seines Berufsstandes halten, aber er ist trotzdem ein Anwalt, und vor allem ist er ein Fioravanti.«

Was sollte das denn heißen? Ich verschränkte die Arme vor der Brust und wandte mich ab, um aus dem Fenster zu blicken. Tommaso war einfach nur eifersüchtig, weil der Anwalt alles verkörperte, was er nicht war: Luca war gut aussehend, charmant und höflich.

Das Dröhnen des Sechzigerjahre-Motors förderte nicht gerade eine Unterhaltung, oder jedenfalls war das meine Entschuldigung dafür, dass ich auf dem Rückweg zum Castello Funkstille wahrte. Das und Tommasos unfreundliche Miene.

Er parkte im Hinterhof, trug mir die Lebensmitteltüten in die Küche und verschwand dann über die staubige Auffahrt, die hinter das Haus führte.

»Dir auch Auf Wiedersehen!«, schrie ich dem kleinen blauen Wagen hinterher, der in einer Staubwolke in Richtung Weinkeller davonschoss.

Seufzend kehrte ich in die Küche zurück und sah mich um. Wenn ich hier noch eine Weile länger bleiben wollte, brauchte ich eine funktionsfähige Küche – das hieß, eine saubere Küche, mit freien Flächen und sauberen Utensilien. Also machte ich mich an die Arbeit. Ich fing mit den Wänden an, den Fenstern und dem Boden. Erst am späten Nachmittag nahm ich mir die Töpfe und Pfannen vor, die an Metallhaken an den Wänden hingen.

Den uralten Holzofen sparte ich mir bis zuletzt auf. Auf Händen und Knien schrubbte ich den jahrelang angesammelten Dreck weg und sehnte mich schmerzlich nach dem wunderschönen, modernen Herd in dem Haus, das ich mit Cleo und Moira teilte, einer anderen Freundin aus Studentenzeiten.

Es dauerte etliche Stunden und kostete viel Muskelkraft, den Ofen sauber zu bekommen, aber unter den Dreckschichten kam etwas Wunderschönes zum Vorschein. Das grüne und elfenbeinfarbene Porzellan der Kacheln war unbeschädigt. Der Ofen hätte irgendeinen Antiquitätenhändler mit Sicherheit sehr glücklich gemacht.

Die harte Arbeit war zwar nicht so therapeutisch wie Yoga oder Meditation oder was für ein anderes erlesenes Hobby Cleo für mich im Sinn gehabt hatte, aber es beschäftigte mich, und als die Schatten im Licht, das durch die hohen Fenster fiel, immer länger wurden, sah die Küche fast einladend aus.

Aus dem überwucherten Fleckchen Garten hinter dem Haus, das einst Elisas Kräutergarten gewesen war, rettete ich ein paar Terrakottatöpfe. Ich pflanzte einige kleinere Rosmarin-, Basilikum- und Rucolapflänzchen hinein, die noch nicht völlig verholzt waren, und stellte sie ans Küchenfenster, damit ihr Aroma den Raum erfüllte. Ich fand ein blau-gelb gemustertes Tuch. Nachdem ich den Staub herausgeklopft und es gewaschen hatte, war es das perfekte Tischtuch, um dem Raum Fröhlichkeit zu verleihen.

Die Küche hätte vielleicht einer Inspektion des Gesundheitsamtes nicht standgehalten, aber man konnte darin leben. Und ich hatte den ganzen Tag kaum an meine Arbeit gedacht. Gut, zwei oder dreimal vielleicht, aber angesichts all der Samstage, die ich für gewöhnlich im Büro verbrachte, war das bereits ein Fortschritt, der sich zu feiern lohnte.

Allerdings hatte ich nichts, womit ich es hätte feiern können. Ich saß allein am Küchentisch, verzehrte eine schlichte Mahlzeit aus gegrillten Käsesandwiches und Tee und fragte mich, wo Cleo und Moira jetzt wohl waren. Im Pub? Oder im Kino? Oder unterwegs mit einem Date?

Das Castello war wieder totenstill, und ich hatte den Wagen noch nicht zurückkehren hören. Tommaso konnte doch nicht immer noch in der Kellerei arbeiten. Oder doch?

Ich war verlockt, an die Tür des Cottage zu klopfen, nur um herauszufinden, ob er da war und um Gesellschaft zu haben. Aber dann erinnerte ich mich an seine abweisende Miene. Bevor ich mir einen neuen Schwung an Beleidigungen gefallen lassen musste, blieb ich lieber allein im Castello mit seinen hallenden, einsamen Gängen.

Erst als ich bis zum Kinn im Wasser der großen, hässlichen avocadofarbenen Kunststoffbadewanne lag – ich hatte zuvor sogar noch einen Tee machen können, weil das Wasser so langsam einlief – erlaubte ich mir, mich an den Tommy zu erinnern, den ich vor so langer Zeit gekannt und mit dem ich gespielt hatte.

Wie ich war auch er ein ernstes Kind gewesen, schüchtern und viel zu oft allein. Aber er hatte auch viel gelächelt. Er hatte einen trockenen Sinn für Humor gehabt und wir hatten viel zusammen gelacht. Er war nicht nur ein *Buffy*-Fan gewesen, sondern er hatte auch allen möglichen Kram gesammelt, weshalb er in der Schule wahrscheinlich genauso wie ich als Nerd gegolten hatte. Er war der Xander zu meiner Willow. Jetzt jedoch ähnelte er mehr dem grüblerischen Vampir Angel. Machte mich das zu Buffy? Im Moment fühlte ich mich jedenfalls nicht so kämpferisch wie sie.

Irgendwie passten diese beiden Bilder, das von dem lachenden Jungen und das von dem grimmigen Mann, nicht zusammen. Was war mit ihm passiert, weshalb war sein Lachen von Zornesfalten und einem permanent abweisenden Gesichtsausdruck verdrängt worden? Und … steckte mein alter Freund immer noch irgendwo da drinnen, oder war er für immer verschwunden?

5. KAPITEL

Siccome la casa brucia, riscaldiamoci
Wenn die Hütte schon brennt, sollten wir uns wenigstens daran wärmen

Ich erwachte im weichen, rosafarbenen Licht des Morgengrauens, das den Raum erfüllte. Ich rollte mich herum und griff nach meiner Uhr auf dem Nachttisch. Es war noch früh, die Zeit, in der ich üblicherweise aufwachte, um meine E-Mails zu checken. Aber es gab keine. Dieses verdammte Funkloch!

Ich rieb mir die Augen, stand auf und öffnete die Balkontüren. Milde Luft strömte herein. Durch die Türen gelangte man auf einen schmalen Balkon mit einem schmiedeeisernen Gitter. Ich lehnte mich an das Gitter und blickte über das Tal hinaus auf das geometrisch kreuzförmige Muster der Weinfelder.

Die Luft war noch kühl, und da die Sonne noch nicht den schweren Duft des Gartens hervorlockte, roch sie sauber und frisch. Über den Morgenhimmel zogen sich lila und pinkfarbene Streifen und im Süden, wo die bläulich schimmernden Hügel auf das hellere Himmelsblau trafen, erkannte ich die rotbraunen Dächer eines Dorfs. Die Sonne leuchtete auf den Ziegeln, als ihre Strahlen den dünnen Nebel vertrieben. Die Hügel auf der anderen Talseite waren von einem grünen Wald bewachsen, bis ihre Hänge schließlich vom helleren Grün blühender Weinstöcke bedeckt wurden. Die öffentliche Straße, die die Güter und Höfe miteinander verband, schlängelte sich durch dieses Tal und weiter ins nächste. Sie wirkte wie gestreift, wo das Sonnenlicht zwischen den doppelten Reihen der dunklen Zypressen, die sie säumten, hindurchfiel.

Etwas näher am Haus rumpelte ein roter Traktor durch die Weinstöcke, die im Morgenlicht grün-gold schimmerten. Er wirbelte weißen Staub auf. Ich beschattete meine Augen vor der Sonne. Vielleicht war es Tommaso, aber aus dieser Entfernung konnte ich das nicht genau erkennen.

Ich atmete tief die milde, kühle Luft ein und genoss das sonderbare Gefühl, an einem fremden Ort zu sein. Da ich in meiner Kindheit ständig umgezogen war und Veränderungen erlebt hatte, reiste ich nicht mehr so häufig und genoss lieber meinen eigenen Garten. Aber bei diesem Ausblick begriff ich, welche Verlockung das Reisen auf Geraldine gehabt hatte. An einem neuen Ort zu sein, in einer fremden Umgebung, hatte etwas Besonderes an sich, das einem die Illusion verlieh, aller Ärger wäre wie weggeblasen. Ich kehrte dem Ausblick den Rücken. Geraldine hatte einfach nie gelernt, dass man vor seinen Schwierigkeiten nicht weglaufen konnte. Sie warteten geduldig zu Hause darauf, dass man zurückkehrte.

Ich hatte aus meinen Erfahrungen vom Vortag gelernt und zog einen leichten Seidenmorgenmantel über meine Schlafshorts und das Top, bevor ich hinunterging, um Kaffee zu machen und zu frühstücken. Dieser Morgenmantel war eines der letzten Geschenke von Kevin gewesen. *Das Jadegrün passt zu deinen Augen,* hatte er gesagt, unerwartet poetisch für einen Statistiker. Dann hatte er mir den Morgenmantel ausgezogen und sich an meinem Körper heruntergeküsst. Kaum eine Woche später hatte er den Körper von jemand anderem genauso geküsst ... Ich verdrängte diesen Gedanken, so schnell, dass mir schwindlig wurde.

Um meine Hände und meine Gedanken zu beschäftigen, nahm ich eine Inventur der neu ausgestatteten Speisekammer vor. Mehl, Zucker, Eier, Milch, Olivenöl und die Orangen, die ich aus einer Laune heraus bei dem Gemüsehändler gekauft hatte, weil sie so frisch und schmackhaft aussahen. Da ich ein bisschen außer Übung war, hatte ich nicht daran gedacht, Hefe oder Backpulver zu kaufen, aber es gab Backnatron, und ich hatte Zitronen an dem Bäumchen im Hinterhof gesehen ...

Vielleicht wäre es wirklich ganz schön, es noch einmal mit dem Backen zu versuchen. Das verlernte man ebenso wenig wie Fahrradfahren, richtig?

Ich presste zwei Zitronen aus und rührte daraus eine Paste mit dem Backnatron, dann mischte ich Mehl, Zucker und Öl darunter, gab geriebene Orangenschalen und Saft dazu und schließlich schlug ich die Eier hinein. Bis zu den Ellbogen in Teig zu stecken und in einer Schüssel zu kneten war etwas so Befriedigendes, und es war köstlich archaisch, wenn der Teig zwischen den Fingern herausquoll. Es war genauso befriedigend, wie ich es noch in Erinnerung hatte.

Nachdem ich die Mischung zu einem geschmeidigen Teig geknetet hatte, füllte ich sie in eine rechteckige Backform, die ich mit einem karierten Handtuch zudeckte.

Was jetzt? Ich hatte den perfekten Teig für *Schiacciata alla Fiorentina*, den traditionellen florentinischen Orangenkuchen vorbereitet, den zu backen Nonna mich gelehrt hatte. Aber ich konnte ihn nur in diesem monströsen Holzofen backen. Er war sauber und glänzte, aber ich hatte nicht den leisesten Schimmer, wie ich dieses verdammte Ding in Gang setzen konnte.

Wie schwer konnte es schon sein, ein Feuer anzuzünden und es heiß genug zu bekommen, um einen Kuchen zu backen? Was konnte im schlimmsten Fall passieren – dass der Ofen entweder zu schnell heiß wurde oder nicht heiß genug? Dann bekam ich vielleicht einen Kuchen, der verbrannt oder noch nicht ganz durch war, na und? Wer außer mir würde erfahren, dass ich einmal im Leben etwas gemacht hatte, was nicht perfekt war?

Im Hinterhof war ein Holzstoß. Ich schleppte ein paar kleinere Scheite in die Küche und stapelte sie im Feuerraum des Ofens, dann entzündete ich sie mit dem Gasfeuerzeug, das ich in der Speisekammer gefunden hatte. Statt schöne Flammen zu erzeugen, wie Nonna das immer gelungen war, begann das Holz jetzt jedoch einfach nur zu qualmen. Vielleicht bekam der Ofen zu viel Luft?

Ich schloss rasch die Ofentür, aber dadurch wurde der Rauch nur noch dichter. Er quoll durch die Ränder der Ofentür und durchzog die Küche allmählich mit einem Nebel, der mir in den Augen brannte.

Also öffnete ich die Tür wieder. Oh nein! Das machte es noch schlimmer! Jetzt quollen dicke Rauchwolken in die Küche. Ich hustete, drückte Nase und Mund in die Armbeugen. Meine Augen tränten von dem Qualm, als ich zu dem halb vollen Wasserkocher lief, ihn packte und zum Ofen zurückkehrte. Ich schüttete das Wasser über die qualmenden Holzscheite und trat zurück. Der Rauch brannte mir in der Kehle und in den Augen. Die Scheite zischten und stießen noch mehr beißenden Qualm aus, aber wenigstens erlosch das Feuer im Ofen.

Nur machte das dem Rauch kein Ende. Er quoll immer noch aus dem Schornstein herunter. Herr im Himmel! Hatte ich irgendwie den Kamin in Brand gesetzt? Ich hatte keine Ahnung, wie solche Schlote funktionierten.

Halb geblendet und hustend krümmte ich mich zusammen und rang nach Luft. Die Küche, die zuvor so riesig gewirkt hatte, war jetzt so verqualmt, dass ich kaum einen Fuß weit sehen konnte. Nur der helle Fleck der Tür war sichtbar, also stolperte ich darauf zu und prallte gegen eine menschliche Wand. Gegen eine harte, männliche Wand.

Kräftige Arme umschlangen mich, hoben mich von den Füßen und trugen mich in die Sonne hinaus. Während mir unablässig die Tränen aus den Augen liefen, setzte sich der Besitzer der Arme hin, zog mich auf seinen Schoß und rieb mir beruhigend den Rücken, während er mir mit der anderen Hand die brennenden Tränen aus den Augen wischte.

»Es bringt nichts, das Haus niederzubrennen«, sagte Tommaso. »Dafür ist es viel zu schlecht versichert.«

Seine Stimme klang hart und mitleidlos und passte so gar nicht zu der Sanftheit, mit der er mir über den Rücken strich.

»Ich habe nicht versucht, das Haus niederzubrennen!«, protestierte ich kläglich. Meine Stimme krächzte und klang erstickt vom Rauch.

Wenigstens liefen mir keine Tränen mehr aus den Augen, sodass ich etwas erkennen konnte. Wir saßen auf der niedrigen Steinmauer, die Nonnas Kräutergarten einfasste. Tommaso hatte das T-Shirt angehoben und mir mit dem Saum die Augen ausgewischt. Deshalb sah ich seine gebräunten, harten Muskeln. Ein Sixpack. Ein waschechtes Sixpack. Ich war noch nie zuvor so dicht an einem dran gewesen.

Ich schluckte. Die Arme, die mich gehalten und getragen hatten, waren ebenfalls muskulös, und die Brust, an der ich lehnte …

Ich musste runter von seinem Schoß! Und zwar möglichst schnell.

Aber irgendwie verweigerte mein Körper mir schlicht den Gehorsam.

»Ich wollte nur backen!«, stieß ich kläglich hervor und beendete den Satz mit einem schluchzenden Husten.

»Der Ofen ist schon seit Jahren nicht mehr benutzt worden. Er muss erst richtig gereinigt werden.« Seine Miene war nicht mitleidiger als zuvor, aber seine Stimme klang etwas weicher.

»Ich habe ihn erst gestern gereinigt.«

»Den Kamin auch?«

War das ernst gemeint?

»Wenn sich im Kamin Teeröl angereichert hat, hättest du einen gefährlichen Kaminbrand auslösen können. Welches Holz hast du benutzt?«

Ich warf einen Blick auf den abgedeckten Holzstapel an der Wand.

»Das passt! Dieses Holz trockne ich für den Winter. Es ist noch sehr grün, deshalb erzeugt es mehr Rauch als Feuer. Und wenn der Rauchabzug verstopft ist, dann hast du die Sache damit nur noch schlimmer gemacht.«

Und ich war genauso grün. Ich fühlte mich plötzlich schrecklich gedemütigt. Ich hasste es, Fehler zu machen, und wollte nicht, dass jemand mich für etwas anderes als kompetent und stets Herrin der Lage hielt. Und jetzt hatte ich Tommaso meine Ahnungslosigkeit förmlich unter die Nase gerieben.

Das war bereits das zweite Mal in nicht einmal einer Woche. Zuerst hatte ich bei meiner Arbeit versagt und jetzt hier. Mir brannten die Augen, und das waren keine Nachwirkungen von dem Rauch mehr. Sondern Ärger über mein Versagen. Ich scheiterte nie bei etwas, was ich mir vorgenommen hatte. Deshalb wusste ich auch nicht, wie man mit Versagen zurechtkam.

Tommaso steckte eine Strähne in den Knoten zurück, zu dem ich mein Haar hochgebunden hatte. »Du kannst gern meinen Ofen benutzen, bis wir den Kamin gereinigt und untersucht haben.«

Als wir ein Motorengeräusch hörten, drehten wir uns beide um. Ein vertrauter, silberfarbener Sportwagen bog um die Ecke des Hauses und hielt auf dem Hof. Luca Fioravanti.

Obwohl ich etwas mehr bekleidet war als gestern, war ich ganz sicher nicht passend für Besucher angezogen. Hätte ich nicht bereits vorher gemerkt, dass mir der Seidenmantel nur bis zur Mitte des Oberschenkels reichte, oder die Nähe von Tommasos Körper gespürt, dann wurde ich mir dessen jetzt auf jeden Fall bewusst. Ich lief knallrot an und zappelte, um von seinem Schoß wegzukommen. Aber er hielt mich fest.

Die Situation verwandelte sich in eine dieser Szenen aus einer wirklich üblen Schmierenkomödie.

»Machen Sie auch sonntags Hausbesuche?«, rief Tommaso, als Luca ausstieg.

Ich stieß mich heftig von seiner Brust ab und schaffte es, von seinem Schoß wegzukommen. Aber dann wurde mir klar, dass ich nicht nur knapp bekleidet und vollkommen derangiert aussah, sondern zweifellos auch nach Qualm stank. Luca dagegen wirkte makellos und unmöglich perfekt. Kein Härchen saß falsch, die Schuhe glänzten, die Hose war frisch gebügelt und er sah aus, als wäre er wirklich der *GQ* entstiegen. Er war genau die Art Mann, für die ich mich entscheiden würde, wenn ich auf der Suche wäre.

Er hatte einen Strauß pinkfarbener Rosen dabei. Mein Magen schlug einen sonderbaren Purzelbaum.

»Ich habe den Partnerschaftsvertrag mitgebracht, damit Sie ihn unterschreiben können.« Luca lächelte wie gewohnt glatt und charmant. »Hoffentlich störe ich Sie nicht?«

Ich wurde noch röter. »Nein, natürlich nicht.« Na klar doch, ich empfing immer am Sonntagmorgen sexy Männer knapp bekleidet. Von wegen! »Möchten Sie vielleicht reinkommen?«

Luca sah Tommaso an, und obwohl seine Miene höflich blieb, wirkte sie plötzlich nicht mehr amüsiert oder freundlich. »Lieber nicht. Ich habe einen Stift dabei. Sie können den Vertrag gleich hier unterschreiben.«

Er zog einen Füller aus seinem leichten Sommerjackett und hielt ihn Tommaso hin. Es sah fast wie eine Herausforderung zu einem Duell aus. Wir unterschrieben die Vereinbarung auf der Motorhaube. Zuerst Tommaso und dann ich. Jetzt endlich wurde Lucas Lächeln etwas strahlender, als er mich ansah. »Ich wollte Sie auch zum Mittagessen einladen.«

Das war keine geschäftliche Einladung. Es war eindeutig eine Verabredung.

Keine Urlaubsaffäre, keine Urlaubsaffäre!

Aber so sehr ich das Mantra auch herunterbetete, mein Körper kreischte die ganze Zeit: *»Oh ja, bitte!«*

Gerade als ich die Einladung akzeptieren wollte, ergriff Tommaso das Wort.

»Das ist sehr freundlich von Ihnen, aber wir haben bereits Pläne für heute. Wir essen mit den Rossis zu Mittag.«

Ich öffnete wieder den Mund, um zu widersprechen, aber Tommaso sprach ohne Pause weiter. »Alberto Rossi war einer der ältesten Freunde deines Vaters. Er wäre zutiefst gekränkt, wenn du seine Einladung ablehnen würdest.«

Ich presste die Lippen zusammen, um nicht schon wieder wie ein Fisch zu wirken, warf Tommaso einen Blick zu, mit dem ich ihm androhte, ihm das hier übelst heimzuzahlen, und wandte mich dann lächelnd an Luca. »Danke für die Einladung. Vielleicht an einem anderen Tag?«

»Sì, Bella. An einem anderen Tag.« Er griff nach meiner Hand und drückte sie sanft. Ich hoffte auf einen weiteren Handkuss, obwohl er das gar nicht musste. Ich zitterte auch so bei seiner Berührung. Er zeigte mir seine Grübchen, als er lächelnd meine Hand losließ. »Nächstes Mal rufe ich Sie vorher an.«

Er gab mir die Blumen, und ich drückte sie mir an die Brust, während ich ihren süßen Duft einatmete.

Luca fuhr bereits wieder vom Hof, als mein Gehirn endlich wieder einsetzte und mir einfiel, dass er mich gar nicht anrufen konnte, weil mein Handy hier keinen Empfang hatte. Ich stemmte eine Hand in die Hüfte und wirbelte zu Tommaso herum. »Was ist mit dir los? Ich bin kein Kind mehr, und du musst nicht den großen Bruder spielen, der auf mich aufpasst!«

Er zuckte einfach nur lässig mit der Schulter. »Freust du dich nicht, dass ich gekommen bin, um dir die Einladung zum Mittagessen zu überbringen? Denn sonst wäre ich nicht da gewesen, um dich zu retten.«

»Ich muss nicht gerettet werden. Ich bin vollkommen in der Lage, mich selbst zu retten!« Dass er mich tatsächlich gerettet hatte, reizte mich nur noch mehr. Ich war kein hilfloses Mäuschen, und ich hatte auch nicht vor, eins zu werden. Das war Geraldines Spielchen.

Ich marschierte ins Haus zurück, und Tommasos belustigte Stimme folgte mir. »Es war mir ein Vergnügen!«

In der Speisekammer gab es Vasen. Ich füllte eine Kristallvase mit Wasser und stellte die Rosen hinein. Sie waren so perfekt wie Luca selbst; blass pink, etwas dunkler an den Spitzen der Blüten und atemberaubend hinreißend.

Die Küche war jetzt weniger verqualmt, was mich beruhigte. Das Feuer war also tatsächlich aus, und ich hatte das Haus nicht in Brand gesetzt. Obwohl es vielleicht kein schlechter Anfang gewesen wäre, diese Hütte niederzubrennen, selbst wenn sie unterversichert war.

Ich riss alle Fenster auf, und der Rauch zog allmählich ab. Es war nichts Schlimmes passiert, außer dass mein Ego blaue Flecken bekommen hatte.

Aber ich brauchte Tommasos Ofen. Wenn wir zum Essen eingeladen waren, dann wollte ich auf keinen Fall mit leeren Händen kommen. Und ich musste mir unbedingt etwas anziehen. Vor allem wenn ich mit irgendeinem alten Freund von

John zu Mittag aß, statt mit einem sexy Anwalt, der seit viel zu langer Zeit der erste Mann war, der Interesse an mir gezeigt hatte.

Keine Urlaubsaffäre, rief ich mir ins Gedächtnis. Aber ich lächelte dabei.

6. KAPITEL

Una cena senza vino è come un giorno senza sole
Eine Mahlzeit ohne Wein ist wie ein Tag ohne Sonnenschein

Unser Ziel war kein Haus, wie ich es erwartet hatte, sondern eine *Trattoria* auf einem Hügel. Man erreichte sie über eine kurvenreiche, von Bäumen gesäumte Landstraße. Als Tommaso auf dem Parkplatz hinter dem Restaurant parkte, warf ich einen verlegenen Blick auf den Plastikbehälter auf meinem Schoß. Darin befand sich der Kuchen, den ich in seinem weit moderneren Ofen hatte backen können. »Ich dachte, wir wären zum Mittagessen bei ihnen zu Hause eingeladen?«

»Das sind wir auch. Das ist das Familiengut der Rossi. Das Land bis zum Fluss ist seit über vierhundert Jahren in Familienbesitz. Albertos Vater ist zwar nach wie vor der Besitzer, aber mittlerweile führt Alberto zusammen mit seinen Söhnen den Hof. Seine Tochter Beatrice leitet die *Trattoria.* Es ist eine Art Erweiterung des Herrenhauses.«

Ich musste schon genau hinsehen, um den Fluss erkennen zu können, ein fernes, leuchtendes Band, das sich quer über das breite Tal zog. Vierhundert Jahre? Die acht Jahre, die ich in Wanstead lebte, war die längste Zeit, die ich jemals an einem Ort gewohnt hatte.

Gemeinsam gingen wir zum Eingang der *Trattoria.* Tommasos Hand schwebte über meinem Kreuz, ohne mich zu berühren, aber nahe genug, dass ich seine Wärme durch den zarten Stoff meiner Seidenbluse fühlte.

Wir gingen um das niedrige Ziegelgebäude herum zu einer Terrasse. Das Restaurant war rustikal: einfache Tische aus Kiefernholz und Bänke, schlichte Tischdecken, ein von einer Bougainvillea überwucherter Spalier über der Terrasse und ein unglaublicher Ausblick. Mir stockte der Atem.

Von der Terasse der *Trattoria* bot sich mir ein ungehinderter Ausblick über sanfte Felder, die von dunkelgrünen Wäldern und vereinzelten Bäumen unterbrochen wurden. Auf dem abfallenden Feld unterhalb der Terrasse grasten Schafe. Ihr leises Blöken wurde vom Wind heraufgetragen und vermischte sich mit dem Gemurmel der menschlichen Stimmen in der Nähe.

Von hier aus zog der Fluss eine silberne Schneise quer durch das Tal. So markierte er die Grenze zwischen den Feldern aus goldenem Weizen, in denen knallrote Mohnblüten leuchteten, und den etwas wilderen Weiden dahinter. Auf der anderen Seite des Tals schmiegten sich in eine Vertiefung zwischen zwei Hügeln die sandfarbenen Mauern einer Abtei. Ihr Glockenturm erhob sich stolz über den niedrigen, roten Dächern.

Ein großer, korpulenter Mann mit dunklem Haar und grau melierten Schläfen kam uns entgegen. Er hatte ein gebräuntes Gesicht und lächelte uns einladend an. »Johns Tochter!«, rief er und umarmte mich. »Was für eine Freude, Sie endlich kennenzulernen. Ich habe so viel von Ihnen gehört!«

Ich war nicht daran gewöhnt, dass vollkommen Fremde mich umarmten, und musste mich zwingen, entspannt zu bleiben und nicht zurückzuzucken.

»Sarah, das ist Alberto Rossi«, stellte Tommaso uns vor. Seine gewöhnlich grimmige Miene wurde herzlich, als er Alberto freundschaftlich auf den Rücken klopfte.

»Ich freue mich auch, Sie kennenzulernen.« Meine Stimme klang so formell, als würde ich einen neuen Kunden begrüßen, aber ich konnte nichts dagegen tun. Wo ich herkam, war diese Art von Überschwänglichkeit für Menschen reserviert, die man schon seit Jahren kannte.

Etwas verlegen drückte ich Alberto die Plastikdose in die Hände. »Ich habe Nachtisch mitgebracht.«

Er gab die Dose jemand anderem, der sie an eine dritte Person weiterreichte, sodass er meine beiden Hände in seine großen, rauen Pranken nehmen konnte. »Mein aufrichtiges Beileid zu Ihrem Verlust.«

Das hörte ich immer wieder, als ich Albertos Ehefrau, seinen Eltern, seinen Söhnen, seiner Tochter Beatrice und anschließend der vielköpfigen Familie aus Brüdern und Schwestern und Cousins und Cousinen vorgestellt wurde. Ich versuchte, wie eine trauernde Tochter auszusehen, wusste aber nicht ganz genau, wie sich so etwas eigentlich anfühlte.

»Ist das eine Party?«, flüsterte ich Tommaso zu, als wir uns auf eine der langen Bänke setzten, die längs der Tafel standen. Ich hatte zwar viel *Schiacciata alla Fiorentina* gemacht, aber bei Weitem nicht genug, um die ganze Sippe satt zu machen.

Tommaso lachte tief und kaum hörbar. »Nein, nur ein ganz normales sonntägliches Mittagessen bei den Rossis.«

Beatrice stellte Teller mit Antipasti und dicken Scheiben Brot auf den Tisch. Es handelte sich um gekauftes Brot, vermutete ich. Einer von Albertos Söhnen schenkte Wein ein, einen Brunello von einem der Weingüter aus der Nachbarschaft.

Das Geplapper und der Lärm an der großen Tafel waren überwältigend, und sie sprachen so schnell Italienisch, dass ich keine Chance hatte, die Gespräche zu verfolgen. Aber wie echte Italiener sprachen sie auch alle mit ihren Körpern, sodass ich mich wundervoll damit beschäftigen konnte, mithilfe ihrer Gesten die Gesprächsthemen zu enträtseln.

Außerdem brauchte ich die Worte nicht zu verstehen, um zu begreifen, dass dies eine herzliche und liebevolle Familie war, trotz der Neckereien zwischen den Cousinen und Cousins. Außerdem war es eine gut aussehende Familie. Vielleicht lag das ja in den Genen. Oder am hiesigen Wasser. Vielleicht sollte ich ein paar Flaschen abfüllen und es mit nach Hause nehmen, für den Fall, dass ich jemals wieder auf die Idee kommen sollte, mich zu verabreden.

Tommaso verließ meine Seite und setzte sich neben Daniele, Albertos jüngeren Sohn. Den Gesten nach zu urteilen, die das lebhafte Gespräch untermalten, sprachen sie über Wein.

Aber ich blieb nicht lange allein. Beatrice rutschte neben mir auf die Bank. Sie war hübsch, vielleicht knapp dreißig, hatte freundliche, lächelnde Augen und dichtes, dunkles Haar, das sie in einen langen, aufwendigen Zopf geflochten hatte. Obwohl sie gerade aus der Küche gekommen war, sah sie so frisch aus wie ein Gänseblümchen und wirkte in ihrem einfachen, aber trotzdem stilvollen Leinenkleid unaufgeregt elegant.

Meine Unsicherheit und meine Selbstzweifel hatte ich eigentlich mit Ende 20 abgelegt, aber neben Beatrice fühlte sich mich plötzlich ein wenig unscheinbar. Meine blasse, zu Sommersprossen neigende Haut und mein dünnes, glattes Haar waren nicht gerade ein Hingucker. Nur meine Haarfarbe sprach vielleicht für mich, ein tiefes Kastanienrot, das ungewöhnlich, aber vollkommen natürlich war.

Beatrice tunkte ein Stück Brot in eine Schüssel von mit Kräutern verfeinertem Olivenöl. »Reden die Männer immer noch über Wein? Daniele möchte unbedingt, dass wir auch Weinstöcke pflanzen, damit er seinen eigenen Wein anbauen kann.«

»Warum macht er es denn nicht einfach?« Ich tauchte ebenfalls ein Stück Brot in das Öl, wenn auch etwas weniger begeistert. Die Kruste des Ciabattas war zu dünn und die Luftlöcher im Teig halfen auch nicht gerade. Ich hatte mich darauf gefreut, hier in der Toskana so richtig gut essen zu können, aber ehrlich gesagt war das Ciabatta, das ich backte, weitaus besser als dieses hier. Früher einmal, vor mindestens zwei Beförderungen, war Backen mein sonntägliches Morgenritual gewesen. Andere Menschen schliefen aus, gingen in die Kirche oder spielten Golf. Ich backte.

»Wie die meisten Güter in der Toskana ist das hier ein Familienbesitz«, erklärte Beatrice. »Die Traditionen werden von Generation zu Generation weitergegeben, und unsere Familie hat immer Getreide angebaut und Milchwirtschaft betrieben. Bedauerlicherweise ist das nicht so glamourös wie Weinanbau.«

»Nicht so glamourös, aber fraglos wichtiger.«

Beatrice kicherte. »Psst! Lass das bloß nicht Tommaso hören!« Am Ende der Tafel brandete lautes Gelächter auf. Ich zuckte unwillkürlich zusammen, und Beatrice schmunzelte.

»Wir sind eine laute Familie, aber nach einer Weile hast du dich daran gewöhnt.«

»Ich lebe in London. Da bin ich an große Menschenansammlungen gewöhnt.« Jedenfalls sollte ich das sein. Aber ich mochte Menschenmassen nicht. Deshalb liebte ich Wanstead so sehr, wegen seines ruhigen, dörflichen Charakters. Außerdem war das auch einer der Gründe, warum ich so lange arbeitete. Ich stieg vor der morgendlichen Rushhour in die U-Bahn zur Arbeit und verließ das Büro erst lange nach dem allabendlichen Verkehrschaos.

»Hast du eine große Familie?«, fragte Beatrice, die mich wie selbstverständlich duzte.

»Nein. Ich war immer nur mit meiner Mutter allein.« Etwas spät fiel mir ein, dass ich auch einen Vater gehabt hatte, aber Beatrice schien diesen Ausrutscher nicht zu bemerken.

Sie schüttelte den Kopf, als sie an der voll besetzten Tafel entlangsah. »Ich beneide dich. Hier ist immer irgendjemand um dich herum, mischt sich immer irgendjemand in deine Angelegenheiten.« Sie runzelte die Stirn. »So sagt man das doch?«

Ich lachte. »Ja, so kann man das ausdrücken. Aber es muss wundervoll sein, wenn es so viele Menschen gibt, die sich um einen kümmern.«

»Das würdest du nicht sagen, wenn du zwei Brüder hättest.« Sie hob in einer gespielt verzweifelten Geste die Hände. »Italienische Brüder! Obwohl sie jünger sind als ich, behandeln sie mich wie ein Kind.« Beatrice warf einen finsteren Blick auf Daniele, beugte sich dann zu mir und senkte die Stimme. »Sie glauben, wenn eine Frau nicht verheiratet ist und noch keine eigenen Kinder hat, könnten sie ihr vorschreiben, was sie zu tun hat. Aber wenn ich versuche, einen Mann zu finden, dann ist keiner gut genug. Das macht mich noch völlig *pazzo,* also verrückt meine ich! Da hast du es sicher einfacher, oder täusche ich mich?«

Ich schaute quer über den Tisch zu Tommaso. Im reifen Alter von fünfunddreißig durfte ich jetzt gerade erleben, wie es sich anfühlte, einen großen Bruder mit ausgeprägtem Beschützerinstinkt zu haben. Beatrice hatte mein ganzes Mitgefühl. Ich beugte mich dichter zu ihr. »Ich verrate dir jetzt ein Geheimnis: In London einen Mann zu finden, ist noch viel schwieriger, weil es einfach keine anständigen, unverheirateten und ehrlichen Männer gibt. Ich habe in den zwei Tagen, die ich hier bin, mehr attraktive Männer gesehen als im ganzen letzten Jahr in London.«

Vor meinem inneren Auge tauchte ein Bild von Luca auf und mir wurde heiß. Glücklicherweise schien Beatrice es nicht merkwürdig zu finden, dass ich mir plötzlich Luft zufächelte.

»Ich habe mit Anfang zwanzig ein paar Jahre in London gelebt.« Beatrice blickte auf das Brot herunter, das sie gerade mit ihren Fingern zerpflückte. »Ich kann mich da an einige sehr attraktive Männer erinnern.« Sie errötete sichtlich. Hochinteressant. Aber bevor ich nachhaken konnte, redete sie weiter. »Deine Mutter … Hat sie nie wieder geheiratet?«

Ich stopfte mir ein paar in Öl eingelegte Oliven aus der Schüssel vor uns auf dem Tisch in den Mund, damit ich nicht antworten musste. Wusste sie nicht, dass Geraldine und John nie geheiratet hatten? Wie sollte ich jemanden, der so sehr in einer großen, intakten Familie und ihren Traditionen verwurzelt war, erklären, dass ich ein uneheliches Kind war? Oder dass meine Mutter ihr ganzes Erwachsenenleben damit verbracht hatte, von einem Mann zum anderen zu flattern, fast genauso oft, wie sie von Ort zu Ort geflattert war? Irgendwie konnte ich mir nicht vorstellen, dass das in dieser Runde besonders gut aufgenommen werden würde.

Glücklicherweise wurde Beatrice wieder in die Küche gerufen, was mich davor rettete, antworten zu müssen. Stattdessen nahm eine Cousine ihren Platz ein. Aber meine Erleichterung war nur von kurzer Dauer. Denn diese Cousine läutete einfach die zweite Runde von neugierigen Fragen nach meiner Mutter, meiner Arbeit und meinem Leben in London ein … Und meinem Single-Dasein.

Den Antipasti folgte eine herzhafte Suppe aus Bohnen und Gemüse, die *Ribollita,* und dann eine *Pasta Pappardelle*, die aus breiten, flachen Nudeln bestand, mit einer einfachen, aber schmackhaften Tomaten-Knoblauchsauce. Bei jedem Gang und in den langen Pausen dazwischen veränderte sich die Sitzordnung fließend wie Wasser. Nur ich behielt während dieser Reise nach Jerusalem meinen Platz, während eine nicht enden wollende Prozession von Cousinen und Tanten und Onkeln sich neben mich setzte und mich in ihrem sorgfältigen und stark akzentuierten Englisch in Gespräche verwickelte.

Schließlich verschwand mein ursprüngliches Unbehagen über die hartnäckig gestellten Fragen, als mir klar wurde, dass ihnen kein Urteil folgte, sondern nur das Interesse zugrunde lag, mich kennenzulernen. Und etwas über meine Mutter zu erfahren, die sie alle als Johns getrennt lebende Ehefrau zu betrachten schienen und nicht als junge Touristin, die er geschwängert hatte. Hatte John selbst diese Mär verbreitet, oder war das nur die Annahme einer Familie, die sich einfach nichts anderes vorstellen konnte?

Die einzige Person, die nicht versuchte mit mir zu reden, war Tommaso. Er ignorierte mich vollkommen, als er sich um die Tafel herum bewegte und in wortreichem Italienisch mit unterschiedlichen Familienangehörigen palaverte. Er schien sich bei der Familie sehr wohlzufühlen und wirkte »italienischer«, als ich ihn jemals erlebt hatte. Aber natürlich hatte er die Sprache schon als Kind flüssig gesprochen. Zudem wirkte er entspannter und unbekümmerter als sonst. Vielleicht war es ja nur ich, die das Schlimmste in ihm zutage förderte?

Zu jedem Gang gab es mehr Wein. »Ich nehme an, es gibt keine einzige italienische Mahlzeit ohne Wein?«, scherzte ich mit Daniele, der gerade dabei war, mein Glas neu zu füllen.

Er legte mir freundlich die Hand auf die Schulter, als er sich vorbeugte, um mein Glas zu erreichen. »Natürlich nicht! Wir haben hier ein Sprichwort: *Una cena senza vino è come un giorno senza sole.* Eine Mahlzeit ohne Wein ist wie ein Tag ohne Sonnenschein. Und wir haben hier nicht allzu viele Tage ohne Sonne.«

So enthaltsam ich auch zu sein versuchte und obwohl ich an dem Wein nur nippte, zeigte er seine Wirkung. Eine entspannte

Trägheit strömte mir durch die Adern und dämpfte meine Verlegenheit. Die Rossis mochten laut und einschüchternd sein, aber sie waren auch freundlich und herzlich. Vor langer Zeit hatte ich einmal davon geträumt, Teil einer so großen Familie zu sein, Schwestern und Brüder zu haben und Eltern, die sich ständig in meine Angelegenheiten mischten. Aber das war schon lange her, und ich war dem entwachsen.

Wir ließen uns bei jedem Gang viel Zeit. Es war eine ausgedehnte Mahlzeit, die von einem stetigen Fluss von Wein und lebhaftem Geplauder begleitet wurde und bei der die Speisen mit Gelassenheit genossen wurden. Nebenbei bemerkte ich, dass andere Gäste der Trattoria kamen und gingen und die Kellner sie bedienten. Vermutlich handelte es sich bei den meisten um Touristen, die von Weingut zu Weingut reisten. Einige waren jedoch auch Einheimische, die kurz vorbeikamen, um Alberto zu begrüßen und auf ein Glas Wein blieben, bevor sie weiterzogen.

Das Hauptgericht der Mahlzeit waren mit Fenchel gewürzte Koteletts aus gebratenem Hasen.

»Ich kann unmöglich noch etwas essen!«, protestierte ich, als Albertos Frau Franca mir noch mehr auf den Teller häufte, aber Franca schüttelte nur den Kopf und schnalzte mit der Zunge.

»Wenn Sie nicht genug essen, sind wir sehr schlechte Gastgeber.«

Als die Mahlzeit vorbei war, hatte es Tommaso wieder auf den Platz neben mich geschafft, obwohl er sofort – und höchst unhöflich – ein Gespräch auf Italienisch mit Alberto anfing, der auf seiner anderen Seite saß.

Da das Essen beendet war, kehrte auch Beatrice zurück. Sie setzte sich auf den leeren Platz links von mir und zwang mich dadurch, dichter an Tommaso heranzurücken. Unsere Schenkel pressten sich aneinander, aber er schien es nicht zu bemerken. Und ich wollte mir mein Unbehagen nicht anmerken lassen, indem ich zurückwich. Also musste ich mich stattdessen mit einer höchst unerwarteten Hitzeaufwallung arrangieren, die mich durchströmte. *Es ist nur die Sommerhitze und die ungewöhnliche Menge an Menschen um mich herum. Nichts weiter.*

»Das war eine wundervolle Mahlzeit«, sagte ich zu Beatrice. »Ich habe noch nie so viele Köstlichkeiten auf einmal gegessen. Ich würde zu gerne dein Geheimnis erfahren.«

»Der Trick besteht darin, nur frische Zutaten aus dem Umland zu verwenden. Ich kaufe nie im Supermarkt, und wir benutzen keine vorverarbeiteten Lebensmittel. Wenn ich etwas nicht frisch von unserem eigenen Hof oder von den Märkten hier in der Gegend bekomme, verzichte ich lieber darauf.«

»Ich kann mich an einen Markt erinnern, zu dem Nonna uns immer mitgenommen hat …«

»Das muss der Markt in Montalcino sein. Er findet freitags statt, deshalb hast du ihn gerade verpasst, aber es gibt auch einen Markt in Torrenieri, am Samstag.« Beatrice deutete stolz auf das Land um uns herum. »Wir machen hier unser eigenes Olivenöl, meine Mutter weckt Obst und Gemüse aus dem Garten ein, und wir gewinnen Käse aus Milch von unseren eigenen Ziegen und Kühen. Wir machen sogar unseren Honig selbst. Falls du jemals Milch oder Butter oder Sahne oder Eier brauchst, kommst du zu uns, einverstanden?«

»Danke. Es wäre wundervoll, mit Zutaten frisch vom Bauernhof zu backen.«

»Ja richtig, jetzt fällt es mir wieder ein – dein Vater hat uns erzählt, dass du eine Bäckerin bist.«

Merkwürdig, dass er sich daran erinnert hatte. Ich schüttelte den Kopf. »Eigentlich nicht. Ich habe aus Spaß gebacken, aber das ist schon eine Ewigkeit her.« Wann hatte ich das letzte Mal etwas unternommen, nur weil es mir Spaß gebracht hatte? Meine Arbeit hat doch Spaß gemacht, richtig? »Es ist sehr befriedigend, wenn man Nachspeisen und Kuchen macht, die den Leuten Freude bereiten. Es ist fast so, als wäre jeden Tag Weihnachten.«

Beatrice lachte. »Ich bin zwar auf einem Hof mit Getreideanbau aufgewachsen, aber dieses Ciabatta habe ich trotzdem gekauft. Und ich weiß, dass es nicht besonders gut ist.«

»Solange ihr ein solches Essen serviert, braucht ihr eigentlich gar keine Beilagen.«

Als Beatrice sich umdrehte, um auf eine Bemerkung von ihrem Großvater zu antworten, der auf ihrer anderen Seite saß, blickte ich an der langen Tafel entlang, betrachtete die freundlichen Gesichter, nahm das Gelächter auf, die unbeschwerte Atmosphäre, die in dieser Familie herrschte. Das Gefühl, das diese Situation in mir auslöste, war trotz aller Herzlichkeit und Behaglichkeit irgendwie fremdartig. Ich hatte so etwas noch nie zuvor erlebt, nicht einmal, als ich Cleos Familie besucht hatte. Es war ziemlich nett.

Hinter mir erhitzte sich die Diskussion zwischen Tommaso und Alberto zunehmend. Ich wollte gerade aufgeben, irgendetwas davon zu verstehen, als meine Aufmerksamkeit durch den Namen Fioravanti geweckt wurde.

Meine nette, warme Blase platzte. Besaß Tommaso etwa die Frechheit, direkt neben mir zu sitzen und unsere Rechtsstreitigkeiten mit einem Fremden zu diskutieren, und das in einer Sprache, derer ich so wenig mächtig war, dass ich dem Gespräch nicht folgen konnte?

»Redet ihr über Luca?«, mischte ich mich in ihr Gespräch ein und beugte mich vor.

Tommaso reagierte mürrisch auf meine Frage, aber Alberto schüttelte den Kopf. »Über seinen Vater. Ihm gehört das Weingut neben unserem Hof. Er hat einen neuen Wein vorgestellt.«

Diese ganze aufgebrachte Diskussion drehte sich nur um Wein? Ich wandte mich ab, aber das warme, wohlige Gefühl war von einem nagenden Zweifel verdrängt worden. Luca hatte gar nicht erwähnt, dass wir Nachbarn waren. Ich runzelte die Stirn. Vielleicht war es ihm einfach nicht wichtig gewesen.

Die Sonne versank allmählich hinter den westlichen Hügeln, als Holzbretter mit Käse und noch mehr von dem einfachen, fertig gekauften Brot herausgetragen wurden. Franca brachte meinen mit Orange gewürzten *Schiacciata alla Fiorentina* mit. Ich hatte den Kuchen mit einer dünnen Schicht Zitronenglasur überzogen, und er schimmerte verlockend. Die Scheiben wurden auf einfachen weißen Tellern gereicht, mit großzügigen Klecksen von frischer Sahne vom Hof. Es gab gerade genug, dass jeder ein kleines Stück bekam, und einen Moment sank der Lärmpegel rund um den Tisch, als sie sich alle über den Kuchen hermachten. Es war genau so, wie ich es Beatrice erzählt hatte. Es war dieses Weihnachtsgefühl.

»Ah!« Alberto seufzte zufrieden. Dann drehte er sich zu Tommaso um. »Der Kuchen schmeckt genauso wie der, den deine Nonna immer gebacken hat.«

»Sie hat mir gezeigt, wie man ihn macht«, erklärte ich.

Tommaso sah mich an, als hätte er vergessen, dass ich überhaupt da war. Der Druck seines Beines gegen meines verschwand. Aber das erleichterte mich nicht, denn jetzt nagelte er mich mit dem undurchdringlichen Blick seiner grauen Augen fest. Ich war seltsam verlegen und deswegen sehr dankbar, als Beatrice ihren leeren Teller zurückschob und meinen Arm berührte, um meine Aufmerksamkeit zu erregen.

»Das schmeckt so gut! Wie schaffst du es, den Teig so leicht und gleichzeitig feucht hinzukriegen? Ich habe einmal versucht, diesen Kuchen zu backen, und er ist nicht aufgegangen. Er war so schwer wie ein Zementziegel.«

Ich lächelte. »Nach der Mahlzeit, die du gerade serviert hast, ist es das größte Kompliment, das ich bekommen kann.«

»Speisen ja, aber Gebäck und Kuchen sind nicht meine Stärke.« Beatrice zuckte mit den Schultern. »Bis auf Brot wird in der Toskana nicht viel Wert auf Gebäck gelegt. Hier brauchen wir nur Käse und Früchte zum Dessert, aber die Touristen wollen mehr. Wir haben in unseren Kritiken bei TripAdvisor viele Beschwerden über unsere geringe Auswahl an Desserts.« Sie verdrehte die Augen. »Aber mein Cousin Matteo ist unser Koch, und er kocht so gut, dass ich ihn niemals ersetzen könnte, obwohl er ein Koch ist, der keine Kuchen backen kann.«

»Du könntest ja einen Konditor einstellen.«

»Das würde bedeuten, ich müsste ihm ein Vollzeitgehalt zahlen, und das kann ich mir nicht leisten.«

»Gibt es denn niemanden in der Nachbarschaft, der backen kann und von dem du Kuchen kaufen könntest? Das würde doch immer noch als einheimische Spezialität gelten, oder nicht?«

Beatrices Augen funkelten. »Jetzt gibt es jemanden! Was meinst du? Wäre das denkbar für dich?«

»Ich?« Obwohl mein erster Impuls war, abzulehnen, antwortete ich nicht sofort. Früher einmal hatte Backen mir sehr viel Spaß gemacht und war fast eine Art Therapie gewesen, aber das hier wäre eine Herausforderung. Ich hatte schon so lange nicht mehr richtig gebacken. Dann hoben sich meine Mundwinkel. Ich liebte Herausforderungen.

»Bitte?« Beatrice bettelte, und ihre Augen waren groß und rund und flehentlich. »Alle, die ich kenne und die einigermaßen backen können, haben bereits alle Hände voll zu tun. Ich wüsste das wirklich sehr zu schätzen!«

Mein Herz schlug schneller, aber nicht auf diese ängstliche Art, die mir mittlerweile so vertraut war, dass ich sie kaum noch bemerkte, sondern vor Begeisterung. Es war diese Begeisterung, die ich früher empfunden hatte, wenn ich eine wirklich große Sache bei der Arbeit bewerkstelligt hatte. »Welche Mengen brauchst du denn, und an was für Nachspeisen denkst du?«

Beatrice zuckte mit den Schultern. »Was immer du willst, und so viel du machen kannst. Für uns ist alles besser als nichts, und unsere Speisekarte ändert sich jeden Tag. Sie hängt davon ab, was es gerade frisch auf dem Markt gibt, also kannst du im Prinzip machen, was du willst.«

Ich sollte nicht Ja sagen. Ich sollte eigentlich ausruhen, und Cleo würde einen Anfall bekommen, wenn sie herausfand, dass ich einen Job angenommen hatte, auch wenn es nur ums Backen ging. Aber was Cleo nicht wusste, darüber konnte sie sich auch nicht aufregen … »Einverstanden, aber unter drei Bedingungen.«

Beatrice wartet, dass ich fortfuhr. Ihre dunklen Augen funkelten erwartungsvoll.

»Erstens möchte ich meine eigene Küche benutzen.« Auf diese Art und Weise konnte ich die Renovierung des Hauses beaufsichtigen und wenigstens so tun, als wäre ich im Urlaub.

Beatrice nickte.

»Zweitens habe ich keinen Wagen, also musst du mir jemanden schicken, der die Sachen jeden Tag abholt.«

Sie nickte wieder.

»Und drittens gilt die Abmachung nur für den Sommer. Ich habe einen Job in London und muss Ende September wieder dorthin zurück.«

»Einverstanden!«

Wir besiegelten es mit einem Handschlag, und ich lachte. Beatrices Entzücken löste eine wohlige Wärme in mir aus. Als wir uns über die Käseplatte hermachten und eine Tasse mit schaumigen Cappuccino dazu tranken, redeten wir über Brot und Kuchen und Mengen. Ich war noch nie glücklicher gewesen. Und das lag nicht nur an der Wirkung des guten Weines.

Dieser erzwungene Urlaub kann mir plötzlich nicht mehr so trostlos und Furcht einflößend vor wie noch vor zwei Tagen. Jetzt musste ich nicht untätig herumsitzen und die Tage zählen, die ich im Exil zu verbringen hatte. Ich brauchte nur einen Ofen, der es nicht darauf abgesehen hatte, mir das Leben schwer zu machen.

7. KAPITEL

L'uomo giusto arriva al momento giusto
Der richtige Mann kommt im richtigen Moment

Am nächsten Morgen räumte ich gerade in der Speisekammer die abgelaufenen Konserven aus den Regalen und wischte Spinnweben und Schmutz weg, als ich das vertraute Röhren von Tommasos Vintage-Alfa auf dem Hof hinter dem Haus hörte. Ein paar Minuten später klopfte es leise an der offenen Hintertür.

»Du kannst hereinkommen!«, rief ich. »Ich bin in der Speisekammer, aber unbewaffnet.«

Er war für die Arbeit angezogen, trug Jeans und ein einfaches graues T-Shirt und dazu schwere Arbeitsschuhe. Er füllte die niedrige Tür fast vollkommen aus, sodass kaum noch Licht in den Raum fiel. »Wenn du für die Trattoria backen willst, sollten wir den Kamin reinigen.«

»Ich habe irgendwie gehofft, dass ich deinen Ofen benutzen könnte.«

Seine Mundwinkel zuckten. »Feigling! Du warst früher mutiger. Aber ernsthaft, in einem Holzofen gebackenes Brot schmeckt besser als das aus einem elektrischen Backofen.«

Er hatte recht, auch wenn ich das nur ungern zugab. Ich folgte ihm in die Küche und betrachtete argwöhnisch den alten Ofen. Meine anfängliche Zurückhaltung dem Aga gegenüber hatte sich seit dem Zeitpunkt, den ich als den Qualm-Vorfall bezeichnete, zu einem ausgewachsenen Misstrauen entwickelt. »Was schlägst du vor, soll ich tun?«

»Ich schlage nicht vor, dass du etwas tust, sondern ich schlage vor, dass wir den Kamin zunächst einmal untersuchen.«

Es war zwar sehr ritterlich, dass er mir Hilfe anbot, aber das beantwortete meine Frage trotzdem nicht.

Tommaso hob sein Handy hoch. »Ein altmodischer Trick, der von Generation zu Generation weitergegeben wurde.« Er nahm eine hölzerne Pizzaschaufel von der Wand neben dem Ofen und legte sein Handy mit der Kamera nach oben darauf. Dann öffnete er die Luke an der Seite des Ofens. Ich beugte mich neugierig vor. Er schaltete die Kamera des Telefons an, stellte sie auf Videomodus und schob die Schaufel in die Luke. Als er das Telefon wieder herausholte, beugte ich mich noch dichter zu ihm. Mein Kopf berührte fast seinen, als ich fasziniert zusah, wie er das etwas wacklige Video abspielte. Auf dem Bildschirm war ein vollmondartiger Lichtball am Ende des Schornsteins zu sehen.

»Es gibt weder Nester noch irgendwelche anderen Hindernisse, die den Kamin blockieren, also sind es wahrscheinlich nur alte Rückstände an den Innenwänden, die entfernt werden müssen.« Er schloss die Luke und sah mich an. Mir stockte der Atem. Unsere Augen waren fast auf gleicher Höhe und unsere Gesichter so nah, dass, wenn einer von uns beiden sich auch nur einen Zentimeter bewegt hätte, unsere Münder sich berührt hätten … Ich wich hastig zurück.

»Ein alter Familientrick, was? Wie bist du wirklich auf die Idee gekommen?«

»Durchs Fernsehen.«

Als ich ungläubig die Brauen hob, lachte er. »Ja, ich habe immer noch eine dunkle Seite.«

Ich sah ganz offensichtlich die falschen TV-Serien. Die Backsendung *The Great British Bake Off* hatte mich jedenfalls nicht gelehrt, wie ich ein Feuer anzünden oder einen Schornstein auf Hindernisse absuchen konnte.

»Das bedeutet wohl, ich muss den Kamin fegen lassen.« Gab es so etwas überhaupt noch heutzutage? Wahrscheinlich nur bei einem kostspieligen Schornsteinfeger, der mir den Gegenwert eines Kleinwagens für zehn Minuten Arbeit berechnen würde.

»Oder wir machen es selbst«, bot Tommaso an. »Wenn es dir nichts ausmacht, dich ein bisschen schmutzig zu machen?«

Er hatte mich bereits in meinem Schlafanzug gesehen, während ich an Rauch fast erstickt wäre. Wie viel schlimmer konnte ein bisschen Schmutz schon sein? »Das stört mich nicht.«

»Leg ein paar von diesen Staublaken rund um den Ofen aus. Ich gehe aufs Dach.«

An Staublaken herrschte in diesem Haus ebenso wenig Mangel wie an Spinnweben, also sammelte ich rasch ein paar zusammen. Als ich in die Küche zurückkehrte, hallten Tommasos Schritte laut auf dem Dach über mir. Ich breitete die Tücher über den Boden aus, über die Tische und die Tresen, dann eilte ich nach draußen, um mich zu überzeugen, dass ihm nichts passierte. Ich stellte mich weit hinten in den Hof, damit ich aufs Dach hinaufsehen konnte. Ich schützte meine Augen mit der Hand vor der noch tief stehenden Sonne, während ich beobachtete, wie sich Tommaso über den viereckigen, gemauerten Schornstein beugte. Er hatte die Schornsteinkappe bereits entfernt und schraubte jetzt gerade eine viereckig geformte Schornsteinbürste an das Ende eines sehr langen, steifen Schlauchs. Hatte er etwa auch aus dem Fernsehen gelernt, wie man Schornsteine reinigt?

Er drehte die Bürste durch den Schornstein hinunter und pumpte aus Leibeskräften, um sie den ganzen Schornstein hinunterzubekommen. Als er sie wieder herauszog, hustete er, als eine schwarze Rußwolke aufstieg.

Zum Glück war er auf dem Dach und nicht ich. Ich hatte bereits so viel Rauch und Asche geschluckt, dass es für eine Woche reichte.

Als sich seine Silhouette gegen die nach oben steigende Sonne abzeichnete, erkannte ich den Umriss seines Körpers ganz deutlich. Tommaso war kräftiger als Luca, aber es war kein Gramm Fett zu viel an seinem Körper. Er war nur muskulös und sehniger. Und als er die lange Bürste immer wieder in den Schornstein hinunterließ und hochzog, spannten sich seine Armmuskeln unter dem Stoff seines engen Hemdes an. Ich hatte schon immer Männer mit kräftigen Armen gemocht. Ich unterdrückte einen höchst unschicklichen Seufzer und wandte den Blick ab.

Als er die Bürste schließlich herauszog, den Schlauch abschraubte und den Schornsteindeckel wieder aufsetzte, ging ich zum Fuß der Leiter, die an der Wand lehnte, um sie festzuhalten. Tommaso stieg Sprosse um Sprosse herunter, bis seine Stiefel in mein Blickfeld kamen, und dann seine Waden und Schenkel unter der Jeans. Der Jeansstoff hatte sich seinem Körper angepasst und lag eng um die kräftigen Schenkel und das feste Gesäß, das sich schließlich auf Augenhöhe mit mir befand.

Ich hustete und blickte rasch weg. Das hier war Tommy, der Junge, mit dem ich als Kind gespielt hatte. Ich wollte nicht auf irgendeine andere Weise an ihn denken. Und schon gar nicht auf eine Art und Weise, bei der ich weiche Knie bekam oder den Kopf verlor.

Bis das Castello verkauft war oder er mich auszahlte, waren wir Rivalen. Lucas Vertrag mochte uns Partner nennen, aber wir mussten immer noch die Bedingungen verhandeln, wie genau wir die Erbschaft meines Vaters zwischen uns aufteilten. Ich konnte es mir nicht leisten, das zu vergessen oder ihm gegenüber weich zu werden – was wahrscheinlich der einzige Grund war, warum er überhaupt so hilfreich war. Entweder das, oder er wollte dafür sorgen, dass ich mich nicht länger als nötig in seiner Nähe aufhielt. Ich war mir nicht sicher, welchen dieser Gründe ich beleidigender fand.

»Danke«, sagte ich mürrisch, als er von der letzten Sprosse sprang und wieder auf festem Boden landete.

»Sollen wir ein Feuer anzünden und herausfinden, ob er jetzt richtig brennt? Ich habe gut abgelagertes Holz mitgebracht.«

Auch wenn ich gerne gesagt hätte: »Danke, ich komme jetzt schon allein zurecht«, und so sehr ich nicht noch mehr in seiner Schuld stehen wollte, als ich es schon tat, ich konnte das Angebot nicht ausschlagen. Zögernd ging ich wieder mit ihm in die Küche.

Die Staublaken hatten ihre Aufgabe erfüllt, und es war längst nicht so viel Ruß in der Küche, wie ich erwartet hatte. Der Ofen musste nur abgewischt werden und der Feuerraum sorgfältig ausgefegt. Ich benutzte die Bürsten aus dem großen Kupferkessel neben dem Ofen, um den Ruß zu beseitigen, während Tommaso mehrere Ladungen nach Kiefer duftendes Holz aus seinem Wagen hereinschleppte.

Dann zeigte er mir, wie man das Holz aufschichtete und das Feuer entzündete. Er benutzte Kienspan und stellte den Luftzug für eine effektive Flamme ein, statt einfach nur das Holz aufzustapeln. Zufrieden trat er schließlich zurück und wischte sich die Hände am Gesäß seiner Jeans ab. »Kein Rauch! Das sollte jetzt funktionieren.«

Der Geruch des Holzfeuers machte die Küche gleich sehr viel wohnlicher. Erheblich wohnlicher, als es Wolken von beißendem Qualm getan hatten.

»Danke«, sagte ich noch einmal, und ich meinte es auch ernst. Aber mein Tonfall klang wohl nicht so dankbar, wie ich es beabsichtigt hatte, denn Tommaso runzelte die Stirn.

»Bist du immer so mürrisch, wenn du Hilfe annehmen musst?«

Das musste er gerade sagen! Ich wandte mich ab und sammelte die restlichen Staublaken ein. »Ich bin nur ein bisschen außer Übung. Normalerweise brauche ich keine Hilfe von niemandem.« Und zweimal in genauso viel Tagen war fast mehr, als ich bewältigen konnte.

Tommaso zuckte mit den Schultern. Seine Miene war wieder so mürrisch wie üblich. »Das ist schon okay, weil ich es auch nicht für dich getan habe. Sondern für Beatrice. Echte toskanische Brote und Nachspeisen sollten in einem Holzofen gebacken werden, damit sie ihr authentisches Aroma bekommen.«

Für Beatrice. Natürlich! Der plötzliche, eifersüchtige Stich war vollkommen irrational. Das wusste ich, aber trotzdem konnte ich nichts dagegen machen, dass ich so empfand. Ich warf die Staublaken neben die große Spüle und wusch mir die Hände. »Ich hoffe, ich habe dich nicht zu lange von deiner Arbeit abgehalten.«

Warum um alles in der Welt hing er immer noch hier herum, wenn seine Miene doch so deutlich sagte, dass er nicht hier sein wollte? Stattdessen stand er ein paar Fuß von mir entfernt und war so allgegenwärtig, dass er genauso gut direkt neben mir hätte stehen können. Ich trocknete mir die Hände an einem Geschirrtuch ab und drehte mich wieder zu ihm um. Dann sah ich ihn fragend an.

Er sah mich nicht an, während er sich mit der Hand durch sein dichtes Haar fuhr. »Du solltest mit zum Weinkeller kommen. Und dir die Verbesserungen ansehen, die wir vorgenommen haben. Deinem Vater war das Weingut wirklich sehr wichtig.«

Wenn ich nicht schon auf Widerstand gebürstet gewesen wäre, dann wäre es spätestens jetzt so weit gewesen. Ich wollte den Weinkeller nicht sehen, und ich wollte ganz sicher nicht daran erinnert werden, dass mein Vater dieses Weingut mehr geliebt hatte als alles andere. Wenn Tommaso auch nur einen Moment glaubte, dass ich weich oder sentimental würde, wenn er das Weingut oder John erwähnte, damit ich ihm bei unserem Geschäft entgegenkam, kannte er mich nicht. Ich war praktisch und effizient und ließ mich bei Zahlen nie von Gefühlen leiten. »Danke für die Einladung, aber ich habe heute viel zu tun.«

»Wie du willst.« Er schlug die Küchentür hinter sich zu, als er hinausging, so fest, dass der Laden vor dem Küchenfenster mit einem lauten Knall herunterfiel.

Ich verdrehte die Augen. Was war denn jetzt wieder in ihn gefahren?

Während er zum Wagen ging, wandte ich mich ab. Ich musste Brot backen, und Brot war längst nicht so kompliziert wie Menschen. Brot hatte keine heimliche Agenda, kannte keine Haltung, und wurde nicht mürrisch, nur weil eine Frau nicht auf emotionale Manipulation hereinfiel.

*

»Also, welche aufregenden Abenteuer hast du heute erlebt? Ich könnte ein bisschen Ablenkung gebrauchen«, sagte Cleo. Die U-Bahn hatte gestreikt, und sie hatte Stunden für den Heimweg gebraucht. Sie klang erschöpft.

Ich musste überlegen, was ich ihr verraten wollte. *»Ich habe den Hintern meines alten Spielkameraden überprüft, und er ist ziemlich heiß«*, klang nicht besonders angemessen, auch wenn es Cleo zweifellos aufmuntern würde.

»Tommaso hat den Schornstein gesäubert, und ich habe einen verstopften Abfluss im Badezimmer gereinigt. Das war richtig fesselnd. Willst du mehr davon hören?«

»Gott, nein! Jedenfalls nicht, bevor ich mindestens zwei Glas Wein getrunken habe. Hast du schon etwas von deinem sexy Notar gehört?«

»Nichts. Nicht mal eine SMS.« Der Fairness halber musste ich zugeben, dass er es vielleicht versucht hatte, aber das Castello hatte ja keinen Empfang. Jedenfalls hoffte ich das. Dann hasste ich mich selbst dafür, dass ich es hoffte. »Wie läuft es im Büro?«

»So lala.«

Oh, oh. Cleo wich aus. »So schlimm?«

»Ich habe den Kerl der Delta Corporation schon heute kennengelernt. Der Mann, mit dem ich in den nächsten Monaten zusammenarbeiten werde.«

»Bitte sag mir nicht, dass er zwölf Jahre alt ist und Akne hat.«

»Es ist viel schlimmer.«

»Kahlköpfig, Schmerbauch, Single und er hat dich bereits gefragt, ob du mit ihm essen gehst?«

»Nein. Er hat noch alle Haare.«

»Also entweder verheiratet oder schwul. Das ist doch wieder mal typisch.«

»Nein …« Cleo wich jetzt aber eindeutig aus.

»Also?«, hakte ich nach.

»Er ist der arroganteste, nervigste …« Sie schnappte nach Luft, als hätte sie schon zu viel gesagt.

Ich biss mir auf die Unterlippe. »Es tut mir so schrecklich leid. Es ist mein Fehler, dass du in diese Lage gekommen bist und dass du jetzt mit diesem Kerl zusammenarbeiten musst.«

»Blödsinn. Es ist nicht deine Schuld, dass er ein Arschloch ist.«

»Was hat er denn gemacht? Hat er versucht, dich im Pausenraum anzugrabschen?«

»Schlimmer. Er hat mich gebeten, ihm einen Kaffee zu machen. Als wäre ich irgendeine zwanzigjährige, weibliche Freitag und er Robinson!«

»Und, hast du es gemacht?«

»Ja, schon, aber darum geht es nicht. Selbst wenn ich die Woche Arbeit mit diesem Mann überlebe, muss ich dir danach, glaube ich, in deinem ›Urlaub‹ Gesellschaft leisten.«

»Großartige Idee. Du kannst mir helfen, die Abflüsse frei zu bekommen.«

»Hm. Wenn ich es mir recht überlege, bleibe ich vielleicht doch lieber hier. Aber wenn ich verhaftet werde, weil ich ihn ermordet habe, stellst du dann Kaution für mich?«

»Selbstverständlich. Und ich verspreche dir, dass ich dir einen sehr sexy Anwalt suche.«

Endlich lachte Cleo. Auftrag erledigt.

8. KAPITEL

Chi ha la sua casa, poco gli manca
Wer sein eigenes Haus besitzt, dem mangelt es an nichts

Ich stand am nächsten Morgen sehr früh auf, aber nicht so früh wie Tommaso. Sein Wagen war bereits vom Hof verschwunden, als ich in die Küche schlenderte und den Wasserkocher anstellte, um mir einen Tee zu machen.

Der Fahrer, der gestern das Brot und die Nachspeisen abgeholt hatte, hatte mir auch eine Kiste mit Lebensmitteln von Beatrice mitgebracht. Einschließlich einer Glasflasche Vollmilch mit einer dicken Rahmschicht obendrauf. Jetzt betrachtete ich die Zutaten, die ich auf dem Küchentisch ausgebreitet hatte, und kam mir vor wie ein Teilnehmer an einer Kochshow. Ein Glas Himbeermarmelade mit dem Etikett des Rossi-Hofs würde die Bedingungen »aus heimischer Herstellung« erfüllen, dazu gab es Mandeln, Frischkäse und die kostbare, unverzichtbare Hefe …

Ich atmete aus. In einer alten, großen Küche zu backen, die sich eine halbe Autostunde vom nächsten Lebensmittelgeschäft entfernt befand, erforderte erheblich mehr Kreativität, als in meiner hochmodernen Küche in Wanstead zu backen, mit einem Tesco-Supermarkt in fußläufiger Distanz.

Was konnte ich mit dem anfangen, was ich hatte?

Et voilà! Das war vielleicht die falsche Sprache, aber das richtige Gefühl – ich würde Mini-Himbeertörtchen mit einer süßen Frischkäsefüllung machen. *Mary Berry, du wirst dich wundern!*

Mit einem Lächeln, das jedem Kandidaten, der seinen Mitstreiter in einer Liveshow ausschalten wollte, Ehre gemacht hätte, wusch ich mir die Hände und machte mich daran, den Teig herzustellen. Ich mischte Mehl, Zucker und Salz und verknetete alles mit Butter, bis die Mischung einen fein krümelnden Teig bildete. Dann gab ich Eier und Milch dazu, damit der Teig zäh und weich wurde, und achtete darauf, dass er nicht zu klebrig war. Dann wickelte ich ihn Frischhaltefolie und stellte ihn in die Speisekammer, damit er abgekühlte. Mit einer frischen Tasse Tee und einem Toast ging ich auf die Terrasse.

Die Sonne stand hoch am Himmel und goss ihr warmes, helles Licht über das Tal. Das Spalier über der gepflasterten Terrasse bog sich unter dem Gewicht der schweren Glyzinie. Ihre leuchtend violetten Blüten hatten sich zur Sonne gedreht. Es war die größte Glyzinie, die ich je gesehen hatte. Und sie war seit meinem letzten Besuch hier mindestens um das Drcifache gewachsen.

Ich setzte mich auf die Holzbank, die so aufgestellt war, dass man den besten Blick hatte, und legte meine Füße auf die von der Sonne gewärmte Balustrade. Ich atmete tief ein. Ein Traktor brummte in der Ferne, Vögel zwitscherten und die Zikaden zirpten laut in der ruhigen, würzigen Luft.

Zum ersten Mal seit dem Aufwachen dachte ich ans Büro und fragte mich, wie Cleo mit dem Arsch der Delta Corporation zurechtkam. Vermutlich regnete es in London. Ich hielt mein Gesicht in die Sonne. Ein bisschen Sonne konnte fast alles regeln. Vielleicht sollte Cleo tatsächlich ein paar Tage zu Besuch kommen, bevor der Sommer vorbei war.

Ich atmete tief den Duft von Rosmarin, Lavendel und dunkler, fruchtbarer Erde ein.

Wie lange war es her, seit ich nichts anderes getan hatte, als müßig an einem sonnigen Fleck herumzusitzen? Wann hatte ich das letzte Mal einen Tag ohne eine To-do-Liste vor mir gehabt, einen Tag, an dem ich niemandem Rechenschaft schuldete? Ganz sicher nicht mehr, seit ich Teenager gewesen war. Vielleicht brauchte ich diesen Urlaub ja wirklich.

Meine Augen schlossen sich wie von selbst, und ich seufzte. Die helle Sonne brannte auf meinen Augenlidern.

Das ferne Geräusch des Traktors verstummte plötzlich, und ich runzelte bei dieser rüden Störung meiner Träumerei die Stirn. Das erinnerte mich daran, dass das hier kein Urlaub war und ich immer noch in einem verfallenen Castello hauste, das einige gründliche Renovierungen benötigte. Aber wenigstens wartete in der Speisekammer ein Teig auf mich, der langsam aufging. Solange Teig da ist, gibt es Hoffnung, hatte Nonna immer gesagt.

Als ich in die warme Küche zurückging, stellte ich fest, dass der Teig hier erheblich schneller aufgegangen war, als er das in dem kühleren, englischen Klima getan hätte. Ich rollte ihn aus, legte Nonnas Muffin-Backform damit aus und gab Backpapier und Backbohnen hinzu, bevor ich die Form in den heißen Ofen stellte.

Während der Tortenboden buk, schlug ich den Frischkäse auf, fügte Butter und Zucker hinzu und quirlte die Milch so lange, bis sie schaumig und leicht war. Dann schlug ich noch ein paar Eier hinein, von denen ich sehr bald noch erheblich mehr würde kaufen müssen, mahlte die Mandeln und kippte sie in die Mischung. Schließlich rieb ich noch Zitronenschalen hinein, ebenfalls aus heimischer Herstellung, nämlich direkt vom Zitronenbaum im hinteren Garten. Ich hatte noch nie mit Zutaten gebacken, die ich eigenhändig gepflückt hatte.

Die Küche füllte sich mit dem befriedigenden Aroma von backendem Teig, und ich summte bei der Arbeit vor mich hin. Als der Tortenboden fertig war, nahm ich die Bohnen und das Papier aus der Form und verteilte eine dicke Schicht Himbeermarmelade auf dem Teig, gab die süße Füllung darauf und schob die Törtchen dann wieder in den Ofen zurück.

Ich plünderte gerade auf der Suche nach frischen Erdbeeren den verwilderten Kräutergarten, als ein Wagen die lange Auffahrt zum Castello hinauffuhr. Ich beschattete meine Augen gegen die helle Sonne, und mein Herz hüpfte kurz, als ich den silbernen Sportwagen erkannte.

Aber Luca war nicht allein. Er hatte den Immobilienmakler mitgebracht, der das Haus schätzen sollte.

Der Makler war eine Frau – eine Frau mit Kurven und glänzendem, lockigem Haar, das sie achtlos hochgesteckt hatte. Sie trug ein eng anliegendes, feuerwehrrotes Kleid und ihre Absätze waren so hoch, dass ich darin nicht einmal hätte stehen können.

Ich hatte mehlige Hände und rote Flecken von dem klebrigen Erdbeersaft, trug die alberne bunte Schürze, die ich in einem Schrank im Obergeschoss gefunden hatte und fühlte mich neben der Maklerin schrecklich reizlos.

Die Frau ging von Raum zu Raum, schnalzte dabei missbilligend und machte ausführliche Notizen auf ihrem Klemmbrett. Ich folgte Luca und ihr, aber da sie zumeist italienisch sprachen, verstand ich nur wenig. Und Luca war heute auch nicht zu Scherzen aufgelegt. Er verhielt sich vollkommen geschäftlich – kein kurzes Lächeln, keine beiläufigen Berührungen, kein Flirten. Ich war froh, als das Handy in meiner Schürzentasche summte und mich informierte, dass die Törtchen fertig waren. Das gab mir eine Entschuldigung, in die Küche zu verschwinden.

Als ich allein war, gestand ich mir meine Enttäuschung ein. *Was zur Hölle denkst du? Keine Urlaubsaffäre, schon vergessen? Es ist besser so.*

Es fühlte sich aber nicht besser an. Genau deshalb hasste ich es, mich zu verabreden. Dieses ständige Auf und Ab, dieser »Liebt er mich? Liebt er mich nicht?«-Blödsinn. Meine Freunde mochten Kevin für langweilig halten, aber zumindest hatte ich nie irgendwelche Zweifel an seinem Interesse an mir gehabt. Jedenfalls so lange nicht, bis ich feststellte, dass ich nicht die Einzige war, an der er Interesse hatte.

Eine halbe Stunde später kühlten die Törtchen gerade auf dem Küchentisch ab, als Luca und die Maklerin in die Küche kamen. Sie drückte mir eine Liste aus mehreren eng beschriebenen Seiten in die Hand. »Reparieren Sie das, dann machen wir Fotos und stellen das Haus auf unsere Website. Aber so wie das Castello jetzt aussieht, *no di certo!* Keine Chance! Es gibt schon viel zu viele heruntergekommene Herrenhäuser auf dem Markt.«

Ich warf einen Blick auf die Liste, und mir klappte der Kiefer herunter. Einige Punkte schienen ohne große Probleme beseitigt werden zu können: die Reparatur der Haustür, das Streichen der Räume, die Beseitigung des Mülls, aber der Rest …! Wasserleitungen, Elektrizität, die Fassade neu verputzen, die Zufahrt musste neu asphaltiert werden … Genauso gut hätte ich das Castello von Grund auf neu bauen können, um es verkäuflich zu machen. Vielleicht wäre ein Brand sogar ein Segen gewesen. Ich brauchte auf jeden Fall einen Bauunternehmer, um auch nur die Hälfte der Punkte erledigen zu können.

Ich begleitete die beiden zum Wagen, die Blätter mit der Liste immer noch in meiner krümeligen, klebrigen Hand. Einen kurzen Moment, als die Immobilienmaklerin bereits im Wagen saß und wir uns verabschiedeten, erhaschte ich einen Blick auf den Luca, der mich zum Mittagessen ausgeführt und mich mit seiner Aufmerksamkeit verwöhnt hatte.

»Brauchen Sie Hilfe, um einen Bauunternehmer zu beauftragen?«, fragte er. Jetzt funkelten seine Augen wieder übermütig, aber diesmal hatte es nicht den beabsichtigten Effekt. Wieso behandelten mich all diese Männer wie ein zartes Pflänzchen? Ich brauchte Lucas Hilfe noch weniger, als ich die von Tommaso gebraucht hatte.

»Das schaffe ich schon.« Ein paar Telefonate zu erledigen und Preisvergleiche anzustellen war ja schließlich nicht so kompliziert wie eine Gehirnoperation. Oder Finanz-Deals zu zimmern.

*

Ein Tag später fühlte ich mich nicht mehr so zuversichtlich. Ich hatte den alten Telefonapparat in meinen Schoß gestellt und unterdrückte das Bedürfnis, ihn gegen den Bettpfosten zu schleudern. Wie war es möglich, dass es keinen einzigen Bauunternehmer in der ganzen Provinz Siena gab, der bereit war, sich das Haus noch vor Weihnachten anzusehen?

Ich war in der Küche und ließ meinen Stress an einem frischen Brotteig aus, den ich diesmal für mich selbst zubereitete, als Daniele in dem verbeulten Pick-up der Rossis auftauchte und meine tägliche Lieferung für die Trattoria abholte. Er brachte einen Korb mit braunen Eiern mit und stellte ihn auf den Tresen neben den Spülstein. »Was ist denn in dich gefahren?«

»Nichts.«

Er lachte. »Wenn eine Frau auf so eine Frage ›nichts‹ antwortet, bedeutet es immer Ärger.« Er lehnte sich an die Türzarge. Er trug eine von der Arbeit verschmutzte Cargohose, abgetragene Stiefel und ein kariertes Hemd und sah aus, als wäre er gerade von einem Traktor gestiegen. Mir war noch nie in den Sinn gekommen, dass ein Bauer sexy sein könnte, aber jetzt änderte ich schlagartig meine Meinung. Wäre ich zehn Jahre jünger gewesen, wäre mir jetzt das Wasser im Mund zusammengelaufen. Stattdessen fühlte ich mich neben seiner Jugend und Vitalität nur älter, als ich eigentlich war.

Ich hörte auf, den Teig zu verprügeln und wischte mir die Hände an der Schürze ab. »Diese Hütte muss dringend renoviert werden, und ich schaffe es nicht allein. Aber ich habe schon ein Problem damit, einen Bauunternehmer zu finden, der bereit ist, auch nur einen Blick auf das Castello zu werfen, um mir einen Kostenvoranschlag zu machen.«

Daniele zuckte mit den Schultern. »Die meisten Bauunternehmer in der Toskana sind auf Jahre im Voraus ausgebucht. Aber ich kann mich ja mal umhören. Mein Vater kennt alle Bauunternehmer hier in der Gegend. Vielleicht findet er jemanden, der dir zumindest einen Preis nennen kann.«

Ich lächelte zum ersten Mal seit mehr als einer Stunde. »Danke. Das weiß ich wirklich zu schätzen.«

»So etwas tun Nachbarn füreinander.« Er beugte sich über die Kiste mit frischen Ciabatta-Laiben und kleinen Brötchen, die ich für ihn bereits fertig eingepackt hatte. »Mmm. Hier riecht es aber sehr gut.« Er griff in die Kiste und wusste genau, was ihn erwartete. Ich schlug ihm spielerisch auf die Finger. »Die sind für die Trattoria, nicht für dich!«

Er verzog das Gesicht und sah aus wie ein großer Junge. »Aber *Zeppole* sind meine Lieblingsspeise! Hast du sie mit Sahne oder mit Vanillecreme gemacht?«

»Weder noch. Mit Ricotta.« Ich lachte über seine Miene. »Nein, sag es mir nicht – Ricotta-*Zeppole* sind deine absolute Leibspeise?«

»Selbstverständlich!«

»Es steht noch eine Ladung im Kühlschrank. Du bekommst ein paar, wenn du mir versprichst, deinen Vater wegen des Bauunternehmers zu fragen.«

»Versprochen.« Er stand bereits an dem alten Kühlschrank und ich lachte erneut. Einen Moment später kam er mit einer Handvoll der frittierten Teigbällchen zurück. »Du bist eine Göttin! Wie ist es möglich, dass dich noch kein Mann geheiratet hat?«

Ich verzog das Gesicht. »Wahrscheinlich, weil ich keinen Ehemann brauche.«

Daniele grinste. »Keine Frau *braucht* einen Ehemann. Einen zu wollen steht dagegen auf einem völlig anderen Blatt.«

Ich konnte mir mittlerweile sehr gut vorstellen, wie sich Beatrice fühlte, wenn sie von ihren Brüdern gepiesackt wurde. »Was ist mit dir? Hast du vor, bald zu heiraten?«

Daniele lachte amüsiert. »Ich begehre viele Frauen. Bis ich die finde, die mich dazu bringt, keine andere mehr zu begehren, habe ich nicht vor zu heiraten.«

Typisch Mann. Sie wollten alle den Kuchen behalten und ihn gleichzeitig essen. »Musst du nicht wieder zur Trattoria zurück? Deine Schwester will das alles bestimmt haben, bevor der Mittagsbetrieb losgeht.«

Daniele verstand den Wink, nahm die Kiste und ging zu seinem Pick-up. Dabei pfiff er fröhlich. Ich sah ihm nicht nach. Stattdessen betrachtete ich den Korb mit den Eiern und beschäftigte mich bereits mit neuen Möglichkeiten. Wartete Johns privater Weinkeller vielleicht auch mit süßem Wein auf? Ich hatte zwar noch nie zuvor *Zabaglione* gemacht, aber wenn ich einen netten Muskateller-Wein fand … Ich hörte kaum, wie der Pick-up den Hof verließ.

*

Schon am nächsten Tag tauchte Alberto mit einem befreundeten Bauunternehmer auf. Es war ein kleiner, runder kahlköpfiger Mann mit einem Schnauzbart, der den Mangel an Haupthaar überkompensierte. Ich war so froh, die beiden zu sehen, dass ich sie am liebsten umarmt hätte. Stattdessen begnügte ich mich jedoch mit einem höflichen Händeschütteln und gab dem Bauunternehmer die Liste der Immobilienmaklerin.

Der Mann murmelte vor sich hin, als wir ihm durch das Castello folgten.

»Übel, sehr übel«, fasste er schließlich zusammen, als wir wieder in die Küche kamen.

Natürlich war es übel. Das sah ich selbst. »Was wird es kosten, um dieses Haus zumindest bewohnbar aussehen zu lassen?«

Der kleine Mann zuckte mit den Schultern und hob die Handflächen nach oben, die italienische Geste für »Wer weiß?«. Ich schob ihm eine Schüssel mit frischen *Zeppole* hin, die diesmal mit Erdbeeren aus meinem eigenen Garten dekoriert waren. Ich schreckte auch vor Bestechung nicht zurück.

Der Bauunternehmer schob sich zwei Teigbällchen in den Mund, während er nachdachte. Als er sie gekaut und heruntergeschluckt hatte und eine furchterregende hohe Summe nannte, hätte ich mich am liebsten hingesetzt. Der Sinn dieser Übung war, das Castello zu verkaufen, nicht meine gesamten Ersparnisse darin zu versenken.

»Ich brauche keine Wunder – nur eine Schicht Farbe und ein bisschen Zimmermanns-Handwerk. Vielleicht reicht ja die Hälfte der Punkte auf der Liste?«, fragte ich hoffnungsvoll. Immerhin konnte die Maklerin nicht erwarten, dass sich das Haus in einem perfekten Verkaufszustand befand!

Der Mann zuckte bedauernd mit den Schultern und erklärte Alberto etwas auf Italienisch, der anschließend übersetzte. »Das hier ist ein denkmalgeschütztes Gebäude. Es ist zwar nicht bedeutend genug, um einen Zuschuss für die historisch korrekte Erhaltung von Gebäuden zu bekommen, aber alle Renovierungen müssen den strengen Vorschriften genügen, die für ältere Gebäude gelten. Das kann teuer werden.«

Der kleine Mann nickte eifrig. »Wenn Sie bis zum neuen Jahr warten, gebe ich ihnen fünfzehn Prozent Nachlass«, bot er in seinem umständlichen Englisch an, während er die restlichen *Zeppole* sehnsüchtig musterte.

»Aber ich kann nicht bis nach Weihnachten warten!«

Alberto spreizte die Hände. »Warum diese Eile? Fünfzehn Prozent sind sehr viel Geld!«

Sie verstanden nicht. Es ging nicht um das Geld. Ich hatte einen Job, zu dem ich zurückkehren musste, ein Leben, das ich weiterführen musste. Es war eine Sache, meinen erzwungenen Sommerurlaub darauf zu verwenden, das Haus zu renovieren und zu verkaufen, aber ich wollte nicht länger als nötig an diesen Ort gefesselt sein. Und ich vertraute ebenfalls nicht darauf, dass eine einzige Abfüllung Tommaso genug Geld einbrachte, um mich auszuzahlen. Wie viel Geld konnten ein paar Fässer Wein schon erzielen?

Nein, das beste Weihnachtsgeschenk, das ich mir vorstellen konnte, war, Castel Sant'Angelo und alles, was es repräsentierte, loszuwerden.

Wenn ich keinen Bauunternehmer bekam, würde ich die Arbeit eben selbst erledigen müssen. Ich war schließlich eine kompetente, moderne Frau und hatte keine Angst vor harter Arbeit, und außerdem wusste ich, wie man YouTube benutzte. Wie schwer konnte es schon sein, ein bisschen zu verputzen und zu streichen?

9. KAPITEL

Chi trova un amico, trova un tesoro
Wer einen Freund findet, findet einen Schatz

Ich wachte auf, weil Wasser aus Johns Zimmer in den Flur triefte. Ein Rohr in seinem Badezimmer war geplatzt, und das nicht zum ersten Mal, davon war ich überzeugt, als ich den Schaden in den Zimmern darunter betrachtete. Als ich den Hauptwasserhahn gefunden hatte, um das Wasser im Bad abzustellen, war ich vollkommen durchnässt, schmutzig und brauchte dringend eine Dusche und eine Tasse Tee. Außerdem war ich weit in meinem Terminplan für mein morgendliches Backen zurück. Gott sei Dank hatte ich den Brotteig bereits am Abend zuvor vorbereitet, aber ich hatte keine Zeit mehr für das komplizierte und köstlich geschichtete *Sfogliatelle*-Gebäck, das ich heute eigentlich zum Nachtisch für die Trattoria hatte zubereiten wollen. Stattdessen griff ich auf einen englischen Dessert-Favoriten zurück: Brot-und-Butter-Pudding.

Da mir Sultaninen und Johannisbeeren fehlten, nahm ich stattdessen die dunklen Schokoladenchips, die ich für die *Sfogliatelle* hatte verwenden wollen.

Ich hatte gerade angefangen, die angewärmte Milch mit den Eiern zu verrühren, mit Nonnas aquamarinblauem Sunbeam-Mixer aus den Fünfzigern, als ein Wagen auf den Hof fuhr. Es war weder das unverwechselbare Geräusch von Tommasos Vintage-Wagen noch das vertraute Klappern des Pickups der Rossis oder das Schnurren von Lucas Sportwagen. Neugierig schaltete ich den Mixer aus und ging zur Tür, während ich mir die Hände an der großen, geblümten Schürze abwischte.

Neben dem Haus parkte ein kirschroter Fiat mit Fließheck, aus dem Beatrice stieg. Sie sah ebenso lässig elegant aus wie zuvor, obwohl sie heute ein schlichtes Kleid mit einem Nackenband in Primelgelb trug, eine Farbe, die sich wundervoll von ihrer gebräunten Haut abhob.

»*Buongiorno!*« Sie winkte, schloss die Wagentür und schritt über den Hof. Sie glitt mit ihren niedrigen Absätzen über den Kies, als wäre er so glatt wie Asphalt.

Irgendetwas musste im heimischen Wasser sein. Ich hoffte sehr, dass dieser lässige Stil auf mich abfärbte, wenn ich nur lange genug blieb.

»*Buongiorno.* Leider bin ich mit der heutigen Lieferung noch nicht fertig«, entschuldigte ich mich, während ich sie in die Küche bat.

»*Scialla.* Macht nichts. Denn heute nehme ich dich mit auf den Markt.«

Ein Ausflug! Ich hatte mich schon die ganze Woche danach gesehnt, endlich einmal aus dem Haus zu kommen, und hatte zudem kaum noch Vorräte, aber … »Das ist nett von dir, aber ich muss noch das Dessert für heute machen.«

»Ich warte, bis du fertig bist. Dann bringen wir die Sachen auf dem Weg zur Stadt in der Trattoria vorbei.«

Ich goss den Milch-Eier-Mix in die übergroße Bratpfanne, die ich mit gebutterten Brotscheiben und Schokoladenchips ausgelegt hatte und streute dann Zimt darüber. Als die Pfanne im Ofen stand, stellte ich den alten Kessel auf den Herd. Den Wasserkocher hatte ich in die Speisekammer verbannt. Abgesehen davon, dass ich Strom sparte, indem ich den bereits heißen Ofen benutzte, hatte das Pfeifen eines altmodischen Wasserkessels etwas sonderbar Beruhigendes. In weniger als einer Woche war ich vollkommen bekehrt worden.

Während wir unseren Tee tranken, warf Beatrice einen Blick in die Kiste, die für die Trattoria bestimmt war, so wie ihr Bruder es getan hatte, und summte zustimmend, als sie das Aroma des frisch gebackenen Brotes einatmete. Sie seufzte. »Du hast wirklich ein magisches Händchen!«

Sie zog einen Stuhl vom Tisch und setzte sich mir gegenüber. Die dampfende Teetasse hielt sie in beiden Händen. »Deine Ricotta-*Zeppole* waren ein Volltreffer. Wir haben deswegen sogar eine lobende Erwähnung im TripAdvisor bekommen.«

Ich warf einen Blick auf den Ofen und den Vintage-Mixer in der ebenfalls uralten Rührschüssel. »Ich wünschte nur, dass ich dir etwas Professionelleres anbieten könnte. Diese Küche sieht vielleicht nicht mehr nach viel aus, aber wenigstens sollte sie keine Vorschriften des Gesundheitsamtes verletzen.«

Beatrice wedelte ausdrucksvoll mit der Hand in der Luft, um meine Bedenken zu zerstreuen. »Es sieht hier aus wie in unserer alten Hofküche. Es ist wie zu Hause. Und genau das versprechen wir unseren Kunden doch: gute, hausgemachte Speisen.«

Es war zwar nicht meine Vorstellung von einem idealen Heim, aber als ich mich umsah, wurde mir klar, was Beatrice meinte. Nicht die Art von moderner, sachlicher Einrichtung, die ich für mich selbst ausgesucht hatte, sondern die Art Heim, wo die Leute sich bei lärmenden Mahlzeiten um den Tisch drängen. Es musste mindestens drei Jahrzehnte her sein, seit diese Küche Schauplatz eines lebhaften Familienessens gewesen war. John und ich hatten für gewöhnlich unsere Mahlzeiten allein im Esszimmer zu uns genommen, oder ich hatte, wenn er arbeitete, mit Nonna und Tommaso im Cottage gegessen.

Beatrice sah sich ebenfalls um. »Ich hatte schon immer einmal einen Blick in dieses Castello werfen wollen. Papa ist immer hierhergekommen, um *Briscola* zu spielen, dieses Kartenspiel, und manchmal hat dein Vater auch uns besucht. Aber ich selbst war nie im Castello.«

»Ich führe dich gern herum, aber erwarte nicht zu viel. Das Haus ist in einem sehr schlechten Zustand.«

Aber als ich Beatrice von Zimmer zu Zimmer führte, kam mir das Haus plötzlich nicht mehr ganz so deprimierend vor wie noch vor einer Woche. Ich hatte die Staublaken abgenommen, gesaugt, Staub gewischt und aufgeräumt. Da die Fensterläden geöffnet waren, wegen des wunderschönen Sommer-Sonnenscheins, wirkten die Räume erheblich friedlicher als bei meiner Ankunft. Ich übersah sogar die Risse im Putz oder die abblätternde Tapete. Allerdings ließ ich die Bibliothek aus, und als wir durch das Esszimmer mit seinen verblassten Fresken gingen, konnte Beatrice einen Blick auf den kleinen Berg aus nicht zusammenpassenden Stühlen, wackligen Tischen und anderem Krimskrams werfen, den ich unter die Treppe geschoben hatte.

»In der Stadt gibt es einen Möbelladen, der auch Reparaturen vornimmt«, erklärte Beatrice. »Wir können Bernardo fragen, ob er etwas davon reparieren und für dich verkaufen kann, falls du willst?«

Ich nickte heftig. Es gab nur eine begrenzte Anzahl von Kaffeetischen, die in ein Haus passten. Einige Räume im Haus sahen aus, als stammten sie aus einer Episode von *Die Messis.*

Als der Brot-und-Butter-Pudding fertig war, legte ich die Schürze ab, und wir packten die Kisten in Beatrices kleines Auto. Sie beanspruchten den gesamten Rücksitz.

Zuerst fuhren wir zur Trattoria, wo Beatrices Cousin Matteo die Kisten in Empfang nahm. Er äußerte sich begeistert über den Inhalt, aber in einem vollkommen unverständlichen italienischen Dialekt. Dann drehten wir die Lüftung des Wagens auf und fuhren nach Montalcino, während wir uns lautstark unterhielten, um die Stimme von Taylor Swift im Radio zu übertönen. Die sanften Hügel des Val d'Orcia breiteten sich um uns herum aus, Bauernhäuser schmückten zwischen Meeren aus Weinbergen und dunklen Gehölzen wie Tupfer die Landschaft. Es waren dieselben klassischen Ansichten, die Reiseführer, Touristenposter und Kalender in der ganzen Welt zierten.

Die Straße schlängelte sich westlich um die Altstadt auf dem Hügel. Schließlich, mitten in einer Haarnadelkurve, bei der ich mich am Sitz festklammerte, öffnete sich ein Tor und gewährte einen Blick durch die Mauern in das Dorf. Beatrice verlangsamte kaum ihre Geschwindigkeit, als sie hindurchfegte, über einen Kreisverkehr, in dessen Mitte eine Statue von Bacchus, dem Gott des Weines und der Orgien, stand. Dann fuhren wir an der Mauer der *Fortezza* vorbei, der mittelalterlichen Festung, die die ganze Stadt dominierte. Sie ließ auch den großen Parkplatz links liegen, auf dem man bezahlen musste, und steuerte eine nicht asphaltierte Fläche dahinter an.

»Hier parken die Einheimischen«, meinte sie und tippte sich an die Nase. »Das ist unser kleines Geheimnis. Ich finde hier immer einen freien Parkplatz, selbst wenn die Stadt wie heute voller Besucher ist.«

Es war schon nach halb zehn, als wir den Markt auf der Piazza del Popolo erreichten. Zwischen den Marktständen und den Verkaufswagen drängten sich die Menschen. Es herrschte eine lebhafte Atmosphäre, die Piazza war bunt, voller Musik und Stimmen und die Vielzahl von Aromen hätten selbst den hartnäckigsten Tiefkühlkostliebhabern das Wasser im Mund zusammenlaufen lassen.

Früher einmal hatte ich mich auch für so etwas Ähnliches wie einen Frische-Freak gehalten, als ich hauptsächlich auf dem Borough Market oder auf der Berwick Street eingekauft hatte statt bei Tesco. Das war, bevor ich angefangen hatte, immer länger zu arbeiten, und dem gnadenlosen Zwang verfallen war, immer ganz vorne beim Spiel mit dabei zu sein. Als ich jetzt mitten auf dem betriebsamen Markt stand, umgeben von den Düften und den Geräuschen, hatte ich sonderbarerweise das Gefühl, als wäre ich nach Hause gekommen.

»Nächste Woche kommen wir etwas früher«, sagte Beatrice. »Montalcino genießt man am besten am frühen Morgen und am späten Nachmittag, wenn es nicht so heiß ist und nicht zu viele Touristen herumlaufen.«

Ich hatte schon den kleinen Gemüseladen mit frischen Produkten gut ausgestattet gefunden, aber das war nichts im Vergleich zu den Waren, die hier auf dem Markt angeboten wurden. Blumen, Früchte, Gemüse, Eingemachtes und sogar frisches Fleisch – und zwar nicht aus der billigen Massenproduktion, wie ich es von den Märkten in Rom kannte. »Ich bin gestorben und im Himmel gelandet.«

Beatrice lachte. »Natürlich importieren wir nichts aus den fernsten Ecken des Globus wie in London. Also wirst du hier nicht dieselbe große Auswahl finden. Das hier sind alles Produkte aus der Gegend und entsprechend der Jahreszeit.«

Während sie sich auf ihre Einkaufsliste für die Trattoria konzentrierte, schlenderte ich zwischen den Gemüseständen herum. Die wirklich günstigen Produkte, die hier angeboten wurden, waren natürlich nicht mit den harten, früh gepflückten und nicht zur Reife gekommenen, aber dafür perfekt geformten Produkten vergleichbar, die man heutzutage im Supermarkt fand. Aber es waren genau die köstlichen Früchte, an die ich mich aus meiner Kindheit erinnerte, ein bisschen mitgenommen, alles andere als perfekt, und herrlich köstlich und saftig.

Mir gingen die Augen über, als ich zwischen den Ständen herumschlenderte, die Salamis und Zucchinis bewunderte, die Oliven, die Birnen und Tomaten. Es waren nicht diese wässrigen, blassen, übergroßen und gleichförmigen Tomaten, die für die großen Lebensmittelketten in Massenproduktion hergestellt wurden, sondern eigenwillig geformte Tomaten, die leuchtend rot waren und noch nach Erde und Sonne rochen. Ich deutete auf eine Holzkiste. »Zwei Dutzend davon, *per favore.«*

Der Standbesitzer fing an, Tomaten auszusuchen und sie in eine braune Papiertüte zu packen, als Beatrice plötzlich neben mir auftauchte.

»È questo il tua amica?«, fragte er und sah zwischen uns hin und her.

»*Sì*, das ist meine Freundin Sarah. Sie backt jetzt für die Trattoria«, antwortete Beatrice.

Mit einem entschuldigenden Schulterzucken schüttete der Mann die Tomaten aus der braunen Tüte vorsichtig wieder in die Kiste zurück und bückte sich, um unter den Tresen des Standes zu greifen. Dann befüllte er die Tüte aus einem unsichtbaren Vorrat.

»Die Händler behalten die besten Produkte für die Stammkunden zurück«, flüsterte Beatrice mir zu.

»Wollen Sie versuchen?« Der Mann hielt mir eine kleine Tomate hin. »Ich baue das alles selbst an.«

Lächelnd biss ich hinein, und der saftige, süße Geschmack explodierte mir förmlich auf der Zunge.

Ich wischte mir Tomatensaft vom Kinn. »Die schmecken fantastisch! Haben Sie auch Sellerie? Dann mache ich ein Tomaten-Kräuterbrot.«

Der Händler grinste und gab mir die braune Papiertüte. Sie war mit den rotesten, fleischigsten Tomaten gefüllt, die ich je gesehen hatte, und dazu reichte er mir etliche Selleriestangen.

Ich hatte noch nie so viel Spaß beim Einkaufen gehabt. Wir gingen von Stand zu Stand, und Beatrice stellte mich so vielen Leuten vor, dass ich mir die Namen unmöglich alle merken konnte. Als die Händler ihre Waren gegen Mittag allmählich einpackten, hatten wir den kleinen Rollkorb, den Beatrice mitgebracht hatte, bis zum Rand gefüllt. Wir luden unsere Einkäufe in ihren kleinen roten Wagen und anschließend bestand ich darauf, meine neue Freundin zum Essen in eines der kleinen Straßencafés der Stadt einzuladen.

Wir aßen *Crostini* mit einem sommerlichen Gemüseeintopf und anschließend cremiges Pistazieneis in der Piazza Cavour, einem sauberen und bunten kleinen Gartencafé am Ende einer dieser Hauptstraßen, wo Bänke und ein Brunnen standen.

»Das ist mein Lieblingsort in der Stadt.« Beatrice seufzte glücklich und sah zu, wie die Leute vorbeischlenderten und miteinander plauderten. »Die Touristen kommen selten hierher. Die bleiben in der Innenstadt. Sie werden in ihren großen Touristenbussen hergekarrt, besuchen die *Fortezza*, probieren ein paar Weine in der *Enoteca* und fahren dann wieder. Sie verpassen den besten Teil der Stadt! Da drüben …«, sie deutete über den Garten hinweg, »gibt es Kunstwerke in den öffentlichen Gebäuden.«

»Ich kann mir einfach nicht vorstellen, warum du unbedingt in London leben wolltest, wenn du all das hier hast.« Ich deutete mit einer ausladenden Handbewegung auf die Stadt und die Landschaft dahinter. Sicher, ich mag London, aber wenn es nicht das Zentrum der Finanzwelt gewesen wäre, hätte ich mich vermutlich nicht entschieden, dort zu leben.

Beatrice errötete und mied meinen Blick. »Ich bin aus dem üblichen Grund weggegangen … wegen eines Mannes.« Sie zuckte mit der Schulter, auf diese einzigartig italienische Weise, die in dem Fall bedeutete: *Es ist mir wichtig gewesen, aber ich will, dass alle denken, es wäre nicht so.* »Es hat nicht funktioniert.«

Also die übliche Geschichte. Und da ich es auch hasste, wenn jemand in der Asche meines Lebens herumstocherte, bedrängte ich sie nicht weiter. Stattdessen leckte ich mir die letzten Spuren der klebrigen Eiscreme von den Fingern. »In Italien schmeckt alles so viel besser!«

»Wir reden doch hier nicht über Männer, hoffe ich?« Beatrice zwinkerte. »Aber ob du nun über Männer oder Essen redest, ich glaube, du hast recht – hier schmeckt alles besser.« Sie hob hoffnungsvoll die Brauen. »Vielleicht bleibst du ja länger als den Sommer über, wenn wir dir einen netten italienischen Mann suchen?«

»Keine Chance! Ich habe einen wirklich guten Job, den ich nicht aufgeben will.«

»Ich dachte, du arbeitest in einer Bank?« Beatrice rümpfte die Nase.

»Das ist nicht irgendeine Bank. Sondern eine Investmentbank. Wir sind auf Konzernfinanzierung spezialisiert.«

Beatrice sah zwar nicht überzeugt aus, aber sie lächelte. »Du kannst es mir nicht verübeln, wenn ich es versuche! Ich mag glückliche Gäste. Und es gefällt mir auch, wenn ich mit jemandem zusammen einkaufen kann.«

Ich lächelte. »Es gefällt mir auch, mit jemandem zusammen einzukaufen.« Das eine Mal, als ich Kevin zum Borough Market mitgeschleppt hatte, hatte er sich so gelangweilt, dass ich ihn in einem Pub zurücklassen musste, während ich zwischen den Ständen herumflanierte.

Beatrice wischte sich die Finger an einer Papierserviette ab. »Wie geht es Tommaso denn so?«

Ihr Blick war gelassen, und ich konnte keinen Hinweis darauf entdecken, dass meine neue Freundin einen Hintergedanken bei dieser Frage hatte. Stattdessen war ich es, die wegsah. »Gut, glaube ich. Er ist immer so mürrisch und launisch, dass es schwer zu sagen ist.«

»Er ist wirklich ein Mann, der von einer Frau in seinem Leben profitieren würde.«

»Du und er habt nie …?«

Beatrice lachte. »*Oddio!* Niemals! Tommaso und ich sind einfach nur Freunde.« Sie zuckte abermals mit der Schulter, und schaffte es, so etwas wie Bedauern damit auszudrücken. »Bedauerlicherweise stimmt die Chemie zwischen uns nicht, obwohl er genau die Art von Mann ist, die meine Brüder billigen würden – er hat Wein in den Adern. Aber nein, er ist nicht mein Typ, und ich bin ganz sicher nicht seiner.«

»Er hat einen Typ?« Ich konnte es gerade noch vermeiden, mir die Hand vor den Mund zu schlagen. Ich wollte es nicht wissen, und es interessierte mich auch nicht. Das heißt, vielleicht interessierte es mich ein kleines bisschen. Immerhin waren wir einmal Freunde gewesen.

»Tommasos Typ ist jede Frau, die nicht lange genug hierbleibt, um es kompliziert werden zu lassen.« Beatrice sprach in dramatischem Flüstern weiter. »Daniele sagt, er sei außerordentlich beliebt bei Touristinnen.«

Ich verdrehte die Augen. Offenbar hatte Tommaso noch mehr mit meinem Vater gemein, als ich gedacht hatte.

Beatrice wackelte vielsagend mit ihren Brauen. »Und da du ja auch nicht bleibst, könntet vielleicht ihr …«

Bei meiner entsetzten Miene musste Beatrice lachen. »Also gut, er ist auch nicht dein Typ.«

Ich seufzte. »Er ist so gar nicht mehr der Junge, an den ich mich noch von meinen Besuchen bei meinem Vater erinnern kann.«

Allerdings war Tommy auch kein Junge in diesem letzten Sommer mehr gewesen, den wir hier verbracht hatten. Seine Schultern waren breiter geworden und sein gebräuntes Gesicht kantiger. Hätte ich damals Spekulationen angestellt, wie er aussehen würde, wenn er älter wurde, hätte ich eher erwartet, dass er Luca ähnelte.

Bei dem Gedanken an Luca nahm ich mein Handy aus der Tasche. Ich hatte Empfang! Ich schaltete meine mobilen Daten ein, und die Postfächer wurden sofort von Nachrichten überflutet, Facebook, E-Mails und SMS, einschließlich einer von Luca. Ich nahm mir nicht die Zeit, eine dieser Nachrichten zu lesen, das wäre unhöflich gewesen, aber ich lächelte. Es war gut zu wissen, dass man mich vermisste und dass den Leuten etwas an mir lag – und dass Luca immer noch Interesse hatte.

Ich schob mein Handy wieder in die Tasche zurück, aber Beatrice hob neugierig eine Braue. »Und was bedeutet dieser Blick? Gibt es da einen Mann in deinem Leben?«

»Ich bin nur aufgeregt, weil ich endlich wieder Empfang habe.« Ich klopfte auf meine Handtasche. »Das Castello ist ein einziges Funkloch.«

»Aber der Keller muss Wi-Fi haben. Immerhin ist es ein Geschäft.«

Daran hätte ich denken sollen. Und da ich nicht zugeben wollte, dass ich in der ganzen Woche, die ich nun schon in der Toskana war, das Weingut immer noch nicht besucht hatte, wechselte ich das Thema. »Warum hat Luca Fioravanti mir nicht erzählt, dass sein Vater und meiner Nachbarn waren?«

Beatrice lehnte sich zurück und legte den Arm über die Rückenlehne der Bank, als wollte sie sich für eine gute Geschichte in Positur setzen. »Zwischen diesen beiden Weingütern gibt es eine Rivalität, solange alle zurückdenken können. Schon lange bevor dein Vater hier aufgetaucht ist und im Castello lebte. Lucas Großvater wollte dem alten *Marchese* das Weingut abkaufen. Er war der Letzte des Sant'Angelo-Geschlechts. Der alte Mann hatte keine Erben, und obwohl er zu alt war, um das Gut allein zu führen, weigerte er sich, auch nur einen Hektar an die Fioravantis zu veräußern. Als dein Vater auf der Bildfläche erschien und ein erheblich niedrigeres Gebot abgab, war das Weingut allerdings auch schon schrecklich verfallen. Da der *Marchese* alles getan hätte, um Lucas Großvater zu ärgern, selbst den Verkauf an einen Fremden, akzeptierte er das Angebot deines Vaters.« Sie brach plötzlich verlegen ab. »*Scusa!* Ich meine damit nicht, dass wir deinen Vater nicht lieb gewonnen hätten, aber …«

»Aber mein Vater war kein Italiener, schon klar. Aber es kann doch nicht immer noch Groll zwischen den beiden Familien herrschen? Mein Vater hat mehr als vierzig Jahre hier in der Toskana gelebt. Das alles ist vor so langer Zeit passiert.«

»Die Leute hier haben ein hervorragendes Gedächtnis. Im Laufe der Jahre hat Lucas Vater immer wieder Versuche unternommen, das Weingut zu kaufen, aber dein Vater hat sich stets geweigert. Und als dein Vater starb, hat sich auch Tommaso geweigert. Vielleicht hat Luca gedacht, es wäre besser, wenn du nicht wüsstest, dass es da einen Interessenkonflikt gibt. Er ist nämlich ein guter Anwalt und Notar, weißt du?«

Er hatte mich nicht unter Druck gesetzt, an seinen Vater zu verkaufen, und hatte auch in keiner Weise parteiisch gewirkt. Aber wenn Luca mich nun absichtlich ermuntert hatte zu bleiben, um Tommasos Pläne zu stören, sozusagen als Bestrafung, weil er das Gebot seines Vaters ausgeschlagen hatte?

Ich schüttelte den Kopf. Nein. Ich konnte nicht glauben, dass Luca so hinterhältig war. Für diese Art von Bösartigkeit kam er mir zu offen und geradeheraus vor.

»Du hast etwas von einem Möbelladen erzählt, den wir besuchen könnten?« Ich wechselte das Thema, stand auf und klopfte den Hosenboden meiner maßgeschneiderten Hose ab.

Beatrice stand auch auf. »Ja, wir sollten gehen. Das Geschäft ist jetzt am Nachmittag zwar geschlossen, aber Bernardo wird sich freuen, dich kennenzulernen.«

Wir gingen durch die Straßen der Stadt zurück, die jetzt ruhiger waren. Viele Geschäfte hatten wegen der Nachmittagshitze geschlossen.

»Der frühe Abend ist die beste Tageszeit hier«, sagte Beatrice. »Wenn die Luft kühler wird, kommt *passeggiata,* die Zeit, in der alle für einen Abendspaziergang aus ihren Häusern kommen.«

Wir klopften an die mit einem Laden verschlossene Tür des Möbelgeschäfts, und Beatrice stellte mich Bernardo vor. Ein schlanker, mittelalter Mann, dessen Gesicht sich tatsächlich aufhellte, als er eingeladen wurde, dass Castello zu besuchen, um sich die Möbel dort anzusehen.

Dann fuhr Beatrice mich nach Hause. Taylor Swift lieferte erneut den Soundtrack zu der üppigen Szenerie, die vor den Fenstern des Wagens vorbeiglitt.

»Es war wundervoll, ein paar Stunden aus der Trattoria wegzukommen und einen Mädchentag zu genießen«, sagte Beatrice. »Können wir das nächste Woche noch einmal machen?«

»Liebend gern. Das ist abgemacht!«

Beatrice half mir, die Tüten mit den frischen Früchten und dem Gemüse auszuladen, dann verabschiedete ich mich winkend von ihr, bevor ich in die Küche ging. Dort duftete es wundervoll nach Zimt und gebackenem Brot. Als ich schließlich allein war, öffnete ich Lucas SMS, und mir wurde warm.

Ich war keine dümmliche Touristin, die sich zu einer Urlaubsaffäre verführen ließ, aber das bedeutete nicht, dass ich mich nicht von einem gut aussehenden Mann zum Essen ausführen lassen konnte. Im Interesse der Wiederherstellung gutnachbarschaftlicher Beziehungen, versteht sich.

10. KAPITEL

A tavola non si invecchia
An einer Tafel altert niemand

Meine zweite Woche in der Toskana verstrich überraschend schnell. Vielleicht trieb ich mich auch etwas stärker an als nötig war, und ganz sicher härter, als Cleo es gebilligt hätte. Aber wenn ich mich beschäftigte, dachte ich nicht an meine Arbeit oder an alles andere zu Hause in London, was ich vermisste.

Morgens backte ich Brot, Brötchen, fruchtige *Crostata*, Ricotta-Käsekuchen und *Semelle*-Brötchen. Ich experimentierte mit Rezepten, die ich in einem Kochbuch von Nonna gefunden hatte, das aussah, als wäre es nie geöffnet worden. Wenn der Fahrer der Rossis die tägliche Fuhre für die Trattoria abgeholt hatte, nahm ich auf der Terrasse ein frühes Mittagessen zu mir und genoss die Aussicht und den Sonnenschein, bevor ich mich ans Saubermachen machte. Ich arbeitete mich Zimmer um Zimmer durch das Erdgeschoss, räumte auf, saugte, schrubbte und wischte Staub.

Nach einer Woche hatte ich bis auf die verschimmelte Bibliothek das gesamte Erdgeschoss bis in den letzten Winkel gereinigt. Alle überflüssigen Möbel stapelte ich zu einem anwachsenden Berg unter der Treppe und krönte den wackligen Haufen mit mottenzerfressenen Gardinen, verschlissenen Teppichen, zerbrochenen Lampen und angeschlagenen Ornamenten. All das sammelte ich für den Container, den ich noch bestellen musste. Diese Aktivität ermüdete mich so sehr, wie selbst ein Vierzehn-Stunden-Tag im Büro es nicht geschafft hätte, aber das Ergebnis war zutiefst zufriedenstellend.

Tommaso hatte ich seit Tagen nicht gesehen, auch wenn ich manchmal hörte, wie er mit seinem Wagen im Morgengrauen wegfuhr und spät in der Nacht zurückkehrte. Er schuftete noch länger auf dem Gut, als ich in der Bank gearbeitet hatte.

Ich balancierte gerade auf der klapprigen Trittleiter und polierte den Kristallleuchter im Wohnzimmer, bis er funkelte, als ich ihn das nächste Mal sah. Er kündigte sich durch einen Ruf aus der Küche an.

»Im Wohnzimmer!«, rief ich zurück und bereute es sofort, als ich an mir heruntersah. Ich hatte den Nachmittag auf Händen und Knien den Boden gewienert und meine Jeans waren schmutzig, vor allen an den Stellen an den Knien, wo ich über die Fliesen gerutscht war. Mein T-Shirt sah noch schlimmer aus, und da sich mein Haar ständig aus dem Knoten löste, hatte ich mir ein Tuch um den Kopf gebunden. Jetzt zog ich es rasch herunter und versuchte, die lockeren Strähnen wieder zurückzustopfen.

Die Mühe hätte ich mir sparen können. Tommaso sah beruhigenderweise noch ungepflegter aus als ich. Er war ganz offenbar nicht die Art von Chef, die den ganzen Tag in seinem Büro herumhockte.

An der breiten Tür blieb er stehen. Er füllte die ganze Öffnung aus. *»Ciao.«*

»Hi.«

Er hielt mir die Hand hin, um mir von der Leiter herunterzuhelfen. »Hier sieht es schon ganz gut aus.«

»Bis jetzt habe ich erst ein paar Räume geschafft.«

»Immerhin ein Anfang. Das Haus wird sich besser verkaufen, wenn es sauberer und weniger vermüllt ist. Und wenn du einen Käufer findest, kannst du vielleicht auch bald abreisen.«

Genau meine Gedanken.

»Hast du schon zu Abend gegessen?«, erkundigte er sich.

Ich hatte seit Stunden nicht mehr ans Essen gedacht, aber als er es jetzt erwähnte, merkte ich, dass ich kurz vorm Verhungern war.

»Ich könnte einen Fleischeintopf aufwärmen«, bot er an.

Mein Magen rumpelte laut, und Tommaso lachte. Sein Lachen war ganz anders als das von Luca. Nicht so offen und ungehemmt, sondern tief und warm, als käme es aus seinem Inneren. »Ich nehme an, das heißt Ja.«

Ich stieg die letzten Sprossen von der Leiter und ging zur Tür. Er trat zur Seite, und obwohl die Türöffnung sehr breit war, streifte ich ihn im Vorbeigehen. Der unerwartete Kontakt löste ein nervöses Kribbeln in meinem Bauch aus. Vielleicht meldete sich aber auch nur der Hunger.

Ich wurde immer unsicherer und strich mir das Haar aus der Stirn. Sein Blick folgte meiner Bewegung. Großartig! Hatte ich mir gerade einen Schmutzstreifen auf die Stirn geschmiert?

Ich senkte den Kopf, aber Tommaso lächelte nur, hob die Hand und wischte den Schmutz ab. Es war nur ein kleines, schiefes Lächeln, aber es verwandelte sein Gesicht vollkommen.

Überrascht stellte ich fest, dass es draußen bereits dunkel war. »Wie spät ist es denn?«

»Schon nach sieben.«

Kein Wunder, dass ich hungrig war. Ich hatte mehrere Stunden am Stück gearbeitet und nur ein Sandwich und eine Tasse Tee zu Mittag zu mir genommen.

»Du bist heute Abend früh zu Hause«, bemerkte ich, als wir über den Hof zu seinem Cottage gingen. »Normalerweise kommst du erst viel später heim.«

Dann wurde mir klar, dass das so klingen könnte, als würde ich ihm hinterherspionieren. Aber Tommaso war nicht im Geringsten irritiert. Er hielt mir die Tür zum Cottage auf. »Warum sollte ich nach Hause gehen, wenn ich noch Arbeit erledigen kann? Immerhin ist es nicht so, dass zu Hause irgendjemand auf mich wartet.«

Seine Worte trafen mich und machten mich sonderbar atemlos. Es dauerte einen Moment, bis ich begriff, woran das lag. Mein Vater hatte vor vielen Jahren dasselbe gesagt. *»Warum nach Hause eilen, wenn noch Arbeit zu erledigen ist?«* Ich war damals erst zehn Jahre alt gewesen, aber ich hätte am liebsten geweint und gesagt: *»Aber ich bin doch zu Hause, Daddy.«* Ich hätte es gern gesagt, hatte es aber nicht getan. Weder damals noch später. Vielleicht war das die Zeit gewesen, als er aufhörte »Daddy« für mich zu sein und »John« wurde.

Tommasos Cottage sah noch genauso aus wie zu Elisas Zeit. Das Erdgeschoss war ein einziger großer Raum, mit Terrakottafliesen auf dem Boden und einer niedrigen Decke mit frei liegenden Balken. Hinter der Küche mit ihrem vertrauten Kieferntisch lag ein Wohnzimmer, in dem ein großer Flachbildfernseher die einzige Veränderung darstellte. Im Obergeschoss, das wusste ich noch, gab es zwei kleine Schlafzimmer unter dem Giebel, und dazwischen quetschte sich ein kleines Badezimmer.

Wir wuschen uns die Hände an der großen Küchenspüle, dann ging Tommaso zum Ofen und wärmte den Eintopf auf. Ich deckte den Tisch. Wir arbeiteten schweigend, weil wir keine Worte brauchten, als hätten wir schon unzählige Male miteinander gegessen. Dabei war es fast zwanzig Jahre her, seit wir gemeinsam eine Mahlzeit in dieser Küche eingenommen hatten.

Ich hatte auf dem Weg durch die Küche des Castellos einen knusprigen Brotlaib mitgenommen und schnitt ihn jetzt auf, während Tommaso jedem von uns ein Glas Wein einschenkte. Dann setzten wir uns gegenüber an den Tisch und warteten darauf, dass der Eintopf heiß wurde.

»Das ist einer von unseren.« Er deutete mit einem Nicken auf die Weinflasche.

»Ein Brunello?«

Er schüttelte den Kopf. »Natürlich stellen wir auch Brunello her, aber dieser Wein ist eine Mischung, die dein Vater und ich zusammen entwickelt haben. Der Angelica. Er ist gut, aber noch nicht da, wo wir ihn haben wollen.« Er trank einen Schluck und ließ sich den Wein genießerisch über die Zunge rollen, bevor er ihn schluckte. »Die Tannine dieses Jahrgangs sind zu übermächtig. Die Abfüllung dieses Jahr wird subtiler.«

Ich atmete das Bouquet ein, trank dann zögernd einen Schluck und schloss die Augen, um mich auf den Geschmack zu konzentrieren. Ich hatte zwar keine Ahnung, was Tannin war, aber er hatte recht. Der Wein hatte von irgendetwas zu viel. Nicht gleich beim ersten Schluck, aber er war ein wenig bitter im Nachgeschmack.

Tommaso bestrich die Brotscheiben mit cremiger Butter, die genauso aussah wie die Butter vom Hof, die mir Beatrice geschickt hatte. Dann biss er herzhaft hinein.

»Mmmhh. Das schmeckt köstlich. Du backst ziemlich gut für einen Bankmenschen.«

Ich bin Finanzanalystin, nicht einfach nur irgendein Bankmensch. Aber ich korrigierte ihn nicht, weil ich zu sehr damit beschäftigt war, die Hitze zu unterdrücken, die das Kompliment in mir ausgelöst hatte. Ich wandte den Blick ab und beschäftigte mich damit, meine eigene Brotscheibe mit Butter zu bestreichen. »Es tut mir leid. Ich habe nicht daran gedacht zu fragen, ob du vielleicht eine Glutenintoleranz hast oder auf einer No-Carb-Diät bist.«

Tommaso lachte sein tiefes, wohlklingendes Lachen. »Ich esse alles. Und selbst wenn ich Zeit hätte, um mir wegen einer Diät den Kopf zu zerbrechen, würde ich keine brauchen. Ich bin kein Schreibtischhengst. Ich arbeite den ganzen Tag auf einem Weingut.«

Ich musterte ihn verstohlen. Er trug ein dunkelgraues Button-down-Hemd aus einem groben Stoff, der ganz offenbar dazu diente, die Strapazen körperlicher Arbeit auszuhalten, statt den Körper darunter zu präsentieren. Es war so ganz anders als die raffinierten Designerhemden, die Kevin bevorzugte. Aber Tommaso hatte die Ärmel so weit hochgekrempelt, dass seine gebräunten und muskulösen Unterarme zu sehen waren. Ich fragte mich, wie der Rest seines Körpers wohl aussah, und unterdrückte den Gedanken rasch, bevor er Wurzeln schlagen und wachsen konnte.

Als der Eintopf so weit war, löffelte Tommaso ihn in Schalen und wir aßen schweigend. Wir waren beide zu sehr mit Essen beschäftigt, als dass wir hätten reden können.

»Dieser Eintopf ist lecker«, sagte ich schließlich. »Wirklich lecker. Und das sage ich nicht nur, weil ich hungrig war oder weil du mir ein Kompliment wegen meines Brotes gemacht hast.«

Er lachte wieder. »Es ist wie bei dir. Nonna hat mir das beigebracht. Meine Mutter war keine talentierte Köchin. Sie bekam gerade noch Käsemakkaroni und Schinken mit Rührei hin, aber Kochen war für sie nur eine lästige Pflicht. Wenn sie krank war, habe ich für sie gekocht. Das liebte sie.«

»Die Kochversuche meiner Mutter waren auch nicht viel besser. Gebackene Bohnen auf Toast ist ihre Spezialität. Ich habe das Kochen übernommen, sobald ich dazu in der Lage war.«

Er lehnte sich auf seinem Stuhl zurück. »Wo ist sie jetzt?«

»Sie unterrichtet Englisch in irgendeinem Strandhotel auf der Insel Koh Lanta in der Andamanensee.« Dort lebte sie offenbar mit einem schwedischen Tauchlehrer zusammen, jedenfalls ihrer letzten, begeisterten Postkarte nach zu urteilen.

Um Tommasos Augen bildeten sich amüsierte Fältchen. »Sie treibt sich immer noch in der Weltgeschichte herum?«

»Wie immer.« Ich wandte den Blick ab und sah mich in der gemütlichen kleinen Küche um. Die Fenster schmückten gehäkelte Vorhänge, und Elisas religiöse Bilder hingen immer noch an der Wand – es waren Bilder von Johannes dem Täufer und dem Heiligen Laurentius, dem Schutzheiligen der Köche, und auf der schweren, hölzernen Kommode stand eine verblasste Fotografie von einem früheren Papst in einem goldfarbenen Kunststoffrahmen.

Tommasos Blick folgte meinem. »Ich habe nicht viel Zeit gehabt, mich einzurichten. Das Weingut frisst viel zu viel von meiner Zeit.«

Genau dasselbe hätte mein Vater auch gesagt. Aber John hatte Nonna gehabt, die sich um seinen Haushalt kümmerte. Warum hatte Tommaso keine Freundin? Und warum hatte er diese Neigung zu Frauen, die keine ernste Beziehung wollten? Unter dem zotteligen Bart sah er nicht schlecht aus. Im Gegenteil, ohne diesen Busch im Gesicht wäre er vermutlich sogar ziemlich attraktiv. Er hatte ungewöhnliche Augen, wenn er mich nicht gerade finster ansah, und er hatte immer noch diese wunderschönen, vollen Lippen.

Ich wischte rasch den Rest des Eintopfs mit einer Scheibe frischen Brotes auf, um die Röte zu überspielen, die mir in die Wangen gestiegen war.

Ich musste an etwas Ernstes denken, an das mentale Äquivalent einer kalten Dusche. Ah, das würde gehen: Wenn alles gut für mich lief und ich das Castello verkaufen konnte, würde dieses Cottage zweifellos ebenfalls verkauft werden.

Einen kurzen Augenblick lang fragte ich mich, ob ich das Richtige tat. John hatte nichts von diesem Eigentum mir überlassen, also warum focht ich das Testament überhaupt an? Wenn ich Tommaso zwang, mich auszuzahlen, verhinderte das entweder, dass Tommaso die Schulden des Weingutes begleichen konnte, oder es würde ihn heimatlos machen.

»Wir könnten bei dem Hausverkauf die Bedingung stellen, dass du hier in dem Cottage wohnen bleiben kannst«, bot ich ihm an.

Er maß mich mit einem kühlen Blick und zuckte mit der Schulter. »Das hier ist einfach nur ein Dach über dem Kopf. Ich kann auch in den Räumen über dem Weinkeller leben.«

Also gab es hier keine sentimentalen Bindungen. Das Heim seiner Nonna zu verlieren, bedeutete ihm nichts im Vergleich zu dem Verlust des Weinguts. Er musste es nicht laut sagen, denn der Gedanke hing auch so zwischen uns in der Luft und wuchs wie ein unsichtbares Monster. Mein Herz verhärtete sich wieder.

Ich hatte jedes Recht, das Testament anzufechten und einen Anteil an dem Erbe meines eigenen Vaters zu erwarten. Schließlich hatte ich John nie um etwas gebeten. Er hatte weder Brüder noch Schwestern, und seine Eltern waren lange vor meiner Geburt gestorben. Also war ich seine einzige Blutsverwandte. Sein einziges Kind.

Ich stand auf, sammelte unsere Schüsseln ein und trug sie zur Spüle. »Ich sollte gehen.«

Tommaso hatte die Ellbogen auf die verkratzte Tischplatte gestützt und das Kinn auf die Hände gelegt, während er mich musterte. Als wenn er durch all die Schichten von Jahren hindurch den wütenden, hormongesteuerten Teenager sah, der ich einst gewesen war. Emotionen, die ich schon seit Jahren nicht mehr empfunden hatte, brodelten gefährlich dicht unter der

Oberfläche, und wieder schoss mir das Blut in die Wangen. Das war vertraut und doch irgendwie fremdartig, denn ich war weder so oft noch so heftig errötet, seit ich das letzte Mal in der Küche dieses Cottage gestanden hatte.

»Wir haben noch eine halbe Flasche Wein, die wir austrinken müssen«, sagte er und füllte mein Glas auf. »Weißt du noch, wie man Rummikub spielt?«

Ich war müde und aufgewühlter, als mir lieb war. Wahrscheinlich sollte ich schlafen gehen. Aber dieses große, leere Haus war alles andere als verlockend. »Es ist schon Jahre her, seit ich es gespielt habe, aber es kann nicht so schwer sein, meine Kenntnis wieder aufzufrischen.« Außerdem konnte es nicht schaden, Freundschaft mit dem Feind zu schließen. Es war sehr viel einfacher, meinen Anteil aus diesem Besitz herauszuschlagen, wenn ich Tommaso auf meiner Seite hatte.

Aber auch wenn ich wusste, warum ich noch länger bleiben wollte, welche Gründe hatte Tommaso, es sich zu wünschen? Wir waren Feinde und standen auf gegensätzlichen Seiten einer Erbschaftsangelegenheit. War er so einsam, dass selbst meine Gesellschaft besser war als gar keine?

Er holte eine abgeschabte Kiste aus einem Schrank, während ich mich wieder hinsetzte. Zusammen legten wir die nummerierten Spielsteine mit den Zahlen nach unten aus und mischten sie. Dann nahm jeder von uns vierzehn Spielsteine und stellte sie auf sein jeweiliges Spielbrett. Während ich meine Steine betrachtete, trank ich einen Schluck Wein.

Ich spürte Tommasos Blick sehr deutlich auf mir ruhen, und als ich ihm einen verstohlenen Blick zuwarf, sah ich, dass seine Stirn gerunzelt war, als wäre er besorgt. Dann jedoch glättete sich seine Miene, und ich schüttelte das sonderbare Gefühl ab, dass sein Blick in mir ausgelöst hatte.

Im Eifer des Gefechts und durch das sanfte Necken und die Triumphschreie sowie das Abschätzen der Spielsteine beruhigten sich meine aufgewühlten Emotionen ein wenig, und der stressige Knoten in meinem Bauch, den ich seit Tommasos Einladung zum Essen verspürt hatte, löste sich. Obwohl ich nicht mehr in Übung war, gelang es mir sogar, einige Runden zu gewinnen.

Es verging fast eine Stunde, bis die Weinflasche leer war. Ich verabschiedete mich mit einem Winken von Tommaso, überquerte den Hof und ging in die Küche des Castello. Sie sah unendlich viel einladender aus als noch vor ein paar Tagen. Das dunkle und vollkommen ruhige Haus darum herum jedoch war eine ganz andere Sache. Meine Schritte hallten laut, als ich die Steintreppe hinauf und über den Parkettboden des Korridors in mein Zimmer ging.

Das Schrillen des Telefons, das in dem stillen Haus überlaut zu hören war, ließ mich zusammenzucken. Mein Herz hämmerte, als ich in Johns Zimmer trat und den Lichtschalter betätigte. Gelbes Licht durchflutete den Raum, und ich stürzte ans Telefon.

»Ja, hallo?«, keuchte ich etwas atemlos in den Hörer.

Cleo lachte. »Ich wollte gerade wieder auflegen. Ich dachte, du hast vielleicht eine heiße Verabredung.«

»Was du so denkst!« Obwohl das Dinner mit Tommaso einem Date am nächsten kam, seit ich Kevin den Laufpass gegeben hatte. »Ich war …« Ich hielt inne, weil ich meine Freundin nicht anlügen wollte, aber sonderbarerweise wollte ich Cleo auch nicht sagen, dass ich den Abend mit Tommaso verbracht hatte.

Ich rieb mir die Augen. »Ich war unten und musste die Treppe hinaufrennen, um ans Telefon zu gehen.«

»Schade! Ich hatte gehofft, deine Atemlosigkeit hätte einen etwas delikateren Grund, über den wir hätten tratschen können. Also, hast du schon etwas von deinem sexy Anwalt gehört?«

»Er ist nicht mein Anwalt, und er hat nicht angerufen, seit er mit der Immobilienmaklerin da gewesen ist. Er hat mir nur eine ziemlich vage SMS geschickt. Vielleicht hat er ja seine Meinung geändert, mit mir ausgehen zu wollen, nachdem er mich im direkten Vergleich mit der Maklerin gesehen hat. Sie ist wirklich hinreißend. So wie Monica Bellucci.«

»Und wenn schon! Du musst nicht perfekt sein, um dir einen Kerl zu schnappen. Du musst nur perfekt für ihn sein.«

Da sie mich nicht sehen konnte, riskierte ich es, die Augen zu verdrehen und an die Decke zu blicken. Dann wünschte ich, ich hätte es nicht getan. Ein riesiges Spinnennetz hing direkt über meinem Kopf. Ich hatte keine Angst vor irgendwelchen Krabbeltieren, aber selbst Cleos nerviger Optimismus war besser als Spinnen.

Cleo stieß ungeduldig die Luft aus. »Außerdem haben wir das 21. Jahrhundert. Du musst nicht darauf warten, dass er dich fragt, ob du mit ihm ausgehst. Du kannst ihn auch fragen.«

Das war genau die Art von Rat, den Geraldine mir gegeben hätte. Geraldine zögerte nie, einen Kerl anzurufen, der ihr gefiel. Ich rümpfte die Nase. »Erzähl mir lieber etwas über dein Liebesleben. Ist es dir immer noch ernst mit dieser ›Keine Verabredungen mehr‹-Sache?«

Cleo seufzte. »Was für ein Liebesleben? Selbst wenn ich den Männern nicht abgeschworen hätte, glaube ich kaum, dass ich in nächster Zeit auch nur die Chance hätte, mich zu verabreden. Wir arbeiten im Augenblick gefühlte vierundzwanzig Stunden am Tag.«

Schuldgefühle durchströmten mich, aber plötzlich merkte ich auf. Cleo klang nicht so, als hätte sie sich beschwert. Stattdessen klang sie … angeregt.

»Wie geht es *dem Arsch*?«, klopfte ich auf den Busch.

Sie schwieg ziemlich lange. »Erinnerst du dich noch an die Jungs vom Ruderclub an der Uni?«

»Arrogant, anspruchsvoll und furchtbar fit. Wenn ich mich recht entsinne, bist du über sie hergefallen wie Wespen über ein Stück Kuchen. Gott sei Dank bist du dem entwachsen.«

Stille.

Oh, oh. Das verhieß Übles.

»Also, wie heiß ist er?« Ich stellte die Frage, obwohl ich mich vor der Antwort fürchtete. »Auf einer Skala von eins bis zehn, wobei eins ein verheirateter Dreckskerl und zehn ein unverheirateter, geradliniger, gut aussehender und selbstständiger Mann ist?«

»Dreizehn.«

»Du bist so was von am Ende!«

»Ich weiß.« Cleo seufzte liebeskrank. »Was soll ich machen?«

»Frag mich bloß nicht. Ich habe noch weniger Ahnung als du, wenn es um Männer geht. Ich bin schließlich diejenige, die mit dem eigenen Boss ausgegangen ist, schon vergessen? Und sieh dir an, was dabei herausgekommen ist.«

»Kevin hat dir immerhin einen Antrag gemacht …«

Ich hasste den Unterton von Hoffnung in der Stimme meiner Freundin. »Und er hat mit Geraldine gevögelt«, erinnerte ich sie. »*Der Arsch* wird dir nicht mal einen Antrag machen. Er wird mit dir schlafen, und dann zieht er weiter.« So wie jeder andere Mann bisher. »Versprich mir, dass du nicht mit ihm schläfst.«

Schweigen.

»Versprich es mir, Cleo.«

Sie atmete zischend aus. »Okay, ich verspreche es. Ich schlafe nicht mit dem sexy Kunden. Ich hab's kapiert.«

»Gut.«

Als ich kurz darauf unter die Bettdecke rutschte, mit geputzten Zähnen und das Haar zu einem Zopf geflochten, damit es sich nicht in der Nacht verfilzte, war die Leichtigkeit, die ich zuvor mit Tommaso empfunden hatte, verschwunden. Sie war der Sorge gewichen. Cleo neigte dazu, auf gut aussehende Narzissten hereinzufallen. Und jedes Mal wurde ihr das Herz gebrochen.

Trotz meiner Erschöpfung konnte ich nicht schlafen. Die totale Ruhe in der Nacht machte mich unruhig. Obwohl das Haus in Wanstead Doppelfenster hatte, war ich an Geräusche in der Nacht gewöhnt. Das Summen von Verkehr, die Stimmen von Betrunkenen, Fernsehgeräte und Sirenen in der Ferne. Die Geräusche einer Stadt, die den Hintergrund meines Lebens bildeten und die ich schon lange nicht mehr wahrnahm – und deren vollkommenes Fehlen mir jetzt auffiel.

Stattdessen gab es neue Geräusche, fremdartige Geräusche – das Rascheln von Wind in den Blättern, das Zirpen der Zikaden, ein einsamer Hund, der irgendwo in der Ferne kläffte, und das Kratzen von irgendetwas oben auf dem Dach. Ich hoffte, dass es eine Eule war, weil Mäuse mir Angst machten. Anders als Spinnen.

Dann rief draußen tatsächlich eine Eule, und ihr Partner antwortete aus einiger Entfernung. Beruhigt schloss ich die Augen. Die Eulen würden sich um die Mäuse kümmern. Der Laut war tröstend, fast behaglich, und ich sank endlich in den Schlaf.

11. KAPITEL

La vita è un viaggio. Chi viaggia vive due volte
Das Leben ist eine Reise. Und wer reist, lebt zweimal

Die Zeit umfloss mich wie ein träger Fluss, auf diese magische Art und Weise, die nur in Italien möglich zu sein scheint. Als wäre die Zeit formbar wie Teig, als könnte sie ihre Form verändern, um sich meinen Bedürfnissen anzupassen. Obwohl ich beschäftigter war als je zuvor, schien ich viel mehr an einem Tag auf die Beine zu stellen, als ich es in England jemals geschafft hatte.

Ohne das ständige Gehetze des Lebens in London, ohne das Gefühl von Dringlichkeit, das mich dort immer anzutreiben schien, fand ich die Zeit, mich mit einer Tasse Tee und einem mit Marmelade gefüllten *Cornetto* unter die Glyzinie zu setzen, oder verlor mich in einem Stapel alter Magazine oder lag eine Stunde neben dem ekelhaft grünen Swimmingpool und beobachtete Schmetterlinge, die über den überwucherten Blumenbeeten tanzten, oder eine Eidechse, die sich auf einer sonnigen Steinmauer wärmte.

Cleo war sehr stolz auf mich. »Das ist genau das, was du brauchst!«, sagte sie. Nur hatte ich ihr noch nicht verraten, dass ich eingewilligt hatte, für die Trattoria zu backen. Was sie nicht wusste, konnte sie auch nicht aufregen, richtig?

Allerdings fühlte sich das auch nicht wie ein Job an, sondern eher wie die Chance, eine kreative Seite an mir zu erforschen, von der ich nicht einmal gewusst hatte, dass ich sie besaß. Ich experimentierte herum, veränderte die Zutaten, um alten Lieblingsgerichten meine eigene Note zu geben, und wurde dabei von den jahreszeitlichen Produkten auf eine Art und Weise inspiriert, wie es die Lebensmittel aus dem Supermarkt niemals gekonnt hätten.

Jeden Tag brachte mir Beatrices Fahrer irgendetwas Frisches

vom Bauernhof – Ziegenkäse, Pflaumen, Butter oder frische Milch. Ich pflückte meine eigenen Zitronen, Erdbeeren und Brombeeren und erntete sogar wilde Zucchini, die im vorderen Garten zwischen den Blumen wuchsen.

Manchmal arbeitete ich auch in Nonnas Kräutergarten und jätete Unkraut. Ich schnitt die Kräuter drastisch zurück, die schon angefangen hatten zu verholzen, bis der kleine, ummauerte Garten ein ordentliches Arrangement aus Fenchel, Estragon, Thymian, Zitronenmelisse und Minze war.

Nach vielen Tagen ohne Regen welkten die Pflanzen im vorderen Garten, der nach Süden lag und auf den die Sonne den ganzen Tag schien. Also kaufte ich beim nächsten Markttag ein Bewässerungssystem. Mithilfe von Google und YouTube richtete ich es selbst ein und verlegte den Schlauch durch die verwilderten Beete aus fedrigen, dunkelvioletten Iris, toskanischem blauem Rosmarin, zartem, duftendem Jasmin und wilden weißen und gelben Rosen. Ich hatte mich noch nie kompetenter und so stolz und unabhängig gefühlt als in dem Moment, in dem die automatischen Sprinkler den Garten mit einem feinen Sprühnebel aus Wasser tränkten.

Bernardo aus dem Möbelladen kam vorbei, um sich die kaputten Möbel anzusehen, die ich zur Seite gestellt hatte. All die wackligen Stühle, beinlosen Sofatische und selbst einen alten Kartentisch, der schon bessere Tage gesehen hatte. Er schlenderte durch das Haus, sichtlich begeistert von den Schätzen, die er hier fand. Und ich war froh, dass wenigstens irgendwer sie für wertvoll hielt. Für mich sah das alles einfach nur nach Müll aus.

Er zeigte mir, welche Möbelstücke kostbare Antiquitäten waren, und riet mir, mich mit einem Antiquitätenhändler aus einer der größeren Städte in Verbindung zu setzen. Dann fuhr er davon, seinen kleinen Van bis oben hin vollgepackt. Was noch besser war, er hatte mir die Telefonnummer einer verlässlichen Firma dagelassen, die mir einen Container für all die Dinge vors Haus stellen würde, die nicht mehr gerettet werden konnten.

Immer wenn die Sonne unterging, war ich erschöpft – glücklich, aber erschöpft. Ich lag bis zum Kinn in der schrecklichen Plastikbadewanne im Gästebadezimmer, während es aus dem Hahn in das langsam abkühlende Badewasser tropfte, und wusch mir den im Verlauf des Tages angesammelten Staub und Schmutz vom Leib.

Nachdem ich einige Tage vergeblich mit den Chemikalien für den Pool herumprobiert hatte, die ich in der Stadt gekauft hatte, schaffte ich es schließlich, das Wasser des Pools von Schlammgrün in ein trübes Blau zu verwandeln. Es war schließlich so klar, dass ich keine Angst mehr hatte, mich ins Wasser zu trauen. Am Ende eines langen Tages gab es nichts Erholsameres, als sich im Pool treiben zu lassen, während die ersten Sterne am dunkler werdenden Himmel funkelten.

Danach setzte ich mich unter die duftende Glyzinie auf die Terrasse, genoss die warmen Nächte und den frischen Wind, der das Aroma von Lavendel und Erde aus dem wilden Garten herantrug. Ich legte die Füße auf die niedrige Steinmauer der Terrasse, schlürfte Wein und blickte zu den Sternen hinauf, in dem Versuch, die Sternbilder zu erkennen.

Mein schlechtes Gewissen, das ich hatte, weil ich mich einfach im verstaubten Weinkeller unter dem Haus bediente, bekämpfte ich mit dem vernünftigen Gedanken, dass zumindest die Hälfte des Weines mir gehörte.

Ich fand in diesem Keller auch das Tagebuch meines Vaters. Es war voller ausführlicher Notizen über jede der Flaschen, die im Keller lagerten. Alter, Herkunft, wie sie hergestellt worden waren, sogar Geschmacksnoten hatte er notiert. Mit diesem Notizbuch bewaffnet, probierte ich die Weine und lernte dabei erheblich mehr über den Prozess der Weinherstellung, als ich mir je hätte vorstellen können.

Ich konnte sogar das Echo von Johns Stimme in meinem Kopf hören, als ich seine Notizen las. Ich erinnerte mich an die Abende, an denen er mich ermutigt hatte, die verschiedenen Weine zu probieren. Meine Schulfreunde waren vor Ehrfurcht erstarrt, weil mein Vater mich Wein trinken ließ, so wie ich voller Neid hörte, dass ihre Väter sie mit zum Zelten oder zum Angeln nahmen oder sogar mit ihnen ins Kino gingen. Oder sich auch nur an ihre Geburtstage erinnerten.

Während die warme Abendluft mich wie Balsam umhüllte, lernte ich die verschiedenen Geschmackskomponenten in jedem Wein zu identifizieren. Wein war nicht einfach nur süß oder trocken, sondern ich schmeckte die subtileren Andeutungen von Eiche, Kirsche, Birne oder Schokolade. Den nach Schokolade duftenden Wein liebte ich sehr.

Nur tief in der Nacht, wenn ich mit dem Zirpen der Grillen und dem fernen Ruf einer jagenden Eule allein war, fühlte ich mich manchmal einsam. Seit dem Abend, an dem wir zusammen gegessen und Rummikub gespielt hatten, hatte ich Tommaso nicht mehr gesehen. Ich hörte seinen Wagen kommen und wegfahren, aber er klopfte nicht mehr an meine Tür. Und ich wollte auf keinen Fall den Eindruck einer bedürftigen, verzweifelten Frau erwecken, indem ich an seiner klopfte.

Es vergingen etliche Tage, bevor ich mich an Lucas SMS erinnerte und mir einfiel, dass ich noch nicht einmal geantwortet hatte. Da der Handyempfang im Castello ebenso wenig existierte wie ein anständiger, unverheirateter und ehrlicher Mann in London, saß ich also irgendwann mit gekreuzten Beinen auf der gehäkelten Tagesdecke und wählte seine Nummer.

»Fioravanti.« Obwohl er sich kurz und zerstreut meldete, genügte der Klang seines hinreißenden Tenors, um mich zum Dahinschmelzen zu bringen. Als er meine zögernde Stimme hörte und mir seine ungeteilte Aufmerksamkeit schenkte, war das einfach sexy.

»Morgen lade ich Sie zum Mittagessen ein«, sagte er. Das war keine Frage.

»Sind Sie denn nicht zu beschäftigt?«

»Für Sie kann ich gar nicht zu beschäftigt sein.« In seiner Stimme schwang ein verführerisches Lächeln mit, und ich verfiel fast in Schnappatmung.

»Ich muss auch ein Eisenwarengeschäft finden.« Es war schließlich nichts dagegen zu sagen, zwei Fliegen mit einer Klappe zu schlagen.

»Kein Problem. Ich hole Sie um zehn ab.«

*

Am nächsten Morgen stand ich extra früh auf und hatte meine Backpflichten so früh erledigt, dass mir noch Zeit blieb, mein Haar ordentlich zu frisieren. Luca fuhr auf den Hof, als der Lieferwagen der Rossis wegfuhr.

Ich trug das einzige Kleid, das ich für diese Reise eingepackt hatte, ein Hemdkleid in Salbeigrün, das meine grünen Augen betonte. Die Bewunderung in Lucas Blick zeigte mir, dass sich all die Mühe gelohnt hatte. Ich wollte mich vielleicht immer noch nicht auf eine Urlaubsromanze einlassen, aber er wirkte Wunder, was mein Selbstwertgefühl anging!

Aber er fuhr nicht mit mir nach Montalcino, sondern durch das Val di Chiana, durch Weingärten und Wälder und Felder mit Sonnenblumen zur mittelalterlichen Stadt Montepulciano, die auf dem Gipfel eines gewaltigen Sandsteingebirges saß. Sie war mindestens zweimal so groß wie Montalcino. Neben ihr wirkte die kleine Stadt, die mich so bezaubert hatte, wie ein rustikales Dorf.

Wir parkten auf einem kleinen, vollen und kostenpflichtigen Parkplatz und schlenderten durch die öffentlichen Gartenanlagen, die rund um ein monströses Reiterstandbild angelegt waren. Dann betraten wir durch die *Porta al Prato*, das original Stadttor aus dem dreizehnten Jahrhundert, die Stadt und gingen auf den *Corso*, die Hauptstraße.

»Ich hätte zwar Pienza wegen seiner Schönheit bevorzugt«, sagte Luca, als wir die belebte Straße entlanggingen. »Aber wenn Sie einkaufen wollen, ist das hier der bessere Ort.«

Zuerst führte er mich in ein Bistro, wo wir zwei *Macchiatos* an der Bar stehend tranken. Dieser Kaffee hatte nicht den etwas verbrannten, bitteren Espressogeschmack, den ich gewöhnt war, sondern einen samtigen, vollmundigen Körper, der auf meiner Zunge nachwirkte. Während wir tranken, gingen wir meine Einkaufsliste durch. Darauf standen langweilige, alltägliche Dinge wie Nägel, Moltofill und Werkzeuge, aber auch spannendere Sachen wie Lampenschirme und Vorhänge.

Die meisten Männer hätten der Liste nur einen flüchtigen Blick gewidmet, aber Luca betrachtete sie genau. Nachdem wir unseren Kaffee getrunken hatten, führte er mich zuerst in ein Geschäft, dann in ein anderes und beteiligte sich sogar daran, Stoffe auszusuchen, und gab mir Ratschläge, ohne dass sein Enthusiasmus nachgelassen hätte. Er bezahlte sogar die neuen Vorhänge. Er bestand darauf, dass es ein Willkommensgeschenk wäre, und tat meine Widersprüche einfach ab. Wirklich, konnte dieser Mann noch perfekter sein, und das als Heterosexueller?

Während wir durch die Stadt flanierten, fiel mein Blick zwischen den Gebäuden immer wieder auf die Landschaft um uns herum. »Die Stadt muss sehr hoch liegen!«

Er nickte. »Montepulciano ist die höchste Bergstadt in der Toskana.«

Meine Waden und Schenkel stimmten ihm zu. Jedenfalls brauchte man in der Toskana keinen Treppenlift, so viel war sicher.

Nachdem wir meine Liste abgearbeitet hatten, kehrten wir zum Parkplatz zurück und verstauten die Einkaufstüten auf dem Rücksitz von Lucas Sportwagen.

»Und jetzt spielen wir Touristen.« Luca hielt mir die Hand hin, und ich ergriff sie, ohne nachzudenken. Seine Hand war warm und kräftig, nicht zu weich und nicht zu rau.

Zum Mittagessen führte er mich in ein Café, wo wir auf einer schattigen Terrasse saßen, die von einem schmiedeeisernen Geländer umfasst wurde. Von dort aus hatte man einen atemberaubenden Blick auf die uns umgebende Landschaft, die sacht unter uns abfiel. Luca bestellte einen einheimischen Wein, den ich probieren sollte, den Vino Nobile di Montepulciano. Es war ein sehr intensiver Wein mit kräftigem, fruchtigem Geschmack, aber besser zu vertragen als die Weine aus Montalcino, die ich probiert hatte. Und dennoch komplexer als die Chiantis, die Cleo und ich oft im Pub tranken.

»Wie unsere eigenen Brunellos ist dieser Wein hauptsächlich aus der Sangiovese-Traube hergestellt, eine andere einheimische Variante. Aber sie ist nicht so rein wie unsere Brunellos.« In seinem Tonfall schwangen Zuneigung und Stolz mit.

»Sie trinken nichts?« Ich deutete auf sein leeres Weinglas.

Er verzog das Gesicht. »Ich muss fahren. Es wäre wohl nicht gut für einen *Avvocato*, einen Anwalt, wenn man ihn bei einer Gesetzesübertretung erwischt.«

»Der Grund ist also nicht, dass Sie versuchen, mich betrunken zu machen?«

Er grinste, und seine Augen blitzten mutwillig, er antwortete jedoch nicht.

Der Kellner nahm unsere Bestellung auf und Luca bestand auf seinem Vorschlag für mich. »Sie müssen das *Ragu* probieren. Es wird mit einer Pasta serviert, die eine hiesige Spezialität ist. *Pici.*«

Die Pasta ähnelte einem dicken, handgerollten Spaghetti und schwamm förmlich in einer fetten Entensauce. Luca beobachtete mich, als ich die *Pici* probierte, und lächelte, als ich das Gericht sichtlich genoss. Seine Leidenschaft für Speisen und Wein war ein so starker Kontrast zu Kevin, der immer mehr an dem Trendfaktor eines Restaurants interessiert gewesen war als an der Qualität des Essens. Ich hätte wetten können, dass Luca Borough Market geliebt hätte.

»Diese Sauce ist so gut!«, sagte ich stöhnend. »Ich könnte darin baden.«

Wieder funkelten Lucas Augen gefährlich.

»Nichts da!« Ich drohte ihm mit der Gabel. »Kommen Sie nicht auf irgendwelche Ideen!«

»Ich mache *Pici* selbst, aber ich mache meine *all'aglione*, in einer Tomaten-Knoblauchsauce. Oder je nach Jahreszeit mit Trüffeln. Sie kommen irgendwann zum Abendessen, dann koche ich das für Sie.«

Wieder war das keine Frage, und jetzt wurde das gefährliche Funkeln auch noch von einem Grinsen begleitet, das seine Grübchen zum Vorschein brachte. »Aber ich verspreche Ihnen, dass es so gut schmeckt, dass Sie keine Lust haben, die Sauce für ein Bad zu verschwenden.«

Ich hätte mich fast an meinem Essen verschluckt und musste hastig Wasser trinken. *Keine Urlaubsaffäre!* Ich brauchte einen Lustkiller, und zwar schnell.

»Sie leben in Montalcino? Leben Sie bei Ihren Eltern?«

Ging es noch etwas weniger subtil? Er war ein erwachsener Mann Mitte dreißig. Natürlich lebte er nicht bei seinen Eltern.

Lucas espressodunkler Blick blieb offen, direkt und arglos. »Ich habe eine Wohnung in Montalcino, nicht weit von meinem Büro entfernt. Aber meine Eltern besitzen das Weingut neben Ihrem. Es ist schon seit Jahrhunderten in Familienbesitz.«

Man konnte nicht behaupten, er wäre nicht vollkommen ehrlich. Ich trank einen Schluck Wein, bevor ich antwortete. »Das habe ich gehört. Ich habe auch gehört, dass Ihr Vater Castel Sant'Angelo kaufen will.«

»Für ihn ist das mehr eine Frage der Ehre. Unsere beiden Familien streiten sich schon seit Jahrhunderten wegen fünfzehn Hektar zwischen unseren Gütern.« Er zuckte bedauernd mit der Schulter. »Natürlich könnten wir das zusätzliche Land gebrauchen, aber ich glaube nicht, dass es ihm wirklich darum geht. Er betrachtet das eher als die Begleichung einer alten Rechnung – als Sieger aus einer Rivalität mit einer Familie hervorzugehen, die schon seit mehr als einer Generation ausgestorben ist. Er hat diese Vendetta von seinem Vater geerbt und der wiederum von seinem.«

Ich spielte mit meiner Pasta und wickelte sie um die Gabel. »Und Sie haben sie noch nicht geerbt?«

Wieder kam dieses italienische Schulterzucken. »Wenn Tommaso überhaupt dazu gebracht werden könnte, zu verkaufen, dann wäre ich natürlich glücklicher, wenn er das Weingut an uns verkaufen würde als an irgendwelche Ausländer. Aber wenn nicht … Ich bin ein Liebhaber, kein Kämpfer.« Luca spreizte die Hände als Geste der Kapitulation und lächelte. Wieder tauchte das Grübchen in seiner Wange auf, und es fiel mir schwer, einen klaren Gedanken zu fassen. »Außerdem möchte ich mir nur ungern diese Ruine ans Bein binden!«

Es konnte wirklich niemand behaupten, dass er nicht ehrlich war. Er war sogar brutal ehrlich. Sonderbarerweise fühlte ich mich genötigt, das Anwesen zu verteidigen. »So schlecht ist das Castello gar nicht. Es hat sehr viel Potenzial.«

»Es ist ein Fass ohne Boden! Die Toskana ist von verlassenen Herrenhäusern und Villen aus früheren, wohlhabenderen Zeiten förmlich übersät. Es gibt sehr viele Fremde und Stadtmenschen mit zu viel Geld und einer romantischen Sicht auf unsere Region, die bereit sind, ihr Vermögen in ein Gebäude zu stecken, das ihnen nichts dafür zurückgibt. Sie glauben, die Toskana besteht nur aus Sonnenblumenfeldern und Hügeln mit Weingärten. Sie sehen die ganze Arbeit nicht.« Er beugte sich vor und flüsterte. »Sagen Sie es nicht weiter, aber ich hasse es zu arbeiten. Das Leben soll genossen werden, nicht verschwitzt.« Mit diesen Worten füllte er mein Weinglas auf.

Hatte Luca jemals für irgendetwas arbeiten müssen? Der Wagen, den er fuhr, seine teure Uhr, die unbeschwerte Selbstsicherheit, die er ausstrahlte, all das waren Anzeichen von jemandem, der in Wohlstand aufgewachsen war. Und mit seinem guten Aussehen bekam er zweifellos alles, was er nicht mit Geld kaufen konnte, mit seinem natürlichen Charme.

Ich dagegen hatte für alles, was ich besaß, hart arbeiten müssen. Für mein Reihenhaus in Wanstead, für mein dickes Konto, für meine Sicherheit … Ich arbeitete mir den Hintern ab, um mir all das leisten zu können.

Nach dem Essen schlenderten wir durch die Stadt, und Luca zeigte mir die Sehenswürdigkeiten. Die Palazzi und Kirchen, von denen es sehr viele gab. Wir standen auf der gewaltigen Piazza Grande, am höchsten Punkt der Stadt, und wahrscheinlich die einzige ebene Fläche in dieser Stadt der abschüssigen Straßen. Ich wusste nicht genau, ob meine Atemlosigkeit von dem beeindruckenden Anblick herrührte, vom Aufstieg hier herauf oder an dem Mann lag, der einen halben Schritt hinter mir stand, ohne mich zu berühren, aber so nah, dass ich jeden seiner Atemzüge auf eine Art und Weise wahrnahm, wie ich es eigentlich nicht wollte.

Er legte mir eine Hand an die Taille und drehte mich langsam im Kreis, als er mir ein Gebäude nach dem anderen zeigte. Ich musste mich zwingen, mich auf seine Worte zu konzentrieren. Die Renaissancepaläste, die diese Piazza umschlossen, waren beeindruckend, aber sie wirkten nach den heimeligen Gebäuden von Montalcino auch streng und kühl. Das Rathaus mit seinen dekorativen Zinnen war vielleicht nicht so gebaut worden, damit es verteidigt werden konnte, aber ganz sicher war es die Absicht des Architekten gewesen, einzuschüchtern. Und als wir uns einen weiteren Halbkreis herumdrehten, um auf den *Duomo* zu blicken, die romanische Kathedrale mit ihrer abweisenden, unvollendeten Ziegelfassade, erschauderte ich.

Das barocke Innere des Doms war, geschmückt bis ins letzte, exquisite Detail, eine wahre Offenbarung und unterschied sich so sehr von dem Äußeren des Bauwerks, wie ich es mir nicht hätte ausmalen können. In der prachtvollen, luftigen Kirche war es still, und sie wurde von einem herrlichen Triptychon über dem Hauptaltar beherrscht. Es war ein dreiflügeliges Gemälde der *Assumption of the Virgin,* Mariä Himmelfahrt, in einem mit Blattgold geschmückten Rahmen. Die Farben des Gemäldes raubten mir den Atem: Korallenrosa, Schwarzblau und auffälliges Rot, die nach Hunderten von Jahren immer noch lebhaft leuchteten.

Gemalt von Taddeo di Bartolo 1401, konnte ich in der gedruckten Broschüre lesen, bevor Luca mich hinauskomplimentierte. Ich wäre gern noch geblieben, aber »Kirchen sind langweilig«, sagte er und nahm meinen Arm. »Wir machen jetzt lieber eine Weinprobe.«

Ich verdrehte die Augen. Was war das nur mit den toskanischen Männern und dem Wein?

Wir betraten den Weinkeller durch eine unauffällige Tür von der Straße aus und stiegen dann eine schwach erleuchtete, endlos scheinende Steintreppe in den Bauch des Felsens hinab, auf dem die Stadt erbaut worden war. An manchen Stellen war die Decke so niedrig, dass Luca den Kopf einziehen musste, um darunter hinweggehen zu können. Die Stufen waren so uneben, dass ich mich am Geländer festhielt. Die Temperatur fiel immer mehr, je tiefer wir kamen, und Luca bot mir sein Jackett an. Es war ein dünnes Sommerjackett, aber es war noch warm von seinem Körper. Es duftete außerdem nach seinem subtilen, männlichen Eau de Cologne.

Ich lachte leise, als ich mir vorstellte, ich wäre Buffy, die in den Höllenschlund hinabstieg. Mein Lachen hallte unheimlich von den Felswänden zurück. Tommaso hätte das einen höllischen Spaß gemacht. Das Echo meines Gelächters verstummte. Warum dachte ich überhaupt an diesen mürrischen Schotten, wenn ich doch meinen eigenen persönlichen *GQ*-würdigen Fremdenführer dabeihatte?

»Diese Stadt ist über einem Wabensystem aus Weinkellern errichtet worden.« Luca legte mir wieder seine Hand an die Taille. »Wir werden uns jetzt gleich in einer der alten etruskischen Höhlen befinden. In diesen Höhlen wurde schon vor Christi Geburt Wein gelagert, und sie werden auch noch heute benutzt. Obwohl es diese Weinkellerei erst seit ein paar hundert Jahren gibt.«

Erst ein paar hundert Jahre. Für Luca, der am Ende einer langen Reihe von Winzern stand, die seit Generationen dieses Land bestellt hatten, wirkte das vielleicht nicht überwältigend, aber ich konnte es einfach nicht fassen. Mein eigener Vater hatte sein Land nicht einmal eine einzige Generation weitervererben wollen.

Schließlich betraten wir ein Labyrinth aus Höhlen, in denen Weinfässer unterschiedlicher Größe standen. Sie wurden von hohen Gewölbebögen aus roten Ziegeln voneinander getrennt, die sich bis zu noch höheren Decken aus grob gehauenem Fels erstreckten. Schließlich gelangten wir in eine Höhle, deren

Decke so hoch war, dass sie mehr wie das Mittelschiff einer Kathedrale aussah, denn wie ein Keller. In dieser Höhle standen die größten Weinfässer, die ich jemals gesehen hatte. Mein leiser Pfiff hallte von den Wänden zurück. »Wow, das sind aber wirklich riesige Fässer!«

»Sie fassen mindestens zehntausend Flaschen – pro Fass.«

»Das sind aber sehr viele ... Weinflaschen.« Ich hätte fast Weinkartons gesagt, und konnte mich gerade noch zurückhalten. »Das muss schrecklich für den Winzer sein, wenn einem dieser Fässer etwas passiert. Werden sie deshalb so tief hier unten aufbewahrt?«

Er schüttelte den Kopf. »Diese Höhlen halten den Wein genau in der perfekten Temperatur. Man braucht keine modernen und aufwendigen Kühlanlagen, wenn der Kalksandstein es kostenlos tut. Zuerst wird der Wein hier gelagert, dann wird er in die kleineren Fässer umgefüllt, die Sie vorhin gesehen haben. Die benutzt man, um den richtigen Tannin-Gehalt zu bekommen.«

Wir erreichten einen Gewölberaum, in dem vorgekostet wurde, und wo wir einige einheimische Weine probierten. Luca hielt sich zurück und überließ es dem kompetenten Kellermeister, mich durch die unterschiedlichen Weinsorten des *Vino Nobile* zu führen, einschließlich eines einheimischen Vin Santo.

Ich atmete das Aroma der weichen, goldroten Flüssigkeit ein, so wie Luca und der Kellermeister es getan hatten. »Süß, wie Portwein«, erklärte ich.

Der Mann nickte. »Das ist ein Dessertwein aus getrockneten Trauben. Der Name bedeutet Heiliger Wein, weil er oft als Messwein benutzt wird.«

Ich trank einen Schluck und schloss die Augen, als ich ihn auf der Zunge wirken ließ. Ich schmeckte Karamell, Honig und Haselnuss. Ich konnte mir gut vorstellen, diesen Wein in einer kalten Winternacht zu trinken, wenn es draußen vor den Fenstern schneite und im Kamin ein Feuer loderte.

»Der Wein wird aus den Trebbiano- und Malvasia-Trauben gewonnen, die in Ihrem Weingut wachsen«, fügte Luca hinzu.

Ich sah ihn staunend an. »Wir machen einen Vin Santo?«

Er nickte, und mir entging sein sonderbarer Blick nicht, als hätte er erwartet, dass ich wusste, welche Weine unser Weingut produzierte. Vielleicht sollte ich das auch wissen.

Als wir schließlich wieder ins Tageslicht traten, durch einen anderen Ausgang im unteren Bereich der Stadt, ging die Sonne bereits unter. Sie warf ihr goldenes Licht über die ruhigen Steinhäuser. Wir kamen an der mittelalterlichen Stadtmauer vorbei und bewunderten den Ausblick, während wir langsam zum Parkplatz zurückschlenderten.

Zurück beim Castello hielt Luca vor dem Haupteingang, aber ich winkte ihn weiter, zum Hof auf der Rückseite. »Solange ich keinen Handwerker bekomme, um die Tür zu reparieren, vermeide ich den Vordereingang.«

Er trug meine Einkäufe in die Küche, aber ich bekam nicht die Chance, ihn auf einen Kaffee einzuladen. »Ich muss in mein Büro zurück und die Arbeit nachholen, die ich heute aufgeschoben habe.«

»Danke. Es war ein wundervoller Tag.«

Er lächelte sein sexy Lächeln, das seine Grübchen zum Vorschein brachte, und mir wurden die Knie weich. »*Sì.* Das sollten wir bald wieder machen.«

»Selbst mit den Einkäufen?«

Sein Lächeln verstärkte sich. »Für Sie selbst mit Einkäufen.«

Dann schlang er einen Arm um mich und zog mich an sich, drückte mir seine Lippen auf den Mund. Er schmeckte nach Vin Santo, süß und berauschend, und seine Lippen waren fest und fordernd. Ich legte ihm die Hände an die Taille, als ich mich dem Kuss hingab.

Dann ließ er mich los, und ich trat zurück. Mir war schwindlig.

Keine Urlaubsaffäre. Keine Urlaubsaffäre. Wenn ich es oft genug wiederholte, dann würden meine sexhungrigen Hormone vielleicht irgendwann die Botschaft kapieren.

»Falls Tommaso jemals seine Meinung ändert, was den Verkauf des Weinguts angeht, lässt du es mich dann wissen? Selbst wenn es nur diese fünfzehn Hektar sind. Mein Vater wird ihm ein sehr großzügiges Angebot machen.« Sein Lächeln blitzte wieder auf. »*Arrivederci.*«

Ich stand in der Auffahrt und sah dem silbernen Sportwagen nach, bis er verschwand. Ich trug immer noch Lucas Jackett, wie mir in dem Moment auffiel. Ich zog es fester um mich und atmete seinen Duft ein.

Keine Urlaubsaffäre. Absolut nicht! Denk nicht einmal daran!

12. KAPITEL

A saper aspettare c'e tutto da guadagnare
Alles kommt zu dem, der wartet

Die Sehnsucht nach Wi-Fi trieb mich schließlich dazu, den Marsch zur Kellerei zu wagen. Nachdem einer von Beatrices Landarbeitern in dem kleinen Van verschwunden war, vollgepackt mit Zitronenbaiser und großen runden Brotlaiben, *pane all'olio*, die ich mit auf dem Markt gekauften marinierten Oliven gebacken hatte, zog ich saubere Jeans und eine Bluse an und ging los.

Heute hatte mir der Fahrer eine Kiste mit dünnen Scheiben frisch geräucherten *Prosciutto* gebracht, also bewaffnete ich mich mit einer Platte saftiger Melonenscheiben, die ich mit dem geräucherten Schinken umwickelt hatte. Selbst wenn er noch so mürrisch war, konnte Tommaso Schinken einfach nicht widerstehen, und wie gesagt, ich schreckte auch vor Bestechung nicht zurück!

Die Straße war staubig und länger, als ich mich erinnern konnte. Ich folgte der Kurve des Hügels durch eine Plantage von Olivenbäumen, dann durch ein kühles Wäldchen aus Kiefern und Kastanien. Wilde weiße Lilien wuchsen neben der Straße, daneben undurchdringliche Hecken mit süßen Brombeeren, von denen ich einige pflückte und auf die Platte legte. Kleine rosa Alpenveilchen reckten ihre Köpfchen über das raue, trockene Gras.

Dann trat ich wieder in die gleißende Hitze hinaus. Die Straße schlängelte sich zwischen den streng ausgerichteten Reihen von Weinstöcken, die in der Sonne schliefen, bergauf. Als ich den Komplex aus traditionellen Steingebäuden erreicht hatte, in der das Nervenzentrum des Weinguts beheimatet war, war ich rot im Gesicht, staubig, verschwitzt und gereizt. Meine Arme schmerzten von dem Gewicht der Platte, und meine

Stimmung besserte sich nicht gerade, als ich den Keller ebenso verlassen vorfand wie die Reihen der Weinstöcke. Es waren weder die Stimmen von Arbeitern noch irgendwelche Maschinen zu hören, und auf dem kiesbestreuten Vorhof standen keine Fahrzeuge, nicht einmal Tommasos alter Alfa.

War das hier etwa dieses blühende Geschäft, an das er sich so verzweifelt klammerte?

»Hallo?« Ich stieß die schweren Doppeltüren auf und warf einen Blick in den dunklen Verkostungsraum. Meine Stimme hallte von den Mauern wider, und ich ging hinein. Hier drinnen war es kühler, und meine Schritte auf dem Steinboden klangen in der unerwarteten Stille überlaut.

Ich hatte nur noch schwache Erinnerungen an das Weingut. John hatte immer gesagt, es sei nicht der richtige Platz für Kinder, und jagte uns weg, wenn wir uns zu weit hineinwagten. Der öffentliche Verkostungsraum war der einzige Ort, in dem wir uns hatten aufhalten dürfen, und dieser Raum hier unterschied sich drastisch von dem aus meiner Erinnerung.

Es war immer noch dunkel und kühl hier drin, aber damit hörte die Ähnlichkeit auf. Die rückwärtige Wand hinter dem Bartresen war vollkommen eingerissen und durch eine deckenhohe Glaswand ersetzt worden, die einen großartigen Blick auf die Kelterei bot. Die hatte sich ebenfalls unglaublich verändert. Die Reihen von kleinen Fässern, an die ich mich erinnerte, waren von gewaltigen Bottichen aus Edelstahl ersetzt worden. Alles hier wirkte hochmodern, neu und kostspielig.

Der Verkostungsraum selbst war ebenfalls ins 21. Jahrhundert gehievt worden. Die modernen Lampen aus rostfreiem Edelstahl, die eleganten Ledersofas und der hell gebeizte Eichentresen hätten auch in einer angesagten Londoner Weinbar nicht deplatziert gewirkt.

Ich stellte die mit Servietten bedeckte Platte auf den Bartresen und schlich durch den langen Raum zu der Tür, die in Johns Büro führte.

Durch zwei große Fenster fiel Sonnenlicht in den Raum. Draußen stand noch der Lindenbaum, in dem Tommaso und ich so gerne herumgeklettert waren. Er war mindestens doppelt so groß wie früher, und die niedrigsten Zweige waren mittlerweile viel zu hoch, als dass irgendein Kind sie hätte erreichen können.

Dieselben beiden zerschrammten hölzernen Schreibtische standen noch da, wo sie immer gestanden hatten. Allerdings standen jetzt moderne Desktopcomputer darauf. Eine Wand verschwand hinter einem Buchregal. Als ich genauer hinsah, stellte ich fest, dass es Aktenordner waren, einer für jedes Jahr. Sie fingen zur Jahrhundertwende an, und zwar die des neunzehnten Jahrhunderts, und endeten vor acht Jahren.

Markierte das vielleicht den Zeitpunkt, an dem Tommaso hier angefangen hatte zu arbeiten? Denn die Computer waren zweifellos sein Werk. Mein Vater war von dem Misstrauen gegen alle Technologie der Vor-Computergeneration durchtränkt gewesen.

Ich wandte mich von den Aktenordnern ab, und ein Computerbildschirm fiel mir ins Auge. Er zeigte keinen Bildschirmschoner, sondern eine Tabelle. Mein Blick glitt über die Daten, und ich beugte mich fasziniert vor. Das waren Tommasos Pläne für die Zukunft des Weinguts, in Zahlen gefasst.

»Was zum Teufel tust du hier?« Die Bürotür knallte laut gegen die Wand, und ich fuhr zusammen. Tommaso stand in der Tür, die Arme vor der Brust verschränkt und mit zorniger Miene. Seine wütende Haltung fegte mein Schuldbewusstsein beiseite, dass ich beim Herumschnüffeln erwischt worden war.

»Das war das Büro meines Vaters. Ich habe das Recht, mich hier aufzuhalten!«, schoss ich zurück.

»Jetzt ist es jedenfalls mein Büro. Und ich bin beschäftigt. Ich habe keine Zeit, dich mit einem Ausflug in die Erinnerung zu verwöhnen.«

Ich bin zu beschäftigt für dich. Seine Worte lösten dieses ferne Echo aus, das meine Empörung noch steigerte. Ich reckte trotzig das Kinn. »Du siehst aber nicht beschäftigt aus. Der ganze Weinkeller ist verlassen.«

»Weil alle draußen auf den Feldern arbeiten. Wir dünnen heute die Brunello-Reben aus.«

Einatmen. Bis drei zählen. Ausatmen.

Ich hatte diesen Besuch eigentlich als Geste der Versöhnung gemeint, nicht um die Situation noch zu verschlimmern. »Du hast gesagt, dass ich vorbeikommen und mir den Weinkeller ansehen sollte.« Es freute mich, dass meine Stimme nicht defensiv klang. Aber ich war nicht erfreut darüber, dass sie auch plötzlich heiser wurde. Tommaso hatte sich das mit Erde verschmutzte T-Shirt ausgezogen und griff nach dem frischen weißen Hemd, das an einem Haken hinter der Tür hing.

Gütiger Himmel! Wie lange hatte ich schon keinen nackten männlichen Oberkörper mehr gesehen, dass ich praktisch bei Tommasos Anblick zu sabbern anfing? Zugegeben, er war ziemlich fit für einen Mann, der auf die vierzig zuging. Okay. Außerordentlich fit. Und gebräunt.

Und er hatte diese V-förmigen Bauchmuskeln, die ich nur in amerikanischen Fernsehshows oder in *Outlander* gesehen hatte.

Ich schluckte und sah hastig weg. Zuerst Luca und jetzt Tommaso. Ich musste mir wirklich einen *Thor*-Marathon reinziehen. Wenn ich ein paar Stunden Chris Hemsworths Torso betrachtete, sollte mich das beruhigen und verhindern, dass ich mich benahm, als wäre ich zwanzig Jahre jünger. Schade nur, dass John kein Fernsehgerät besessen hatte.

Ich riskierte erst wieder einen Blick, als ich sicher war, mein Erröten unter Kontrolle zu haben – und Tommaso sein sauberes Hemd fertig zugeknöpft hatte.

»Ich erwarte jeden Moment eine Gruppenführung«, sagte er ungeduldig. »Sie haben eine Tour durch den Weinkeller gebucht und eine anschließende Verkostung.«

»Das ist ja perfekt. Ich gehe einfach mit, dann musst du mich nicht ein andermal extra herumführen.«

Er runzelte die Stirn, widersprach aber nicht. Er drehte sich auf dem Absatz um und ging wieder in den Verkostungsraum, als das unverkennbare Geräusch eines Busmotors, der sich den

Berg hinaufmühte, in den Keller drang. Ich lief hinter Tommaso her. »Aber vielleicht solltest du lächeln, bevor sie hier auftauchen. Mit diesem Gesichtsausdruck wirst du deine Kunden nur verschrecken.«

Er warf mir einen weiteren vernichtenden Blick zu und hielt auf die Eingangstür zu, um die Gäste zu empfangen. Als ich ihn einholte, wirkte er wenigstens nicht mehr ganz so abweisend, obwohl er immer noch nicht lächelte.

Die Gruppe bestand aus mehr als einem Dutzend amerikanischer Touristen. Sie waren lebhaft, begeistert und schienen sich bereits im Laufe ihrer wochenlangen toskanischen Weintour entspannt zu haben.

»Das ist Sarah Wells. Sie wird uns heute Nachmittag bei der Tour begleiten«, verkündete Tommaso und torpedierte so meine Hoffnung, dass ich lautlos und unauffällig einfach nur mitlaufen könnte.

»Verstehen Sie etwas von Wein, Schätzchen?«, fragte mich eine mütterlich wirkende Frau, die mich kurzerhand unter ihre Fittiche nahm.

»So gut wie nichts«, flüsterte ich vertraulich zurück.

Sie tätschelte mir den Arm. »Dann halten Sie sich an mich. Mein Gordon ist ein echter Weinkenner, und ich habe es jetzt zwanzig Jahre geschafft, ihn in dem Glauben zu wiegen, dass ich das auch wäre. Ich heiße Lila.«

Die Gruppe versammelte sich um Tommaso.

»Hier in Castel Sant'Angelo produzieren wir jedes Jahr über hunderttausend Flaschen Wein, und zwar aus einer Auswahl von Trauben«, begann er. »Wir bauen zwei Weißweine an, aus der Malvasia- und der Trebbiano-Traube, obwohl diese beiden Sorten nicht einmal zehn Prozent unserer Weine ausmachen. Dazu kommen etliche Rotweine, einschließlich des Sangiovese, aus dessen Traube wir unsere preisgekrönte supertoskanische Sorte herstellen, und den weltberühmten Brunello, einem Klon der Sangiovese-Traubenfamilie.«

Seine Zuhörer nickten wissend. Zweifellos hatten sie auf ihrer Tour bereits ähnliche Reden von anderen Winzern gehört.

»Brunello bedeutet im einheimischen Dialekt ›kleiner Dunkler‹. Er wird auf höher liegenden Weinfeldern und Bergen angebaut, wo die Erde nicht so tief ist und aus einer Mischung aus felsigem Kalksandstein und Lehm besteht. Das ist ein natürlicher Dünger, der fruchtigere Weine produziert.«

Während er uns durch eine Doppeltür aus Holz in einen langen, schmalen Raum scheuchte, drängte sich eine der jüngeren Frauen aus der Gruppe neben ihn. »Sie sind nicht von hier, stimmt's? Sie haben so einen sexy Akzent!«

»Halb italienisch, halb schottisch«, gab er zurück und lächelte endlich. Ich verdrehte die Augen.

War das Tommasos »Typ«? Wenn ja, dann hielt ich nicht viel von seinem Frauengeschmack. Sie war knapp halb so alt wie er. Geraldine war auch halb so alt wie John gewesen, als die beiden sich kennengelernt hatten.

Der Raum, in dem wir jetzt waren, hatte klinisch weiße Wände und entlang einer Seite befanden sich Rolltore, durch die man auf den Schotterplatz draußen gelangte. »Das ist das sogenannte Kelterhaus. Hier werden die Trauben unmittelbar nach der Lese hingebracht«, sagte Tommaso.

Er erklärte uns die hochmoderne Ausstattung, die zurzeit ungenutzt und stumm herumstand. Ein vibrierender Sortiertisch, der Zerkleinerer, mit dem man die Trauben von den Stielen trennte, und schließlich die pneumatische Presse, die Keltermaschine, die das Fruchtfleisch von der Haut trennte. »Unsere weißen Trauben werden unmittelbar nach der Ernte gepresst, aber die roten Trauben werden erst gesäubert und dann zerquetscht, um die Früchte zu öffnen. Dass wir die roten Trauben während der Fermentierung, dem Gärungsprozess, mit ihrer Haut in Kontakt lassen, verleiht dem Wein seine herrliche dunkle Farbe.«

»Und wo wird der Wein gestampft?«, rief jemand aus der Gruppe.

Tommaso lächelte. Es war nicht das herzliche, etwas flüchtige Lächeln, das er dem jungen Mädchen zugeworfen hatte, sondern ein sardonisches Grinsen, das mich an alte Zeiten erinnerte. Der Tommy, den ich einst gekannt hatte, war vielleicht schüchtern und ein bisschen verlegen Fremden gegenüber gewesen, aber unter seinem ernsten Verhalten hatte er einen wundervoll bissigen Humor gehabt.

»Hollywood will Ihnen vielleicht etwas anderes einreden, aber die Weinproduzenten stampfen schon seit Tausenden von Jahren ihren Wein nicht mehr mit den Füßen.« Ein Seufzen der Enttäuschung lief durch die Gruppe. »Abgesehen davon, dass es *poco igenico,* schrecklich unhygienisch ist und zudem illegal, wenn man den Wein zum menschlichen Verzehr produziert, ist es auch zeitaufwendig und uneffektiv. Einige Weingüter bieten dieses Weinstampfen als Touristenattraktion an, aber ich persönlich trinke unsere Trauben lieber, als auf ihnen herumzutrampeln.«

»Ich auch«, flüsterte Lila und stieß mich mit dem Ellbogen an.

Der nächste Durchgang hatte ebenfalls eine breite Doppeltür, die jedoch aus industriell aussehendem, rostfreiem Edelstahl bestand. Sie führte in den riesigen Raum voller gewaltiger Stahltanks, den man vom Verkostungsraum aus sehen konnte. Ein elektrisches Summen begleitete unsere Schritte und unser Schlurfen, als die Gruppe sich im Halbkreis um Tommaso aufbaute.

»Das hier ist der Fermentationsraum. Die Maische aus der Zerkleinerungsmaschine wird in diesen Tanks gelagert, damit die Apfelsäure der Trauben in Milchsäure umgewandelt werden kann, die den Geschmack des ursprünglichen Weines cremig macht. Bei Rotwein schmecken Sie dieses Cremige vielleicht nicht, aber sie sorgt dafür, dass sich die Rotweine in Ihrem Mund so glatt und samtig anfühlen.«

Als Tommaso in die technischen Einzelheiten eintauchte, erwartete ich, dass wenigstens ein paar der Touristen anfingen, sich umzusehen. Aber die Gruppe hing ihm förmlich an den Lippen. Sie waren eindeutig große Weinliebhaber. Ich trat dichter heran, gebannt sowohl von Tommasos tiefer Stimme als auch von der unübersehbaren Leidenschaft, mit der er von Wein sprach.

Hinter dem Fermentationsraum folgten eine Reihe kleinerer Kellerräume. Das Weingut war erheblich größer, als mir klar gewesen war, und erstreckte sich tief in den Hügel hinein. Die Temperatur hier war niedriger als draußen, und ich zitterte fröstelnd. Hier endlich waren all die Reihen mit kleineren Holzfässern, an die ich mich erinnerte. An manchen Stellen waren drei Fässer übereinandergestapelt. Ihre Größe reichte von hüfthoch bis zu Fässern, in denen ich vermutlich hätte stehen können, ohne mich zu bücken.

Der Boden war nass. »Um die Luft hier drin kühl und feucht zu halten«, erklärte Lila wissend.

Wir sammelten uns wieder um Tommaso. »Wir pressen unsere roten Trauben erst nach der ersten Gärungsphase, und dann wird der Wein in diese Eichenfässer umgefüllt, damit er altert. Die Eiche enthält Tannine, deshalb fügt das Altern in Eichenfässern dem Wein weitere Aromen und Geschmäcker zu, ebenso wie Farbe und Komplexität. Wir Winzer können sehr leidenschaftlich über die Art von Eiche diskutieren, in der wir unsere Weine altern lassen.« Tommaso verzog den Mund zu einem spöttischen Lächeln. »Hier in Castel Sant'Angelo benutzen wir die größeren und traditionelleren Fässer, die aus slawischer Eiche bestehen. Weil die einfach die beste ist. Aber ich will Sie nicht mit den Einzelheiten langweilen.«

Dem erleichterten Seufzer nach zu urteilen, der durch sein Publikum raunte, konnte ich mir vorstellen, dass einige andere Winzer auf ihrer Tour sie bereits mit entsprechenden Vorträgen zur Auswahl ihres Fassholzes zum Sterben gelangweilt hatten.

»Sobald die Milchsäuregärung abgeschlossen ist, geben wir eine kleine Menge Schwefel hinzu, um den Wein zu stabilisieren und die überflüssigen Tannine zu entfernen, die ungewollte Aromen erzeugen könnten. Und jetzt beginnt der Spaß ... Die Verkostung.«

Allgemeines erwartungsvolles Gemurmel antwortete ihm.

»Die Weinherstellung ist keine präzise Wissenschaft, also kosten wir die Weine ständig während des Alterungsprozesses, um sie einzuschätzen. Es gibt so viele Elemente, die einen guten

Wein ausmachen – der Boden, das Klima, die Tradition, die Mischung und die Alterung. Selbst die Richtung, in der ein Hang liegt, oder wie viel Feuchtigkeit herrscht, kann großen Einfluss auf die Aromen haben. Die Möglichkeiten für Weinbauern, unterschiedliche Geschmäcker zu erforschen und zu konzipieren, sind endlos.« Tommaso legte die Hand auf ein mittelgroßes Fass, auf dem einfach eine fünfzehn gemalt war. Seine Geste war fast eine Liebkosung. »Heute kosten Sie unseren Signaturwein, den Angelica, einen supertoskanischen Wein, der aus Sangiovese- und Brunello-Trauben gemischt wird.«

»Müsste er nicht Angelico heißen, da dieses Weingut nach dem Heiligen Angelo benannt ist?«, fragte Lila. »Angelico ist doch die männliche Form des Namens, richtig?«

Tommaso nickte. »Sant'Angelo bedeutet ›Heiliger Engel‹. Den Legenden nach wurde dieses Weingut gegründet, als ein Engel auf die Gebete des ersten Winzers antwortete und ihm den ersten Weinstock schenkte, der hier angepflanzt wurde. Aber dieser Wein wurde nach seinem Schöpfer benannt, dem früheren Besitzer dieses Weingutes, John Langdon, und da der Wein einen ziemlich guten Ruf hat, werde ich mich hüten, daran herumzupfuschen.«

Die junge Frau, die ihm nicht von der Seite wich, kicherte, aber Tommaso ignorierte sie. Ich lächelte.

»Wer möchte den ersten Schluck probieren?« Tommaso hielt ein langes, dünnes Glas hoch, das aussah, als gehörte es in ein Laboratorium. Er tauchte es in ein von Weinflecken übersätes Loch oben in dem Fass, und entnahm etwas Wein. Dann schenkte er eine kleine Menge in eines der Probiergläser, die auf einem Tablett standen.

Die Touristen drängten sich um ihn, und er teilte das erste Glas zu. An mich.

Während mich alle ansahen, kostete ich den Wein, wie ich es bei Luca gesehen hatte. Erst atmete ich das Aroma ein, dann trank ich einen kleinen Schluck und ließ mir die Flüssigkeit einen Moment über die Zunge rollen, um die Geschmäcker aufzunehmen, bevor ich ihn schluckte. Ich fühlte mich schrecklich manieriert, und Tommasos kniff die Augen zusammen, als argwöhnte er, dass ich absichtlich zögerte.

Nur um ihn zu ärgern, trank ich noch einen Schluck, bevor ich mein Urteil fällte. »Er schmeckt dicht, und seine Textur ist glatt und butterig.« Ich rümpfte die Nase. »Aber er hat auch einen leicht erdigen Nachgeschmack, der nicht so angenehm ist. Er ist noch nicht bereit für die Abfüllung.«

Tommaso hob die Brauen und drehte sich zu seinen Zuhörern herum. »Sarah hat recht. Wir werden diesen Wein frühestens in ein paar Monaten abfüllen, sobald dieser erdige Geschmack nachgelassen hat.«

Dann kehrte er mir den Rücken zu und spielte den herzlichen Gastgeber, als er die restlichen kleinen Probiergläser füllte und sie herumreichte. »Das Geschmacksprofil entwickelt sich nur langsam und braucht manchmal ein Jahr, bis es hervortritt. Das hier ist kein Job für Ungeduldige.« Wieder lachten die Zuschauer.

»Wie lange lassen Sie Ihre Weine altern?« Die Frage stellte ein hochgewachsener Mann mit dichtem, weißem Haar. Er kam mir wie ein pensionierter, hoher Regierungsbeamter vor – sehr aufrecht.

Als Tommaso geantwortet und die Alterungszeiten für jeden Wein des Weingutes aufgeführt hatte, hatten die meisten Teilnehmer bereits ihre Probegläser geleert, und ich sammelte die benutzten Gläser zusammen.

»Ich dachte, du verstehst nicht viel von Wein?«, fragte er mich beiläufig, als ich mit dem Tablett an ihm vorbeiging.

Ich zuckte mit der Schulter – ganz italienisch. »Ich bin die Tochter meines Vaters.« Ich musste mich anstrengen, cool zu klingen und zu verbergen, wie außerordentlich erfreut ich war, dass ich ihn überrascht hatte. Und ich dankte dem Himmel für Johns Tagebuch!

»Noch mehr Fragen?«, erkundigte sich Tommaso bei der Gruppe. Die Anspannung in seinen Schultern war gewichen. Bei so empfänglichen Zuhörern, die sich ganz offenbar nicht so schnell von den Einzelheiten der Weinproduktion langweilen ließen, fiel es ihm leichter, in die Rolle als Touristenführer zu schlüpfen.

»Wie viele Flaschen gewinnt man aus diesem Fass?«, fragte der Regierungsbeamte und deutete auf das Fass, aus dem Tommaso den Wein entnommen hatte.

»Das sind *Botti* – Fässer, von denen jedes etwa dreieinhalb tausend Liter Wein enthält. Um Ihnen die Rechnerei zu ersparen, das sind etwa fünftausend Flaschen Wein, ungefähr der Ertrag von einem Hektar Land.«

Der Mann pfiff anerkennend, und ich stimmte ihm insgeheim zu. Ich blickte auf die Keller zurück, durch die wir gegangen waren. Dort waren die *Botti* mindestens doppelt so groß, so groß wie jene, die ich in den Höhlen in Montepulciano gesehen hatte. Zehntausend Flaschen pro Fass, daran erinnerte ich mich noch. Ich hoffte nur, dass sie versichert waren. Vielleicht sollte ich Tommaso anbieten, eine Risikoanalyse vorzunehmen und seine Versicherungen zu überprüfen.

Ich überschlug kurz ein paar Zahlen im Kopf. Zehntausend Flaschen beim derzeitigen Einzelhandelspreis waren … ein Haufen Geld. Aber waren bereits genug Fässer hier bereit für die Abfüllung, um die Schulden des Weinguts zu tilgen? Oder würde Tommaso immer noch rote Zahlen schreiben, nachdem er mich ausbezahlt hatte?

Der letzte Halt auf der Tour war die Abfüllanlage. Sie befand sich in einem neuen Gebäude auf der anderen Seite eines kleinen Hofs. Es war jedoch aus dem gleichen Kalksandstein errichtet worden wie die anderen, damit es zu den älteren Bauwerken passte. »Wenn der Wein fertig ist, wird er in Regalen gelagert, gefiltert, um Ablagerungen zu entfernen, und dann kommt er hierher, um abgefüllt zu werden. Wir haben erst vor ein paar Jahren angefangen, unsere Weine selbst abzufüllen. Dadurch ist unser Weingut vollkommen autark geworden.«

Ich war sicher, dass das eine weitere von Tommasos Neuerungen war. Jetzt verstand ich, warum das Weingut so viele Schulden hatte. Bei hunderttausend Flaschen im Jahr ergab es einen Sinn, wenn wir unsere Weine selbst abfüllten. Zweifellos sparten wir dadurch erhebliche Kosten – aber es autark zu nennen klang einfach besser.

Da das Wetter gut war, fand die Weinverkostung im sonnigen Hof statt. Die Luft duftete nach dem Lavendel, der in niedrigen Büschen rund um den Hof gepflanzt war. Die Touristen saßen an schmiedeeisernen Tischen, während Tommaso ihnen sämtliche Weine des Guts vorstellte. Ich half ihm und verteilte die Probegläser an die Besucher.

Der letzte Wein, den er präsentierte, war der *Vino rosato*, der, wie Tommaso erklärte, beliebteste Export des Weinguts. Ein trockener, aber erfrischender Wein, den man gekühlt trank. Er hielt ein Glas des rosafarbenen Weines hoch, und die Farbe leuchtete in der Sonne, die dem Glas Tiefe verlieh und es funkeln ließ. »Unsere toskanischen Rotweine sind sehr komplex und tiefgründig, perfekt für lange Winterabende und als Begleitwein für die würzigen einheimischen Gerichte. Aber sie neigen dazu, leichte sommerliche Speisen zu dominieren. Dieser *Vino rosato* besteht aus Brunello-Trauben, aber wir entfernen die Häute sehr früh im Gärungsprozess und bekommen so die weicheren Farben und den leichteren, frischeren Geschmack. Am besten wird er mit der klassischen Kombination aus Schinken und Melone serviert.«

Ich unterdrückte ein amüsiertes Lachen, ging rasch in den Verkostungsraum und kehrte nur wenige Augenblicke später mit der Platte zurück, die ich mitgebracht hatte. Ich hätte zwei jährliche Leistungsprämien dafür gegeben, um den Ausdruck auf Tommasos Gesicht verewigen zu können, als ich die Servietten von der Platte nahm und den Inhalt präsentierte.

Ich ging zwischen den Besuchern hin und her und bot die kleinen Appetithappen an, wodurch ich Tommaso einen Moment Zeit gewährte, sich zu erholen. Er blinzelte mehrmals und räusperte sich, bevor er sich erneut an seine Zuhörer wandte. »Zu guter Letzt, wie Sie sicherlich bereits auf Ihrer Tour gelernt haben, ist Weinerzeugung ein lebendiger, fortdauernder, chemischer Prozess. Der Wein verändert sich ständig, selbst in der Flasche, also ist die korrekte Lagerung und Handhabung von entscheidender Bedeutung, auch wenn Sie Ihren Wein mit nach Hause genommen haben.«

Nachdem die Appetithäppchen verzehrt waren, verteilte ich Bestellformulare, während Tommaso Fragen nach den Lieferungen beantwortete.

»Stellen Sie auch den Rosso di Montalcino her?«, fragte einer der Männer aus der Gruppe. Sein Akzent hatte einen unüberhörbaren südlichen Touch. »Das ist doch auch eine einheimische Spezialität, stimmt's?«

Tommaso warf dem Frager einen bissigen Blick zu, als hätte er angedeutet, dass wir besseres Essigwasser herstellten. »Wir machen hier keinen Rosso. Das ist der Brunello der armen Leute, der von ungeduldigen Winzern hergestellt wird, die schnell Profit machen wollen.«

Ich warf ihm einen strafenden Blick zu, und mit hinlänglich zerknirschter Miene fuhr er deutlich weniger ätzend fort: »In Italien sagen wir ›*Ogni cosa ha il suo tempo*‹. Alles braucht seine Zeit. Das könnte unser Motto hier auf Castel Sant'Angelo sein.«

Ich wandte mich ab, damit Tommaso nicht sehen konnte, wie ich die Augen verdrehte. Wenn man in meiner Welt nicht sofort reagierte, kam man unweigerlich unter die Räder.

Eine halbe Stunde später stiegen die glücklichen und plaudernden Touristen wieder in ihren Bus. Lila und ihr Ehemann Gordon umarmten mich zum Abschied. Italien färbte eindeutig auf mich ab, denn ich hatte nicht den Impuls, vor dieser Berührung zurückzuzucken.

Wir winkten, als der Bus über die Zufahrt davonfuhr. Kaum war er verschwunden, seufzte Tommaso und atmete tief aus, als hätte er gerade eine Prüfung bestanden.

»Das war eine großartige Idee, den Schinken und die Melone zu servieren. Woher wusstest du das?«

»Ich wusste es nicht. Das war purer Zufall.« Oder schlicht Glück.

Er wirkte nachdenklich. »Jedenfalls ist das eine gute Idee. Wir sollten das bei all unseren Verkostungen tun. Wir könnten sie öfter zusammen durchführen.«

Es lag mir schon auf der Zunge, ihn zu verbessern. Es gab kein »wir«. Aber ich verkniff es mir. Es war sinnlos, jetzt mit ihm zu streiten, da er gerade mir gegenüber etwas zugänglicher wurde. Vorausgesetzt, das Fehlen der finsteren Miene bedeutete, dass er nicht ganz so abweisend war.

»Ich muss wieder an die Arbeit zurück.« Er legte sich die Hand an die Stirn, um sich die Augen zu beschatten, als er über die Felder blickte. »Du kannst gern mitkommen, wenn du magst.«

»Soll das etwa eine Einladung sein? Denn, weißt du, sie klänge weit einladender, wenn du nicht den Eindruck machen würdest, als würde es dich umbringen, sie auszusprechen.«

Er verzog das Gesicht. »Bitte?«

Ich schlug ihm spielerisch mit der Faust auf die Schulter. »Wow, du kennst das Wort ja tatsächlich! Und danke, ja – ich würde sehr gern mehr von dem Weingut sehen.«

13. KAPITEL

Buon vino fa buon sangue
Guter Wein macht gute Laune

Ich musste laufen, um mit Tommasos langen Schritten mitzuhalten, als wir durch die Reihen mit den Rebstöcken gingen. Die Büsche waren knorrig und längst nicht so hoch wie in meiner Erinnerung. Die Sonne hatte ihren Zenit überschritten, und das Licht schien golden durch die Weinblätter. Es hätte wunderschön sein können, wenn Tommaso mir wenigstens die Chance gegeben hätte, kurz stehen zu bleiben und es mir in Ruhe anzusehen.

Es war ein weiterer sehr langer Fußmarsch, um die Ecke des Guts zu erreichen, wo die Arbeiter an den Weinstöcken arbeiteten. Als wir dort ankamen, war ich verschwitzt, was sicher alles andere als attraktiv aussah, und der Knoten, zu dem ich mein Haar hochgesteckt hatte, löste sich auf. Zu allem Überfluss spürte ich auch noch den Beginn eines Sonnenbrandes auf Nase und Hals.

»Himmel, ist es hier immer so heiß? Regnet es denn nie?«

Tommaso lächelte spöttisch. »Ja, es ist immer hell, sonnig und wunderschön. Ich frage mich, wie wir diese Qualen nur ertragen können?«

Ich kicherte unwillkürlich, lief jedoch weiter, um ihm zu folgen.

»Es regnet im Herbst und im Frühling«, sagte er, ohne langsamer zu werden. »Im Winter schneit es sogar gelegentlich. Aber wir werden vom Monte Amiata vor allzu schlechtem Wetter bewahrt.« Er deutete auf den dunkelblauen Fleck des fernen Gebirges am Horizont. »Meistens jedoch herrscht einfach nur perfektes Traubenwetter: sonnig, trocken und heiß.« Er blickte kurz zu mir zurück. »Wusstest du, dass der Monte Amiata der höchste erloschene Vulkan in Italien ist?«

Dieses Spiel hatten wir als Kinder gespielt. Ich lächelte, bereit mitzuspielen. »Wusstest du, dass man ursprünglich Zypressen um die Häuser, Kirchen und Friedhöfe gepflanzt hat, damit ihr Duft Dämonen fernhält?«

Er lächelte wieder auf diese zurückhaltende Art. Das stand ihm eindeutig besser als die übliche mürrische Miene. »Und wusstest du, dass die Zypressen helfen, die Erosion der oberen Erdschicht zu verhindern?«

Ich dachte einen Moment nach. »Okay, mir fällt nichts mehr ein«, gab ich dann zu. »Du hast gewonnen.« Außerdem fehlte mir der Atem.

»Du bist außer Übung.«

»Allerdings. Ich habe noch niemanden getroffen, der so viel Trivialwissen besitzt wie du.«

»Ich dachte, du arbeitest in Nerdtown.«

»Bankiers sind keine Nerds.« Ich versuchte beleidigt zu klingen, aber es funktionierte nicht. Ich stellte mir Kevin vor, wie immer makellos gekleidet, der nur in den besten Restaurants speiste und zum Vergnügen die *Financial Times* las. Nein, niemand würde Kevin für einen Nerd halten.

Die Felder, die wir schließlich erreichten, fielen zu einer Senke ab, wo ein schmaler Bach verspielt über Kiesel plätscherte. An den Weinreben machten sich Arbeiter zu schaffen. Sie schnitten die Blätter zurück. Während wir zwischen den Reihen entlanggingen, blieb Tommaso hier und da stehen, um den Fortschritt zu inspizieren und sich mit den Arbeitern zu unterhalten. Ich folgte ihm, während ich immer noch versuchte, zu Atem zu kommen. Von der U-Bahn zum Büro zu laufen war so ziemlich die einzige Bewegung, an die ich gewöhnt war.

Am Rand des Feldes ließ sich Tommaso von einem der Arbeiter eine Baumschere geben und ersetzte den nächsten Mann am Weinstock mit einem kurzen Nicken, damit der eine Pause machen konnte.

Er hatte mir gesagt, dass er kein Bürohengst war, aber ihn arbeiten zu sehen, flößte mir neuen Respekt für ihn ein. Er bewegte sich schnell und geschickt, als er die Blätter abschnitt, die die Reben beschatteten.

»Ich dachte, ihr würdet hier hauptsächlich Rotweine anbauen«, sagte ich. »Aber alle Trauben, die ich sehe, sind entweder grün oder rosa.«

Tommaso lachte. »Alle Reben sind am Anfang grün, wegen des vielen Chlorophylls. Zunächst sind sie noch klein, hart und sehr sauer. Zum Reifen brauchen sie die Sonne. Jetzt, im Hochsommer, haben wir die *Véraison*, das ist der Moment, in dem die Reben anfangen, ihre Farbe zu ändern. Grüne Trauben werden golden, und die roten Reben, je nachdem welche Sorte es ist, werden erst rosa und dann rot, oder violett, oder sogar blau oder schwarz. Von jetzt an bis zur Lese werden sie immer dunkler und größer, während sie Zucker produzieren.« Er setzte seine Arbeit mit der Baumschere fort. »Deshalb schneiden wir die Blätter ab, damit die Reben so viel Sonne bekommen wie möglich.«

Er ging zum nächsten Weinstock, der sich horizontal an einem Drahtrahmen ausbreitete. Ich sah eine stämmige Frau am nächsten Rebstock, die eine große Traube mit Reben abschnitt. Die Trauben fielen zu Boden. Unwillkürlich gab ich einen schockierten Laut von mir, und Tommaso sah besorgt hoch.

»Sie schneidet die Trauben ab!«, zischte ich.

Seine Besorgnis schlug in Belustigung um. »Natürlich macht sie das. Wenn zu viele Früchte am Rebstock hängen, können sie nicht gut reifen. Also schneiden wir die kleineren Traubenbüschel ab, die sich nicht richtig entwickeln, damit die Rebstöcke ihre Nährstoffe auf die besten Trauben konzentrieren. Dann erzielen wir einen besseren Ertrag mit höherer Fruchtqualität und gewährleisten außerdem eine gleichmäßigere Reifung.«

Ich sah zu, wie die aussortierten Trauben zu Boden fielen. Es war fast so, als würden Dollar-Zeichen vor meinen Augen aufblitzen. Wieder schnappte die Schere, und ein weiteres Rebenbüschel fiel zu Boden – und damit auch der Profit.

Tommaso unterbrach seine Arbeit kurz und sah mich an. »Das ist nicht alles Abfall. Einen großen Teil der unreifen Trauben sammeln wir ein, um Verjus zum Kochen herzustellen, der Rest wird zu Mulch und als Dünger dem Boden zurückgegeben. Das alles gehört auf einem Weingut zum Kreislauf des Lebens.«

Ich fühlte mich besser, aber nur geringfügig.

Tommaso runzelte die Stirn. »Wir sind als Kinder manchmal hierhergekommen und haben den Arbeitern zugesehen, wie sie die Trauben ausgedünnt haben. Kannst du dich noch daran erinnern?«

Ich zuckte mit den Schultern und wandte mich ab. Das alles war schon so lange her. Und viele dieser Jahre hatte ich einfach gelöscht. »Woher weißt du, welche Büschel du abschneiden und welche du dranlassen musst?«

»Das weiß ich nicht. Deshalb überlasse ich die Beschneidung Carlotta. Sie hat schon ihr ganzes Leben lang Erfahrung darin, während ich immer noch lerne.« Er hielt inne, wischte sich mit dem Ärmel die Stirn ab und beobachtete Carlotta bei der Arbeit. Ihre Bewegungen waren präzise und schnell, und ihre schlanken Hände passten so gar nicht zu ihrem kräftigen Körper.

Dann ging er in der Reihe weiter, und ich folgte ihm. Da er wieder mürrisch dreinblickte, war das vielleicht jetzt nicht der richtige Zeitpunkt für meine Frage, aber wer konnte schon wissen, wann ich erneut eine solche Möglichkeit bekommen würde. »Es gibt etwas, was mich beschäftigt ...«

Er bedeutete mir nickend weiterzureden, ohne dabei jedoch seine Arbeit zu unterbrechen.

»Als wir damals in dem letzten Sommer hier zusammen waren, hast du Hotelmanagement studiert. Und ein paar Jahre später hat mir Elisa erzählt, dass du für eine größere Hotelkette in Edinburgh arbeiten würdest und es ziemlich gut liefe. Wie bist du hier gestrandet?«

Er richtete sich auf und drehte sich zu mir um. »Ich bin hier nicht ›gestrandet‹, sondern habe mich entschieden, hierherzukommen. Du bist zwar irgendwann nicht mehr gekommen, aber ich habe Nonna immer noch jeden Sommer besucht. Dein

Vater hat mich etwas über den Weinanbau gelehrt, und ich war sofort fasziniert. Nachdem meine Mutter gestorben war und es mit Nonnas Gesundheit bergab ging, habe ich mich entschlossen, ganz hierherzuziehen, um den Handel von deinem Vater zu lernen.«

Oder hatte er vielleicht eine gute Gelegenheit gesehen und sich gedacht, ein Weingut zu erben wäre erheblich reizvoller, als für eine fremde Person ein Hotel zu managen?

Aber dann erinnerte ich mich, wie seine Augen geleuchtet hatten, als er die Touristen auf dem Weingut herumgeführt hatte, dachte an seine Leidenschaft für die Weinherstellung. Vielleicht tat ich ihm unrecht, wenn ich ihn der Hinterhältigkeit verdächtigte, nur weil ich nicht begreifen konnte, wie man eine erfolgreiche Karriere für dieses Leben aufgeben konnte.

Tommaso ging zur nächsten Reihe mit Rebstöcken. »Hast du Lust, es selbst einmal zu versuchen?« Er hielt mir die Schere hin, und ich wich mit erhobenen Händen zurück, als wollte ich ihn abwehren.

Er lachte glucksend, und ich verzog das Gesicht. »Also gut, schön!« Ich schnappte mir die Schere und ging an ihm vorbei zu dem Rebstock, den er beschnitten hatte.

»Sieh mal, so.« Er trat hinter mich, schlang mir die Arme um die Taille und legte seine Hände auf meine. Ich spürte die Wärme und den Druck seines harten, männlichen Körpers an meinem Rücken und hatte das Gefühl, ich stünde unter Strom. Was war denn hier los? Ich war viel zu alt, um mich wie ein verknallter Teenager zu benehmen. Vor allem, weil ich überhaupt nicht verknallt war. Absolut nicht.

Vielleicht war diese Hitze, die mich durchströmte, ja nur eine Erinnerung an mein Teenie-Selbst. In jenem letzten Sommer wäre ich im siebten Himmel gewesen, wenn Tommy sich so an mich gepresst hätte.

Zusammen schnippelten wir eine Weile an dem Rebstock herum, und er zeigte mir geduldig, wie viel von den Blättern ich wegschneiden musste.

»So. Jetzt versuch es allein.« Er machte einen Schritt zurück, und ich rang nach Luft. Ich wollte dieses aufregende, quälende, berauschende Gefühl seines Körpers an meinem wiederhaben.

Tommaso blieb bei mir, um zuzusehen, wie ich mich anstellte, und ich war genauso unsicher wie mit siebzehn. Als ich schließlich das Ende der Reihe erreicht hatte, und er zufrieden war, verschwand er kurz und kehrte wenige Augenblicke später mit einer zweiten Schere zurück. Wir gingen zur nächsten Reihe und arbeiteten nebeneinander, nur ein oder zwei Armlängen voneinander getrennt. Die Sonne verschwand hinter den hohen Bäumen, die diesen Teil des Weinbergs säumten, aber es wurde nicht wesentlich kühler. Ein warmer Wind stieg vom Tal hoch.

»Jeder redet ständig über Tannine«, begann ich zögernd. Ich hasste es, meine Unwissenheit preiszugeben oder mir einen weiteren Seitenhieb einzuhandeln, weil ich nichts über das Geschäft meines Vaters wusste, aber ich biss trotzdem in den sauren Apfel. »Was ist das?«

»Tannine sind von Pflanzen gebildete Polyphenole.«

Er hätte genauso Griechisch sprechen können, das hätte ich ebenso wenig verstanden. »Und jetzt bitte auf Englisch?«

Er lachte. »Das sind Biomoleküle, die sich an Proteine binden und eine chemische Reaktion auslösen. Tannine sind die strukturellen Elemente, die einem Wein Form und Körper geben.«

Er nahm eine Rebe vom Weinstock und hielt sie ins Licht. Trotz seiner kräftigen, schwieligen Finger rollte er die Traube fast zärtlich zwischen den Fingern hin und her. »Tannine sind in der Haut der Reben sowie im Stängel und den Kernen. Allgemein haben Weißweine keine Tannine, oder nur sehr wenig, da sie ohne Haut fermentiert werden. Rotwein dagegen wird mit der Haut fermentiert. Die Reifung der Tannine ist für ein gutes Mundgefühl wichtig, weil unreife Tannine dem Wein einen grünen, leicht unangenehmen Geschmack verleihen. Wie diesen erdigen Geschmack, den du vorhin identifiziert hast. Sie werden weicher, je älter sie werden, deshalb ist es so wichtig, einen Wein lange genug reifen zu lassen.«

Er hielt mir die Traube hin, und ich beugte mich mit ausgestreckter Hand vor. Aber er reichte mir die Traube nicht, sondern hielt sie mir an die Lippen, und ich biss hinein. Ich spuckte sie aus. »Igitt! Sauer!«

»Du schmeckst die Apfelsäure. Wenn die Trauben reif sind, haben sie einen erheblich höheren Zuckergehalt und sollten bereit für die Lese sein.«

»Und wann ist das?«

»Wie lang ist ein Stück Schnur? Wir ernten, wenn die Trauben richtig schmecken.« Tommaso zuckte mit den Schultern. »Natürlich wird auch bei der Weinproduktion die Wissenschaft bemüht, aber man braucht ein Bauchgefühl, um wirklich guten Wein zu machen. Alles, was wir hier tun, wird von unseren Bauchgefühlen gesteuert.«

Ich schüttelte den Kopf. »Das klingt überhaupt nicht wissenschaftlich.« Es klang sogar geradewegs unzuverlässig. Ich traf lieber Entscheidungen mit dem Kopf, basierend auf Tatsachen und Zahlen. Ich vertraute meinem Kopf. Meine Instinkte waren in der Vergangenheit nicht sonderlich effektiv gewesen. Zum Beispiel hatte mein Bauch mich nicht davor gewarnt, dass Kevin nicht vertrauenswürdig wäre, und er hatte mich auch nicht davor geschützt, verletzt zu werden.

Ich war froh, dass Tommaso mich nicht ansah, als ich diese Gefühle wieder in die Vergangenheit zurückscheuchte, wo sie hingehörten.

»Vielleicht«, gab er zu. »Aber das ist eben die Magie dabei. Bei so vielen Variablen gibt es eine unendliche Vielzahl von Optionen, mit denen der Oenologe spielen und experimentieren kann. Das hat dein Vater am meisten an der Weinherstellung geliebt: die Experimente. Nicht nur die Kunst, etwas aus nichts zu erschaffen, sondern auch das Wunder, etwas Neues, Wundervolles zu entdecken.«

Genau so empfand ich für das Backen. Nur mit Mehl, Zucker, Milch und Eiern konnte man eine endlose Kombination aus wundervollen Dingen erschaffen. Es war eher ein bisschen erschreckend zu begreifen, dass ich vielleicht doch etwas mit meinem Vater gemein hatte. Bedauerlicherweise war es jetzt zu spät, um diese Verbindung mit ihm zu teilen.

Als sich fröhliche Stimmen näherten, warf Tommaso einen Blick über die Schulter. Die Arbeiter packten ihre Sachen zusammen und kamen auf uns zu. Einer der älteren Arbeiter ließ sich unsere Scheren geben und legte sie in einen großen Weidenkorb.

»Morgen ist auch noch ein Tag«, sagte er auf Italienisch zu Tommaso.

Tommaso schlug ihm freundschaftlich auf den Rücken. »*A domani.*«

Wir schlenderten durch die länger werdenden Schatten zum Castello zurück. Staubig und verschwitzt und so einvernehmlich wie die ganze Woche noch nicht.

»Ich schulde dir ein Dinner«, sagte ich, als wir den Hof zwischen unseren Häusern erreicht hatten. »Ich könnte Pasta zubereiten, wenn du magst. Für die Mahlzeit sorge ich, wenn du Rummikub mitbringst.«

Obwohl sein Gesicht im Schatten lag, war ich ziemlich sicher, dass er wieder dieses zögernde Lächeln aufgesetzt hatte. Dieses Lächeln, das seine Mundwinkel hob und seine Augen leuchten ließ. »Ich muss meinen Kalender zurate ziehen. Weil, du weißt schon, mein privater Terminkalender quillt dieser Tage wirklich über.«

Ich bemühte mich, mir nichts anmerken zu lassen. »Ich nehme das einfach mal als ein Ja.«

14. KAPITEL

A goccia a goccia, si scava la roccia
Steter Tropfen höhlt den Stein

Während der Juni allmählich in den Juli überging, nutzte ich den neuen Waffenstillstand zwischen Tommaso und mir so gut ich konnte. Ein paarmal in der Woche ging ich mit meinem Laptop in den Weinkeller, um das Wi-Fi dort zu benutzen und Recherchen über die Regeln und Vorschriften bei der Renovierung von denkmalgeschützten Gebäuden anzustellen. Am Ende war ich ein Profi in dem, was ich tun durfte und was nicht. Obwohl ich ohne erfahrene Arbeiter kaum Fortschritte machte.

Freitags schlenderten Beatrice und ich über den Markt, bis ich alle Standbesitzer mit Namen kannte. Und ich ließ mich sogar noch weitere zwei Mal von Luca zum Mittagessen ausführen. Er war mehr als begierig darauf, den Fremdenführer zu spielen, fuhr mit mir in kleine Städte, die auf keiner Touristenkarte verzeichnet waren und ließ mich neue Weine probieren.

Mittlerweile leistete mir auch Tommaso jetzt abends häufiger auf der Terrasse bei einem Glas Wein Gesellschaft. Gelegentlich aßen wir zusammen, aber meistens saßen wir einfach nur in behaglichem Schweigen da, hörten uns im Dunkeln das Zwitschern der nachtaktiven Vögel und die Rufe der Eulen an, während wir unseren Wein tranken. Wenn der Himmel sich verdunkelte, suchten wir nach Satelliten, die rasch über das samtige Firmament schossen. Jetzt waren die Nächte nicht mehr still, sondern ein praller Teppich aus Geräuschen, und auch das dunkle Haus war trotz seiner Leere nicht mehr Furcht einflößend. Es war fast, als hätte das Haus geschlafen und würde langsam erwachen.

Eines Abends zeigte ich Tommaso Johns Tagebuch, und wir brüteten gemeinsam über seiner krakeligen Handschrift. Von da an fügten wir mit jeder gemeinsam geleerten Flasche Wein dem Tagebuch unsere eigenen Notizen hinzu. Ich lernte die Tannine in den Weinen zu erkennen und konnte identifizieren, welche Weine jung und welche ausreichend gereift waren. Manchmal brachte Tommaso eine Weinflasche mit, von der er das Etikett entfernt hatte, und ließ mich die Rebsorte einfach nur anhand des Geschmacks erraten.

»Mit der Zeit wirst du auch lernen, den Jahrgang zu schmecken. Du kannst die jährlichen Sturzfluten, die Hitze und den Regen und den Frost schmecken, die in jedem Wein abgebildet sind.«

Ich hob skeptisch eine Braue. Sicher, manchmal stellte ich mir vor, ich könnte die Sonne in einem Wein schmecken, aber den Regen …?

Tommaso nickte. »2010 war es in dieser Gegend trockener als im Rest der Toskana. Wir hatten dieses Jahr einen langen, langsamen Reifeprozess, der zu einem wahrhaftig außerordentlichen Jahrgang geführt hat, der selbst jetzt noch exzellentes Reifungspotenzial hat. Ich bringe das nächste Mal eine Flasche mit, dann wirst du den Unterschied schmecken.«

»Da muss ich dich beim Wort nehmen.« Ich konnte seine Zuversicht nicht teilen.

An einem drückend schwülen Sommertag fuhr Luca mit mir zu der kleinen Stadt Bagni San Filippo am östlichen Rand des Monte Amiata. Dort schlenderten wir durch schattige Wälder, um die weiß-blauen heißen Quellen zu erreichen, die zwischen unglaublich weißen Kalksteinfelsen lagen. Der Gestank von Schwefel hing in der Luft, aber es war überraschend angenehm, in den heißen Quellen zu schwimmen. Diese natürlichen Felsbecken waren umso erstaunlicher, weil sie sich mitten im toskanischen Wald befanden. Aber den besten Blick bot nicht die Landschaft. Ohne jeden Zweifel war der beste Ausblick der Anblick von Luca in nichts als seiner Badehose und nasser Haut.

Er hielt mir die Hand hin, um mir in ein Becken zu helfen, unsere Schenkel berührten sich, ein Arm schlang sich um eine

Taille, eine sanfte Liebkosung meiner Schulter, als er meinen Zopf zur Seite schob … Luca fand alle möglichen Vorwände, um mich zu berühren, und jede Berührung entflammte mich, raubte mir den Atem.

Heute stellte ich mir nicht mehr die Frage, ob seine Berührungen zufällig waren oder mehr bedeuteten. Sie bedeuteten alles!

Unter seinem heißen Blick fühlte ich mich wie eine Göttin. Nicht wie eine langweilige Finanzanalystin von Mitte dreißig, die immer noch Single war, sondern wie eine begehrte Frau. Wer konnte es mir schon vorwerfen, dass ich mich von ihm küssen ließ, wenn er mich nach Hause fuhr? Ein paar leidenschaftliche Küsse mit dem Rücken an die Haustür gepresst zählten doch wohl kaum als Urlaubsaffäre, richtig?

Außerdem sollten Männer wie Luca mit einem Beipackzettel ausgestattet sein: *Nebenwirkung: Kann sexhungrige Frauen dazu bringen, den Kopf zu verlieren.*

Nachdem Lucas Wagen verschwunden war, ging ich zum Hinterhof. Tommasos alter Alfa stand dort, also klopfte ich an die Tür des Cottage, großzügig im Einklang mit der Welt. Niemand antwortete. Sonderbar. Wenn sein Wagen hier stand, sollte er eigentlich auch zu Hause sein.

Stirnrunzelnd ging ich ins Castello in die Küche und stellte den Wasserkessel auf den Herd, als ich es hörte – eine erstickte Stimme, die meinen Namen schrie. Als ich das Wohnzimmer erreichte, wurde Tommasos Stimme lauter, und so deutlich, dass ich sogar seine Gereiztheit hören konnte.

Ich drehte mich zu der Doppeltür herum, die auf die Terrasse führte, und mir klappte der Kiefer herunter. Der wundervolle Blick über das Tal von diesem Raum aus war – weg. Jetzt sah man durch das Fenster in die Glyzinie. Das Spalier hing in einem gefährlichen Winkel herunter, quer vor der Glastür, und die großen, violetten Blüten und die dichten Blätter versperrten den Blick. Ich hätte die Türen nicht einmal öffnen können, wenn ich mich mit meinem ganzen Gewicht dagegengestemmt hätte.

»Tommaso?«

»Das wird auch verdammt noch mal Zeit! Die Leiter ist umgefallen. Stell sie wieder hin!«

Ein Bitte wäre ganz nett gewesen. Das warme Glühen in meinem Inneren erlosch, als ich um das Haus zur Terrasse ging. Erst als ich dort ankam, verstand ich, warum er so barsch gewesen war.

Tommaso hing mit den Fingerspitzen an einer Regenrinne, mehr als ein Stockwerk über mir. Seine Beine zappelten in der Luft, und die Regenrinne knarrte bedrohlich. Ich schnappte nach Luft.

Ich musste auf Händen und Knien unter dem Spalier hindurchkriechen, um die alte Holzleiter zu erreichen, die unter den Blättern kaum zu erkennen war. Die dichten Zweige zerrten unsanft an meinen Haaren und meiner Kleidung.

»Schnell!«, rief er.

»Ich beeil mich ja!« Ich zog die Leiter unter dem Gestrüpp der Glyzinie heraus, kroch dann mit ihr unter dem Spalier heraus und stellte sie hastig dort an die Wand, wo Tommasos Füße baumelten. Die Leiter war ziemlich wackelig, und ich musste sie festhalten, während er versuchte, die oberste Sprosse zu erreichen. Als seine Füße dort landeten, ließ er die Regenrinne los und ruderte mit den Armen. Ich wagte kaum zu atmen, bis er seine Balance auf der Leiter gewonnen hatte. Dann sackte er auf der obersten Sprosse zusammen und rieb sich die Arme.

»Was hast du hier oben gemacht?«

»Ich habe ein Krachen gehört und habe nachgesehen. Einer der Balken des Spaliers wirkte irgendwie schief, also habe ich die Leiter geholt und ein paar Werkzeuge, um den Schaden zu reparieren. Als ich oben war, ist das ganze verdammte Ding zusammengebrochen und hat mir die Leiter unter den Füßen weggerissen.«

Ich kicherte.

Tommaso maß mich mit einem finsteren Blick. »Das ist nicht komisch. Ich kann meine Arme nicht mehr spüren.«

Ich wurde wieder ernst. »Wie lange hast du da oben gehangen?«

»Fünf Minuten. Zehn Minuten. Eine Ewigkeit.«

»Und hast du vor, irgendwann runterzukommen, oder soll ich die Leiter die ganze Nacht festhalten?«

Das brachte mir einen weiteren bösen Blick ein. Dann kletterte er langsam und sichtlich unter Schmerzen herunter. Die Leiter wackelte tückisch. Ich packte sie fester und drückte meinen ganzen Körper dagegen. Obwohl ich das auch deshalb tat, um zu verbergen, dass meine Schultern vor ersticktem Lachen bebten. Sicher, ich wusste, dass es nicht komisch war, aber trotzdem … So viel Testosteron, und dann baumelt all das an einer Regenrinne. Wenn er mich das nächste Mal wieder so mürrisch ansah, würde ich diese Erinnerung genießen.

Dann war Tommaso wieder auf festem Boden. Blätter der Glyzinie steckten in seinem dichten Haar, und seine Miene war so finster wie eine Gewitterwolke. Er rümpfte die Nase. »Was ist das für ein schrecklicher Gestank?« Er schnupperte noch einmal und beugte sich zu mir. »Hast du dich in einem Misthaufen gewälzt?«

»Das ist Schwefel. Ich war heute im Thermalbad in Bagni San Filippo.«

Er machte rasch einen Schritt zurück. »Ah, deshalb.« Er blickte auf das zusammengebrochene Spalier. »Das Holz ist vollkommen verfault. Es konnte das Gewicht der Glyzinie nicht mehr tragen.«

Ich betrachtete die Fassade des Hauses. Die Kletterpflanze hatte sich von der Wand losgerissen und hatte dabei große Stücke Putz mitgenommen. Wahrscheinlich hätte ich »Glyzinie schneiden« auf meine Liste mit zu erledigenden Dingen schreiben sollen. Diese Pflanzen waren berüchtigt dafür, dass sie ihre Wurzeln selbst zwischen Ziegelsteine trieben und dadurch großen Schaden anrichteten. Das verfaulte Spalier hatte mir wahrscheinlich einen riesigen Gefallen getan, als es zusammenbrach, bevor die Glyzinie das ganze Haus zerstört hätte. »Ich brauche einen Drink.«

»Den brauchen wir beide.« Seine säuerliche Miene hatte sich ein wenig aufgehellt, seit er wieder festen Boden unter den Füßen hatte, obwohl er sich immer noch die Arme heftig rieb, damit das Blut wieder zirkulierte. »Aber der muss noch warten. Ich bin früher nach Hause gekommen, um dich zu einem Kinoabend einzuladen. Die Rossis haben uns gefragt, ob wir mit ihnen picknicken wollen, bevor der Film anfängt.«

»Ein Filmabend?«

Ein Lächeln huschte über sein Gesicht. »Im alten Fort haben sie ein Freiluftkino aufgebaut, und alle bringen Picknick mit. Das ist ein bedeutendes gesellschaftliches Ereignis in der Stadt.« Er strich sich die Blätter aus dem Haar und wirkte plötzlich verlegen. »Der Film ist natürlich auf Italienisch. Ich würde es verstehen, wenn du keine Lust hast ...«

»Oh nein, ich komme gerne mit.« Welchen besseren Weg gab es schon, meine Sprachkenntnisse zu verbessern? »Ich muss mich nur umziehen.«

Er rümpfte wieder die Nase. »Du solltest vielleicht zuerst duschen – und deinen Badeanzug musst du wahrscheinlich verbrennen.«

Ich kicherte. »Und du musst dir unbedingt dein Haar ausbürsten, sonst werden sich alle fragen, was du wohl gemacht hast.«

»Du auch.« Er zupfte mir ein Blatt aus dem Haar. Plötzlich funkelten seine Augen. »Oder wir gehen, wie wir aussehen, und lassen alle rätseln, was wir beide gemacht haben.«

Ich lachte.

*

Der Parkplatz war überfüllt. Die ganze Stadt schien in Richtung der *Fortezza* unterwegs zu sein. Wir gingen innerhalb der hohen, mittelalterlichen Mauern durch die Menschenmenge und blieben ab und zu stehen, um mit Leuten zu plaudern, die Tommaso kannte.

»John Langdons Tochter«, sagten sie alle, als wäre ich eine Art lokale Berühmtheit. Ich hatte mich noch nie im Leben so verlogen gefühlt.

Schließlich gesellten wir uns zu den Rossis, die genau in der Mitte des großen, freien Platzes ihre Picknickdecke ausgebreitet hatten. Von dort aus hatten wir einen hervorragenden Blick auf die riesige Leinwand, auf die aber sonst niemand zu achten schien. Tommaso öffnete etliche Flaschen gekühlten *Vino Rosato* von unserem eigenen Weingut und ließ sie herumgehen.

Es wurde dunkel, und die ersten Laternen wurden angezündet. Kinder rannten zwischen den Picknickdecken und vereinzelten Klappstühlen hin und her. Erwachsene schlenderten von Gruppe zu Gruppe, tranken Wein und blieben kurz auf ein Schwätzchen.

Ich musste heute Abend jeden einzelnen Bewohner der Stadt getroffen haben. Alle bis auf den Mann, der mich vor wenigen Stunden fast bis zur Besinnungslosigkeit geküsst hatte.

Vielleicht arbeitete Luca lange, um all das nachzuholen, was er heute im Büro nicht geschafft hatte, während er Fremdenführer spielte. Obwohl ich eher vermutete, dass er keineswegs so sehr an seinem Job klebte, dass er eine Nacht in der Stadt versäumte. Also, wo steckte er?

Als die Menge sich langsam beruhigte, streckten wir uns auf den Picknickdecken aus und sahen uns eine italienische Komödie auf der riesigen Leinwand an. Mit Beatrice und Tommaso rechts und links neben mir, die mir beide eine Simultanübersetzung lieferten, brauchte ich kein Wort von der Sprache zu verstehen, um den Film genießen zu können.

Es war schon weit nach Mitternacht, als wir nach Hause fuhren. Tommaso brachte mich zur Hintertür des Castello, und wir blieben auf der Schwelle stehen, in dem Flecken gelblichen Lichts, der durch das Fenster aus der Küche fiel.

Ich lächelte ihn an. »Ich danke dir für diesen wundervollen Abend.«

Er nickte. »Wenn du allein in die Stadt fahren willst, dann kannst du den Pick-up der Kellerei benutzen. Die Schlüssel liegen hinter dem Tresen im Verkostungsraum. Lass einfach einen Zettel da, damit ich weiß, dass du den Wagen genommen hast.«

Hatte er herausgefunden, dass Luca mich durch die Gegend kutschierte? War das seine Art, einen Keil zwischen uns zu treiben? Himmel! Ich hatte fast den Eindruck, ich lebte im Verona des vierzehnten Jahrhunderts. »Danke, aber es geht schon. Ich schaffe es allein.«

»Sei nicht dumm. Du musst dich hier doch bewegen können.« Dann zuckte er mit der Schulter, als wäre es ihm letztlich egal, aber seine Augen erzählten eine andere Geschichte. Es war, als wären plötzlich Fensterläden vorgeklappt worden. Er trat einen Schritt zurück, drehte sich um und verschwand.

Was sollte das alles?

*

»Nur damit ich das richtig verstehe – du hast den ganzen Tag halb nackt mit einem italienischen Gott …«

»Halbgott. Er ist nicht unsterblich.«

»Schön, dann eben ein Halbgott!«, sagte Cleo stöhnend. »Dann bist du mit dem Mann ins Kino gegangen, dem du fast den Schädel mit einem Bügeleisen eingeschlagen hast?«

»Sein Name ist Tommaso, und er ist mein Geschäftspartner.« Ich hatte keine Ahnung, warum ich so widerborstig war. Es war ein perfekter Tag gewesen, bis zu dem Moment an der Küchentür.

»Unterbrich mich nicht! Es fällt mir schwer zu verarbeiten, dass unsere kleine Miss ›Ich glaube nicht an Urlaubsaffären‹ in ihrem Urlaub in der Toskana jetzt plötzlich mit zwei Männern anbandelt.«

Ich zuckte verteidigend mit den Schultern, auch wenn mir klar war, dass Cleo das nicht sehen konnte. »Der Besuch im Kino war kein richtiges Date. Schließlich war die ganze Stadt dabei.«

Um der Wahrheit die Ehre zu geben: Es waren mehr Leute in der Royal Albert Hall gewesen, als Kevin mich damals mit zur »Night of the Proms« genommen hatte. Und das war ganz eindeutig ein Date gewesen.

Aber Dates endeten mit Gute-Nacht-Küssen, oder etwa nicht? Aber nein, nicht bei Tommaso, der über den Hof marschiert war, als könnte er gar nicht schnell genug von mir wegkommen. Und sie endeten normalerweise auch nicht mit einem ängstlichen Gefühl in der Brust, dem Eindruck, als hätte ich ihn enttäuscht, ohne auch nur einen Schimmer zu haben, warum.

15. KAPITEL

Chi bene vive, bene dorme
Ein reines Gewissen ist ein sanftes Ruhekissen

Als ich mich das erste Mal traute, allein loszufahren, mit dem verbeulten Pick-up des Weinguts, fuhr ich nach Pienza, der hübschen Renaissancestadt, von der Luca so geschwärmt hatte. Es verlieh mir ein köstliches Gefühl von Freiheit, allein durch die Straßen zu flanieren und mein Tempo keinen Gefährten anpassen zu müssen. An einem der Aussichtspunkte der Stadt machte ich eine Pause und betrachtete die grasenden Schafe auf den Feldern unter mir. Später stellte ich fest, dass die Stadt für ihren Pecorino berühmt war, den salzigen Hartkäse aus Schafsmilch. Ich stöberte in den Geschäften und kaufte neue Möbel für die Terrasse, um die alte Bank zu ersetzen, die von der Glyzinie zertrümmert worden war. Ich genehmigte mir eine Pause mit Pfefferminzeis mit Schokoladenstückchen und betrachtete in aller Ruhe die flämischen Wandteppiche und die in beleuchteten Vitrinen ausgestellten Manuskripte im Palazzo Borgia.

Ich wurde mutiger, wagte mich weiter weg, bis nach Arezzo, wo ich den riesigen, monatlich stattfindenden Antikmarkt besuchte. Diese große Stadt liegt mehr als eine Autostunde nördlich von Montalcino im Val di Chiana. Wohnungen und Geschäfte erstrecken sich weit über ihre mittelalterlichen Stadtmauern hinaus. Ich schlenderte über den Markt, stöberte durch die Verkaufsstände, die die Piazza und Seitengassen überzogen. Ich plauderte mit den Besitzern, zeigte ihnen Fotos auf meinem Handy, und als ich nach Hause fuhr, hatten mir ein Kunsthändler, ein Antiquar und ein Antiquitätenhändler versprochen, dass sie das Castello besuchen würden.

*

Ein paar Tage später stattete mir Carmelo, der Antiquitätenhändler, tatsächlich einen Hausbesuch ab. Er brauchte eine Ewigkeit, um sich durch das Haus zu arbeiten, wobei er die Möbel streichelte und dabei eindeutig leise gurrte.

»Sind Sie sicher, dass Sie alles verkaufen wollen?«, fragte er ungläubig, nachdem wir einen Preis für die Möbel vereinbart hatten, die er abtransportieren würde.

»Absolut sicher.«

Ein paar Tage später stellte mir der Kunsthändler dieselbe Frage. »Sind Sie sicher, dass Sie die Bilder verkaufen wollen? Einige dieser Gemälde sind sehr alt und kostbar. Sie müssen schon seit vielen Generationen im Besitz Ihrer Familie gewesen sein.«

»Nicht *meiner* Familie.« Ich dachte an den alten Marchese. Wahrscheinlich rotierte der gerade in seinem Grab. Johns Leidenschaft hatte immer nur dem Wein gegolten, aber wahrscheinlich hätte auch er nicht begeistert reagiert, dass ich jetzt die bewegliche Habe des Castellos verscherbelte.

Aber ich versilberte diese Dinge ja nicht, um mich zu bereichern. Sondern ich verkaufte sie, um das Haus bewohnbar zu machen. Ich dachte an die Kosten für den Bauunternehmer, an die Haustür, die eine Person allein nicht öffnen oder schließen konnte, an den Wasserschaden in der Bibliothek, das verrottete Spalier, dessen Trümmer ich immer noch beseitigte, und an all das Gute, was ich mit dem Geld anfangen konnte. Dann dachte ich an die Schulden des Weinguts und daran, wie Tommasos Augen geleuchtet hatten, als er von seinen Weinen sprach. Ich wusste, dass ich das Richtige tat.

Ich zweifelte nicht daran, dass sowohl John als auch der alte Marchese dafür gestimmt hätten, lieber das Weingut zu retten, statt einen Haufen alter Gemälde.

Der Buchhändler blätterte einen halben Tag die am wenigsten beschädigten Bücher in der Bibliothek durch, und auch wenn er nicht gerade gurrte, schien er glücklich darüber zu sein, dass ich ihn gerufen hatte. Ich überließ ihn nur zu gerne den schimmeligen Folianten. Mir war die frische Luft erheblich lieber. Hier konnte ich die heruntergekommene Glyzinie zerhacken, statt in einem Zimmer zu hocken, das nach Verfall stank.

Als der Kunsthändler mich anrief, um mir die Summe zu nennen, die die Kunstwerke des Castello bei einer Auktion erzielt hatten, klammerte ich mich Halt suchend an das Kopfende von Johns Bett. Ich schloss die Augen und stellte mir all die wundervollen Dinge vor, die ich mit dem Geld anfangen konnte: eine neue Tapete fürs Wohnzimmer, neue Vorhänge für die Schlafzimmer. Vielleicht sogar einen neuen Ofen für die Küche. Nein, das nicht. In diesem alten Holzofen gelangen mir wirklich die erstaunlichsten Brote.

»Die Hälfte des Geldes gehört dir«, sagte ich zu Tommaso, als er mir an diesem Abend auf der Terrasse Gesellschaft leistete. Es war das erste Mal seit dem Großen-Spalier-Debakel, wie ich es nannte, dass wir dort draußen sitzen konnten. Die Zweige und verrotteten Pfosten abzusägen und beides zu entsorgen, war die härteste Arbeit gewesen, die ich je in meinem Leben bewerkstelligt hatte. Und auch wenn ich alles andere als fertig damit war, hatten wir jetzt wenigstens eine Stelle, wo wir sitzen konnten. Aber mir tat jeder Knochen im Körper weh. Meine verspannten Muskeln hätten gut einen kleinen Ausflug zu den heißen Quellen vertragen können.

»Mit deinem Anteil könntest du etwas von den Schulden des Weinguts abzahlen«, bot ich ihm an.

Einen Moment lang schien er verlockt zu sein, mein Angebot anzunehmen. Dann jedoch presste er die Lippen zusammen, zuckte mit den Schultern und machte es sich auf einem der neuen, gemütlichen Morris-Stühle bequem, die ich für die Terrasse gekauft hatte. »Behalte es. Betrachte es als einen Vorschuss auf das Weingut, damit du bald wieder nach England zurückfahren kannst.«

Für gewöhnlich hätte ich gereizt auf diese unterschwellige Erinnerung reagiert, dass er mich vom Hals haben wollte. Aber diesmal nicht. Ich war zu erschöpft, um beleidigt zu reagieren, und Tommaso sah genauso müde aus. Ich war sogar lächerlich dankbar dafür, dass er mir heute Abend Gesellschaft leistete, obwohl er so müde war. In dem Punkt wenigstens unterschied er sich sehr von meinem Vater.

Ich betrachtete den Wein in meinem Glas. »Eigentlich würde ich das Geld gerne wieder in das Castello investieren. Es sieht ja mittlerweile schon präsentabler aus, aber bevor ich es auf dem Markt annonciere, muss ich noch einige Reparaturen erledigen lassen und das ganze Haus aufhübschen. Wärst du damit einverstanden?«

»Fragst du mich, ob es mir etwas ausmacht, dass du das Haus auf Vordermann bringst, oder ob es mich stört, dass du es immer noch verkaufen willst?«

Ich seufzte dramatisch. »Ich bin mir ziemlich sicher, dass du nichts dagegen hast, wenn ich das Haus auf Vordermann bringe. Hast du schon etwas zu Abend gegessen?«

»Nein. Ich habe bis gerade eben mit dem Bilanzbuchhalter zusammengesessen, und dann habe ich unsere Bücher noch eine Weile länger selbst durchgesehen.« Er streckte sich. Er sah genauso steif und erschlagen aus, wie ich mich fühlte. Ganz offensichtlich fiel es ihm ebenso schwer, den ganzen Tag an einem Schreibtisch zu sitzen, wie mir körperliche Arbeit an die Substanz ging.

»Ich habe schon gegessen, aber ich kann dir etwas machen, wenn du möchtest. Wie wäre es mit Käse auf Toast?«

»Klingt großartig.«

Als ich kurz darauf wieder auf die Terrasse kam, mit gegrillten Käsesandwiches, die ich mit dem Pecorino aus Arezzo und frischen Tomaten und Basilikum aus dem Kräutergarten belegt hatte, musste ich ihn wecken.

»Und Brötchen!« Seine Augen leuchteten, als er den zweiten Teller sah, den ich vor ihn stellte. »Ich kann mich nicht einmal mehr daran erinnern, wann ich das letzte Mal Brötchen gegessen habe.«

Ich hatte sie mit Brombeermarmelade bestrichen, und Tommaso verschlang sie förmlich. »Das Einzige, was ich an zu Hause vermisse, sind Milchbrötchen und Windbeutel. Meine

Großmutter, meine schottische Großmutter, hat die besten Windbeutel der Welt gemacht. Wenn ich von der Schule nach Hause gekommen bin, dann standen sie auf dem Küchentresen und waren oft noch warm vom Ofen.«

Ich erinnerte mich an das Jahr, in dem seine Großmutter gestorben war. Tommy war zwölf Jahre alt gewesen, ich neun, und er war in diesem Sommer später als üblich zu Besuch bei Nonna gekommen. Der Grund war die Krankheit seiner Großmutter. Er war erst nach ihrer Beerdigung nach Italien geflogen, und ich war so aufgeregt, als ich ihn endlich wiedersah. Ich hatte mich in den drei Wochen allein im Castello schrecklich gelangweilt. In diesen Wochen hatte ich angefangen mit Nonna zu backen, nur um mir die Einsamkeit zu erleichtern.

»Vermisst du nichts anderes an Edinburgh? Das pulsierende Stadtleben, den Lärm, den Verkehr, den ständigen Regen? Nicht einmal das warme Bier im Pub oder Kebab spät nachts?«

»Das alles sind Gründe, warum ich Edinburgh verlassen habe.« Tommaso lachte, aber es klang bitter, und mir schoss der Gedanke durch den Kopf, dass es vielleicht noch einen anderen Grund für seine Flucht gegeben haben konnte.

Da er mir bisher weder die kalte Schulter noch seine abweisende Miene gezeigt hatte, grub ich tiefer. »Gibt es dort denn niemanden, der dich vermisst?«

»Mein Vater lebt noch dort. Er ist mittlerweile schottischer als ich. Er arbeitet immer noch und engagiert sich sehr stark im örtlichen Golfclub. Ich glaube nicht, dass er mich sehr vermisst. Außerdem hat er eine Freundin.«

»Wie … bitte?«, fragte ich zögernd.

Diesmal war Tommasos Lachen echter. »Das ist nicht schlimm. Ich freue mich für ihn. Mary ist eine sehr nette Frau, und außerdem ist meine Mutter schon vor vielen Jahren gestorben. Normale Menschen machen so etwas doch, oder? Sie leben ihr Leben und ziehen weiter.«

Wieder war da dieser bittere Unterton. War da jemand weitergezogen und hatte ihn zurückgelassen?

Ich richtete den Blick in die Dunkelheit. Ich hatte keine Ahnung, was normale Menschen taten. Keiner meiner beiden Elternteile hatte jemals eine Beziehung gehabt, die auch nur im Entferntesten so etwas wie normal gewesen wäre. John war praktisch ein Einsiedler gewesen und so besessen von der Weinherstellung, dass er alles andere ausgeschlossen hatte. In meinem ganzen Leben hatte ich nie erlebt, dass er sich verabredet, geschweige denn, dass er eine Freundin gehabt hätte.

Allerdings hatte Geraldine das mehr als nur wettgemacht. Sie zog weiter und zog weiter ... und zog weiter.

Tommaso rieb sich die Nasenwurzel. »Es tut mir leid, dass ich heute so eine langweilige Gesellschaft bin. Es war ein langer Tag, und bei Zahlen bekomme ich immer Kopfschmerzen.«

»Du bist keine langweilige Gesellschaft. Und weißt du eigentlich, dass ich seit über einem Jahrzehnt im Finanzwesen arbeite? Gibt es irgendetwas, wobei ich dir helfen kann?«

Er beugte sich auf seinem Stuhl vor und nahm sein halb leeres Weinglas in beide Hände. »Vielleicht ja. Ich muss kalkulieren, wie viel Profit wir mit der nächsten Abfüllung erzielen können, und ich versuche auch den Nettowert des Weinguts abzuschätzen, damit wir eine faire Teilung des Vermögens deines Vaters vornehmen können.«

Um mich auszuzahlen. Damit ich bald abreisen konnte. Vorhin hatte es mir nicht wehgetan, jetzt aber schon. Ich schluckte den Kloß in meinem Hals herunter. »Ich helfe dir gern.«

*

Am nächsten Tag fuhr ich um den Hügel herum zum Weinkeller, auf dem quietschenden, blauen Fahrrad, das ich im Gartenschuppen gefunden hatte. Es war eine angenehme Fahrt, und das goldgrüne Licht drang gedämpft durch die Weinblätter.

»Windbeutel?« Tommaso riss die Augen auf, als ich mit der Schachtel in der Hand das Büro betrat, die ich im Korb des Fahrrads verstaut hatte.

»Sie sind natürlich bestimmt nicht mal annähernd so gut wie die, die deine Großmutter gemacht hat, aber sie sind immerhin noch warm.«

Er setzte sich hin und aß die Windbeutel, wobei er sich die Sahne von den Fingern leckte. Währenddessen versuchte ich mich auf die Tabelle zu konzentrieren, die er mir zeigte. Es war eine einfache Einkommen-Ausgaben-Aufstellung für das Weingut, aber es war nicht diejenige, die ich schon einmal gesehen hatte. Diese hier war erheblich trostloser. Und Tommaso hatte erheblich größere Probleme, als nur das, mich auszuzahlen. Wenn die Vorhersagen des Bilanzbuchhalters stimmten, lief das Weingut auf einer sehr knapp kalkulierten operativen Marge, und es würde Tommaso schon schwerfallen, auch nur seine Kreditrückzahlungen zu leisten. Warum hatte er gestern Abend mein Angebot nicht akzeptiert, als ich ihm das Geld geben wollte? Es war vielleicht im Gesamtkontext nicht besonders viel, aber schwierige Zeiten verlangten drastische Maßnahmen.

Die erste Hürde war die einfachste. »Du hast zu viele Kredite. Du musst umschulden.«

»Das hat der Buchhalter auch gesagt. Aber das übersteigt seine Kenntnis, also müssen wir einen Finanzberater engagieren – und den kann ich mir nicht leisten.«

Ich sah ihn ruhig an. »Dir sitzt eine Finanzfachfrau gegenüber. Würdest du es akzeptieren, wenn ich deine Schulden in einen einzigen Kredit zum bestmöglichen Zinssatz zusammenfasse?«

»Klar. Mach nur.« Tommaso zuckte mit der Schulter. Dieses Schulterzucken sagte: *Ich bin erschöpft und ich will nicht wirklich darüber nachdenken.*

»Nächster Punkt. Warum hast du deine Erträge für das kommende Jahr so niedrig angesetzt? Du hast deine erwarteten Gewinne um zwanzig Prozent im Vergleich zum letzten Jahr herabgesetzt.«

»Klimaveränderung. Die Experten haben vorhergesagt, dass Italien in diesem Jahr seine geringste Weinlese seit über einem halben Jahrhundert einfahren wird, aufgrund der Wasserknappheit und der ungleichmäßigen Reifung. Wir mussten unsere Erwartungen entsprechend anpassen.« Er lächelte, aber es war kein besonders überzeugendes Lächeln. »Aber es sieht nicht alles düster aus. Das Gute daran, wenn weniger Weine auf den Markt kommen, ist, dass diese Knappheit die Preise hochtreibt.«

Ich runzelte die Stirn, als ich wieder die Tabelle betrachtete. Der größte Teil des Erfolgs des Weinguts hing von Faktoren ab, die vollkommen außerhalb von Tommasos Kontrolle lagen: das Wetter, das Klima, Trends. Ich wusste nicht, wie er nachts ruhig schlafen konnte.

Es musste andere Möglichkeiten geben, stabilere und verlässlichere Möglichkeiten, um das Einkommen des Weinguts zu steigern, Wege, die nicht auf dem Wetter oder dem Niederschlag beruhten. Ich erinnerte mich an die Tabelle, die ich bei meinem ersten Besuch hier auf seinem Bildschirm gesehen hatte, und drehte mich auf dem Stuhl zu Tommaso um. »Was bedeutet *Agriturismo?«*

»Das ist so etwas wie Ferien auf dem Bauernhof. Viele Weingüter machen so etwas inzwischen, um ein zusätzliches Einkommen zu haben. Warum fragst du?«

»Du hattest einen Plan für das Weingut, in dem dieses Konzept eine Rolle gespielt hat.«

Tommaso ging zum Fenster und kehrte mir den Rücken zu. »Jetzt nicht mehr. Es war ohnehin eine dumme Idee.«

»Aber du hast Hotelmanagement studiert, und das Castello wäre eine wundervolle Möglichkeit, Feriengäste aufzunehmen, wenn es erst einmal renoviert wäre. Es würde perfekt passen.« Plötzlich ging mir ein Licht auf. Meine Güte, ich war ja so eine Närrin! »John und du hattet bereits Pläne, das Castello in ein Hotel zu verwandeln, stimmt's?«

»Nicht John, und das spielt jetzt auch keine Rolle mehr.« Er starrte auf die Linde, die draußen vor dem Fenster stand, als würde ihn das Blattwerk vollkommen faszinieren. »Ich hatte eine Partnerin, die das alles mit mir zusammen aufziehen wollte, aber es hat nicht funktioniert. Und es ist schon sehr lange her.«

Er hatte geplant, sehr viel in dieses neue Unternehmen zu investieren. Das hätte er doch sicherlich nicht getan, wenn er nicht vom Erfolg überzeugt gewesen wäre? Ich musterte seinen undurchdringlichen Rücken. »Aber es ist immer noch möglich. Es sollte nicht schwer sein, Einheimische zu finden, die hier kochen und sauber machen.«

Tommaso drehte sich um und sah mich an.

»In anderen Gästehäusern scheint es sehr beliebt zu sein, die Zubereitung von *Pici* zu lehren.« Okay, jetzt plapperte ich, aber sein harter Blick machte mich nervös.

Er hatte die Jalousien wieder heruntergelassen, und seine Stirn war wieder gerunzelt. »Es kann dir kaum entgangen sein, dass ich es mir nicht leisten kann, deine Hälfte des Besitzes zu kaufen und trotzdem so viel zu investieren, dass diese Sache läuft.«

»Und wenn du es könntest? Was, wenn du nur einen Teil des Weinguts verkaufen müsstest, um genug Geld zu bekommen, um mich auszuzahlen?«

»Welchen Teil des Weinguts?« Seine Stimme klang leise und ruhig, aber seine schmalen Augen verhieß nichts Gutes.

Ich holte tief Luft. Ich hatte sehr viel darüber nachgedacht, seit Luca mir beim Essen in Montepulciano diesen Vorschlag gemacht hatte. »Fünfzehn Hektar. Lucas Vater hat angeboten, eine beträchtliche Summe für die fünfzehn Hektar zu zahlen, die an sein Land angrenzen.« Ich sagte es schnell, um die Sache hinter mich zu bringen.

Tommasos Augen wurden so hart wie Stahl. »Ich weiß, welches Land er haben will. Er ist schon seit Jahren scharf darauf.« Seine Stimme glich einem bösartigen Knurren. »Selbst wenn das Land vollkommen unfruchtbar wäre, würde ich es nicht an Giovanni Fioravanti verkaufen. Er glaubt, dass er mit seinem Geld alles haben kann, was er will. Aber er kann weder Talent noch Geschmack kaufen, und mich schon gar nicht. Meine Antwort lautet Nein.«

»Du kannst nicht einfach Nein sagen. Wir sind gleichberechtigte Partner. Wir sollten das diskutieren.«

»Wir haben es diskutiert, und meine Antwort lautet immer noch Nein. Und da du so richtig darauf hinweist, wir sind gleichberechtigte Partner. Also kannst du keinen Teil dieses Castellos oder des Weinguts ohne meine Einwilligung verkaufen.«

Ich stand auf und baute mich vor ihm auf. »Warum musst du so stur sein? Ich dachte, du wärst realistischer. Es wäre doch überaus sinnvoll, das Angebot anzunehmen. Du könntest die Schulden des Weingutes abzahlen und würdest mich gleichzeitig los. Ist es nicht das, was du willst?«

Er sah mich finster an, sagte aber kein Wort. Das Schweigen zwischen uns dehnte sich aus, so angespannt wie ein Gummiband, das kurz davor war, zu reißen. Dann atmete er vernehmlich aus. »Ich werde niemals zulassen, dass Giovanni Fioravanti all diese Jahre unserer harten Arbeit in Essig verwandelt.«

»Du bist zu einem Snob geworden, Tommaso di Biasi. Zu einem Weinsnob.« Ich stemmte die Hände in die Hüften und erwiderte unerschrocken seinen Blick. »Welche Rolle spielt es, was für einen Wein er herstellt? Und wenn er Quantität über Qualität stellt? Das ist ein Geschäft, und im Geschäftsleben muss man manchmal Kompromisse schließen. Dieser Kompromiss könnte das Weingut retten.«

Er zuckte gleichgültig mit den Schultern und verließ den Raum. Die Tür knallte hinter ihm zu.

Ich ließ mich auf den Stuhl zurücksinken und starrte auf die Tabelle auf dem Bildschirm, ohne sie wahrzunehmen. Johns plötzlicher Tod hatte Tommasos Pläne zerstört. Und ich hatte ihnen den Rest gegeben. Kein Wunder, dass er ständig mürrisch war.

Allerdings war er in den letzten Wochen alles andere als schlecht gelaunt gewesen. Seit ich Interesse an dem Weingut gezeigt hatte, war es fast so, als hätte ich meinen alten Freund wieder zurückbekommen.

Aber jetzt war ich mir nicht einmal sicher, ob ich ihn überhaupt noch kannte. Mein Jugendfreund war eigensinnig gewesen, aber nicht dumm. Dieses Angebot war seine Chance, das

Weingut zu retten und seine Schulden zu begleichen, damit das Geschäft wachsen konnte, und er hatte es abgelehnt. Und das alles nur, weil er ihren Wein nicht mochte? Ich kapierte es nicht.

An diesem Abend kam Tommaso nicht zu unserem üblichen Glas Wein auf die Terrasse, und ich hörte seinen Wagen erst in den frühen Morgenstunden auf der Auffahrt. Er war nicht aus Richtung der Weinkellerei gekommen, sondern von der Hauptstraße aus der Stadt.

Er war in die Stadt gefahren. Ich wusste ja, er stand auf Touristinnen, und die konnte man in der Stadt antreffen. Aus irgendeinem Grund ging mir diese Vorstellung so unter die Haut, dass es sehr lange dauerte, bis ich endlich einschlief.

16. KAPITEL

A caval donato non si guarda in bocca
Einem geschenkten Gaul schaut man nicht ins Maul

»Du rufst an, um endlich meine Einladung zum Essen anzunehmen?«

Es waren fast zwei Wochen vergangen, seit ich Luca das letzte Mal gesehen hatte, aber dieser Zeitraum hatte die Wirkung seiner Stimme auf mich nicht geschmälert.

Ich grinste. »Nein. Ich will dich nur ganz schamlos ausnutzen.«

»Zu deinem Glück gefällt es mir, schamlos ausgenutzt zu werden.« Sein spöttischer Ton wich einem dramatischen Seufzer. »Welche Besorgungen musst du diesmal erledigen?«

»Keine. Ich brauche nur Gesellschaft für die Fahrt nach Grosseto.«

»Was um alles in der Welt willst du da? Wir könnten andere und weit schönere Orte besuchen. Lass dich von mir stattdessen nach Cortona oder Volterra oder Monteriggioni entführen.«

»Sicher, aber gibt es dort auch antike Spülsteine zu Schnäppchenpreisen?« Ich hatte den halben Tag am Schreibtisch meines Vaters in der Kellerei verbracht, wo ich nach einer geeigneten und der alten ähnlichen Spüle für die Küche gesucht hatte. Hätte es noch eine andere nördlich von Rom gegeben, die in die Küchenzeile gepasst hätte, wäre ich auch dorthin gefahren. Mit oder ohne den Luxus eines Sportwagens mit Klimaanlage.

Er lachte. »Okay, dabei kann ich dir nicht helfen. Aber wenn ich dich wegen der Spüle nach Grosseto kutschiere, darf ich dich dort dann zum Abendessen einladen?«

»Ich glaube, das lässt sich einrichten.« Ich verkniff mir ein entzücktes Lächeln. Bis jetzt hatte ich all seine Einladungen zum Abendessen abgelehnt. Vielleicht war es albern, aber irgendwie war ein Abendessen für mich eine größere Sache als einfach nur Mittagessen. Ich war nicht scharf darauf, meine Willenskraft auf die Probe zu stellen, wenn er, was unausweichlich passieren würde, mir vorschlug, über Nacht zu bleiben. Aber … Eine antike Spüle.

»Du siehst glücklich aus«, bemerkte Tommaso, als er kurz darauf ins Büro kam.

»Ich bin auch glücklich. Morgen hole ich eine neue alte Spüle für die Küche.«

Er schüttelte den Kopf.

*

Am Ende fuhren wir mit dem alten Pick-up des Weinguts nach Grosseto. Lucas Auto war zu klein, um eine Spüle aus Carrara-Marmor zu transportieren. Er sah auf dem Beifahrersitz eines verbeulten Pick-ups jedoch genauso elegant und weltmännisch aus wie in einem stilvollen Sportwagen. Ich versuchte, mir Kevin in diesem alten Wagen vorzustellen, und lachte.

In den Außenbezirken der Stadt fanden wir den Schrottplatz, und Luca und ein Mann mit einem beeindruckenden Schnauzbart wuchteten die Spüle auf die Pritsche des Pick-ups. Dann legten sie eine Plane darüber und schnallten sie fest.

Luca streckte die Hand nach den Wagenschlüsseln aus. »Ich fahre den Rest der Strecke, und du genießt die Landschaft.«

»Den Rest der Strecke? Ich dachte, wir würden zum Essen nach Montalcino zurückfahren?«

Er schüttelte den Kopf. »Wir haben noch einige Stunden Zeit bis zum Essen, also zeige ich dir den Strand.«

Mich überschwemmten Visionen von Stränden, die mit streng ausgerichteten Reihen von Sonnenanbetern übersät waren, den zu stark gebräunten und zu stark geschminkten und manikürten Touristenleibern in Lycra-Badeanzügen, aber natürlich hätte ich mir keine Sorgen machen müssen. Die Küste der südlichen Toskana war eine bisher unentdeckte Perle.

Niedrige Hügel, auf denen Longhorn-Rinder grasten, wichen genau der Art von Landschaft, die die Hersteller von Postkarten inspirierte. Eine Straße, die sich hoch über einem azurblauen Meer entlangschlängelte, schroffe Klippen mit verborgenen Höhlen und sandige Strände, bewacht von uralten Felstürmen.

Luca bog von der Küstenstraße auf eine schmale Landzunge ab, die durch eine Lagune von kristallblauem Wasser führte. Ich atmete tief den Duft der Rosmarinbüsche neben der Straße ein und betrachtete die bergige Insel, die aus dem Meer aufragte.

»Monte Argentario«, sagte Luca. Rechts von uns erstreckte sich eine kleine Hafenstadt. »Das ist die größte Stadt hier, Porto Santo Stefano.« Er fuhr nach links. »Aber wir fahren nach Porto Ercole.«

Das kleine Dorf, ein bunt zusammengewürfeltes Gemisch aus pink- und orangefarbenen Häusern im Schatten einer Festung, lag an einem Hafen, der mit Fähren, Fischerbooten und Jachten vollgestopft war. »Die Insel wurde im Krieg stark bombardiert und in den Fünfzigern wiederaufgebaut«, erklärte Luca mit seiner besten Fremdenführer-Stimme. Mir war längst klar, dass er es genoss, den Touristenführer zu spielen. Es gefiel ihm, dass er Dinge wusste, von denen ich keine Ahnung hatte, aber bei ihm steckte mehr dahinter als bei der nur neckenden »Wusstest Du …?«-Art von Tommaso.

Wir parkten und schlenderten durch das Dorf. Es war ein hübscher kleiner Kurort am Meer, der unter der brennenden Sonne noch hübscher wirkte. Das Licht betonte die leuchtenden Farben der Gebäude, die überreichlich vorhandenen Bougainvilleen und die üppige Vegetation auf den Hügelflanken. An der Kaimauer des Hafens blieben wir stehen, um dem Gesang des Windes in der Takelung der Jachten und dem leisen Klatschen der Wellen am Steg zu lauschen.

Luca nahm meine Hand.

Ich kontrollierte meine Atmung. Er strich mir mit dem Daumen über die Handfläche, und mein ganzer Arm kribbelte.

»Wo essen wir zu Abend?« Ich warf einen Blick über den Hafen auf die Restaurants, die bereits gut besucht waren, obwohl es erst später Nachmittag war.

»Bist du denn schon hungrig?«

»Nein, aber sind wir nicht deshalb hergekommen?«

»Hast du es immer so eilig, zum nächsten Punkt zu kommen?« Luca wirkte amüsiert.

»Ich bin Londonerin. Ich kenne nur zwei Geschwindigkeiten: Vollgas und tot.«

Er grinste. »Aber jetzt bist du in Italien. Hier ist die Reise selbst wichtiger als das Ziel.«

Ich schüttelte den Kopf. Da ich bei Geraldine aufgewachsen war, bestand meine Kindheit nur aus einer einzigen langen Reise ohne Ziel. Ihr Leben war ein Wirbelwind neuer Freunde, neuer Heime, neuer Jobs und neuer Länder. Ich mochte Ziele.

Trotz Geraldine oder vielleicht auch ihretwegen hatte ich mein Leben durchgeplant, noch bevor ich die Highschool beendet hatte. Ein erstklassiger Abschluss? Abgehakt. Großartiger Job? Abgehakt. Berufliche Anerkennung? Abgehakt. Mein Name auf der Hypothek für mein eigenes Haus? Abgehakt.

Andere Leute hielten mich vielleicht für langweilig und vorhersehbar, aber das kümmerte mich nicht. Langweilig und vorhersehbar bedeutete Sicherheit. Jedenfalls hatte es so lange sicher geschienen, bis selbst der langweilige und vorhersehbare Kevin sich als unzuverlässig entpuppt hatte. Ich schüttelte dieses alte Gefühl von Verrat ab. Kevin war ein hervorragender Chef, auch wenn er ein mieser Freund gewesen war. Und er hatte mich die wertvolle Lektion gelehrt, niemals Geschäft und Vergnügen miteinander zu vermischen.

Als wollte er mir beweisen, dass Reisen Spaß machen konnten, mietete Luca ein kleines Motorboot, und wir fuhren um die Landzunge herum und genossen den frischen Wind. Viele Buchten, an denen wir vorbeikamen, waren nur vom Meer aus erreichbar. Einige wirkten vollkommen unberührt, sichelförmige Flächen aus Sand, aber die meisten waren in Beschlag genommen. Von unsinkbaren Schlauchbooten und Motorbooten und Familien, die am Strand spielten.

Als ich diese Touristen beobachtete, nagte plötzlich ein unbekanntes Gefühl an meinem Herzen, eine Empfindung von Sehnsucht. Nicht wegen ihres Urlaubs, aber wegen der Schreie ihrer Kinder, wegen schmelzender Eiscreme, klebriger Sonnencreme und billigem Strandspielzeug aus Plastik. Früher einmal hatte ich das für mich auch gewollt, als ich noch davon geträumt hatte, eine Familie und einen Beruf zu haben, einen Partner und Kinder, die mein Haus füllten, statt nur Mitbewohner.

Aber ich war eine pragmatische Person. Als die Jahre verstrichen, ohne dass ich diesen besonderen Menschen traf, mit dem ich eine Familie hätte gründen können, hörte ich auf, mich nach dem zu sehnen, was ich nicht hatte, und griff nach dem, was erreichbar war. Dann fragte mich Kevin, ob ich ihn heiraten wollte, und drei glorreiche Monate lang dachte ich, dass mein Traum, alles zu bekommen, vielleicht doch nicht so unmöglich wäre.

Ich schützte meine Augen mit der Hand vor der grellen Sonne, die sich auf dem Wasser spiegelte, als läge es an ihrem Glanz, dass mir die Augen brannten.

Zurück an Land und als die Sonne langsam ins Meer sank und das Azur in Gold tauchte, fuhr Luca mit mir weiter an der Küste der Insel entlang, über eine wunderbare Panoramastraße direkt an den Klippen bis zu einem eleganten Hotel.

Er hatte recht. Das hier war viel besser als eines der Cafés am Hafen. Das Hotel lag in einer Schlucht des Berges, die bis zum Meer hinabreichte. Das terrakottafarbene Gebäude war von Pinien umsäumt. Wir tranken Negroni-Cocktails auf der Terrasse des Hotels, von der aus man den privaten Hotelstrand überblicken konnte, unterhielten uns und lachten, als die Sonne endgültig am Horizont verschwand.

Als es dunkel wurde und die Moskitos erwachten, zogen wir in das elegante, mit einem Michelin-Stern ausgezeichnete Restaurant des Hotels um. Das Ambiente war schick, aber nicht protzig, und obwohl ich mich in dem blau-grünen Sommerkleid, das ich auf dem Markt gekauft hatte, furchtbar unelegant fühlte, lag der Glanz von vergangenen Zeiten so sehr in der Luft, dass ich mir vorkam wie ein Filmstar aus den Zwanzigern.

Luca bestellte Wein, einen hiesigen Maremma Syrah. Ich staunte Bauklötze, als ich den Preis auf der Speisekarte sah, aber Luca zuckte nicht einmal mit der Wimper. Der Sommelier füllte unsere Gläser mit einem dunklen, rubinroten Wein. »Dieser Wein wird von der Frescobaldi-Familie hergestellt, die seit 1308 Wein produziert«, erklärte der Sommelier. Vermutlich verriet mich mein Akzent als eine Touristin, die dringend weitergebildet werden musste. Ich widerstand der Versuchung, die Augen zu verdrehen. Johns Weinkeller enthielt mehr als nur ein paar Weine der Frescobaldis, und noch vor wenigen Nächten hatten Tommaso und ich eine Flasche von ihrem Cabernet getrunken. Neben dem Eintrag in Johns Tagebuch stand in seiner ordentlichen Handschrift die Notiz: *Die Frescobaldis haben schon Wein an Michelangelo verkauft.*

Ich nippte an dem Syrah. Er war elegant und fruchtig, hatte einen vollen Körper und schmeckte nach getrockneten Kirschen und Pflaumen. Nicht so gut wie der Wein von Castel Sant'Angelo, fand ich, aber vielleicht war ich auch einfach nur voreingenommen.

Als der Sommelier zurücktrat, hob Luca sein Glas. »Auf die Liebe.«

Ich stieß mit meinem Glas sanft gegen seines. »Auf die Freundschaft.«

Er nahm meine freie Hand. »Wir könnten so viel mehr sein als Freunde, *Bella.* Du kannst die Chemie zwischen uns nicht abstreiten.«

»Chemie wird drastisch überbewertet.«

Er hob meine Hand an die Lippen und berührte meinen Handrücken zart. »Ich stamme von Generationen von Winzern ab. Ich glaube an Chemie. Du solltest es versuchen, *Bella.«*

Sanft entzog ich ihm meine Hand. Sicher, diese Art von Chemie fühlte sich großartig an. Für den Moment. Aber wenn ich dann wieder fast achthundert Meilen weit weg lebte, würde diese Chemie mir nicht das Bett wärmen, oder morgens neben mir aufwachen, oder Pläne für ein gemeinsames Leben mit mir schmieden.

Wir aßen Salat der Saison und Meeresfrüchte direkt aus dem Meer. Sie waren so wunderschön angerichtet, dass es fast zu schade war, sie zu essen. Während der Mahlzeit schenkte Luca mir immer wieder nach, während er selbst nur sehr wenig trank. Der Wein und seine bewundernden Blicke machten seine Verführungsversuche sehr verlockend. Aber ich dachte immer wieder an diese Kinder, die am Strand gespielt hatten.

Der Kellner räumte unsere Teller ab und kam mit dem Dessertwägelchen zurück. Das Angebot an Süßspeisen war überwältigend. Ich ließ sehnsüchtig den Blick über all diese verlockenden Desserts gleiten, aber ... »Ich hätte nie gedacht, dass ich das eines Tages sagen würde, aber ich kann einfach nicht mehr.« Ich war mir nicht ganz sicher, ob mein Bedauern den Desserts oder Luca galt.

Wir lehnten freundlich ab und bestellten stattdessen Kaffee. Der wurde von einer Käseplatte begleitet, unter anderem mit dem hellen, würzig süßen Caciotta, einer weiteren Spezialität der Toskana. Das Restaurant wurde allmählich leerer, als Luca meine Finger von dem Stiel meines leeren Weinglases löste und sie in die Hand nahm. »Ich habe einen Vorschlag für dich, *Bella.*«

Da war er – der Moment, der sich seit dem ersten Kuss am Tag unseres Besuchs in Montepulciano angekündigt hatte. Der Moment, in dem ich sagen musste: »Nein danke. Ich will nicht mit dir schlafen.« Und in dem ich riskierte, seine Freundschaft zu verlieren. Oder besser formuliert: »Ich will mit dir schlafen, aber ich werde es nicht tun.« Mir krampfte sich der Magen zusammen.

»Hast du mit Tommaso über den Verkauf dieser fünfzehn Hektar Land gesprochen?«

Wow! Okaaay. Also ... *Das* hatte ich nun wirklich nicht erwartet.

Ich nickte. »Ja. Er will nicht verkaufen.«

Luca schien nicht sonderlich überrascht zu sein. »Ein Freund von mir arbeitet in der Bank in Montalcino. Er hat mir erzählt, dass du Erkundigungen eingezogen hast, um die Kredite des Weinguts zu konsolidieren.«

Ich zog meine Hand zurück und wartete darauf, dass er weitersprach. Ich hob eine Braue, und mein Magen entspannte sich erleichtert. Chemie flößte mir vielleicht eine höllische Angst ein, aber geschäftliche Dinge hatte ich im Griff.

»Vielleicht kann ich dir helfen. Ich habe einen Klienten, der Geld investieren will und bereit wäre, die Schulden des Guts zu einem sehr vernünftigen Zinssatz zu übernehmen.«

Luca nannte die Prozente, und nur durch meine langjährige Erfahrung bei Verhandlungen gelang es mir, eine neutrale Miene zu bewahren. Das war weit mehr als ein vernünftiger Zinssatz. »Warum sollte dein Klient so großzügige Bedingungen anbieten?«

»Castel Sant'Angelo hat einen hohen Liquiditätsgrad und Aktiva, die beliehen werden können. Mein Klient wäre bereit, einen Teil deines Besitzes als Sicherheit für diesen Kredit zu akzeptieren.«

Ich war noch nicht so berauscht, dass ich nicht seine leichte Betonung von *deines Besitzes* mitbekommen hätte. Das war clever, aber ich fiel auf diese emotionale Manipulation nicht herein, so subtil sie auch sein mochte. »Einen wie großen Teil?«

»Fünfzehn Hektar.«

Wie der Zufall es wollte, war das dieselbe Menge Land, die sein Vater unbedingt kaufen wollte. Es gab zwei Dinge, an die ich nicht glaubte: Zufälle und Kobolde. »Hat dein großzügiger Wohltäter auch einen Namen?«

Lucas Miene war arglos. »Es ist mein Vater.«

Ich trank den letzten Rest meines Espressos, während ich über den Vorschlag nachdachte.

Fünfzehn Hektar. Ein Viertel Land vom Gut, als Sicherheit für einen Zinssatz, der weit niedriger lag als alles, was wir irgendwo bekommen konnten. Das würde zweifellos den Druck aus Tommasos finanzieller Lage nehmen. Nur würde Tommaso zugreifen? Immerhin verlor er das Land nicht. Aber es wäre verpfändet, bis der Kredit zurückgezahlt war.

Wenn es sich zu schön anhört, um wahr zu sein, hatte mein Vater einmal gesagt, *dann ist es das wahrscheinlich auch.* Er hatte über eine geniale Idee geredet, von der Geraldine absolut begeistert gewesen war. Sie wollte ein Ski-Chalet in Bulgarien leiten. Es war tatsächlich zu schön gewesen, um wahr zu sein, und Geraldine war reumütig nach London zurückgekehrt, und mit einer beträchtlich leichteren Geldbörse.

»Wo ist der Haken? Warum sollte dein Vater das tun, nach all den Jahren des Streits zwischen den beiden Weingütern?«

Luca drehte den Stiel seines Weinglases zwischen seinen langen, schlanken Fingern. »Es gibt keinen Haken. Mein Vater möchte dieser Fehde ein Ende bereiten und gleichzeitig an seiner Investition verdienen. Also, was hältst du davon?«

»Ich glaube, es gibt da noch einiges, was du mir nicht erzählst.«

Lucas Grübchen tauchten auf, als er lächelte. »Ich habe dir ja schon gesagt, dass mein Vater ein sentimentaler Mann ist. Für ihn geht es nicht nur um das Geld. Das Land hat mein Ururgroßvater an den damaligen Marchese verloren. Mein Vorfahr war ein sehr schlechter Spieler.« Er zuckte mit den Schultern. »Mein Vater weiß, dass Tommaso ihm das Land niemals verkaufen wird. Aber als Sicherheit, falls Castel Sant'Angelo bankrottgeht … Das ist unsere einzige Chance, den Verlust wiedergutzumachen.«

Obwohl Luca diesmal das *unsere* nicht betonte, entging es mir nicht. Er war vielleicht Anwalt von Beruf, betrachtete sich selbst jedoch zunächst als einen Fioravanti. Natürlich. Die Herstellung von Wein war in Italien ein Familiengeschäft. Er beugte sich verschwörerisch vor. »Mein Vater ist ebenfalls ein schlechter Spieler. Ich habe ihm gesagt, dass es höchst unwahrscheinlich ist, dass wir jemals dieses Land zurückbekommen werden und dass wir weit bessere Erträge erzielen könnten, wenn er einen höheren Zinssatz nähme. Aber er ist bereit, dieses Spiel zu riskieren.«

Ich hatte Tommasos Zahlen gesehen. Lucas Vater war allerdings ein schlechter Spieler. Falls nicht Gott unerwarteterweise eingriff, war es so gut wie unmöglich, dass Tommaso pleiteging und diese fünfzehn Hektar verlieren würde.

»Ich habe schon zu viel Wein getrunken, um jetzt eine Entscheidung zu fällen. Ich komme morgen in dein Büro, und wir sprechen dort weiter.«

»Musst du diese Angelegenheit nicht vorher mit Tommaso diskutieren?«

Ich dachte an Tommaso, der sich die Stirn rieb, an die Müdigkeit in seinen Augen. *Mach nur*, hatte er gesagt. »Das wird nicht nötig sein. Ich habe seine Erlaubnis, seine Schulden so zu strukturieren, wie ich es für richtig erachte. Sollten wir nicht langsam aufbrechen? Es ist eine lange Fahrt nach Hause.«

Luca griff wieder nach meiner Hand und streichelte mit dem Daumen meine Handfläche. »Oder wollen wir bleiben? Ich könnte uns ein Zimmer …«

Es kostete mich beträchtliche Mühe, aber schließlich gelang es mir, meine Hand zurückzuziehen. Vom Regen in die Traufe. »Ich bin sehr geschmeichelt, aber nein danke.«

Er zuckte mit den Schultern, und sein Grübchen zeigte sich wieder. Ich war erleichtert, dass er meine Zurückweisung nicht persönlich zu nehmen schien. Ich wollte seine Freundschaft nicht ausgerechnet jetzt verlieren …

17. KAPITEL

Non c'è rosa senza spine
Keine Rose ohne Dornen

Es kostete ein paar Tage Feinarbeit, um die Einzelheiten des neuen Kreditvertrages auszuarbeiten. Da Tommaso in Rom war, wo er sich mit Weinhändlern traf, musste ich ihn am Telefon über die Einzelheiten auf dem Laufenden halten. Das machte es mir leichter, den Namen unseres neuen Gläubigers zu verschweigen. Ja, das war feige von mir. Aber, so sagte ich mir, Tommaso mochte Luca nicht und war eindeutig stur genug, dieses unglaubliche Angebot auszuschlagen, nur weil Luca den Deal eingefädelt hatte.

Ich war in der Küche und versuchte mich an toskanischem Bohneneintopf mit Schweinefleisch, als Tommasos Wagen auf den Hof fuhr. Überraschenderweise ging er nicht zuerst zu seinem Cottage, sondern klopfte an meine Tür. Es war noch hell draußen, und ich hatte die Tür offen gelassen, um den angenehmen abendlichen Wind hereinzulassen.

»Du hast angefangen, die Fensterläden selbst abzuhängen?« Er hielt sich nicht lange mit einer Begrüßung auf.

Ich rührte in dem Topf und schob mir mit dem Ofenhandschuh das Haar aus dem Gesicht. »Dir auch einen schönen Abend. Natürlich habe ich es allein gemacht. Jeder Bauunternehmer, den ich angerufen habe, ist bis nächstes Jahr ausgebucht, und diese Fensterläden sind nicht nur ein hässlicher Anblick, sondern auch gefährlich.« Ich reckte das Kinn. »Außerdem bin ich kein schwächliches Mädchen, das nicht einmal ein Scharnier abschrauben kann.«

Allerdings war die Sache ehrlich gesagt erheblich anstrengender gewesen, als ich erwartet hatte. Einige Scharniere waren unter endlosen Farbschichten verdeckt, und andere waren so übel verrostet, dass sie bei der kleinsten Berührung zerbröselten. Ich scheuerte mir die Handflächen auf, als ich versuchte, sie abzuschrauben. Und brach mir einen Fingernagel ab. Ich war nicht besonders eitel, was meine Hände anging, aber er war bis zum Nagelbett abgebrochen, und das hatte noch mehr geschmerzt als der Fuß, auf den ich den Fensterladen anschließend hatte fallen lassen.

Ich versuchte angestrengt, nicht daran zu denken, wie ich diese Fensterläden allein wieder aufhängen sollte, nachdem ich die Außenwände des Hauses frisch verputzt hatte. Beide Aufgaben schienen unüberwindlich zu sein.

»Du brauchst keinen Bauunternehmer, sondern nur einen Handwerker.« Tommaso stieß sich von der Tür ab. »Warum fällt es dir so schwer, um Hilfe zu bitten?« Er klang gereizt.

»Soll ich einfach eine Anzeige im Lokalblatt schalten und den erstbesten Fremden, der hier auftaucht, willkommen heißen?« Ich wollte nicht sarkastisch klingen, aber seine Frage hatte mich getroffen. Ja, ich hasste es, um Hilfe zu bitten. Ich war eine moderne, unabhängige und kompetente Frau, die seit fast zwei Jahrzehnten absolut allein zurechtkam. Und die Hilfe eines Mannes brauchte ich schon gar nicht. Das hatte ich während meiner ganzen Karriere unter Beweis gestellt.

»Ich höre mich mal um«, bot Tommaso mir an, den meine barsche Antwort nicht im Geringsten zu beeindrucken schien. »Einer der Arbeiter auf dem Gut hat sicher einen Verwandten, der sich etwas dazuverdienen will. Und wenn du Hilfe brauchst, bin ich auch noch da.«

Ich zuckte mit den Schultern und versuchte, nicht so erleichtert auszusehen, wie ich mich fühlte. Jemanden zu haben, der die Schwerarbeit leistete, wäre eine riesige Hilfe, obwohl ich das niemals zugegeben hätte. Dann lächelte ich. »Wir haben etwas zu feiern! Ab heute sind die Kreditraten gesunken, wegen der neuen Kreditvereinbarungen, die ich unterschrieben habe. Deshalb hast du ab sofort mehr Bargeld zur Verfügung.«

»Wenn in diesem Topf genug zu essen ist, um einen hungrigen Mann satt zu machen, dann liefere ich den Champagner. Noch besser, wir könnten eine echte Party daraus machen.

Abendessen, und anschließend einen großartigen Sofaabend zu Hause vor dem Fernseher.«

Ich schloss die Augen, als würde ich beten. Fernsehen! Ich hatte seit Monaten nicht mehr ferngesehen. Ich war so verzweifelt, dass ich sogar *Dschungelcamp* geschaut hätte, natürlich auf Italienisch. »Und was schlägst du vor?«

»Wie wäre es mit einem *Buffy*-Marathon? Ich habe mehrere Staffeln auf DVD.«

»Abgemacht!«

Er ging hinaus und seine Schritte entfernten sich über den Hof. Als er zurückkehrte, frisch geduscht und schwach nach Zitrone riechend, köchelte es in dem großen Topf auf kleiner Flamme auf dem Herd, und ich hatte den Tisch auf der Terrasse gedeckt. Hier draußen war es kühler, und der Himmel schimmerte in allen möglichen Pink- und Lilatönen und tauchte die Terrasse in ein rosafarbenes Licht.

Tommaso hatte sein feuchtes Haar zurückgekämmt und trug Jeans und ein sauberes weißes Hemd. Ich wünschte, ich hätte daran gedacht, nicht nur meine Schürze abzulegen, sondern mich umzuziehen. Ich trug immer noch die schmutzige Cargohose und das T-Shirt, das ich schon den ganzen Tag angehabt hatte. Tommaso hob eine Braue, als er die Aufschrift auf dem Shirt sah. *Sunnydale High School Slayers.*

Er lächelte. Es war kein schiefes Lächeln, sondern ein richtiges Lächeln, das sein Gesicht erhellte, Fältchen um seine Augen legte und die strengen Falten auf seiner Stirn glättete.

Ich ließ in gespielter Überraschung beide Brauen in die Höhe schießen. »Was ist das da auf deinem Gesicht?«

»Was ist da?« Er wischte sich übers Gesicht, und ich unterdrückte ein Grinsen.

»Dieses Ding mit deinem Mund? Wenn du jemand anders wärst, hätte ich geschworen, dass du lächelst.«

Sein Lächeln verwandelte sich in ein Lachen, das seine Augen leuchten ließ.

Ich verspürte plötzlich ein sonderbares Gefühl im Bauch, eine Mischung aus Erwartung und Sehnsucht, und senkte rasch den Kopf, um mein Erröten zu verbergen. »Der Eintopf muss noch ein bisschen länger köcheln. Sollen wir mit dem Champagner anfangen, während wir warten?«

Tommaso schüttelte den Kopf. »Zuerst probieren wir Wein.«

Ich verdrehte die Augen, beschwerte mich aber nicht. Er stellte zwei Flaschen auf den soliden Holztisch, der jetzt einen Ehrenplatz auf der glyzinienfreien Terrasse hatte. Tommaso hatte die Etiketten von beiden Flaschen entfernt.

»Isst du nie im Esszimmer?«, fragte er.

»Das ist mir viel zu groß. Außerdem ist es ein Vergnügen, draußen zu essen, solange das Wetter so angenehm ist. All das werde ich nicht mehr genießen können, wenn ich wieder in London bin.« Ich deutete auf den Ausblick, den Himmel und den Garten.

»Schade. Dieser große Esstisch bettelt geradezu darum, benutzt zu werden. Er wurde angefertigt, um einer großen Familie Platz zu bieten und für Dinnerpartys, nicht, um als Dekoration herumzustehen.«

Ich dachte an das Essen in der Trattoria der Rossis. Wie lange war es her, seit im Castello eine Dinnerparty gefeiert worden war? Und wie lange, seit irgendjemand anders als mein Vater an diesem Tisch gegessen hatte?

Tommaso goss eine kleine Menge Wein aus einer der beiden Flaschen in ein Glas und hielt es mir hin.

»Du trinkst nichts?« Ich warf einen Blick auf sein leeres Glas.

Er schüttelte den Kopf und nach kurzem Zögern nahm ich das Glas und nippte an der roten Flüssigkeit darin. Nachdem ich mich an den schwereren, volleren Brunello gewöhnt hatte, schmeckte dieser Rotwein minderwertig. Obwohl es sich wahrscheinlich kaum von den Kartonweinen unterschied, die Cleo und ich tranken.

»Es ist ein sehr junger Wein«, erklärte ich. »Die Tannine sind noch sehr stark. Er ist ein bisschen zu kräftig.« Und hatte, wegen der Säure der Tannine, im Nachgeschmack eine säuerliche, ätzende Note. Der Wein ließ mich an eine Frau in einem zu engen, zu kurzen roten Kleid denken, nur Brüste und Kurven, aber keine Klasse. »Was ist das für ein Wein?«

»Ein Rosso.« Er verzog das Gesicht. »Von unserem Nachbarn vom Fioravanti-Weingut.«

Ich trank noch einen Schluck und hoffte sehr, dass der zweite Versuch ein besseres Ergebnis zeitigen würde als der erste. Der Wein war nicht direkt schlecht, aber nachdem ich jetzt etwas über Weine gelernt hatte und einige der besten Weine gekostet hatte, die Italien zu bieten hatte, war ich verdorben. »Ich verstehe jetzt, warum du kein Fan des Rosso bist.«

»Das gilt nicht für alle Rossos.« Tommaso lehnte sich auf seinem Stuhl zurück. »Einige haben sehr gute Qualität. Aber den Fioravantis liegt nichts daran, Qualitätswein herzustellen. Sie interessieren sich nur für Quantität und sind auf schnelles Geld aus.«

Und ganz sicher wussten sie, wie man das macht. Ich dachte an Lucas schicken Wagen, an seine maßgeschneiderten Anzüge, daran, wie wenig er zu arbeiten schien und an das großzügige Angebot seines Vaters, unsere Schulden zu finanzieren. Aber diese Beobachtung behielt ich für mich. Wenn ich die Aufmerksamkeit auf ihre Erfolge lenkte, würde mich das Tommaso wohl kaum näherbringen.

»Schmeckt ein bisschen wie Kartonwein«, sagte ich nach einem weiteren Schluck.

»Es ist Kartonwein. Damit verdienen die Fioravantis ihr Geld. Billige Massenware, die sie auf dem internationalen Weinmarkt verscherbeln.«

Als ich den Rosso zu Ende probiert hatte, füllte Tommaso beide Gläser aus der zweiten Flasche.

»Was für ein Wein ist das?« Er beobachtete mich, als ich ihn probierte, und lächelte schwach.

Ich behielt den Wein eine Weile auf der Zunge, bevor ich schluckte und wartete, bis der Nachgeschmack sich entfaltete. »Brombeeren und Pflaumen. Vor allem Sangiovese?«

»Korrekt!« Er klang wie ein Lehrer, der sich über die Fortschritte seines Schülers freute. »Und?«

Es gab ein Und? Ich probierte noch einen Schluck. »Er hat ein Finish, das etwas nach Schokolade schmeckt, und die Tannine sind milder.« Dieser Wein ließ mich an eine elegante, langbeinige Frau in einem klassischen kleinen Schwarzen von Chanel denken, natürlich mit Perlenkette.

Er nickte. »Möchtest du raten, wo dieser Wein gemacht wurde?«

»Hier.« Ohne jeden Zweifel. Sein selbstgefälliges Lächeln verriet ihn.

»Das ist der Angelica von 2012. Es war die erste Mischung, die dein Vater mich allein hat machen lassen.« Er beugte sich vor und senkte die Stimme zu einem Flüstern. »Das Geheimnis des Erfolges des Angelica ist die Malvasia Nera. Die Trauben sind nicht so beliebt wie noch vor ein paar Jahrzehnten, und die meisten Winzer mischen ihren Sangiovese jetzt mit Cabernet Sauvignon, aber der Malvasia fügt diese Schokoladennote hinzu.«

»Mmmh. Mit Schokolade hast du mich erwischt.« Nach dem Wein der Fioravanti schmeckte der Angelica weich und befriedigend am Gaumen, nicht zu klebrig. Ich würde jetzt niemals wieder in der Lage sein, einen billigen Wein zu trinken.

»Wie läuft es mit der Renovierung des Hauses?«, erkundigte sich Tommaso.

»Willst du es dir ansehen?«

Er lächelte wieder. »Gern.«

Ich führte ihn durch die Küche, damit ich den Eintopf noch einmal umrühren konnte, und dann machte ich mit ihm dieselbe große Führung, wie ich es schon mit Beatrice gemacht hatte. Nachdem das Haus jetzt gesäubert worden war, von oben bis unten, wirkte es erheblich fröhlicher. Und da die schwere Glyzinie verschwunden war, fiel das Abendlicht in die nach Süden liegenden Räume, sodass die zerrissene und abblätternde Farbe eher rustikal aussah als deprimierend.

»Wow! Ich würde sagen, das ist eine sehr große Verbesserung!«, stellte er fest.

Ich versuchte, die Räume mit seinen Augen zu sehen. Nicht als Projekt, bei dem noch hundert Dinge unerledigt waren, und auch nicht als eine To-do-Liste, sondern als Räume, in denen man leben konnte. Und ich musste zustimmen, es war eine riesige Verbesserung.

In den Salons hatte ich nur das Minimum an alten Möbeln behalten, und stattdessen einige moderne und erheblich bequemere Sofas gekauft, um die alten zu ersetzen. Die neuen Sofas hatten ein Fünftel von dem Preis gekostet, den ich für die unbequemen Barockmöbel erzielt hatte, und sie mussten nicht einmal poliert werden.

Ich hatte die mottenzerfressenen Vorhänge durch leichte, weiße Baumwollvorhänge ersetzt, die sich in dem schwachen Wind bewegten, und die überladenen, ausgefransten und verblassten Lampenschirme waren einfachen Schirmen in aufeinander abgestimmten Elfenbeintönen gewichen. Im Ergebnis wirkten die Räume jetzt heller, fröhlicher und moderner. Selbst die Bibliothek roch erheblich weniger unerfreulich, nachdem die verschimmelten Bücher entfernt worden waren. Auch wenn die Regale jetzt ziemlich nackt aussahen, als warteten sie nur darauf, dass eine neue Familie diesem Ort ihren Stempel aufdrückte.

»Erstaunlich«, sagte Tommaso, als er die Gästeschlafzimmer im Obergeschoss bewunderte. »Das hast du gut gemacht. Jetzt noch ein bisschen Farbe, und du kannst das Haus in die Zeitung setzen.«

Ich schüttelte den Kopf. Das Haus war noch nicht so weit. Nicht nur, weil noch so viele Punkte auf der Liste des Immobilienmaklers abzuarbeiten waren, sondern weil ich noch nicht fertig war. Obwohl ich es noch vor zwei Monaten überaus eilig gehabt hatte, hier wieder zu verschwinden, wuchs mit jedem Tag meine Entschlossenheit, das Haus nicht nur in einen verkäuflichen Zustand zu versetzen, sondern sein ganzes Potenzial herauszuholen.

Ich ließ mein eigenes Zimmer und das meines Vaters bei der Tour aus. Johns Zimmer war das einzige, das auszuräumen ich noch nicht über mich gebracht hatte.

In der Küche füllte ich mit einer Kelle den Eintopf in zwei

große Schüsseln, die wir mit auf die Terrasse nahmen. Das Tal unter uns lag bereits im Schatten, und der Himmel war nicht mehr rosa, sondern dunkelviolett.

Nach dem Abendessen holte ich meine kostbare Packung mit Chocolate-Chip-Eis aus dem Gefrierschrank, und wir gingen in Tommasos Cottage.

Champagner, Eis und *Buffy*. Ich war im siebten Himmel.

»Das Einzige, was jetzt noch fehlt, ist ein Hund.«

»Ein Golden Retriever?«, fragte Tommaso mit seinem typischen, schiefen Lächeln.

»Natürlich.« Als Kind hatte ich unbedingt einen Golden Retriever haben wollen, aber das war nie möglich gewesen. Wir waren zu oft umgezogen und hatten meistens in Wohnungen gelebt, in denen keine Haustiere erlaubt gewesen waren. Und nach der Uni war ich zu beschäftigt gewesen, um mir ein Haustier ans Bein zu binden.

»Warum hast du keinen Hund?«, erkundigte ich mich.

Er zuckte mit der Schulter. »Ich hatte einen. Sie ist etwa vor einem Jahr an Altersschwäche gestorben, und ich mochte sie noch nicht ersetzen.« Er streckte sich, und sein T-Shirt hob sich, sodass ich einen Blick auf seinen festen Bauch werfen konnte. Ich schluckte und konzentrierte mich auf den Bildschirm, wo sich Buffy und Angel zum ersten Mal trafen. Oh, schweig still, mein pochend Herz!

»Du bist immer noch im Team Angel, nehme ich an?« Tommaso grinste.

»Natürlich. Spike war nie gut genug für die Sunnydale Slayer.«

Tommaso zog die alte Patchworkdecke von Nonna über uns, eine großartige Kunsthandwerksarbeit, und ich kuschelte mich darunter. Es war schade, dass es mich so erschöpft hatte, die Fensterläden abzuhängen. Mit jeder weiteren Episode versank ich tiefer in dem Sofa und immer tiefer unter die Decke. Es war so warm und gemütlich, und ich war so müde …

Ich schrak aus dem Schlaf hoch. In meinem Traum hämmerte jemand herum und schrie laut, was mir Angst machte. Ich öffnete die Augen. Es war dunkel in dem Zimmer, das nur von dem Fernseher erleuchtet wurde, aus dem in einer Endlosschleife die gedämpften Töne der *Buffy*-Titelmelodie drangen.

Ich hatte den Lärm nicht nur geträumt. Jemand schlug tatsächlich gegen die Tür und rief nach Tommaso. Erst als er sich bewegte, merkte ich, dass das warme, bequeme Kissen unter meiner Wange seine Brust war.

Ich krabbelte hastig zum anderen Ende des Sofas und versuchte, mein Haar wieder zu einem Knoten zu binden, der sich aufgelöst hatte. Dabei schickte ich ein Stoßgebet zum Himmel, dass ich im Schlaf nicht auf seine Brust gesabbert hatte.

»Tommaso! *Sbrigati!* Beeil dich!«, rief eine tiefe Männerstimme. Tommaso war schon auf den Beinen und lief zur Tür des Cottages, um sie zu öffnen.

Ich hörte eine hastige Diskussion auf Italienisch und ging zu ihnen hinaus. Draußen war es pechschwarz und kühl. Die kalte Nachtluft schlug mir ins Gesicht und machte mich wach. »Was ist denn los? Wie viel Uhr ist es?«

Hinter den beiden Männern, die im Schatten standen, parkte der Pick-up des Weinguts schräg auf der Auffahrt, als hätte er eine Vollbremsung gemacht. Tommasos Gesicht leuchtete bleich in dem dämmrigen Licht, als er sich zu mir umdrehte. Er wirke besorgt und angespannt. »Vandalen!«

Wir quetschen uns in den Pick-up, Tommaso fuhr, und ich war zwischen den beiden anderen Männern eingepfercht. Als wir über die Straße zur Kellerei fuhren, und zwar viel zu schnell, angesichts dessen, dass man außerhalb der Lichtkegel der Scheinwerfer nichts erkennen konnte, brachte Tommaso mich auf den neuesten Stand. »Marco hatte heute Nachtdienst. Er hat ein Geräusch gehört, nachgesehen und festgestellt, dass an zwei der *Botti* die Hähne geöffnet worden waren.«

Mein Magen krampfte sich vor Panik zusammen, wie im Traum, und nicht nur wegen Tommasos halsbrecherischer Fahrweise. Ein offener Hahn hätte noch ein unglückliches Versehen sein können, aber zwei waren eindeutig Absicht.

»Du hast niemanden gesehen?«, fragte ich Marco.

Er schüttelte den Kopf. »Ich habe um elf Uhr meine Runde gedreht, und alles war in Ordnung. Dann hörte ich Stimmen, und habe nachgesehen, aber sie müssen mich kommen gehört haben. Ich sah nur zwei Leute, die wegliefen. Ich habe sie nicht verfolgt, weil ich die Ablaufhähne schließen musste.«

Tommaso nickte anerkennend, ohne dabei die Straße auch nur einen Sekundenbruchteil aus den Augen zu lassen.

»Passiert so etwas häufiger?« Ich klammerte mich an den Sitz und dachte daran, wie oft ich die Küchentür in der Nacht unverschlossen ließ.

»Ich habe von einem oder zwei solcher Vorfälle gehört, aber oft ist das bislang nicht vorgekommen.« Als er weitersprach, wurde mir klar, dass seine Gedanken in eine ganz ähnliche Richtung gingen wie meine. »Wir müssen unsere Sicherheitsmaßnahmen überdenken.«

Der Pick-up schlingerte ein bisschen auf dem mit Schotter bestreuten Vorhof vor der Kellerei, und Tommaso trat auf die Bremse. Er schaltete rasch den Motor ab, als er auch schon aus dem Fahrerhaus sprang, dicht gefolgt von Marco und mir.

Der Keller, in dem der Wein ausgelaufen war, lag tief im Hügel. Als wir den Türbogen zu der Kammer erreichten, hielten wir alle drei atemlos und mit heftig hämmernden Herzen inne. Das hier war die Kammer mit den größten *Botti,* und der Wein stand fast knöchelhoch. Er war wie eine Blutpfütze in alle Ecken gelaufen. Und das war es auch: Blut, Schweiß und Tränen.

Ich blinzelte, als mir die Tränen in die Augen stiegen. Wie viel Wein hatten wir verloren? Das mussten ein paar Tausend Liter sein.

Marco holte Wischmopp und Eimer, und in bedrücktem Schweigen machten wir uns daran, sauber zu machen. Erst als der größte Teil des ausgelaufenen Weins beseitigt war, spritzte Tommaso den Rest mit dem Wasserschlauch in die Abflüsse.

»Was für ein Wein ist das?«, fragte ich und wrang rotes Wasser aus meinem Mopp in einen Eimer.

»Der Angelica.« Tommasos Stimme klang gepresst, und sein Gesichtsausdruck war angespannt.

»Der Wein, der nach der Lese abgefüllt werden sollte«, fügte Marco mit gedämpfter Stimme hinzu.

Die nächste Abfüllung. Diejenige, in die Tommaso so große Hoffnung gesetzt hatte. Die die Schulden des Weinguts begleichen sollte. Kein Wunder, dass er so grimmig dreinblickte.

Als wir fertig waren, sah der Keller genauso aus wie vor dem Drama, aber der durchdringende Geruch des Weins lag in der Luft, und am Horizont schimmerten bereits rosa-graue Streifen.

Tommaso und ich fuhren schweigend nach Hause. Er parkte neben dem Cottage. Mittlerweile erfüllte das geisterhafte Licht des Morgengrauens den Hof. Ein Moment blieben wir im Pick-up sitzen. Tommaso sah so am Boden zerstört aus, dass ich ihn gern getröstet, ihn umarmt hätte, aber ich wusste nicht, was ich sagen sollte.

Schließlich räusperte ich mich. »Was passiert jetzt?«

Er rieb sich müde das schmutzige Gesicht. »Ich muss abschätzen, wie viel Wein ausgelaufen ist, bevor Marco die Hähne schließen konnte. Und wir müssen wohl die Polizei holen, damit wir die Versicherung in Anspruch nehmen können.«

Dann lächelte er. Plötzlich sah er nicht mehr so am Boden zerstört aus, auch wenn das Lächeln seine Augen nicht erreichte. »Dem Himmel sei Dank, dass du den Kredit umgeschuldet hast. Ansonsten müsste ich mir wirklich Sorgen darüber machen, wie dieser Vorfall unsere Liquidität beeinflusst. So wird das nächste Jahr zwar ziemlich eng für uns, aber wenigstens können wir die Ratenzahlungen weiter leisten.«

Er verabschiedete sich mit einem Nicken, stieg aus dem Pick-up und verschwand im Cottage. Ich musste auch duschen und mit meinem täglichen Backprogramm anfangen, aber ich konnte mich noch nicht dazu durchringen, den Tag zu beginnen. Ich blieb in der Kabine des Pick-ups sitzen, allein mit meinen Gedanken.

Giovanni Fioravanti war nur ein schlechter Spieler, stimmt's? Er hatte nicht absichtlich unsere Fässer geöffnet, um dafür zu sorgen, dass wir unsere Ratenzahlungen für den Kredit nicht mehr leisten konnten? Ich schüttelte den Kopf. Es musste am Schlafmangel und an der Aufregung liegen, dass ich mir eine solche Intrige überhaupt vorstellen konnte. Niemals würde Luca bei einer so hinterhältigen und teuflischen Aktion mitmachen. Eines jedoch war sicher: Ich konnte auf keinen Fall die Zusammenarbeit mit den Fioravantis Tommaso gegenüber erwähnen, weil ich ernsthaft bezweifelte, dass er das jetzt noch gutheißen würde.

18. KAPITEL

Non si serra mai una porta che non se n'apra un'altra
Gott schließt nie eine Tür, ohne eine andere zu öffnen

Später an diesem Morgen war Tommaso wieder im Castello. Als er diesmal auf den Hof fuhr, folgte ihm eine kleine weiße Vespa. Ich hatte gerade den Pick-up der Rossis verabschiedet, also wartete ich draußen, um sie zu begrüßen.

»Ich habe einen Handwerker für dich gefunden«, sagte Tommaso. Er sah müde aus, und seine Augen und sein Mund waren verkniffen vor Anspannung.

Ich warf einen Blick auf den Roller, von dem gerade ein Hüne von Mann stieg. Meine Brust zog sich zusammen, ich schluckte, und mein Mund war plötzlich trocken. Dieser Handwerker war nicht nur durch seine Statur einschüchternd. Er hatte zudem einen kahl rasierten Schädel und Tätowierungen auf den nackten Armen, große Tätowierungen von Schwertern und Skorpionen und Rosen mit Dornen. Ich war zwar keine Expertin, was Gefängnistattoos anging, aber die hier entsprachen genau meiner Vorstellung davon, wie sie aussehen mussten.

Er kam auf uns zu, in diesem schaukelnden Gang, der typisch für jemanden war, der vor lauter Kraft nicht geradeaus laufen konnte.

So dankbar ich dafür war, dass Tommaso sich mitten in dieser Krise an sein Versprechen erinnerte, fragte ich mich, ob er wirklich eine so Furcht einflößende Gestalt in mein Haus hatte einladen müssen? Ich hoffte nur, dass der Mann schnell arbeitete, damit er so rasch wie möglich wieder verschwinden konnte. Und ich hoffte auch, dass ich noch am Leben war, wenn er fertig war.

Tommaso deutete auf den Menschenberg. »Das ist Carlottas Cousin Ettore. Ettore, das ist Sarah Wells.«

Ich nahm meinen ganzen Mut zusammen und hielt Ettore die Hand hin. Er hatte einen kräftigen Händedruck, und seine Hand war groß, rau und schwielig. Ich fühlte mich plötzlich schwach und verletzlich.

»Piacere di conoscerti«, sagte er. *Schön, Sie kennenzulernen.*

»Ettore spricht nicht viel Englisch«, erklärte Tommaso.

Na toll, das wurde ja immer besser.

»Aber er hat in alten Häusern gearbeitet und kennt die Vorschriften des Denkmalschutzes.«

Nachdem Tommaso uns allein gelassen hatte, nahm Ettore einen Werkzeugkasten vom Rücksitz der Vespa und stellte ihn neben die Hintertür. Dann führte ich ihn durchs Haus und erklärte ihm die Aufgaben, die erledigt werden mussten. Ich war gezwungen, mein eingerostetes Italienisch zu bemühen, und glücklicherweise waren wir unter Zuhilfenahme pantomimischer Gesten in der Lage, uns zu verständigen.

Ich erklärte ihm, dass die erste Arbeit, und die wichtigste, und zufällig auch die, vor der ich am meisten zurückschreckte, darin bestand, die Fensterläden von den vorderen Fenstern des Hauses abzunehmen und die Fassade neu zu verputzen, vor allem die Lücken, wo das Spalier befestigt gewesen war.

Er nickte, sagte aber nichts.

In der Küche machte ich Tee, und wir setzten uns etwas verlegen einander gegenüber an den Tisch. Er hatte die Arme vor sich auf den Tisch verschränkt. Himmel, sie waren riesig! Ich versuchte, sie nicht zu auffällig anzustarren, aber ich konnte einfach nicht widerstehen. Der Schwanz des Skorpions schien zu zucken, als er den Arm bewegte, um die zerbrechliche Porzellantasse an den Mund zu heben. Ich hätte darauf gewettet, dass er mit diesen Armen sogar einen Ochsen hätte niederringen können. Oder jemanden mit einem einzigen Schlag töten konnte. Ich schluckte und bot ihm einen Teller mit *Sfogliatelle* an, den muschelförmigen Blätterteigteilchen, die mit gesüßtem Mascarpone gefüllt waren.

Er grinste verzückt und nahm sich gleich drei.

»Erzählen Sie mir etwas über sich«, bat ich ihn, mehr, um die Stille zu füllen, als aus echtem Interesse an ihm.

Mit dem Mund voller *Sfogliatelle* setzte Ettore zu einer wortreichen Antwort an, von der ich nur einen kleinen Bruchteil verstand. Ich schnappte die Worte *Prigione* und *primo giorno di lavoro* auf, und mir stockte der Atem. Ich hatte halb im Scherz vermutet, dass es Gefängnistätowierungen waren, und jetzt stellte sich nicht nur heraus, dass er ein Ex-Sträfling war, sondern dass dies hier auch seine erste Arbeit nach seiner Entlassung war. Ich schluckte beunruhigt. Sollte ich das Tafelsilber verstecken?

Nachdem Ettore seine Tasse ausgetrunken und den gesamten Teller mit *Sfogliatelle* verdrückt hatte, erhob er sich und stand wie ein Berg vor mir. »Zuerst repariere ich die Eingangstür«, erklärte er, als hätte er kein Wort von dem, was ich ihm gesagt hatte, verstanden.

Also zeigte ich ihm den Gartenschuppen, in dem ich alle Werkzeuge, die ich im Haus gefunden hatte, verstaut hatte. Und auch die Säcke mit Zementputz. Dann überließ ich ihn seiner Arbeit. Und weil ich es nicht aussehen lassen wollte, als würde ich ihm misstrauen, holte ich mir die Gartengeräte aus demselben Schuppen und fing an, das kleine Stück Garten innerhalb der Auffahrt zu bearbeiten. Es war dicht genug am Haus, um ihn im Auge zu behalten, ohne dass es auffiel.

Ettore nahm die Haustür ab, legte sie auf Böcke, die er wie von Zauberhand irgendwo her organisiert hatte und hatte die Tür nicht nur passend geschliffen, sondern sie auch schon frisch gestrichen, als ich den Sonnenbrand im Nacken spürte und merkte, dass die Sonne ihren Zenit bereits überschritten hatte. Ich eilte ins Haus, machte Ciabatta mit Salami und Tomate und brachte Ettore einen Teller, zusammen mit einem großen Glas selbst gemachter Limonade.

»*Grazie.*« Er leerte das Glas durstig in einem einzigen Zug und setzte sich dann in den Schatten, um zu essen. Er versuchte zwar nicht, ein Gespräch anzufangen, was mich erleichterte, aber ich hatte das unbehagliche Gefühl, als beobachtete er mich genauso wie ich ihn.

Als er dann die restlichen Fensterläden abnahm – *endlich!* –, kehrte ich in die Küche zurück, um die Kirschen einzumachen, die ich vor ein paar Tagen gepflückt hatte. Ich orientierte mich an einem Rezept für *Amarena*-Kirschen, das ich im Internet gefunden hatte. Darin wurde beschrieben, wie man sie für den Winter in Alkohol konservierte. Als Ettore den Kopf ins Haus steckte, angeblich, um einen Eimer mit Wasser zu füllen, was er genauso gut am Wasserhahn im Garten hätte tun können, war ich sicher, dass er mich auch beobachtete.

Jetzt fiel der Groschen.

Tommaso hatte Ettore nicht nur engagiert, um die handwerklichen Arbeiten zu erledigen. Er hatte ihn beauftragt, damit er auf mich aufpasste!

Vermutete er, dass hinter dem Vandalismus etwas Ernsthafteres steckte als gelangweilte Teenager, die unsere lächerlichen Sicherheitsmaßnahmen ausnutzten? Glaubte er vielleicht, ich wäre in Gefahr? Oder noch schlimmer, dass ich sogar etwas damit zu tun haben könnte?

Ich ließ mich auf den Stuhl neben den Küchentisch fallen. Ganz sicher nicht. Nicht, nachdem wir nach einer Runde Buffy, die den Dämonen in den Hintern trat, gemeinsam auf dem Sofa eingeschlafen waren.

Und er konnte unmöglich wissen, dass die Fioravanti unsere Gläubiger waren.

Aber als er mir Ettore vorgestellt hatte, hatte er mir nicht in die Augen gesehen, und alle Wärme und Freundlichkeit, die ich gestern Nacht an ihm wahrgenommen hatte, waren verschwunden gewesen. Lag das am Stress oder hatte er mein Geheimnis herausgefunden?

Ich machte mich in der Küche zu schaffen, knallte mit Schranktüren und klapperte mit Töpfen, während es in meinem Kopf unaufhörlich arbeitete. Er konnte es nicht wissen ... Ich bildete mir das nur ein ... Natürlich war er nicht so freundlich, schließlich war er gestresst.

Ich machte mich fast verrückt. Ich musste aufhören, mich mit diesen Gedanken zu peinigen, und ich kannte nur eine Art, wie das funktionierte. Ich holte den Teigroller heraus und machte mich daran, das komplizierteste Rezept in meinem Repertoire zuzubereiten: Schokoladen-Soufflé.

Es klappte. Die Konzentration, die es erforderte, das Soufflé genau in der richtigen Konsistenz zuzubereiten, nahm meine gesamte Aufmerksamkeit in Anspruch. Es war später Nachmittag, als ich das lockere, leichte Soufflé aus dem Ofen zog. Vier perfekte kleine himmlische Kreise.

Ich machte Espresso, stellte alles auf ein Tablett und brachte es hinaus zu Ettore, der gerade auf einer Leiter stand und einen Fensterladen mit einer Sicherheit und Geschwindigkeit von der Wand löste, die ich bei meinen Versuchen ganz sicher nicht an den Tag gelegt hatte.

»Möchten Sie Kaffee, bevor Sie Feierabend machen?«, fragte ich.

Er stieg mit erstaunlicher Eleganz von der Leiter und bewegte sich dabei mit einer Leichtigkeit, die ich einem so großen und schweren Mann niemals zugetraut hätte. Seine dunklen Augen leuchteten, als er die Soufflés sah. Wir setzten uns zusammen auf die Terrasse, und die Ekstase, die sich in Ettores Miene widerspiegelte, als er den geschmolzenen Schokoladenkern des Soufflés erreichte, entlockte mir ein Kichern. Genau deshalb liebte ich es zu backen. Wegen der Freude, die man anderen damit bereiten konnte. Gegen Geld für die Trattoria zu backen war zwar schön und gut, aber ich vermisste es, die Freude in den Augen der Menschen zu sehen, die etwas genossen, das ich geschaffen hatte.

Als er fertig war, packte Ettore sein Werkzeug zusammen.

»Wann meinen Sie, sind Sie mit den Arbeiten außen am Haus fertig?« Ich hatte die Frage auf Italienisch im Kopf geübt, während er gegessen hatte.

»Fensterläden.« Ettore hob zwei Finger. »Putz – zehn Tage. Vielleicht mehr.«

»Zwei Wochen?« Vermutlich hätte ich froh über seine Hilfe

sein sollen, und er war bisher immer nur sehr höflich gewesen. Ich hoffte nur, dass meine Nerven zwei Wochen mit ihm überlebten.

Ettore zuckte mit den Schultern. »*Roma non fu fatta in un giorno.*« Diesen Spruch verstand selbst ich. Rom war nicht in einem Tag gebaut worden.

Er schnallte seinen Werkzeugkasten auf den Rücksitz der kleinen Vespa und stieg auf. »*A domani!*« Mit einem fröhlichen Winken gab er Gas und knatterte die Auffahrt hinab.

Seufzend ging ich ins Haus zurück. Ich brauchte dringend ein Glas Wein.

*

Am nächsten Tag brachte Ettore einen Ghettoblaster auf dem Gepäckträger seiner Vespa mit und spielte Opern, während er arbeitete. Und er hörte nicht einfach nur zu. Oh nein. Am Vormittag schlich ich mich vorsichtig aus der Küche, die Hände immer noch voller Mehl, und trippelte auf Zehenspitzen um das Haus herum, um zu lauschen. Ettore balancierte auf dem schmiedeeisernen Geländer eines Balkons im ersten Stock, um die oberen Fensterläden abzumontieren, während er zur Musik sang. In einem sonoren, wundervollen Bariton, der sich laut über die Aufnahme der Arie erhob. Der Anblick dieses muskulösen, kahlköpfigen, tätowierten Mannes, der Opernarien sang, löste in mir einen Lachkrampf aus, und ich musste in die Küche zurücklaufen, damit er mich nicht hörte.

Am dritten Tag hatte ich keine Angst mehr vor ihm. Hinter dem einschüchternden Äußeren vermutete ich das Gemüt eines Teddybären, oder zumindest hoffte ich es. Allerdings würde ich ihm trotzdem nicht gerne nachts in einer dunklen Gasse begegnen.

Als er anbot, mir zu zeigen, wie man Putz auftrug, nahm ich gern an. Wir arbeiteten nebeneinander, begleitet von Puccini, während wir den alten Putz abschlugen und eine neue Schicht auftrugen. Wir kamen gut voran – wenn man es einen Fortschritt nennen könnte, wenn man während eines halben Tages Arbeit einen armbreiten Streifen fertigstellte. Die Arbeit war sehr mühsam, da die Sonne unbarmherzig auf uns herunterbrannte, und schon bald war ich sowohl verschwitzt als auch von der Sonne verbrannt. Wenn Cleo und Kevin mich jetzt sehen könnten!

Da Ettore jedoch ohne meine »Hilfe« schneller vorankam, entschied ich, dass ich in der Küche nützlicher wäre, damit ich seinen gesegneten Appetit befriedigen konnte.

Da es sehr einfach war, Ettore zu erfreuen, experimentierte ich nicht nur mit neuen Kuchen und Mehlspeisen, sondern auch mit traditionellen toskanischen Rezepten. Auf toskanische Art zu kochen, war gut für die Seele. Denn man brauchte dafür weder raffinierte Zutaten noch aufwendige Vorbereitungen oder künstlerische Präsentation. Toskanisches Essen bestand nur aus einfachen Lebensmitteln, die liebevoll zubereitet wurden. Es drehte sich alles um Gewürze und den Geschmack, statt um ungewöhnliche Kombinationen und kunstfertige Arrangements.

Die toskanische Küche war vollkommen anders als die Speisen, die ich üblicherweise zu Hause in London zu mir nahm, wo mein Speiseplan entweder aus Fertiggerichten aus der Mikrowelle bestand oder aus Mahlzeiten in Restaurants, in denen das Drumherum für erheblich wichtiger angesehen wurde als das, was auf dem Teller landete.

Wow! Mir fiel auf, dass ich schon seit Tagen nicht mehr an London gedacht hatte. Ich sah mich in der Küche des Castello um, durch deren Fenster die Nachmittagssonne hineinschien und deren Terrakottafliesen sich unter meinen nackten Füßen kühl anfühlten. Ich versuchte ein Bild von meiner weißen und verchromten Küche in Wanstead heraufzubeschwören, mit all ihren blank polierten, hochmodernen Geräten. Es kostete mich Mühe, das Bild vor meinem inneren Auge entstehen zu lassen.

London schien eine andere Welt und ein ganzes Leben entfernt zu sein. Dies hier, mit Ettore im Hintergrund, der wohltönend und voller Hingabe die mir fremden Worte einer Arie mitsang, und dem Duft von Basilikum und Rosmarin und Zitronen, der die warme Luft erfüllte, fühlte sich viel solider und realer an als mein Leben in England.

19. KAPITEL

Non sono tutte rose e fiori
Es ist nicht alles Sonnenschein und Rosen

Der starke Wind kam von der Küste und fegte in Richtung Festland. Bevor ich zu Bett ging, überzeugte ich mich, dass alle Fenster und Türen geschlossen waren, aber ich konnte trotzdem nicht schlafen. Der Wind heulte unter den Giebeln, pfiff in den Pinien auf dem Hang über dem Haus und rüttelte an den Fenstern. Die Rahmen klapperten, und die lockeren Dachziegel klapperten ebenfalls. Ich hoffte nur, dass die Eulen an einem sicheren Ort Zuflucht gefunden hatten.

Die Fensterläden auf der Westseite des Hauses waren noch nicht abmontiert worden, und einer wurde vom Sturm gelockert. Er knallte mit Furcht einflößender Wucht gegen die Wand. Ich lag im Bett, die Decke bis unters Kinn hochgezogen, und lauschte dem Knarren und Stöhnen des alten Hauses, das gegen diese Misshandlung zu protestieren schien.

Der lockere Fensterladen knallte erneut gegen die Wand, als der Wind noch stärker wurde. Das Geräusch kam von einer Stelle unter meinem Schlafzimmer, vielleicht vom Fenster des Wohnzimmers, wie John den Raum genannt hatte, obwohl ich ihn eher als Höhle bezeichnet hätte. Hätte ich einen Fernseher gehabt, wäre das der perfekte Ort gewesen, um einen *Buffy*-Marathon hinzulegen.

Himmel, ich drehte langsam durch. Ich brauchte keinen Fernseher zu kaufen. Ich besaß ja bereits einen. In Wanstead.

Und jetzt regnete es auch noch. Die Tropfen prasselten gegen die Scheiben. Wenn der Fensterladen jetzt das Scheibenglas kaputt schlug? Wenn ich aufwachte und alles voller Glasscherben und der Teppich durchtränkt war? Der persische Teppich im Wohnzimmer war einer der wenigen Wertgegenstände, die ich behalten hatte.

Zögernd verließ ich mein gemütliches, warmes Bett und tastete mich in der Dunkelheit ins untere Stockwerk. Ein Blitz erleuchtete einen Moment lang das Wohnzimmer, als ich nach dem Lichtschalter tastete und bevor das Trost spendende elektrische Licht den Raum durchflutete. In dem Wolkenbruch draußen vor dem Fenster sah ich den Schatten des Fensterladens, der heftig im Wind hin und her schlug. Ich öffnete das Fenster und beugte mich in den Sturm hinaus, um den Laden zu packen. Der Wind peitschte mir den Regen ins Gesicht. Die Tropfen brannten wie Nadelstiche.

Vollkommen durchnässt und im Kampf gegen den Regen und den Wind, der unaufhörlich auf mich einhämmerte, rang ich mit dem Fensterladen. Aber der Wind war zu stark und riss ihn mir immer wieder aus den Händen. Ich hätte ein Seil gebraucht, um ihn zu sichern, aber ich hatte alle Seile und andere Gerätschaften aus dem Haus in den Gartenschuppen gebracht. Und bei diesem Sturm würde ich auf keinen Fall hinausgehen, um etwas zu holen.

Ein weiterer Blitz schlug ein, näher diesmal, und ich schreckte zurück. Dann packte ein weiterer Windstoß den Fensterladen, und die Entscheidung wurde mir aus den Händen genommen, als die rostigen Angeln brachen und der Fensterladen in die Dunkelheit hinausflog. Ich hoffte nur, dass er auf seinem Weg nicht noch mehr Schaden anrichtete.

Vollkommen durchnässt von dem Regen, der durch das offene Fenster in den Raum drang, bemühte ich mich, das Fenster zu schließen und zu verriegeln. Dann setzte ich mich erleichtert auf den Boden.

Ein Donnerschlag ließ mich aufspringen, und ich rannte zur Treppe und hinauf in mein Bett. Ich musste allerdings erst etwas Trockenes anziehen, und der einzige andere Pyjama, den ich dabeihatte, war ein rotes Negligé aus Spitze und Seide, das Cleo lachend vor all den Wochen für mich eingepackt hatte. Es war nicht gerade das wärmste Kleidungsstück in meinem Besitz. Sobald ich es angezogen hatte, kletterte ich schnell wieder ins Bett und verkroch mich unter die Decke, zog sie mir über die Ohren. Aber sie war nicht dick genug, um das Heulen des Windes oder das Prasseln des Regens zu dämpfen. Der Wind fuhr durch den Kamin, was sich in dem großen, leeren Haus sehr unheimlich anhörte. Der Sturm war so laut und so wild, dass an Schlaf nicht einmal zu denken war.

Ich hielt mir die Ohren zu und versuchte, fröhliche Gedanken heraufzubeschwören. Ich stellte mir mein Büro in London vor, das Gewühl und die Begeisterung, zu einer so lebhaften Gesellschaft zu gehören. Ich dachte an den Rausch von großen Abschlüssen und Feiern mit Champagner, an den Köder der Partnerschaft, der mir wie die sprichwörtliche Möhre vor der Nase baumelte.

Aber die Bilder funktionierten nicht so, wie sie es einst getan hatten. Sie waren in meinem Kopf verschwommen und irgendwie verzerrt und verliehen mir nicht das Gefühl von Ruhe und Freude wie sonst.

Vielleicht fiel es mir in dem heulenden Wind schwer, mich zu fokussieren. Würden die Dachziegel diesen Sturm überstehen? Ich wusste, dass einige von ihnen locker waren. Vielleicht hätte ich Ettore bitten sollen, dort oben anzufangen, statt mit dem Verputzen der Mauern?

Ein bedrohliches Knarren übertönte das Heulen des Windes, ein Geräusch, das klang wie das Quietschen der verzogenen Haustür, nur hundertmal lauter. Ich riss die Augen auf und im selben Moment ertönte das schrecklichste polternde, donnernde Geräusch, das ich je gehört hatte. Ihm folgte ein Krachen, unter dem das ganze Haus erzitterte. Dann sah ich, wie sich die Dachbalken über meinem Kopf teilten und ein Monster ins Zimmer stürzte.

Ich kreischte.

Regen prasselte ins Zimmer, aber der Regen bestand nicht nur aus Wassertropfen, sondern auch aus Blättern und Bruchstücken von Dachziegeln. Ich bedeckte schützend mein Gesicht mit den Armen, zu entsetzt, um schreien zu können.

Nach einer Ewigkeit, während der mir fast das Herz stehen geblieben wäre, hörte das Knarren auf, und ich öffnete die

Augen. Ich blickte direkt auf einen riesigen Ast. Nein, es war nicht nur ein Ast. Eine ganze Pinie war durch das Dach gekracht und nur wenige Fuß vor meinem Gesicht von irgendetwas aufgehalten worden. Sie vibrierte immer noch.

Ich holte tief Luft, um mich zu beruhigen. Ich lebte noch. Und ich war unverletzt. Nur das war jetzt wichtig.

Allerdings war ich auch unter den ausladenden Ästen gefangen. Ich kicherte fast schon, außer mir vor Erleichterung.

Der Wind heulte immer noch, der Regen strömte hinein, aber es kümmerte mich nicht. Ich lachte.

»Sarah?« Schritte polterten hastig über den Flur, und dann wurde meine Schlafzimmertür aufgerissen. »Sarah? Geht es dir gut?«

Tommaso kam schlitternd zum Stehen. Panik lag in seiner Stimme. Mein Gelächter endete in einem heftigen Schluckauf.

»Es geht mir gut. Ich weiß nur nicht, wie ich hier herauskommen soll!« Ich musste schreien, um mich über das Heulen des Windes verständlich zu machen.

»Der Strom ist ausgefallen!«, schrie er zurück. »Der Baum muss die Kabel heruntergerissen haben. Warte hier!«

Als wenn ich eine andere Wahl gehabt hätte!

Ich hatte keine Ahnung, wie lange ich im Dunkeln gelegen und dem Heulen des Windes und dem Knarren der Äste zugehört hatte. Ich lag gefangen in meinem Bett unter einer zunehmend feuchter werdenden Decke, während mir harte Blätter und spitze Zweige übers Gesicht und die nackten Arme kratzten, bevor Tommaso endlich mit einer Bügelsäge zurückkehrte.

»Dieses Haus scheint entschlossen zu sein, uns auf den Kopf zu fallen.« Meine Stimme klang ein wenig zittrig.

»Jedenfalls warst du auch mal damit dran, dass dir etwas auf den Kopf fällt.«

Wieder überkam mich ein schrecklicher Drang zu kichern, den ich nur mit Mühe unterdrücken konnte. Ich wollte nicht, dass Tommaso mich für hysterisch hielt. »Ich glaube, das Haus will mir sagen, dass ich endlich verschwinden soll.«

»Vielleicht versucht es auch nur, dich hier zu halten.«

Schließlich hatten der Wind und der Regen sich ausgetobt. Die dunklen Wolken, die ich undeutlich zwischen den Zweigen über meinem Kopf erkennen konnte, zogen schnell nach Osten weiter, und die Sterne funkelten schwach über dem Baldachin aus Zweigen.

Ich schloss die Augen und lauschte dem Geräusch der Säge, mit der Tommaso sich einen Pfad durch das Unterholz zu mir bahnte. In dem Raum roch es durchdringend nach Kiefernharz.

»Wie soll ich hierbleiben, wenn ich nicht einmal ein Dach über dem Kopf habe?« Ich musste schon wieder kichern, und es kostete mich diesmal mehr Kraft, es mir zu verkneifen. Außerdem zitterte ich.

»Darüber zerbrechen wir uns den Kopf, wenn wir dich aus diesem Schlamassel befreit haben.« Seine Stimme klang jetzt näher.

Es dauerte weitere zwanzig Minuten, bis ich Tommaso durch den Spalt, den er durch das Gewirr aus zerbrochenen Ästen und Zweigen gesägt hatte, sehen konnte. Er redete weiter, während er sägte, versuchte mich mit harmlosem Geplauder über Fernsehshows und Spin-offs zu beruhigen, aber ich muss zugeben, dass ich kaum darauf achtete. Denn er arbeitete mit freiem Oberkörper. Das Licht des zunehmenden Mondes erlaubte mir einen großzügigen Blick auf seine nackte, muskulöse Brust. Das verzauberte mich vollkommen und hinderte mich daran, wieder hysterisch zu werden.

Tommaso keuchte jetzt vor Anstrengung, und ich bekam erneut einen Schluckauf vom Lachen. Hätte ich mir jemals einen Mann in meinem Schlafzimmer vorgestellt, halb nackt und keuchend, dann ganz bestimmt nicht bei dieser Art von Beschäftigung.

Als die Lücke schließlich so groß war, dass ich hindurchkriechen konnte, rollte ich mich auf Hände und Knie. Der gewaltige Ast über mir schabte mir über Rücken und Schultern, als ich über das Bett zu Tommaso robbte. Er half mir das letzte Stück, schob mir seine großen, starken Hände unter die Armbeugen und hievte mich auf die unwürdigste Weise aus meiner Zwangslage. Ich hätte allerdings meine Würde ohnehin nicht aufrechterhalten können, nicht mit meinem klatschnassen Haar im Gesicht und mit dem seidenen Negligé, das mir am Körper klebte.

»Hübsches Nichts«, bemerkte er.

Ich war sogar zu erledigt, um zu erröten.

Sobald ich von den Zweigen befreit war, rappelte ich mich auf und sah mich um. Etwa die Hälfte der Decke war eingebrochen. Die Kommode und der Kleiderschrank waren glücklicherweise verschont geblieben und vor dem Regen durch das unversehrte Dach geschützt.

»Du zitterst.« Tommaso zog mich an seine Brust und schlang die Arme um mich. Er trug nur eine Boxershorts, und sein Haar war vollkommen zerzaust. Blätter und Zweige steckten darin fest. Seine Brust war warm und seine Arme spendeten Sicherheit, und ich wollte mich nie wieder bewegen.

»Wir müssen dich aufwärmen.« Er rieb mir über den Rücken.

Mir war aber gar nicht kalt. Vielleicht lag es am Schock, aber ich hatte mich noch nie wohler und sicherer gefühlt. »Mein Morgenmantel ist im Kleiderschrank.«

»Dieses dünne Ding? Ich habe es gesehen. Das würde dich nicht einmal vor einem Moskito schützen, geschweige denn vor einem Sturm. Du kommst mit zu mir. Da nimmst du ein warmes Bad. Und den Rest der Nacht kannst du in Nonnas Zimmer schlafen.«

Den Morgenmantel holte ich mir trotzdem. Denn ich brauchte ihn nicht nur zum Schutz gegen die Kälte. Ich hatte den heißen Blick nicht übersehen, den er über mein Negligé hatte gleiten lassen, ebenso wenig wie die Art, wie er auf meine Brüste gestarrt hatte. Unter anderen Umständen hätte ich damit vermutlich souverän jeden »Wet-T-Shirt-Wettbewerb« gewonnen. Und mir war auch keineswegs das sonderbare Ziehen entgangen, das seine Reaktion in meinem Unterleib ausgelöst hatte.

Wir gingen durchs Haus und überprüften die anderen Räume. Tommaso leuchtete uns den Weg mit seiner großen Taschenlampe. Das Schlafzimmer meines Vaters war der einzige Raum, der keinen Schaden genommen hatte. Der größte Teil des Baums war in mein Zimmer gestürzt, aber auf seinem Weg nach unten hatte er die Decken der anderen vier Schlafzimmer ebenfalls beschädigt. Zwischen den Dachziegeln klafften Lücken, durch die der Regen hereindrang.

Ich würde morgen früh höllisch viel aufräumen müssen. Falls es nicht bereits morgen früh war.

Tommaso hielt mich im Arm, während wir dem umherzuckenden Strahl seiner Taschenlampe die Treppe hinabfolgten, durch die Küche und über den Hof. Ich hätte ohne Weiteres allein gehen können, aber irgendwie gab mir sein Arm eine Unterstützung, von der ich nicht einmal gewusst hatte, dass ich sie brauchte. Vielleicht war es doch gar nicht so schlecht, manchmal eine Jungfer in Not zu sein.

Im Cottage funktionierte die Elektrizität glücklicherweise noch, und während ich in dem kleinen Badezimmer duschte, umgeben von all den männlichen Toilettenartikeln, die besagten, dass dies das Haus eines Mannes war, setzte Tommaso Teewasser für uns auf. Als mir wieder richtig warm war und meine Finger und Zehen kribbelten, als das Blut darin zurückfloss, wickelte ich mich in den riesigen, flauschigen Bademantel, den ich hinter der Badezimmertür gefunden hatte, und ging in die Küche. Wir saßen gemeinsam am Küchentisch, und der Tee wärmte mich von innen, bis auf die Knochen, wo mich selbst die heiße Dusche nicht hatte aufwärmen können.

»Besser?«, fragte Tommaso.

Ich nickte. Er hatte den Tee genauso zubereitet, wie ich ihn mochte: stark mit einem Spritzer Milch. Als ich hochsah, begegnete ich seinem nachdenklichen Blick.

»Was denn?«, fragte ich sofort abwehrend.

»Selbst wenn du schläfst, ist dein Haar zu einem Zopf geflochten. Trägst du es denn niemals offen?« Ein schwaches Lächeln spielte um seine vollen Lippen. »Ich meine das ebenso wörtlich wie übertragen.«

Ich strich mir zerstreut über die Haare. »Sie verkletten so schnell, deshalb ist es einfacher, sie zu flechten.«

Er zuckte mit den Schultern und wechselte das Thema. Jetzt sprachen wir darüber, dass wir einen Elektriker verständigen und Dachziegel kaufen mussten, und meine Gedanken schweiften ab.

Nach dem Tee holte Tommaso frisches Bettzeug und half mir, das Bett in Nonnas früherem Zimmer zu beziehen. Das Bettzeug war grau und männlich, genauso wie das in meinem Schlafzimmer im Castello. Das bestätigte, was ich schon lange vermutet hatte: Tommaso hatte das Bett für meine Ankunft vorbereitet und auch die Milch in den Kühlschrank gestellt.

Als ich mich in das frisch gemachte Bett legte und zu den Dachbalken hinaufsah, war ich sogar zu müde, um einzuschlafen. Der Adrenalinrausch verflog allmählich, mir tat der Körper weh, aber mein Verstand war noch hellwach. Und er spielte mir immer und immer wieder Bilder aus der Erinnerung vor. Aber dabei zog nicht etwa mein Leben vor meinem inneren Auge vorbei, und ich dachte auch nicht an die Arbeit daheim in London. Nein, das Bild zeigte Tommaso mit nackter Brust, zerzaustem Haar, vollkommen durchnässt vom Regen, dessen Herz so heftig an meiner Wange gehämmert hatte, als er mich erleichtert in die Arme geschlossen hatte.

20. KAPITEL

Non vendere la pelle dell'orso prima di averlo ucciso
Verkauf das Fell des Bären nicht, bevor du ihn erlegt hast

Bei Tageslicht sah der Schaden noch weit schlimmer aus als in der pechschwarzen Dunkelheit. Die letzten Regentropfen tröpfelten durch das riesige Loch in der Decke, überall lagen zerbrochene Dachziegel herum und die Schlafzimmer, die ich ausgeräumt und sauber gemacht hatte, waren jetzt von Blättern, Zweigen und Pfützen übersät. Ich konnte nur hoffen, dass die Möbel keine irreparablen Schäden erlitten hatten. Ich seufzte. Ich musste Bernardo holen, damit er seine Restaurations-Magie wirken ließ.

»Heute machen wir eine Pause beim Verputzen«, brummte Ettore mit seiner tiefen Stimme. »Stattdessen reparieren wir.«

Ich betrachtete das Loch über meinem Kopf. Selbst ich wusste, dass Dachreparaturen weder schnell noch billig waren. Die zwei Wochen Aufenthalt von Ettore hatten sich gerade zu einem Monat verlängert. Mindestens. Glücklicherweise entwickelte ich allmählich Gefallen an Opern.

»Haben Sie denn schon mal ein Dach neu gedeckt?«, fragte ich.

Ettore nickte.

»Es wird noch eine Weile dauern, bis dein Schlafzimmer wieder so hergestellt ist, dass du darin schlafen kannst«, meinte Tommaso. »Willst du in das Zimmer deines Vaters ziehen oder möchtest du noch etwas länger in meinem Gästezimmer übernachten?«

Es war zwar kindisch, aber ich fand es schrecklich erleichternd, nicht in Johns Zimmer schlafen zu müssen. Und ich hatte ganz sicher keine Lust in diesem Haus zu schlafen, solange die Elektrizität nicht wiederhergestellt war. »Danke. Ich würde dein Angebot mit dem Gästezimmer sehr gern annehmen.«

Er nickte, knapp und vollkommen emotionslos. »Du kannst darin wohnen, solange du willst.«

*

Der Regen hatte den ganzen Staub des Sommers weggespült und die Luft roch frisch und sauber, erfüllt vom Geruch fruchtbarer Erde. Die Farben im Garten schienen nach dem Sturm stärker zu leuchten, und in dem ausgetrockneten Bach am Ende des Gartens, in dem ich bisher nur ein winziges Rinnsal gesehen hatte, floss jetzt ein munteres Bächlein, das über die Steine und Baumwurzeln plätscherte. Ettore und ich tranken Kaffee und aßen Blätterteig-Hörnchen im warmen Sonnenschein auf der Terrasse, um uns auf den harten Tag vorzubereiten, der vor uns lag.

Während Ettore in die Stadt fuhr, um Baumaterial zu holen, backte ich für die Trattoria. Ich hoffte, dass niemand Anstoß daran nahm, dass ich nur Brot und Brötchen buk, aber das ging am schnellsten und war am einfachsten, und ich konnte den Teig mit geschlossenen Augen zusammenrühren.

Als Ettore zurückkehrte, hatte er nicht nur eine Kettensäge mitgebracht, Planen und Dachziegel sowie andere Baumaterialien, sondern er hatte auch einen Overall für mich gekauft, den ich bei der Arbeit anziehen konnte. Er passte perfekt.

»Woher wussten Sie meine Größe?«, fragte ich verblüfft.

Er zuckte nur mit den Schultern und machte sich an die Arbeit.

Zusammen beseitigen wir den Müll aus den oberen Zimmern, so gut wir konnten, und Ettore half mir, meine Habseligkeiten in Tommasos Cottage zu schleppen. Heute gab es keine Opernmusik, sondern nur das schrille Kreischen der Kettensäge, mit der Ettore einen Ast nach dem anderen zerteilte, damit ich sie nach unten auf den Kompost tragen konnte, wo die Glyzinie bereits lag.

Es war so laut, dass ich nicht einmal den großen Lastwagen hörte, der auf den Hof rollte, bis Männerstimmen die Treppe hinauf durch den Flur zu uns drangen.

Tommaso hatte Verstärkung geschickt: Ein Lastwagen mit einem hohen Kran, der den riesigen Baumstamm vom Haus wegheben konnte. Vom Hinterhof aus sahen Ettore und ich fasziniert und meinerseits auch ein bisschen atemlos zu, als der Greifhaken gesichert wurde und der Baum langsam aus dem Dach gehoben wurde.

»Das ist eine Schönheit!«, rief der Lastwagenfahrer fröhlich. »Diese Kiefer muss mindestens zweihundert Jahre alt sein! So alt, dass es nur einen kleinen Schubs brauchte, um sie umzukippen!«

Wenn dieser Orkan für ihn ein »kleiner Schubs« war, wollte ich nicht wissen, wie die Winterstürme aussahen.

Als Tommaso zurückkehrte, erheblich besser gelaunt, nachdem er sich vergewissert hatte, dass die Weinstöcke vom Sturm nicht zu hart getroffen worden waren, kletterten wir drei aufs Dach und legten Planen über die klaffenden Löcher. Allerdings hätten wir uns die Mühe sparen können. Natürlich blieb der Himmel noch Tage danach klar und sonnig.

*

»Ich habe heute gelernt, wie man ein Dach mit Ziegeln deckt«, sagte ich Cleo, als wir endlich Gelegenheit hatten, uns gegenseitig auf den neuesten Stand zu bringen.

»Na bitte, Mädchen! Vielleicht solltest du dich auf Renovierungen verlegen, wenn du wieder zurückkommst.«

Ich lachte. »Ich glaube kaum, dass mir irgendjemand genug Geld bezahlen kann, damit ich mir das noch einmal antue. Erzähl mir lieber, wie die Sache mit der Delta Corporation läuft.«

»Alle Probleme sind gelöst, und es geht wieder seinen gewohnten Gang.« Aber sie klang zurückhaltend, als wollte sie mit irgendetwas nicht herausrücken.

»Was ist mit *dem Arsch*? Du hast dich doch nicht in ihn verliebt, hoffe ich?«

Natürlich machte ich Scherze, denn sie hätte mir das sicher erzählt, aber sie ging nicht darauf ein. »Erzähl mir lieber etwas über deinen neuen Mitbewohner«, sagte sie stattdessen.

Ich musste einen Moment nachdenken. Ich war nicht sicher, mit welchen Worten ich Tommaso beschreiben sollte. Er war so widersprüchlich: in einem Moment in sich gekehrt und brüsk, dann wieder engagiert und lachend und so unglaublich sorgsam, was meine Bedürfnisse betraf im nächsten. Und immer so verheerend sexy. Wenn ich mir jetzt den perfekten männlichen Oberkörper vorstellte, dann dachte ich nicht an Luca und nicht einmal an Chris Hemsworth.

Ich seufzte, und Cleo keuchte. »Oh mein Gott! Er ist also heiß, stimmt's?«

Ich sollte es abstreiten, sollte Cleo auf keinen Fall auf irgendwelche unangebrachten Ideen bringen, aber bevor ich mich daran hindern konnte, schloss ich die Augen und stellte mir wieder diesen nackten, gebräunten und sehr durchtrainierten Oberkörper vor. Ich sah sofort seine muskulösen Bauchmuskeln vor mir, und wie sie ein V zu den Boxershorts hin bildeten, die ihm tief auf den Hüften saßen. »Das muss irgendetwas mit Italien zu tun haben. Hier scheint alles einfach besser zu sein als zu Hause. Wenn du im Urlaub bist, dann kommen einem die Dinge doch immer größer und strahlender und prachtvoller vor, hab ich recht? Aber nichts davon ist real.«

Cleo seufzte. »Wen interessiert Realität? Manchmal hat ein Mädchen auch etwas Fantasie in seinem Leben verdient. Ich könnte jedenfalls etwas Fantasie gebrauchen. Erzähl mir alles über ihn!«

»Ich kann jetzt nicht reden«, flüsterte ich. »Er ist nebenan, und die Wände sind hauchdünn.«

»Dann schick mir eine E-Mail! Wir müssen unbedingt die ganze Sache durchhecheln. Noch besser, schick mir Fotos!«

Ich verabschiedete mich und legte auf. Auf der anderen

Seite der Wand hörte ich die Dusche. Ich schloss die Augen und lauschte dem Rauschen des Wassers, dem unregelmäßigen Prasseln, wenn Tommaso unter den Strahl trat.

Ich schnappte nach Luft. Auf der anderen Seite dieser Schlafzimmerwand war Tommaso, nackt. Und so sehr ich auch versuchte, das Bild zu vertreiben, ich konnte ihn mir dort sehr genau vorstellen. Seinen kräftigen, honigbraunen Körper, das Spiel der Muskeln, wenn er sich bewegte, die kleinen Wasserströme, die über seine Brustmuskeln liefen, über seine Bauchmuskeln und noch tiefer …

Kusch, Mädchen!

Ich rollte mich zur Seite und zog mir ein Kissen über den Kopf.

*

Der Elektriker kam am nächsten Tag und ich entdeckte eines der Wunder von Italien: trotz der Gelassenheit, mit der die Leute arbeiteten, wurden einige Dinge geradezu mit Lichtgeschwindigkeit erledigt.

Ettore brachte noch ein paar Helfer mit, zwei Männer, die noch größer und brutaler aussahen als er. Obwohl ich es mir niemals hätte vorstellen können, jemanden zu finden, der noch einschüchternder wirkte als er. Aber sie arbeiteten schnell und zuverlässig, und damit stand es mir frei, in die Küche zurückzukehren.

Als ich ihnen das erste Kaninchenragout meines Lebens vorsetzte, weil mir Beatrice zwei frisch gehäutete Kaninchen mit der Fuhre vom Hof geschickt hatte, applaudierten sie. Ich sah mich an dem großen Küchentisch um, an dem Arbeiter in schmutzigen Overalls und mit einem großen, strahlenden Lächeln saßen, und fühlte mich wie eine Olympiasiegerin, die gerade ihre Goldmedaille überreicht bekommen hatte. Es war zwar nicht direkt eine dieser großen, rauschenden Familienmahlzeiten, die ich mir für diese Küche ausgemalt hatte, aber es kam dem schon ziemlich nahe.

Tommaso bekam an diesem Abend nur die Reste, und es war nicht mehr allzu viel übrig.

»Wein?« Er hielt die Flasche über mein Weinglas.

Ich nickte, aber eine halbe Stunde später bereute ich es. Der Wein schien mein Gewahrsein von ihm nur zu verstärken, statt es zu dämpfen. Vielleicht war es doch keine so besonders gute Idee gewesen, zu ihm zu ziehen.

Das ist dumm. Es ist nur der Urlaubseffekt. Es bedeutet gar nichts.

Ich hatte es bei anderen schon oft genug erlebt, wie sich Urlaubsaffären entwickelten, um zu wissen, wie Entspannung und die Ferne von zu Hause Menschen dazu bringen konnte, sich vollkommen untypisch zu benehmen. Männer, die einem in einem Pub in East London nicht einmal guten Tag sagten, wurden unter der mediterranen Sonne plötzlich zu romantischen Helden.

Mehr als einmal hatte Geraldine geschworen, dass einer der Kerle, die sie auf ihren Reisen aufgegabelt hatte, die große Liebe ihres Lebens wäre. Die Affären hatten nie länger als ein paar Monate gedauert, und jedes Mal hatte der Mann ihr das Herz gebrochen.

Aber ich war stärker als das. Ich würde dieser albernen Verknalltheit nicht nachgeben. Denn mehr war das nicht. Sobald ich wieder bei Sinnen war, würde ich Tommaso di Biasi nicht einmal im Entferntesten attraktiv finden. Niemals nicht.

*

Bernardo kam irgendwann morgens früh vorbei, um die Schlafzimmermöbel zu inspizieren. »Es war sehr gut, dass Sie sie so schnell getrocknet haben.« Er nickte anerkennend. »Aber Ihr Bett! Sie können von Glück reden, dass es unter der Kiefer nicht zusammengebrochen ist. Damals hat man wirklich noch solide Möbel hergestellt!«

Wir mussten schreien, um die laute Arie zu übertönen, die aus Ettores Ghettoblaster dröhnte, und den rauen Männerchor aus Bariton- und Tenor-Stimmen, der sie begleitete. Es hatte bestimmt noch nie ein unwahrscheinlicheres Barber-Shop-Trio gegeben als meine tätowierten Ex-Knacki-Handwerker.

Nachdem Bernardo seine Inspektion beendet hatte, drückte er sich in der Küche herum. Ich hatte mich mittlerweile an die entspannte italienische Sitte gewöhnt, jeden Geschäftstermin zu einem sozialen Event zu machen, also bot ich ihm Kaffee und frische *Zeppole* an, die diesmal mit süßer Vanillecreme gefüllt waren. Ich rechnete mit einer kleinen Plauderei.

»Beatrice hat mir gesagt, dass Sie das Haus verkaufen wollen?« Bernardo griff nach dem letzten *Zeppole* auf dem Tablett.

»Oh ja!«

»Ich kenne jemanden, der vielleicht Interesse haben könnte.«

Ich richtete mich auf. »Aber es steht nur das Haus zum Verkauf, nicht das Weingut.«

»*Nessun problema.* Es sind Kunden von mir, ein Paar aus Köln, die jeden Sommer hierherkommen. Sie suchen hier nach einem Ferienhaus. Darf ich ihnen Ihre Nummer verraten?«

Ich war so dankbar, dass ich ihm eine ganze Tüte mit frischen *Zeppole* mit nach Hause gab.

*

Der Anruf kam am Abend, kurz nachdem Tommaso angerufen hatte, um mir zu sagen, dass er die Kellerei verließ und auf dem Weg nach Hause war. Ich deckte den Tisch, den Telefonhörer zwischen Ohr und Schulter eingeklemmt.

»Ich bin Florian«, sagte der Mann am anderen Ende. »Bernardo hat mir gesagt, dass Sie in der Nähe von Montalcino ein Castello verkaufen wollen?«

»Es ist eigentlich mehr eine große Villa als ein Castello. Es hat zwar Türmchen und Zinnen, aber die dienen eher der Zierde denn der Verteidigung.«

»Ist die bauliche Substanz gut?«

Ich kreuzte die Finger, was nicht ganz einfach war, weil ich gerade Besteck in der Hand hatte. »Ja.«

»Mein Mann Yusuf ist Landschaftsgärtner, und seine einzige Anforderung an den Besitz ist ein Garten. Hat das Castello einen großen Garten?«

In diesem Punkt konnte ich zumindest vollkommen ehrlich sein. »Der Garten ist sehr groß. Er gleicht zwar im Moment eher einem Dschungel, aber es gibt einen Swimmingpool, einen Springbrunnen und eine Laube, die wir nie richtig nutzen.« Vor allem deshalb, weil sie vollkommen überwuchert war.

Draußen kam Tommasos Alfa knirschend zum Stehen.

»Das klingt perfekt. Schicken Sie mir Bilder, dann können wir über Geld reden.«

»Sie wollen es sich nicht persönlich ansehen?« Nicht, dass ich auch nur im Entferntesten bereit gewesen wäre, mögliche Käufer durchs Haus zu führen. Ich dachte an die Stellen des Dachs, die immer noch ungedeckt waren, an das vernachlässigte Gerüst, wo Ettore an dem Putz gearbeitet hatte, an die Terrasse, die keinen Schatten mehr hatte, auf der man in der viel zu heißen Sonne brütete und an den Haufen von verwitterten Fensterläden, die neben dem Holzstapel lagen.

»Wir sind gerade erst nach Hause gekommen und haben eine Menge Arbeit nachzuholen, deshalb können wir nicht so schnell wieder nach Italien kommen.« Es klang, als blätterte er die Seiten eines Kalenders durch. Ich hielt den Atem an.

Tommaso trat in die Küche und stampfte mit den Füßen auf die Fußmatte vor der Tür, um den trockenen Schlamm von den Füßen zu schütteln. Ich legte einen Finger an die Lippen, und er hörte auf.

»Wir sind Realisten«, fuhr Florian fort. »Wir wissen, dass jedes ältere Haus in Italien eine Menge Arbeit erfordert, um es zu erhalten oder bewohnbar zu machen. Aber solange es nicht in sich zusammenfällt, sind wir bereit, unseren Traum von einem Haus in der Toskana zu verwirklichen.«

Konnte ich wirklich so viel Glück haben, dass sie das Haus einfach so kauften, ohne es sich anzusehen? »Die Lage ist ganz ausgezeichnet«, sagte ich und war nicht ganz sicher, ob ich versuchte, ihn oder mich zu bezirzen.

»Wäre das letzte Wochenende im September zu spät für Sie? Können Sie so lange warten?«, fragte Florian. »Wir könnten dann kommen und alle notwendigen Dokumente unterzeichnen.«

Ich atmete zischend aus. Tommaso hob fragend eine Braue.

»Ja, ich glaube, wir können so lange warten.« Ich bemühte mich, kühl und professionell zu klingen, ballte aber triumphierend die Hand zur Faust. Ich würde meinen Rückflug nach London um eine Woche verschieben müssen, aber nach vier Monaten Urlaub machte eine Woche wohl kaum einen Unterschied. Damit hatten wir sieben Wochen Zeit, das Haus zu renovieren. Wir konnten es schaffen.

Tommaso beobachtete mich. Er hatte jetzt beide Brauen erwartungsvoll hochgezogen.

Ich schrieb Florians Kontaktdaten auf die Rückseite eines Umschlags, und als ich den Hörer auflegte, strahlte ich. »Wir haben einen Käufer! Und sie wollen nur das Castello! Es ist ihr Traum von einem Ferienhaus in der Nähe von Montalcino. Ist das nicht großartig? Das ist der perfekte Kompromiss: Wir bekommen das Geld, du kannst mich auszahlen, ohne auf die nächste Abfüllung warten zu müssen, und du kannst die Weinfelder behalten, ohne auch nur einen einzigen Rebstock zu verlieren.«

»Und du kannst abreisen.«

»Ja genau.« Ich tanzte förmlich zum Ofen, um unser Essen zu holen. »Und mein altes Leben weiterführen.«

Als ich die Schüsseln mit cremigem Zucchini-Risotto auftrug, hatte sich Tommaso immer noch nicht gerührt. Seine Miene war wie versteinert. Ich hatte wirklich gedacht, die Nachricht würde ihn mehr freuen. Er hatte doch seit meiner Ankunft gewollt, dass ich abreiste.

Ich zwang mich dazu, weiter strahlend zu lächeln. »Stell es dir vor: Du besitzt das Weingut ganz, ohne mich als Partnerin am Hals zu haben.«

Er zuckte mit den Schultern, drehte sich weg und trat an die Spüle, um sich die Hände zu waschen. Als er sich an den Tisch setzte, um zu essen, war seine finstere Miene verschwunden. Dafür war sein Gesicht jetzt vollkommen ausdruckslos.

Mit einem hoffnungslosen Schulterzucken setzte ich mich ihm gegenüber und konzentrierte mich auf das Abendessen. Dieser Mann machte mich einfach wahnsinnig – konnte ihn denn wirklich gar nichts erfreuen?

21. KAPITEL

Non è tutto oro quel che luccia
Es ist nicht alles Gold, was glänzt

Der August war heiß und stickig. Jedes Mal, wenn ich aus dem kühlen Castello trat, traf mich die Hitze wie ein Schlag. In der Stadt drängten sich die Touristen durch die Straßen, obwohl viele Restaurants und Pensionen geschlossen hatten, weil die Einheimischen ihre jährlichen Sommerferien machten.

Im Castel Sant'Angelo hatten wir mehr zu tun als je zuvor. Während Ettore und seine Freunde das Dach reparierten, wurde ich Profi im Verputzen. Dabei hätte ich mir niemals vorstellen können, das Wort überhaupt auch nur auszusprechen!

Abgesehen von der Arbeit am Haus und der Uhr, die langsam bis zum Besuch der Deutschen heruntertickte, kamen auch mehr Gruppen zum Verkosten aufs Weingut. Ich machte mich mittlerweile ganz gut als Assistentin bei diesen Touren, und wenn es sich nur um eine kleine Familie handelte, ließ Tommaso mich sogar die Tour selbst führen. Bei größeren Gruppen, zum Beispiel bei dem Besuch von britischen Sommeliers, arrangierten wir Wein-Paarungen und präsentierten eine Auswahl von Speisen, die den Geschmack der Weine verstärkten. Anschließend verteilten wir kleine Geschenkpakete mit meinem Markenzeichen, den Ricotta-*Zeppole,* als Abschiedsgeschenk. Mindestens zwei Restaurants mit einem Michelin-Stern hatten mittlerweile unsere Sant'Angelo Brunello und Sangiovese auf ihre Weinkarte gesetzt.

In den zwei Wochen, seit ich den Kreditvertrag unterschrieben hatte, hatte ich kein Wort von Luca gehört. Er hatte nicht einmal auf meine SMS geantwortet. *Vielleicht hat er einfach viel zu tun,* verteidigte ihn eine kleine Stimme in meinem Kopf. *Immerhin ist er Anwalt. Oder er lässt dir einfach nur Raum. Du solltest froh sein, dass er nicht einer dieser anhänglichen Typen ist.*

Aber irgendwie konnte keine dieser Entschuldigungen den ängstlichen Knoten in meinem Bauch lösen. Er hatte bisher schließlich nie zu viel zu tun gehabt, um sich bei mir zu melden. Wenn ich das alles nun falsch verstanden hatte? Wenn er all die Wochen nicht hinter Sex mit mir her gewesen war, sondern nur Castel Sant'Angelo in die Finger bekommen wollte? Und nachdem er jetzt seine Hand darauf gelegt hatte, war es mit unserer Freundschaft vorbei.

Schließlich kratzte ich all meinen Mut zusammen und rief ihn an. Ich wollte eigentlich ganz sachlich reden und weder zu verzweifelt noch zu interessiert klingen, aber als er meine Stimme hörte, rissen seine Herzlichkeit und seine Begeisterung mich auf ihrer üblichen Welle mit, und alles war verziehen.

»Du rufst endlich an, um meine Einladung zum *Pici*-Essen anzunehmen?«

Der Knoten in meinem Magen löste sich auf, und ich musste über seine jugendliche Begeisterung lachen. »Nur, wenn du mir zeigst, wie ich sie zubereiten kann.«

»Heute Abend? Ich hole dich am besten ab, oder?«

»Non preoccuparti. Ich leihe mir den Pick-up.«

»Jetzt klingst du wirklich wie eine Italienerin! Um achtzehn Uhr. Dann werden wir dich in eine echte Italienerin verwandeln.«

Er gab mir seine Adresse, und als die Glocken im Uhrenturm sechsmal schlugen, fuhr ich durch die schmalen Gassen nicht weit von der Piazza Garibaldi entfernt, hielt die Luft an und betete, dass mir kein anderer Wagen ausgerechnet jetzt entgegenkam. Ich parkte vor Lucas Haus und stellte den Pick-up dicht an der Mauer ab. Sein Haus war ein traditionell schmales, dreistöckiges Gebäude aus heimischem Kalksandstein, das zwischen ganz ähnlichen Häusern stand. Kaum zu glauben war jedoch, dass sein Haus eine Tiefgarage hatte. Ich musste die Geschicklichkeit bewundern, die es erforderte, seinen Sportwagen dort hineinzumanövrieren. Selbst nach Londoner Standards war es hier sehr eng.

Die grünen Fensterläden über der Garage waren geschlossen, um die Abendsonne abzuhalten. Ich drückte auf die moderne Türklingel, und einen Moment später klickte ein Riegel und die hölzerne Rundbogentür schwang auf.

Luca trug einen schwarzen Anzug und ein weißes Hemd mit Krawatte, und mein Herz machte den mittlerweile vertrauten Hüpfer angesichts seines perfekten Aussehens. Dann winkte er mich rasch hinein und führte mich eine Treppe hoch ins Wohnzimmer im ersten Stock. Seine Wohnung war eine Überraschung. Sie war modern und hell, und entsprach so gar nicht der schicken Junggesellenbude, die ich mir vorgestellt hatte. Schwarz-weiße Kunstdrucke schmückten die Wände, die kühlen, glatten Linien von schwedischen Möbeln wurden von bunten Teppichen und Topfpflanzen aufgelockert. Die Fenster auf der gegenüberliegenden Seite des Hauses waren weit geöffnet, und das Licht strömte durch hohe Fenster und Glastüren hinein, durch die man auf einen Balkon gelangte, der von Pelargonien in Töpfen überquoll und von einer leuchtend violetten Bougainvillea beschattet wurde. Nur in Italien konnte eine Junggesellenwohnung so von Pflanzen und Farben erfüllt sein. Das einzige Grün in Kevins Wohnung war ein Kaktus gewesen. Den ich ihm zudem geschenkt hatte.

»Mein Heim.« Er klang stolz und schien sich zu freuen, dass er mich überrascht hatte. Dann führte er mich in die moderne Einbauküche, wo er bereits die Zutaten für unser Abendessen zurechtgelegt hatte. »Du kannst dir die Hände dort waschen, dann fangen wir an, unser Abendessen zuzubereiten.«

»Dort« war eine begehbare Garderobe mit Toilette, die moderner und eleganter war als alles, was ich seit meiner Ankunft in der Toskana gesehen hatte. Ich wusch mir die Hände und betrachtete mein Spiegelbild, um mich zu vergewissern, dass mein Make-up in der sommerlichen Hitze nicht verlaufen war. Dann kehrte ich in die Küche zurück. Luca hatte Jackett und Krawatte abgelegt und die Hemdsärmel hochgerollt, aber er sah immer noch aus, als würde er für eine Fotosession posieren und nicht gleich Abendessen kochen.

Die Zubereitung der *Pici* erwies sich als verblüffend einfach. Wir fingen mit einem Blech voller Mehl an, einer Mischung aus gewöhnlichem Mehl und Grießmehl, in das wir Eier, Olivenöl und ein bisschen Wasser gaben, um den Teig geschmeidig zu machen.

Ich genoss das vertraute Gefühl, den klebrigen Teig mit den bloßen Händen zu kneten. Als der Teig die richtige Konsistenz hatte, formbar, kräftig und nicht mehr zu klebrig, legten wir die großen Teigkugel zur Seite, zum Ruhen, und Luca schenkte mir ein Glas Weißwein ein. Es war kein Fioravanti-Wein, wie ich feststellte. Ganz offensichtlich war er gut genug, dass sie ihn verkauften, aber nicht gut genug, um ihn selbst zu trinken.

»Hast du etwa immer noch nicht kapiert, dass ich nicht schnell betrunken werde?«, neckte ich ihn.

Ich sah zu, wie er Trüffel in eine Sauce schabte, während ich langsam an meinem Wein nippte. Sehr langsam. Auch wenn ich nicht mehr die Notwendigkeit verspürte, mein altes Mantra zu wiederholen – *Keine Urlaubsaffäre!* –, wollte ich trotzdem kein Risiko eingehen.

»*Pici* ist eine kräftig gewürzte Pasta.« Er hielt mir einen Löffel mit der Sauce zum Kosten hin. »Deshalb braucht sie eine kräftige Sauce.«

Ich hatte noch nie zuvor Trüffel probiert. Der Geschmack war komplex und erdig, und ich leckte mir die Lippen, um jeden Tropfen zu genießen.

Als er die fertige Sauce vom Herd nahm, schnitten wir die Teigkugel in Scheiben, die wir auf einem mit Mehl bestreuten Brett mit einer langen dünnen Teigrolle ausrollten. Das war der komplizierte Teil, nämlich die Dicke jedes Pastastreifens genau richtig hinzubekommen. Luca trat hinter mich, seine Arme rechts und links an meiner Seite, und seine Brust an meinen Rücken gedrückt, als er mir zeigte, wie ich den Teig ausrollen musste, um das gewünschte Ergebnis zu erzielen. War er zu dünn, brach der Streifen. War er zu dick, schmeckten die *Pici* teigig.

Als er seinen Körper an meinen drückte, hätte das eigentlich alle möglichen sonderbaren Reaktionen in mir auslösen müssen. Aber ich konnte nur daran denken, wie Tommaso mir erklärt hatte, wie man die Reben abtrennte. Wir hatten in derselben Position dagestanden, und mein Herz hatte erheblich schneller geschlagen, als es das jetzt im Moment tat. Nur wollte ich heute Abend nicht an Tommaso denken!

Lucas Hände waren flink und schlank, ein starker Kontrast zu Tommasos weitaus männlicheren, kräftigeren Händen. Ich unterdrückte diesen Gedanken ebenfalls.

Geh weg! Ich will nicht an dich denken! Und schon gar nicht an seine Hände, daran, was er damit machen könnte, und auch nicht an seine kräftigen Arme.

Ich kam mir wieder vor wie Goldlöckchen, vor deren Nase Baby Bärs verführerisch duftender Porridge stand, vielmehr, sich an meinen Rücken drückte. Und was machte ich? Ich dachte nur an Papa Bärs Haferschleim, der viel zu heiß, viel zu klumpig und so überhaupt nicht richtig für mich war.

Als Luca sich von mir löste, um mehr Mehl zu holen, trank ich einen großen Schluck Wein und verbannte energisch all diese Gedanken. Ich war mit Luca hier. Es war Luca, bei dem mir warm wurde, bei dem ich mich besonders und schön fühlte, Luca, der Interesse an mir zeigte und nie zu beschäftigt war, wenn ich anrief. Und nicht ein gewisser mürrischer, grauäugiger Mann, der seit Florians Anruf kaum noch mit mir gesprochen hatte.

Also konzentrierte ich mich völlig darauf, die Pasta mit den Händen auszurollen, konzentrierte mich auf das Gefühl des Teigs zwischen meinen Fingern, darauf, die Teigstreifen glatt und gleichmäßig hinzukriegen.

»Anders als bei anderen Pastasorten nimmt man hier nicht zu viel Mehl«, erklärte Luca. »Der Teig sollte noch ein bisschen feucht sein, ein bisschen klebrig, damit das Ausrollen einfacher wird, und die Oberfläche der *Pici* sollte etwas rau sein, damit sie die Sauce besser aufnehmen.«

Als wir fertig waren, waren wir beide mehlbedeckt und lachten.

»Es ist so unfair, dass du selbst voller Mehl immer noch so gut aussiehst«, sagte ich kichernd. Ich war mir durchaus bewusst, dass ich es geschafft hatte, mein Haar und meine Seidenbluse mit Mehl zu bestäuben.

Luca sah sogar noch attraktiver aus als üblich. Sein dichtes, dunkles Haar war zerzaust, und in seinen Augen funkelte es. Er strich mir mit seinen mehligen Fingern über die Wange. »Du solltest einen Blick in den Spiegel werfen.«

Ich erwartete ein köstliches Erschauern, mindestens. Aber nichts passierte. Nichts flatterte in meinem Bauch, ich verspürte kein erwartungsvolles Kribbeln voller Vorfreude darauf, was dieser Abend noch bereithielt. Ich amüsierte mich, sicherlich, aber er machte mich nicht an. Was zum Teufel war mit mir los? Vielleicht hatte Kevin ja recht gehabt, und ich war frigide. Dann erinnerte ich mich an das Gefühl, wie Tommaso mich in seinen Armen aus der verqualmten Küche des Castello getragen hatte. Frigide war so ziemlich das letzte Wort, das ich wählen würde, um zu beschreiben, wie ich mich da gefühlt hatte.

Wir kochten die fertigen *Pici* in Salzwasser, dann kippte Luca die Pasta in ein Sieb, ließ sie abtropfen, streute feine Flocken von Pecorino hinein und goss die Sauce darüber.

Wir aßen an einem kleinen Holztisch auf dem Balkon, von wo aus wir die Geschehnisse auf der Straße weiter unten am Hang beobachten konnten. Die Pasta war dicker als Spaghetti, sättigend und weich, und schlicht perfekt.

»Ich habe gehört, Vandalen haben deinen Weinkeller heimgesucht?«, sagte Luca, nachdem er unsere Teller abgeräumt hatte und wir mit unseren Weingläsern draußen saßen. Wir beobachteten, wie die Lichter der Stadt aufflammten und die Dunkelheit heraufzog. Mein Wein war in meinem Glas warm geworden, und der Nachgeschmack war ein wenig bitter, aber ich hatte es nicht eilig, das Glas zu leeren.

»Habt ihr viel Wein verloren?«

»Nach Tommasos Schätzung haben wir etwa achttausend Flaschen des nächsten Angelica verloren.«

Luca pfiff leise. »*Porca miseria!* Wie es aussieht, gibt es nirgendwo mehr Sicherheit.« Er wirkte aufrichtig betroffen, was meine Furcht zerstreute, dass dieser Vandalismus irgendwie mit dem Kreditvertrag zu tun haben könnte, den ich mit seinem Vater getroffen hatte.

»Das wird eure Kreditratenzahlungen nicht gefährden?«, fragte er.

Ich zuckte mit der Schulter. Allmählich lernte ich, wie eine Italienerin mit den Schultern zu zucken. Diese Geste sagte: *»Welchen Sinn hat es zu jammern?«* Angesichts des bevorstehenden Verkaufs des Castello würden die Liquiditätsprobleme des Weinguts schon bald der Vergangenheit angehören, aber ... »Solange keine Sintflut, ein Feuer oder ein himmlisches Ereignis eintritt, wird Tommaso die Raten bezahlen können.«

Ich wusste nicht genau, warum ich Luca nichts von Florians Angebot erzählen wollte. Ich werde es ihm sagen, wenn der Kaufvertrag unterzeichnet, notariell beglaubigt und abgeschlossen ist, sagte ich mir.

»Vielleicht kann ja meine Maklerfreundin das Castello für dich verkaufen. Dann könntet ihr den Schaden rasch ausgleichen«, schlug er vor. »Hat sie sich noch einmal bei dir gemeldet?«

Ich nickte. »Sie hat sich vor ein paar Wochen den ganzen Besitz noch einmal angesehen und ein paar Fotos gemacht. Aber sie fand wohl, dass das Castello noch nicht ausreichend renoviert war, um einen anständigen Preis zu erzielen.«

Und das war noch vor dem großen Sturm gewesen. Aber Florian hatte mir heute Morgen ein Angebot gemailt, dass mehr als nur anständig war. Ich hoffte, dass ich das Haus gar nicht erst über einen Makler anbieten musste.

Luca drehte den Stiel des leeren Weinglases zwischen den Fingern, sodass sich das Licht darin fing. »Vielleicht kann ich dir ebenfalls dabei helfen«, sagte er. »Ich habe eine Freundin, noch von der Universität, die Fresken restauriert. Ich könnte sie bitten, ein Wochenende hierherzukommen, um sich um deine Fresken zu kümmern. Vielleicht macht sie dir ja einen guten Preis.«

»Danke. Das wäre wundervoll.« Florian und Yusuf klangen wie Menschen, die ein wunderschön restauriertes Kunstwerk in ihrem neuen Heim zu schätzen wussten.

»Allerdings lebt Fiorella in Rom, also muss sie irgendwo wohnen können.«

»Wir haben jede Menge Gästezimmer.« Die vielleicht auch schon sehr bald wieder ein Dach hatten.

»Dann rufe ich sie morgen an.« Luca lächelte und streckte die Hand mit der Weinflasche aus, um mein Glas neu zu füllen.

Ich legte die Hand über das Glas. »Ich muss noch nach Hause fahren!«

»Du könntest auch über Nacht bleiben.« Seine Stimme klang heiser. Auf einer Skala von eins bis sexy war das mindestens eine zwölf. Aber die Versuchung zu bleiben, war nicht mehr so stark wie sie noch in Porto Ercole gewesen war. Ohne die frische Seeluft, die romantische Pianomusik und den berauschenden Syrah summte die Chemie nicht mehr in meinen Adern. Es fiel mir leichter zu sagen: nein danke. Ein eindeutiger Beweis dafür, dass man der Chemie nicht trauen durfte.

Ich schüttelte den Kopf. »Ich muss wirklich aufbrechen. Ich muss früh aufstehen, um für die Trattoria zu backen.« Ich hatte Tommaso zwar eine Nachricht hinterlassen und das übrig gebliebene Risotto konnte er in der Mikrowelle aufwärmen. Aber ich hatte keine Lust, in den frühen Morgenstunden wie ein unartiger Teenager in sein Haus zu schleichen. Nicht dass ich als Teenager jemals frühmorgens nach Hause geschlichen wäre. Das war Geraldines Spezialität gewesen.

Luca seufzte theatralisch. »Du brichst mir das Herz, Bella. Aber auf dich warte ich auch tausend Jahre.«

Ja, klar doch.

Er brachte mich zum Pick-up und hielt mir die Tür auf. Bevor ich auf den Fahrersitz steigen konnte, nahm Luca mich in die Arme und küsste mich.

Er war ein wirklich guter Küsser, und mein Körper reagierte auch auf ihn. Aber mein Verstand folgte meinem Körper nicht dorthin, wohin er wollte. Stattdessen musste ich an jemanden denken, an den ich nun gerade wirklich nicht denken wollte. Ich löste mich aus der Umarmung. »*Buena notte*, Luca.«

22. KAPITEL

Il cioccolato è sempre la risposta non importa quale sia la domanda
Schokolade ist die Antwort auf alle Fragen

Als Beatrice und ich von unserem freitagnachmittäglichen Markttrip zurückkehrten, stellten wir fest, dass auf der Terrasse eine Party stattfand. Die letzten Dachziegel waren ersetzt worden, und Ettore, seine Freunde sowie Tommaso hatten eine Flasche Prosecco aus dem Veneto geöffnet. Obwohl die Reparatur des Daches eigentlich nur bedeutete, dass wir wieder bei null angekommen waren, nahm ich das Glas, das Tommaso mir reichte, und prostete damit meinem versammelten Team zu. »*Grazie mille!* Trinken wir darauf, dass wir den Rest der Arbeit geschafft haben, bevor die Deutschen eintreffen!«

Die anderen hoben ihre Gläser und stimmten in den Toast mit ein. Als wir uns um den neuen Tisch auf der Terrasse versammelten, um Ciabatta mit Oliven und Auberginen-Dip zu essen, spielte Mozarts *Zauberflöte* im Hintergrund.

»Kannst du dir vorstellen, so etwas in England zu erleben?«, fragte Tommaso hintergründig, während er eine zweite Flasche von dem sprudelnden Getränk öffnete.

Ich hatte Dutzende Male im Büro in London gefeiert und konnte gar nicht mehr zählen, wie oft wir ein beendetes Projekt oder einen neuen Kunden mit Champagner begossen hatten. Teurem, französischen Champagner statt Prosecco. Dennoch hatte Tommaso recht. Die Atmosphäre in einem verglasten Pausenraum, in dem sich eine Gruppe von Leuten in grauen Anzügen tummelte, und von denen es alle eilig hatten, irgendwo anders hinzukommen, war mit diesem Moment hier nicht zu vergleichen.

Ich sah mich auf der Terrasse um, betrachtete meinen tätowierten, kahlköpfigen Handwerker, Beatrice, die gerade über einen Witz eines seiner ebenfalls stark tätowierten Freunde lachte, und lachte ebenfalls.

»Gib es zu«, sagte Tommaso leise. »Du wirst das hier vermissen.«

Was sollte ich dazu sagen? Dass ich bleiben wollte? Hier hatte ich nichts verloren! Es gab keine Zukunft, nicht einmal ein Heim, wenn Florian und Yusuf das Castello erst in Besitz genommen hatten. Alles, was ich besaß, wartete in London auf mich – mein Haus, meine Arbeit, mein Büro, meine Freunde und Menschen, die mich wollten. Im Gegensatz zu Tommaso, der von Anfang an klargemacht hatte, dass es ihm am liebsten gewesen wäre, wenn ich nicht gekommen wäre.

Ich zuckte mit den Schultern und lächelte dennoch. »Ich werde eine Menge vermissen.«

Zum Beispiel den Sonnenschein, meine neuen Freunde, den Garten, das fabelhafte Essen ... Sogar das Castello, obwohl ich ganz sicherlich nicht die Spinnweben, den schwachen Wasserdruck, durch den es ewig dauerte, bis sich die Badewanne füllte, oder die anstrengende Renovierungsarbeit vermissen würde.

»*C'è nessuno?*«, rief eine Frauenstimme plötzlich im Haus. Irgendjemand zu Hause?

Ich fuhr zusammen. Ich war so in meine Gedanken vertieft gewesen, dass ich nicht einmal bemerkt hatte, wie ein Wagen die Auffahrt hochgekommen war. Tommaso und ich wechselten einen kurzen Blick, standen dann auf und gingen zur Haustür.

Die Frau in der offenen Tür war wie eine Touristin gekleidet, mit Jeans, einem apricotfarbenen T-Shirt und Turnschuhen. Aber der Wagen vor der Tür war kein Leihwagen. Sondern ein mitternachtsblauer Sportwagen.

»Ich bin Fiorella.« Sie sah zwischen uns hin und her. »Luca hat gesagt, Sie würden mich erwarten?«

Ich trat hastig vor. »Oh, natürlich! Sie sind die Restaurateurin. Bitte kommen Sie herein.«

Mit einem Nicken und einem ernsten, knappen Lächeln drehte sie sich um. »Ich muss noch mein Werkzeug aus dem Auto holen.«

Tommaso erholte sich langsam von dem Schock. »Warten Sie, ich helfe Ihnen.«

Die junge Frau lächelte ihn an, und diesmal war ihr Lächeln eindeutig anders als zuvor. »*Grazie.*«

Sie war genau die Frau, die ich gerne vom ersten Moment an gehasst hätte. Sie hatte dieses angeborene italienische Händchen für Chic, eine schlanke Figur mit perfekten Kurven, ein schmales Gesicht und eine Haarmähne mit stylishen Strähnchen, in allen Schattierungen von Honigblond bis Rotgold. Aber sie war jünger, als ich erwartet hatte, hatte große Rehaugen und ein zurückhaltendes Lächeln, das förmlich nach »Das Mädchen von nebenan« schrie. Tommaso folgte ihr zum Wagen wie ein Kind, das hinter einem Bonbonverkäufer herläuft, und ich konnte nur die Augen verdrehen.

Er nahm Fiorellas Werkzeugkasten und ihren Rucksack vom Rücksitz des Wagens und plauderte mit ihr, als er beides ins Haus trug. Das brachte ihm ein weiteres, schüchternes Lächeln ein.

Ich ging zum Esszimmer voraus, wo Fiorella einige Werkzeuge auf einem Tuch ausbreitete, das sie auf den Esstisch gelegt hatte, bevor sie sich umwandte, um das Wandgemälde zu inspizieren. Das Fresko bedeckte die halbe Wand, von der dunklen Täfelung bis zur Decke. Es zeigte eine idyllische Landschaft aus dem achtzehnten Jahrhundert mit einem Blick auf Castel Sant'Angelo, das in der Sonne lag. Das Castello war auf allen Seiten von Weinfeldern umgeben, auf denen die Arbeiter mühsam die Reben des letzten Sommerweins lasen.

»Wundervoll!«, erklärte Fiorella. »Ein ausgesprochen festliches Gemälde.«

In meinen Augen wirkte es eher ein wenig traurig und war an manchen Stellen schon so verblasst, dass man die Malerei kaum noch erkennen konnte. Aber vielleicht entdeckte Fiorella mit ihrem geschulten Auge ja ein Potenzial, das mir entging.

Sie inspizierte das Gemälde durch ein besonderes Vergrößerungsglas, beugte und reckte sich, um es besser betrachten zu können. Tommasos Blick klebte förmlich auf ihrem Hintern in der engen Jeans. Ich biss die Zähne zusammen. Wie war das noch mit ihm und jüngeren Frauen?

»Wie alt sind Sie?« Ich konnte es mir einfach nicht verkneifen.

Fiorella lächelte amüsiert. »Die Frage höre ich oft. Ich bin älter, als ich aussehe, und ich weiß, was ich tue.« Und tatsächlich, als sie das Gemälde studierte, wirkte sie selbstbewusster und sicherer und verlor auch ein wenig von diesem jugendlichen, schüchternen Ausdruck.

Da den anderen unsere Abwesenheit aufgefallen war, waren sie jetzt ebenfalls ins Esszimmer gekommen, und ich stellte alle einander vor. Fiorellas Wirkung war nicht auf Tommaso begrenzt. Die Blicke der anderen Männer nahmen denselben etwas benommenen Ausdruck an.

Vielleicht lag es ja an diesem schüchternen, schutzbedürftigen Klein-Mädchen-Gehabe.

Wen wollte ich veralbern? Sie war schlicht und einfach hinreißend.

»Wir feiern gerade ein bisschen auf der Terrasse«, sagte Tommaso. »Wollen Sie uns Gesellschaft leisten?«

»Nein danke.« Ohne den Blick von dem Gemälde zu lösen, schüttelte Fiorella den Kopf. Ihre Locken tanzten bei dieser Bewegung.

Okay, jetzt war ich wirklich eifersüchtig auf sie. Wenn ich mein Haar offen trug, hing es nur glatt und schlaff herunter. Als ich noch eitler war, hatte ich Stunden mit einem Lockenstab daran gearbeitet, um diese Art von Elastizität zu erreichen. Für gewöhnlich hatte die Frisur jedoch nur so lange gehalten, bis ich das Gebäude verließ und der feine Londoner Nieselregen mein Haar wieder platt gemacht hatte.

»Kann ich Ihnen dann vielleicht ein Glas Prosecco anbieten?«, erkundigte sich Tommaso.

Fiorella schüttelte wieder den Kopf. »Nein danke. Nur ein Glas Wasser.«

Weit eifriger darauf bedacht zu gefallen, als ich es bei Tommaso je erlebt hatte, eilte er in die Küche. Beatrice verdrehte die

Augen, als wir einen Moment unbeobachtet waren, und wir lächelten uns ein wenig ratlos an.

Ettore und seine Freunde hatten begriffen, dass unsere improvisierte Party vorbei war, verabschiedeten sich, und kurz danach hörte ich, wie sie auf ihren Vespas die Zufahrt hinunterfuhren. Fiorella untersuchte die bemalte Wand mittlerweile mit einem Infrarotwerkzeug, um die verschiedenen Farbschichten zu prüfen. Sie war so in das Gemälde versunken, dass sie vergessen zu haben schien, dass sie ein Publikum hatte. Beatrice und ich musterten sie mit respektvollem Schweigen, bis Tommaso mit einem Wasserkrug und einem Glas zurückkehrte.

Sie wandte sich an ihn. »Das Gemälde hat nur geringen strukturellen Schaden erlitten, glücklicherweise. Es finden sich weder Feuchtigkeit noch Schimmel und auch keine Risse oder anderer Verfall. Ich glaube, leichte Ausbesserungen an der Oberfläche genügen, um die Entfärbung der Pigmente zu reparieren. Gibt es noch mehr Fresken hier im Haus?«

Etwas in meiner Brust zog sich zusammen, und ich brauchte einen Moment, bis ich die Empfindung einordnen konnte. Es war Stress, dieselbe Beklommenheit, die ich täglich empfunden hatte, bevor ich hier in der Toskana angekommen war. Und ich brauchte noch eine Weile länger, bis ich begriff, warum das so war – Fiorella hatte sich zuerst an Tommaso gewandt, genauso wie zahllose Kunden sich immer zunächst an den Mann im Raum wandten, weil sie davon ausgingen, dass er der Boss war.

Ich lockerte meine Schultern und zwang mich zu einem Lächeln. »Nur dieses, zumindest ist mir kein anderes bekannt.«

Sie nickte, als wollte sie sich für ihre falsche Annahme entschuldigen, und drehte sich dann wieder zur Wand um, um sie kritisch zu prüfen. »War dieser Raum schon immer ein Esszimmer?«

»So weit ich mich erinnern kann. Ist das wichtig?«

»Eigentlich nicht, aber es ist ein ungewöhnlicher Ort für ein Wandgemälde. In den meisten Villen werden Fresken in den

Wohnzimmern präsentiert, wo die größte Anzahl von Gästen sie sehen und bewundern kann. Dieses hier befindet sich jedoch in einem Raum, wo nur die Bewohner es sehen können. Das lässt darauf schließen, dass es mehr als Glücksbringer gedacht war. Es sollte eine gute Lese bringen und dadurch dafür sorgen, dass immer genug Essen auf dem Tisch steht. Es dient weniger der Zurschaustellung von Reichtum. Ist das hier ein bewirtschaftetes Weingut?«

Ich nickte.

»Ja, dann ist das auch logisch.« Fiorellas Blick glitt fast liebevoll über die Wand. Es lagen sowohl Bewunderung als auch Zärtlichkeit in dem Ausdruck ihrer Augen. Diese Frau liebte ihre Arbeit eindeutig.

Hatte ich denselben Ausdruck, wenn ich einem Kunden meine Vorschläge unterbreitete? Oder wenn ich bis spät in die Nacht am Schreibtisch saß, Zahlen verglich und Kalkulationen erstellte? Wohl eher nicht. Aber wenn ich backte …? Oh ja, genauso fühlte ich mich beim Backen – vollkommen darin versunken, als verschwände der Rest der Welt, wenn sich mein ganzer Fokus auf diesen einfachen kreativen Akt konzentrierte.

Nach einigen Momenten faszinierter Inspektion trat Fiorella von der Wand zurück, und ihr Blick glitt über Tommaso, und zwar mit derselben Anerkennung, mit der sie auch das Gemälde betrachtet hatte. Fast, als sähe sie ihn jetzt zum ersten Mal richtig. Dann richtete er sich auf mich und Beatrice. »Ich könnte diese Arbeit an diesem Wochenende erledigen, aber Sie müssen entscheiden, ob Sie das wirklich wollen.«

»Warum denn nicht?« Ein Kunstwerk restaurieren zu lassen, verstand sich doch wohl von selbst?

Sie wirkte ernst. »Die Kunst, ein Gemälde zu restaurieren, besteht darin, es so unauffällig wie möglich zu machen. Aber selbst die subtilsten Veränderungen beeinträchtigen das Material und damit die Authentizität des Kunstwerks. Da dies ein sehr persönliches Kunstwerk ist und Bestandteil des Gebäudes, besteht seine Bedeutung mehr in der Wirkung auf die

Bewohner als in seinem Wert als Kunstwerk. Deshalb glaube ich, dass wir keine Bedenken haben müssen, es zu restaurieren.«

»Freut mich, das zu hören«, murmelte ich trocken, mehr zu mir selbst. Als ich sah, wie Fiorella verblüfft eine Braue hob, erklärte ich es. »Ich möchte kein Problem mit den Behörden bekommen, weil ich etwas an einem Kunstwerk in einem denkmalgeschützten Haus verändere.«

Sie lächelte, als hätte ich die richtige Antwort gegeben. »Ich würde jetzt gern anfangen. Ich brauche dafür Ruhe und Platz zum Arbeiten. Luca sagte, Sie hätten hier ein Zimmer für mich?«

»Ich bringe Ihre Sachen in eines der Gästeschlafzimmer«, bot Tommaso an.

Mit einem weiteren schüchternen Lächeln wandte sich Fiorella ab, band ihr Haar im Nacken zusammen, zog sich einen weißen Kittel und Latexhandschuhe an und machte sich, ohne ein weiteres Wort an uns zu verschwenden, an die Arbeit.

Beatrice und ich überließen ihr das Feld und zogen uns in die sichere Küche zurück. Ohne nachzudenken setzte ich den Wasserkessel auf.

Beatrice blickte nachdenklich in Richtung des Esszimmers, als könnte sie durch die Mauern sehen. »Das ist ja mal eine Überraschung.«

»Was?« Ich hantierte mit der Teekanne und den Tassen, obwohl ich eigentlich gar keine Lust auf Tee hatte. Etwas Stärkeres dagegen …

Beatrice lächelte. »Es wird wirklich höchste Zeit, dass Tommaso endlich echtes Interesse an einer Frau zeigt.«

Ich knallte die Teekanne etwas heftiger auf das Tablett als nötig war. »Wieso fühlen sich Männer immer zu weichen und hilflosen Frauen hingezogen?« Oder war das nur bei einem bestimmten Mann so?

Beatrice lachte. »Das ist der Höhlenmensch-Instinkt – der Impuls, zu beschützen.«

»Dann habe ich wohl keine Chance.« Denn wahrhaftig, ich würde niemals weich, hilflos und rehäugig sein, und außerdem wollte ich das auch gar nicht.

Ich spürte plötzlich ein unerklärbares Bedürfnis nach Zucker. Ich schnitt zwei Scheiben von dem Streusel-Pfirsichzopf ab, den ich in der Speisekammer aufbewahrte. »Ich dachte, Tommaso interessiert sich normalerweise für eine andere Art von Frau?«

Nach Beatrices Beschreibungen hatte ich ihn mir mit erfahrenen, lüsternen und nach unverbindlichem Sex Ausschau haltenden Urlauberinnen vorgestellt, Frauen wie Geraldine. Fiorella passte da so gar nicht ins Bild.

Beatrice schnaubte verächtlich. »Frauen für Sex aufzugabeln ist nicht dasselbe wie echtes Interesse. Und Fiorella ist einfach perfekt für ihn. Sie ist das komplette Gegenteil von Gwen.«

Das Messer, mit dem ich den Strudel geschnitten hatte, fiel mir aus der Hand. Es landete klappernd auf dem Küchentisch, und ich runzelte die Stirn, wütend über meine Ungeschicklichkeit. »Wer ist Gwen?«

»Tommasos Ex-Frau. Du kanntest sie nicht?«

Ich schüttelte den Kopf und goss uns Tee ein. »Ich wusste nicht einmal, dass er verheiratet ist.« Das war ein weiterer Punkt auf der Liste der Dinge, die mein lieber alter Vater offenbar nicht für erwähnenswert gehalten hatte.

»Na ja, das ist er jetzt natürlich auch nicht mehr. Sie haben vor vielen Jahren geheiratet, als sie zusammen in irgendeiner bekannten Hotelkette in Edinburgh gearbeitet haben. Sie hatten große Pläne, wollten hier ein Gästehaus eröffnen, aber sie ist nie hierhergekommen. Sie war sehr unabhängig und auf ihre Karriere fokussiert, und sie wollte das Stadtleben nicht aufgeben, um hier mitten im Nichts zu leben. Also haben sie sich scheiden lassen.«

Auf die Karriere konzentriert und unabhängig. Genau wie ich.

Das erklärte einiges. Aber so leicht wollte ich Tommaso nicht vom Haken lassen. Genauso wie mein Vater, der sich zwischen seinen kostbaren Weinen und der Alternative entscheiden musste, ob er sein Leben mit jemandem teilen wollte, hatte sich Tommaso für den Wein entschieden. Und jede Frau, die nicht bereit war, alles aufzugeben, um diesen Traum zu unterstützen, wurde abserviert. Ich wusste nicht, warum mich das wütend machte, aber das tat es.

*

Nachdem Beatrice wieder gefahren war, machte ich für meinen Gast das Bett im Gästezimmer. Fiorellas Wochenendtasche stand bereits da, aber von Tommaso war nichts zu sehen. Wahrscheinlich war er zum Weingut zurückgekehrt.

Ich spielte kurz mit der Idee, meine Habseligkeiten aus seinem Cottage zu holen und wieder in mein eigenes Zimmer zu ziehen, weil das Dach ja jetzt repariert war. Aber dann hatte ich die Vision, dass Tommaso Fiorella nach dem Abendessen zu sich einladen würde, an den Ort, wo wir eine Folge *Buffy* nach der nächsten gesehen und Rummikub gespielt hatten.

Da Fiorella keine der Touristinnen war, die Tommaso in der Gewissheit verführen konnte, dass sie das Land bald wieder verlassen würde, ließ ich meine Sachen lieber, wo sie waren. Natürlich nur, um die süße junge Frau vor seiner Masche zu beschützen. Es hatte absolut nichts mit der irrationalen Eifersucht zu tun, die plötzlich in mir hochstieg.

Zum ersten Mal überhaupt deckte ich den Tisch im Esszimmer – was mir zudem die Gelegenheit gab, Fiorella bei der Arbeit zu beobachten. Sie hatte ein Lösungsmittel auf einen Abschnitt des Freskos getupft, und das Ergebnis der chemischen Reaktion zwischen den Pigmenten, der Flüssigkeit und einigen einfachen Pinselstrichen waren nahezu magisch. Unter ihrer Hand schienen die Farben zum Leben zu erwachen.

Tommaso kehrte früher als gewöhnlich aus der Kellerei zurück und duschte und zog sich um, bevor er uns beim Essen Gesellschaft leistete. Er hatte Wein mitgebracht. »Das hier ist unser exklusiver Jahrgang des Angelica«, sagte er und füllte Fiorellas Glas.

Noch, fügte ich in Gedanken hinzu. Da wir achttausend Liter Wein verloren hatten, würde die nächste Abfüllung des Angelica erheblich exklusiver werden.

Fiorella hatte bis zum Einbruch der Dunkelheit gearbeitet und sich nicht zum Abendessen umgezogen. Sie hatte nur ihren weißen Kittel und die Handschuhe abgelegt, sah aber immer noch so elegant aus wie vorher. Mir war heiß vom Kochen, mein Nacken war verschwitzt, meine Wangen waren gerötet, und ich war mir sehr wohl bewusst, dass ich nicht besonders vorteilhaft neben ihr aussah. Und das, obwohl ich das blaugrüne Kleid angezogen hatte, das ich auf der Fahrt nach Porto Ercole angehabt hatte. Dasselbe Kleid, das bei Luca Blicke ausgelöst hatte, als wäre ich ein Appetithäppchen.

Tommaso dagegen schien meine Gegenwart kaum zu bemerken.

Nach einem kleinen Appetizer aus Oliven, marinierten Artischockenherzen und kleinen Häppchen von weichem, in Salami gewickeltem Ziegenkäse servierte ich als ersten Gang mit Pecorino und geräuchertem Schinken gefüllte Ravioli. Dem folgte als Hauptgericht eine herzhafte *Ribollita* mit kleinen Polenta-Küchlein, und als Nachtisch gab es Pfirsichstrudel.

Wenn Cleo mich jetzt sehen könnte! Eine häusliche Göttin und ein Universum von Tiefkühlgerichten und Vindaloo-Pappschachteln aus indischen Imbissen entfernt. Das nächste indische Restaurant befand sich in Arezzo, über eine Stunde Autofahrt entfernt. Ich hatte es gegoogelt.

»Sie sind eine ausgezeichnete Köchin«, sagte Fiorella höflich.

»Ich werde jedenfalls ganz sicher nicht mehr so gut essen, wenn du abgereist bist«, pflichtete Tommaso ihr bei.

»Sie reisen ab?« Fiorella sah mich erstaunt an. »Aber sind Sie beide nicht …?« Ihre Frage verklang, während sie zwischen uns beiden hin und her sah.

»Nein, das sind wir ganz sicher nicht.« Tommasos Statement war unmissverständlich, und ich hatte das Gefühl, als hätte mir jemand einen Eimer mit Eiswasser über den Kopf gekippt. Musste er das so deutlich betonen? Immerhin hatte er einmal mit mir genauso geflirtet, wie er jetzt Fiorella schöne Augen machte. Das hatte er vielleicht vergessen, ich aber nicht.

In jenem letzten Sommer, als ich gerade siebzehn geworden war, hatte ich mich so erwachsen gefühlt, so bereit, es mit der ganzen Welt aufzunehmen. Ich hatte einen Studienplatz an einer renommierten Universität in der Tasche, und die Zeit, wo ich wie eine heiße Kartoffel von einem Elternteil zum anderen weitergegeben wurde, neigte sich dem Ende zu. Und dann waren da all die neuen Emotionen, die mich erfüllten …

Als Tommaso an die Universität gegangen war, hatte er angefangen, Bodybuilding zu machen. Er war jetzt nicht mehr der kleine Bücherwurm, mit dem ich aufgewachsen war, sondern ein Mann. All die Jahre an einer reinen Mädchenschule machten mir das unmissverständlich bewusst. Er war drei Jahre älter und welterfahren, und trotzdem behandelte er mich nicht die Spur herablassend. Ich kann mir so reif vor. Zum ersten Mal in meinem Leben empfand ich Begehren und fühlte mich begehrenswert.

Mein Vater hatte die Veränderungen nicht bemerkt, Nonna aber schon. »Deine Mutter war nicht sehr viel älter als du, als sie in die Toskana kam und deinen Vater kennenlernte«, hatte sie zu mir gesagt. Die Warnung läutete wie eine Glocke in meinem Kopf. *Verlier nicht den Kopf. Und mache nichts, was du noch Jahre später bereuen wirst.*

Genau das hätte ich fast getan.

Da war diese Nacht, in der wir allein durch die Weinberge schlenderten. Es war Spätsommer und die Lese fast vorbei. Die letzten Trauben des Sommers hingen noch an den Reben, und die Luft schmeckte reif, strahlte in diesem letzten Aufbäumen von Sommerhitze, bevor die Nächte länger wurden. Der Mond stand hoch am Himmel, und Tommaso nahm meine Hand, als wir zwischen den Weinstöcken spazierten. Es war nicht mehr das beiläufige Händchenhalten von Jugendfreunden gewesen, sondern eine extrem aufgeladene Berührung …

»Sarah? Geht es dir gut?«

Ich blinzelte und schlenderte plötzlich nicht mehr mit ihm händchenhaltend durch den Weinberg, sondern saß ihm an dem glänzenden Esstisch gegenüber.

»Soll ich einen Espresso aufsetzen?« Tommaso klang, als würde er sich wiederholen.

Ich stieß mich vom Tisch ab. »Nein, schon gut, das mache ich.«

Ich konnte gar nicht schnell genug in die Küche kommen. Sobald der Kaffee kochte, öffnete ich das Kühlfach. Aber Tommaso und ich hatten neulich bei einem Fernseh-Marathon von *Lucifer* das letzte Eis vernascht, nachdem wir bereits alle sieben Staffeln von *Buffy* angesehen hatten. Also schlich ich in die Speisekammer und machte mich über die schwarze Kuvertüre her, die ich für gewöhnlich zum Backen verwendete. Die Brocken schmolzen auf meiner Zunge, und alles kam mir wieder richtig vor.

Was war bloß in mich gefahren? Ich hatte mir diese Erinnerungen schon seit Jahren nicht mehr erlaubt. Und schon gar nicht, seit ich in die Toskana zurückgekehrt war. Ich hatte gedacht, sie wären sicher dort verstaut, wo sie hingehörten.

Nachdem ich noch ein paar Stücke Blockschokolade in mich hineingestopft hatte, kehrte ich weit gefasster ins Esszimmer zurück. Ich servierte den Kaffee mit einem Teller Käse und Früchten, und entschuldigte mich dann, sobald ich das tun konnte, ohne unhöflich zu wirken. Ich stapelte das schmutzige Geschirr in der Spüle, wusch es aber nicht ab, sondern rannte zu Tommasos Cottage, wo ich duschte und anschließend hastig ins Bett ging. Dann lag ich im Dunkeln da, fand keinen Schlaf und lauschte auf seine Schritte auf dem Hof hinter dem Fenster. Er folgte mir nicht allzu viel später, und ich atmete erleichtert aus.

Dann lauschte ich den leisen Geräuschen seiner Bewegungen hinter den dünnen Wänden. Wie ich es schon in all den vielen anderen Nächten getan hatte, hörte ich zu, wie er duschte. Ich holte tief Luft, und merkte erst jetzt, dass ich für einen Moment den Atem angehalten hatte.

Die leisen Geräusche verklangen. Ich konnte aber immer noch nicht schlafen, zog meinen Morgenmantel an und schlich mich in die Küche hinunter. Vielleicht hielt mich der Kaffee nach dem Abendessen wach. Ein Glas warme Milch schaffte da möglicherweise Abhilfe. Geraldine hatte mir immer warme Milch gegeben, wenn ich nicht schlafen konnte.

Die Mikrowelle sprang aus, und ich nahm den dampfenden Becher heraus. Dann ging ich damit die Treppe hoch. Ich hatte den oberen Absatz gerade erreicht, als die Badezimmertür sich öffnete. Dampf und Licht strömten heraus.

Tommaso trat aus dem winzigen Bad und trocknete sich die Haare ab. Er hatte sich ein Handtuch um die Hüften geknotet. Ansonsten war er nackt. Sein Oberkörper, seine muskulösen Arme und seine Beine mit den dunklen Haaren – nackt.

Ich schluckte und verschüttete heiße Milch, die mir über die Finger lief, obwohl ich den Schmerz, den die heiße Flüssigkeit verursachte, kaum registrierte.

»Kannst du nicht schlafen?« Seine Stimme klang tief und rau. Ich hätte es seine Sex-Stimme genannt, wenn ich eine Ahnung gehabt hätte, wie er klang, wenn er einer Frau irgendwelche Zärtlichkeiten ins Ohr flüsterte.

Ich nickte. »Es ist heiß heute Abend.« Es war immerhin August, also stimmte es vielleicht sogar. Obwohl ich in diesem Moment auch irgendwo in der Arktis hätte stehen können und trotzdem innerlich verbrannt wäre.

Da Tommaso es nicht eilig zu haben schien, weiterzugehen, richtete ich den Blick starr auf den Boden, stieg die letzten Stufen hoch und schob mich an ihm vorbei. Mein Arm streifte seinen festen Bizeps in dem engen Flur.

»Sogni d'oro«, flüsterte er. Süße Träume.

Ich setzte hochkonzentriert einen Fuß vor den anderen, bis ich in Nonnas altem Schlafzimmer in Sicherheit war und die Tür fest hinter mir geschlossen hatte. Dann sank ich mit dem Rücken dagegen. Ich musste krank sein. Ich hatte mich nicht mehr so aufgewühlt und dumm gefühlt, seit ich ein kleines Mädchen gewesen war.

Reiß dich zusammen! Du bist kein Mädchen mehr! Du weißt ganz genau, was das hier ist! Es ist dieses Urlaubsdingsbums. Das hier ist nichts anderes als die Chemie, die reagiert, wenn man an irgendeinem exotischen Ort ist und sich in unmittelbarer Nähe eines Angehörigen des anderen Geschlechts befindet. Das ist nicht real, und du wirst darüber hinwegkommen, genauso, wie du über Luca hinweggekommen bist. Oder wie du das letzte Mal über Tommaso hinweggekommen bist.

23. KAPITEL

Amore e gelosia nacquero insieme
Liebe und Eifersucht gehen Hand in Hand

Am nächsten Morgen frühstückten wir nicht wie üblich allein und behaglich im Cottage. Stattdessen bereitete ich ein Frühstücksbüfett aus Eiern, Schinken, Toast, Tomaten und Pilzen im Esszimmer zu. Ich war erleichtert, dass der größere Raum des Esszimmers mir erlaubte, Tommaso nicht direkt ansehen zu müssen.

Für gewöhnlich hielt er sich nicht lange beim Frühstück auf, weil er unbedingt in den Weinkeller wollte. Aber diesmal ging er erst zur Kellerei, als Fiorella darauf bestand, dass sie mit der Arbeit anfangen musste.

»Noch so eine Nacht ertrage ich nicht!«, beschwerte ich mich beim Badezimmerspiegel, während ich die Tränensäcke unter meinen Augen betrachtete.

Das Problem war nicht, dass ich eifersüchtig auf Fiorella gewesen wäre. Gut, vielleicht war ich ein bisschen eifersüchtig. Das Problem war auch nicht, dass ich sie nicht gemocht hätte. So sehr ich es auch wollte – sie nicht zu mögen war einfach unmöglich. Sobald sie sich ein bisschen entspannte, war Fiorella der perfekte Gast. Sie machte mir Komplimente wegen des Essens, plauderte fröhlich, teilte ihre Aufmerksamkeit gerecht zwischen mir und Tommaso auf – was man ganz sicherlich nicht von ihm sagen konnte.

Nein, das Problem war, dass sie einfach perfekt zu Tommaso passte, auf eine Art, wie ich es nie tun würde.

Sie war in Rom aufgewachsen, würde aber genauso gerne in der Toskana leben. Immerhin lag dort Florenz, und sie liebte Florenz. Ihre Familie war schrecklich reich, was den teuren Sportwagen erklärte. Also hätte eine Ehe mit ihr möglicherweise auch das Ende der finanziellen Sorgen des Weinguts bedeutet. Ihre Karriere war mehr Liebhaberei als notwendiger Broterwerb, und sie hatte mir beiläufig erzählt, dass sie unbedingt heiraten und Kinder bekommen wollte.

Sie war die Art von Frau, die ihre Karriere liebend gerne für die Leidenschaft ihres zukünftigen Ehemannes aufgeben würde.

Und wenn man dem lebhaften Gespräch der beiden zuhörte, wenn sie über die Bedeutung redeten, die es hatte, zu tun, was man liebte, oder seinem Herzen zu folgen, wäre es jedem klar gewesen, wie viel sie gemeinsam hatten.

Ich dagegen war die Außenseiterin, die Pragmatikerin, die Sicherheit und finanzieller Stabilität nachjagte, statt meinen Leidenschaften. Denn wenn ich eines bei diesem »Urlaub« herausgefunden hatte, dann das, dass ich meinem Beruf nicht mit Leidenschaft nachging. Pflichtbewusst, entschlossen, diszipliniert? Klar doch. Aber ich war ganz sicher nicht meinem Herzen gefolgt, als ich mir eine Karriere im Finanzwesen ausgesucht hatte. Ich wusste ja nicht einmal, was mein Herz eigentlich wollte. Und selbst wenn ich es gewusst hätte, hätte ich ihm nicht vertraut, weil Herzen halt so launisch waren.

Jetzt starrte ich in den Spiegel. Vielleicht waren ja finanzielle Sicherheit und ein Haus mit Hypothek meine Leidenschaft. Das zählte doch auch etwas, stimmt's?

Und nur weil ich fünfunddreißig und immer noch Single war, hieß das nicht automatisch, dass da draußen nicht der Richtige auf mich wartete. Wenn ich wieder in London war, würde ich mehr auf meine Work-Life-Balance achten. Vielleicht würde ich sogar mit Cleo zum Speeddating gehen.

Aber noch lagen sechs Wochen Toskana vor mir, und ich hatte nicht vor, auch nur noch einen weiteren Tag dieser sechs Wochen als fünftes Rad am Wagen in Tommasos und Fiorellas Gegenwart zu verbringen. »Ich glaube, die Tatsache, dass das Castello seinen ersten Gast hat, sollte mit einer Dinnerparty gefeiert werden«, verkündete ich Beatrice. »Seid ihr dabei?«

Während Ettore sich daranmachte, an meiner Stelle die Hausfassade neu zu verputzen, zu meiner zugegeben ungeheuren Erleichterung, stand ich am Herd und kochte. Und backte. Und kochte noch mehr. Und während der kleinen Kochpausen räumte ich meine Habseligkeiten aus Tommasos Cottage und wieder in mein eigenes Zimmer im Castello.

Die beste Möglichkeit, einer Versuchung aus dem Weg zu gehen, bestand darin, einen möglichst großen Bogen um sie zu machen. Diese Lektion hatte ich seit meiner Ankunft in der Toskana nicht besonders beherzigt. Und ich glaube nicht, dass mein wankelmütiges Herz noch eine weitere Begegnung, spät in der Nacht und kaum bekleidet, ertragen konnte.

Schließlich versammelten wir uns an diesem Abend zu einem kleinen Aperitif auf der Terrasse. Beatrice, Fiorella, Beatrices älterer Bruder Aurelio und seine Frau Silvia, Daniele und Ettore, der jetzt eine schicke Hose und ein frisches weißes Hemd trug, das seine tätowierten Arme verbarg, und ich. Ich war mehr als bereit für einen Drink.

»Wir haben heute etwas Wunderbares zu feiern«, sagte Beatrice und hob ihr Glas, in dem der Negroni war, den ich zubereitet hatte. »Heute hat die Trattoria zwei neue Bewertungen bei TripAdvisor bekommen. In der ersten wird das perfekte Bruschetta hervorgehoben, das wir zur *Zuppa* servierten, und in der zweiten steht, dass unsere *Zeppole* die besten wären, die sie auf ihrer ganzen Tour durch Italien gegessen hätten. Das verdanken wir alles dir, Sarah.«

Die anderen hoben ihre Gläser zum Toast, und ich sonnte mich in ihrem Lob. Finanzanalysten heimsen für gewöhnlich nicht viel Lob ein. Und ganz sicher bekommen wir keine Rezensionen bei TripAdvisor.

»Können wir dich nicht überreden zu bleiben?«, fragte Beatrice hoffnungsvoll.

Ich lachte und schüttelte den Kopf. »In sechs Wochen sind die Käufer aus Deutschland hier, und ich bin wieder im Büro.« Meine Brust verengte sich auf eine Art und Weise, wie ich es schon seit Monaten nicht mehr empfunden hatte. Das konnte ja wohl kaum Stress bei dem Gedanken an Arbeit sein? Ich freute mich, wieder ins Büro gehen zu können. Ich freute mich auf das Gewühl von Londons Straßen, auf die After-Work-Drinks mit Cleo in den angesagten kleinen Bars rund um Cheapside, auf den überfüllten Pub auf der Wanstead High Street Freitagabend und auf die Spaziergänge durch den Park am Sonntagmorgen …

Aber irgendwie zeigten mir die Bilder, die bei dem Gedanken an London vor meinem inneren Auge entstanden waren, nur Regen und Kälte.

»Sie verkaufen das Castello?« Fiorella sah mich mit ihren dunklen Augen überrascht an.

Ich nickte. »An ein deutsches Pärchen, das mir ein sehr großzügiges Angebot gemacht hat. Die beiden wollen bereits im Oktober hier einziehen.« Florian und Yusuf hatten förmlich geschnurrt, als sie die Fotos gesehen hatten, die ich ihnen gemailt hatte. Allerdings hatte ich ein bisschen kreativ werden müssen, was die Perspektiven anging, um ihnen das Castello von seiner besten Seite zu präsentieren. »Sie nehmen es sogar vollkommen möbliert.«

Fiorella runzelte die Stirn und sah sich dann um. »Tommaso verspätet sich.«

»Tommaso verspätet sich oft. Wenn er arbeitet, verliert er jedes Zeitgefühl.«

Aber heute arbeitete er nicht einfach nur lange.

Als er schließlich auftauchte, ging ein kollektiver Seufzer durch die versammelten Gäste.

Daniele war der Erste, der die Sprache wiederfand. »Du hast dich aber ganz schön rausgeputzt.«

Alle lachten, Fiorella jedoch lächelte wie eine Katze, die gerade einen großen Beutel Leckerlis entdeckt hatte. Ich kippte mir meinen Cocktail in einem langen Zug hinter die Binde.

»Dann serviere ich jetzt mal das Essen«, verkündete ich in die Runde.

Als ich wieder zu meinen Gästen ins Esszimmer kam, hatte ich eine Platte mit kleinen Vorspeisen dabei, Spargel in Blätterteig und Bresaola-Rollen mit weichem Mozzarella, und war besser für den Anblick eines glatt rasierten Tommaso gewappnet.

Er sah wirklich ziemlich gut aus, und ich war nicht die Einzige, der das auffiel. Fiorella saß so dicht neben Tommaso, wie es an einem Tisch für zwölf Personen nur möglich war, der für nur acht Personen gedeckt war. Ihre Schüchternheit war plötzlich wie weggefegt, und ihre Augen funkelten. Wenn sie Tommaso ansprach, legte sie ihm ihre Hand auf den Arm. Und er zog ihn nicht zurück.

Meine erste und einzige Dinnerparty im Castello war ein Schuss in den Ofen, noch bevor sie überhaupt angefangen hatte. Sicher, das Kristall und das Silberbesteck funkelten in dem romantischen Kerzenlicht und reflektierten den ebenfalls funkelnden Kristallleuchter über dem Tisch. Der schwere Duft von Lilien lag in der Luft und das uralte elfenbeinfarbene Tischtuch und die Servietten hatten Stil. Das Esszimmer sah genau so aus, wie ich es mir immer vorgestellt hatte – prunkvoll. Der Wein floss in Strömen, und die Speisen gingen herum, meine Gäste lachten, plauderten, waren entspannt und glücklich.

Nur ich konnte kaum erwarten, dass es endlich vorbei war.

Er braucht sich nicht den Bart abzurasieren und zum Friseur zu gehen, damit ich sehe, wie attraktiv er ist, dachte ich und stieß prompt mein Weinglas um. Der Wein lief rot wie Blut über das alte Leinen und auf den Spargel.

»Alles in Ordnung?«, fragte Tommaso am anderen Ende des langen Tisches, als ich hastig aufsprang. »Brauchst du Hilfe?«

»Alles klar. Mir geht's gut. Ich brauche keine Hilfe.« Ich lief rasch in die Küche, um Küchentücher zu holen, obwohl ich um die Vergeblichkeit meines Tuns wusste. Kein Handtuch würde den Schlamassel beseitigen können, den ich angerichtet hatte.

Ich war so eine Närrin. Keine Urlaubsaffäre, also wirklich! Ich war so sehr damit beschäftigt gewesen, eine Wiederholung von Geraldines größtem Fehler zu vermeiden, sich zu ungeschütztem Sex verführen zu lassen, schwanger zu werden und anschließend das Kind allein zu erziehen, dass ich gar nicht bemerkt hatte, dass hier noch eine viel größere Gefahr lauerte. Die Gefahr, mich zu verlieben.

Wütend schlug ich die Tür des Ofens zu. Warum hatte ich mich nicht in Luca verlieben können, der so unbeschwert war und amüsant und der mich wirklich wollte? Nein, ich musste mich natürlich in Tommaso verlieben – den komplizierten, schwierigen Tommaso, der es kaum erwarten konnte, dass ich endlich verschwand.

Ich hatte ihn schon letztes Mal nicht unversehrt verlassen können, und ich bezweifelte sehr, dass ich diesmal ohne Blessuren davonkommen würde.

Aber ich musste ihn verlassen.

Wir hatten keine gemeinsame Zukunft. Wir waren auf vollkommen unterschiedlichen Pfaden unterwegs. Und wenn ich ihn wirklich liebte, wollte ich doch, dass er glücklich war, stimmt's? Ich wollte, dass er eine Frau fand, mit der er sein Leben teilen konnte. Stattdessen hätte ich Fiorella am liebsten die Augen ausgekratzt.

Ich schnitt aggressiv das geröstete Lamm in Scheiben. Aber verdiente ich nicht dasselbe? Jemand, der mit mir meine Zukunft teilte? Jemand, der mich zur Abwechslung mal an die erste Stelle in seinem Leben setzte?

Ich hatte mir gerade die verräterische Flüssigkeit aus den Augen gewischt, als Beatrice in die Küche kam.

»Oh gut.« Ich lächelte gezwungen. »Du kannst mir helfen, den nächsten Gang aufzutischen.«

Nach italienischer Sitte dauerte das Essen stundenlang, und meine Gäste lachten und plauderten während und zwischen den Gängen, die alle aus den besten einheimischen Zutaten bestanden. *Pappa al pomodore*, eine dicke Tomatensuppe, die mit meinem jetzt bei TripAdvisor gerühmten Bruschetta serviert wurde. Darauf folgte eine einfache Steinpilz-Pasta, und dann das Chef d'Œuvre, der Hauptgang aus langsam in Kräutern aus meinem eigenen Kräutergarten gegartem Lamm. Dazu gab es Kichererbsensalat, Bohnen in Zitronen-Thymiansauce und

Kartoffelscheiben, die in Olivenöl und Rosmarin angeschwitzt waren, bis sie den perfekten Biss hatten.

Ich gab mein Bestes, um mit meinen Gästen zu lachen und mich zu unterhalten, aber es kam mir vor, als würden die Minuten zäh wie Kaugummi vergehen. Mein Gesicht schmerzte von der Anstrengung, den ganzen Abend gezwungen zu lächeln, und die Brust war mir eng von einem Gefühl, das ich nur einmal in meinem Leben empfunden hatte. Und das war nicht der Nachmittag von Kevins Geburtstag gewesen, als ich früher mit der Arbeit aufgehört hatte, um ihn mit dem Kuchen zu überraschen, den ich gebacken hatte – saftiger Zitronenkuchen, sein Lieblingskuchen, der Nachmittag, an dem ich feststellen musste, dass er bereits angefangen hatte, mit jemand anderem zu feiern.

»Solltest du jemals auf die Idee kommen, das Finanzwesen aufzugeben, könntest du als Chefköchin arbeiten«, scherzte Aurelio und holte mich in die Gegenwart zurück. Ich lächelte ihn an, dankbar für die Ablenkung. Diese Erinnerungen wollte ich ausgerechnet heute Abend nicht wiederbeleben.

Das Dessert war eine Schokoladentorte, serviert mit frischer Sahne vom Hof der Rossis. Da ich mich mittlerweile an die weniger süßen Speisen der Toskana gewöhnt hatte, fand ich die Schokolade viel zu süß, um mehr als eine winzige Portion zu essen. Die abschließende Käseplatte mit Früchten war fast eine Erleichterung.

Tommaso bestand darauf, hinterher die leeren Teller abzutragen und Kaffee zu machen.

»Du bist heute Abend sehr ruhig«, sagte er, als wir allein in der Küche waren.

»Tatsächlich?« Ich musste mich nicht einmal anstrengen, um zerstreut zu klingen. Ich war es. Mein Blick glitt immer wieder zu seinem Gesicht, zu diesem neuen Tommaso, der sowohl ein Fremder war als auch eine Erinnerung, die sich einfach nicht unterdrücken ließ. »Wahrscheinlich ist es nur die Hitze.«

Schon wieder diese Ausrede. Und er kaufte sie mir heute genauso wenig ab, wie er es letzte Nacht getan hatte. Er runzelte die Stirn, als wollte er mir widersprechen, aber in dem Moment war der Kaffee fertig, und er kümmerte sich um die Espressokanne.

Als diese unendliche Mahlzeit endlich endete und Fiorella sich mit den Worten entschuldigte, dass sie am nächsten Tag früh anfangen musste, um ihre Arbeit am Fresko zu beenden, bevor das Wochenende vorbei war, begleiteten Tommaso und ich die Gäste zu ihren Autos und winkten, bis die letzten Rücklichter verschwunden waren.

»Bist du jetzt bereit, mir zu sagen, was dich bedrückt?«, fragte er.

»Gar nichts.« Ich schlang die Arme um mich, als wollte ich mich wärmen, dabei hätte die heiße Augustnacht nicht schwüler sein können.

»Warum bist du ausgezogen?«

»Das Dach ist wieder heil. Ich dachte, du hättest das Haus gern wieder für dich allein.«

»Du läufst immer noch ständig weg, Sarah?« Seine Augen waren dunkel und wachsam, und einen kurzen Moment lang fragte ich mich, ob er sich gerade an die Zeit erinnerte, als ich tatsächlich weggelaufen war.

Diesmal laufe ich nicht weg. Das ist nur ein strategischer Rückzug. Und mit diesem Gedanken wünschte ich ihm eine gute Nacht, bis zu meinem Schlafzimmer im Castello, wo ich erneut die ganze Nacht schlaflos im Bett lag, gegen die neue Decke starrte und die Vergangenheit erneut durchlebte.

*

Am Sonntag arbeitete Fiorella im Esszimmer, und ich erlaubte Ettore, mich mit der Aufgabe abzulenken, die hölzernen Fensterläden in einem strahlenden Tannengrün neu zu streichen. Einige waren zu verrottet, um sie weiterhin zu verwenden, und mussten ersetzt werden. Aber es waren genug da, um mich den ganzen Tag zu beschäftigen, während Ettore weiter die Fassade neu verputzte, zum Klang von Verdis »Rigoletto«.

Am Abend dieses Tages war Fiorellas Arbeit beendet. Das Fresko an der Wand hatte noch nie so leuchtend ausgesehen, so voller Leben und Farben, fast so, wie es ausgesehen haben musste, als es erschaffen worden war.

»Es ist großartig«, sagte ich. Jetzt sah das Gemälde wirklich edel aus.

Fiorella lächelte erfreut. »Ich möchte Ihnen noch etwas anderes zeigen.«

Sie führte mich ins Wohnzimmer, wo sie eine Ecke der schrecklichen burgunderroten Tapete abzog. Darunter kam eine Schicht narzissengelber Farbe zum Vorschein. Sie nahm eine Flüssigkeit mit einem Tuch auf, und rieb dann in engen Kreisen über eine kleine Fläche der Wand. Die Flüssigkeit löste die Farbe auf, und schon bald tauchten andere Farben unter dem Gelb auf. Strahlende Farben, die ein nicht erkennbares Muster bildeten.

»Ich werde jetzt leider eine Weile nicht aus Rom wegkönnen«, sagte sie. »Aber ich würde wirklich gerne zurückkommen und nachsehen, was sich unter dieser Tapete versteckt. Sehen Sie sich diese Farben an! Es tut mir richtig leid, dass ich wegfahren muss.«

Fresko oder nicht Fresko, mir tat es nicht leid, sie zu verabschieden, obwohl ich zugeben musste, dass Fiorella nur freundlich und professionell gewesen war. Ich war diejenige mit der irrationalen Eifersucht, die mir ein Loch in den Bauch fraß, und ich betete, dass sie verschwinden möge, damit Tommaso wieder in der Kellerei arbeitete und aufhörte, ständig im Haus herumzuhängen.

24. KAPITEL

L'uva cattiva non fa buon vino
Schlechte Trauben machen keinen guten Wein

Aber natürlich läuft das Leben niemals so glatt, stimmt's?

Ich hatte gedacht, dass ich weniger von Tommaso zu sehen bekäme, wenn ich erst wieder im Castello wohnte. Stattdessen schien er sich häufiger in meiner Nähe aufzuhalten als je zuvor. Als die Putzarbeiten beendet waren, half er Ettore, die Fensterläden wieder aufzuhängen. Ich wäre normalerweise dankbar für seine Hilfe gewesen, weil jetzt wenigstens das Äußere des Hauses bereit für seine neuen Bewohner war, aber da ich vermutete, dass er nur half, um mich schneller loszuwerden, war meine Dankbarkeit nicht gerade überschäumend.

Als die Fensterläden fertig waren und Ettore damit anfing, die Tapeten im Inneren des Hauses abzuziehen, mähte Tommaso den Rasen, reparierte die Pumpe für den Springbrunnen und füllte die Zisterne aus dem alten Gartenbrunnen, sodass der Springbrunnen wieder seine fröhliche Melodie plätschern konnte.

Dass er jeden Tag um mich war, in meinem direkten Umfeld, machte es nicht gerade einfacher, der Versuchung zu widerstehen. Ich versteckte mich in der Küche, probierte neue Gewürzmischungen aus, überlegte mir neue Rezepte, um das Gemüse der Saison zu verarbeiten, rollte zarte Blätterteigkuchen aus, kochte Früchte ein und backte einen großen Geburtstagskuchen für Beatrice. All diese Dinge konnte ich wenigstens kontrollieren.

»Musst du nicht auf dem Weingut arbeiten?«, fragte ich Tommaso eines Tages übellaunig, als er in die Küche kam, um seinen Krug mit Limonade nachzufüllen.

Er zuckte mit der Schulter, wodurch sein Hemd sich um seine Schultern spannte. Es juckte mir in den Fingern, ihn dort zu berühren, und ich musste die Hände in die Gesäßtaschen meiner Jeans stecken, damit sie nicht auf dumme Ideen kamen.

Am nächsten Sonntag bot mir Tommaso an, das Spalier über der Terrasse zu erneuern, ein Angebot, das ich dankbar annahm. Seit ich die Glyzinie zerhackt und zum Kompost gebracht hatte, hatte es dort keine Fortschritte gegeben. Denn Ettore hatte erheblich dringendere Aufgaben zu erledigen, und ich besaß keinerlei Fähigkeiten als Zimmermann. Ja, ich gebe es zu, manchmal kann selbst ich nicht alles allein.

Obwohl Yusuf mir versichert hatte, dass er den Garten in die Hand nehmen würde, sobald sie das Haus gekauft hatten, fand ich einen Vorwand, im vorderen Garten zu arbeiten, um Tommaso bei der Arbeit beobachten zu können. Der Garten war immer noch chaotisch, die überwucherten Beete wurden durch gepflasterte Wege voneinander getrennt, aber er hatte auch seine eigene, wilde Schönheit, eine üppige, grüne Kulisse, die von leuchtenden Farben gesprenkelt war. Entlang der Ziegelmauern, die den Swimmingpool vom Rest des Gartens abschirmten, ließen in der Mittagshitze die Sonnenblumen in ihrem Beet die Köpfe hängen. Dort standen auch silbrig grüne Salbeibüsche, Kletterrosen, wilder Jasmin und Iris.

Ich kniete auf dem Pflaster, um die Nesseln herauszuziehen, die sich in den Fugen zwischen den Steinen eingenistet hatten, und konnte immer wieder hinter meiner Sonnenbrille verstohlene Blicke auf Tommaso werfen. Jedes Mal beschleunigte sich mein Puls, und mir wurde der Mund trocken.

Ich seufzte. Es hatte mich übel erwischt. Genauso übel wie irgendeinen hormongesteuerten Teenager, glücklicherweise jedoch ohne die Akne und die Unsicherheit.

Tommaso trug eine Jeans, die ihm auf der schlanken Hüfte saß, und ein ärmelloses Unterhemd. Ich hatte diese Hemden immer gehasst, diese Uniform von Klempnern und anderen Männern mit behaarten, pickeligen Arschspalten. Aber jetzt lief mir bei diesem Anblick das Wasser im Mund zusammen. Sein muskulöser Bizeps tanzte, wenn er sich bewegte, seine

Brustmuskeln zeichneten sich unter dem engen, weißen Stoff ab … Halleluja, meine Hormone feierten eine Party.

Als ich nicht aufhören konnte, ihn anzustarren, zwang ich mich wegzugehen, zum anderen Ende des Gartens, wo der Hang abfiel und einen endlosen Blick über das Land erlaubte. Hier war in meiner Jugend der Ausblick von einer Buchsbaumhecke und Lavendel eingerahmt gewesen, um die sich ein junger Mann gekümmert hatte, der einmal in der Woche aus Montalcino gekommen war. Da er es bald sattgehabt hatte, Tommy und mich ständig zwischen den Füßen zu haben, gab er uns oft etwas zu tun, lehrte uns, welche Pflanzen Blumen waren und welche Unkraut, welche essbar waren und welche nicht. Als ich meine dicken Gartenhandschuhe auszog und mich daranmachte, den überwucherten, buschigen Lavendel zurückzuschneiden, fragte ich mich unwillkürlich, wo dieser Gärtner wohl jetzt war.

Es duftete nach Sommer, nach Lavendel und Rosen, und Erde. Vögel zwitscherten und Bienen summten. Ich schloss die Augen, um alles in mich aufzunehmen, um all diese Erinnerungen für den Herbst zu speichern, wenn ich wieder in London war, wo es nach Benzin, Abgasen und verstopfter Kanalisation stank.

Aber wie viel zu oft in diesen Tagen setzten in dem Moment, in dem ich aufhörte, mit den Händen zu arbeiten, in dem mein Verstand auch nur eine Sekunde zur Ruhe kam, die Erinnerungen wieder ein. Nur war ich nicht mehr sicher, ob es eine Erinnerung war oder Sehnsucht, als ich mich vorübergehend in einer Vision von Tommasos kräftigen Händen verlor, die auf meiner Hüfte lagen, an das Gefühl seiner sonnengewärmten Lippen auf meinen, seiner stoppeligen Wange an meinem Mund.

»He, Sarah!« Ich wirbelte herum, als die Stimme so unerwartet meinen Tagtraum unterbrach, und riss intuitiv die Gartenschere schützend hoch.

»Au!« Tommaso krümmte sich und hielt sich die Rippen.

»Oh mein Gott! Es tut mir leid! Geht es dir gut? Blutest du?«

Er richtete sich auf, hielt sich aber die Seite. »Kein Grund zur Sorge.« Er keuchte. »Wahrscheinlich ist es nur eine gebrochene Rippe. Du bist wirklich wild entschlossen, mich umzubringen, habe ich recht?«

»Du bist selbst schuld, wenn du dich so anschleichst!«, fuhr ich ihn an.

»Ich dachte, du möchtest vielleicht eine kleine Pause machen und etwas Limonade trinken. Du musst aufpassen, dass du keinen Sonnenbrand bekommst.«

Er holte einen frischen Krug mit Limonade aus der Küche, mit Eis und einem Zweig Minze. Ich leistete ihm auf der Terrasse Gesellschaft, und er schenkte das eiskalte Getränk in zwei Gläser, von denen er mir eins reichte.

»Geht es dir wirklich gut?«, wiederholte ich.

»*Certo!* Ich werde es überleben.«

Er stand so dicht bei mir, dass mir sein warmer, männlicher Geruch von Schweiß und Sonne in die Nase stieg. Ich beobachtete fasziniert, wie die straffen Muskeln an seinem Hals arbeiteten, als er sein Glas leerte. Ohne den Bart sah er jünger und schlanker aus, und der Bartschatten, der auf seinen Wangen schimmerte, war das Heißeste, was ich je gesehen hatte. Mit aller Gewalt löste ich den Blick davon und sah stattdessen zu dem fertigen Spalier. »Das hast du gut gemacht. Danke.«

Er zuckte mit der Schulter. »Ohne die Glyzinie allerdings fehlt es auf der Terrasse an Schatten. Wir sollten etwas Neues pflanzen, etwas, was nicht so schwer wird. Vielleicht einen Wein?«

Ich schüttelte den Kopf und versuchte der Tatsache, dass er *wir* gesagt hatte, nicht allzu viel Bedeutung beizumessen. »Ich dachte an eine Bougainvillea, wie die mit den hellorangen Blüten, die am Weinkeller wächst. Und Prunkwinden, die sich die Pfeiler emporranken als Kontrast.«

Er grinste. »Ich kümmere mich um die Bougainvillea, wenn du dich um die Prunkwinden kümmerst, was auch immer das sein mag.«

Ich verdrehte die Augen, musste aber lachen. Es tat gut, wieder zu lachen. Ich hatte die ganze Woche über nicht allzu viel gelacht.

»Lass uns heute Abend zusammen essen.«

Mein Gelächter erstarb. »Was?«

»Iss heute mit mir zu Abend. Ich mache einen von Nonnas besonderen Eintöpfen, und vielleicht kann ich dir beibringen, *Briscola* zu spielen.«

Meine Wangen glühten, und ich blickte hastig zur Seite. »Ich kann nicht ...«

»Du hast schon etwas anderes vor?«

Ich nickte. Jetzt hatte ich etwas vor, obwohl ich keine Ahnung hatte, was.

*

Ich fuhr in die Stadt, ohne einen Plan für den Abend zu haben. Als ich dort ankam und an der üblichen Stelle parkte, wo Beatrice an Markttagen hielt, stellte ich fest, dass der Parkplatz fast voll war. Ströme von Menschen waren in Richtung der *Fortezza* unterwegs, also folgte ich ihnen. Zwischen den hohen, kaputten Mauern der Festungsstadt fand gerade ein Jazz-Konzert statt. Ich war zwar kein großer Jazz-Fan, aber ich hatte das Gefühl, dass ich mich in dem warmen Zwielicht, mit den Sternen, die allmählich am Himmel zum Vorschein kamen, vielleicht bekehren lassen könnte.

Ich schlenderte durch die Menge, blieb hier und da stehen und plauderte mit Menschen, die ich kannte. Ich war nicht mehr »John Langdons Tochter«, sondern Sarah Wells, eine Nachbarin und Mitglied der Gemeinschaft.

Was ich am meisten an Wanstead liebte, war das dorfartige Gemeinschaftsgefühl, das in diesem Viertel von London herrschte. Seitdem ich dort wohnte, saß ich gerne in dem kleinen Park am Rand der Hauptstraße, lauschte den Kirchenglocken und dem Lachen der Kinder auf dem Spielplatz. Aber das hier war noch besser. Hier in Montalcino beobachtete ich dieses Gemeinschaftsgefühl nicht nur, sondern ich gehörte dazu.

Bernardo und seine Frau luden mich auf ihre Picknickdecke ein, die sie ausgebreitet hatten. Ich leistete ihnen auf ein Glas *Vino Rosato* Gesellschaft.

»Wo ist denn Tommaso heute Abend?«, fragte Bernardo.

Ich zuckte mit der Schulter, hocherfreut darüber, dass ich mich wie eine echte Italienerin mit meiner Körpersprache auszudrücken vermochte. Außerdem bewahrte mich das davor, eine richtige Antwort geben zu müssen.

Als mein Glas leer war, verabschiedete ich mich von Bernardo und seiner Familie und schlenderte weiter durch die Menge. Auf der anderen Seite der freien Fläche der *Fortezza* hatte man eine Bar aufgebaut. Ich ging langsam darauf zu, während ich immer wieder stehen blieb, um Bekannte zu begrüßen. Unter anderem einen von Ettores Freunden, der noch Furcht einflößender in seiner ledernen Biker-Kluft aussah als ohnehin schon.

Am Rand der Versammlung, etwas abseits von den Familien, saßen die Pärchen. Einige von ihnen hielten Händchen, andere hatten die Köpfe zusammengesteckt. Eines saß in einer sehr intimen Umarmung da. Die Frau saß rittlings auf dem Schoß des Mannes, und sie küssten sich. Die Frau sah der Monica-Bellucci-Doppelgängerin sehr ähnlich, dieser Immobilienmaklerin. Ich erkannte das feuerwehrrote Kleid. Und der Mann …

»Luca?«

Die beiden drehten mir die Köpfe zu, und Luca schob die Frau ohne viel Federlesens von seinem Schoß und sprang auf. »Sarah! Ich habe nicht erwartet, dich hier heute Abend zu treffen!« Er schaffte es, so entzückt und erfreut wie immer zu klingen, wenn er mich sah. Als hätte ich ihn nicht gerade dabei erwischt, wie er die Zunge in den Hals einer anderen Frau steckte und mit seiner Hand ihre Brust liebkoste.

Es hatte eine gewisse Ähnlichkeit mit der Szene, als Kevin Geraldine von seinem Schoß geschubst hatte. Am Tag seines Geburtstages. Nur dass Luca und die Immobilienmaklerin bekleidet waren.

»Ganz offensichtlich nicht«, erwiderte ich trocken.

Er spreizte die Hände. »Sarah«, seine Stimme war samtig und schmeichelnd. »Wir haben uns nie irgendetwas versprochen. Du verstehst sicher …«

»Ja, ich verstehe vollkommen. Wir haben nie so etwas wie gegenseitige Exklusivität vereinbart.«

»Ganz genau!« Hocherfreut darüber, dass ich Verständnis hatte, nahm er meine Hände in seine. »Aber ich bin so froh, dass du hier bist!« Sein Lächeln war dasselbe, herzliche, verführerische Grübchen-Lächeln, bei dem ich mich immer so besonders gefühlt hatte. Jetzt drehte sich mir bei dem Anblick fast der Magen um, aber nicht in einem guten Sinne. »Weil ich dich jetzt zu einer kleinen Party auf dem Weingut meiner Eltern am Wochenende einladen kann. Kommst du?«

»Als Nachbarin oder ist das eine Verabredung?«

»Natürlich als mein Date.« Er warf einen Blick auf die Immobilienmaklerin, als fiele ihm ihre Gegenwart erst jetzt wieder ein. »Das stört sie nicht. Sie versteht das.«

»Da bin ich mir sicher.«

Er strich mir mit dem Daumen über die Handfläche, ein intimes Versprechen von Lust, wie er es schon einmal gemacht hatte, und sein Lächeln verwandelte sich in ein verführerisches Schmollen. »Du hast mir nicht gesagt, dass du einen Käufer für das Castello hast.«

»Hat Fiorella dir das erzählt?«

»Selbstverständlich.«

Ich musste mir ein verächtliches Schnauben verkneifen. *Verstand* Fiorella auch? Ich hoffte nicht. Sie hatte etwas weit Besseres verdient als Luca. Sie verdiente jemanden wie Tommaso.

Behutsam zog ich meine Hände aus Lucas Griff. »Wir haben vielleicht niemals über Exklusivität geredet, aber wenn ein Mann versucht, mich in sein Bett zu bekommen, dann fürchte ich, dass ich diese Exklusivität gewissermaßen von ihm erwarte. Denn ich verdiene nichts weniger als einen Mann, der mir treu ist; ein Mann, der mein Glück über alles andere stellt.« Ich lächelte zuckersüß. »Und du bist ganz eindeutig nicht dieser

Mann.« Ich fragte mich nur, wie ich jemals hatte glauben können, er könnte es sein.

Ich hätte mir gern eingebildet, dass ich einen großartigen Abgang abgeliefert hatte, dass Luca mir mit offenem Mund und voller Bedauern über das, was er verloren hatte, hinterherstarrte, aber als ich schließlich riskierte, einen Blick zurückzuwerfen, hatte er sich bereits wieder zu der Immobilienmaklerin auf die Picknickdecke gesetzt, und sie schmolz vor seinem Lächeln auf dieselbe Weise dahin, wie ich es immer getan hatte.

»Ist sie die mit der Quelle?«, hörte ich die Frau fragen.

Ich hatte keine Ahnung, was sie meinte, und es interessierte mich auch nicht. Mir war schlecht. Nicht wegen Luca, sondern wegen dieses alten Gefühls, hintergangen worden zu sein, das zwar abgestumpft, aber immer noch da war, wie ein schmerzhafter Zahn, der sich bei jeder Berührung meldet.

»Ich brauche einen Drink«, sagte ich zu dem Barkeeper, als ich die Bar erreichte.

»Brunello, Sangiovese oder *Vino Rosato?«*, erkundigte sich der Barkeeper.

»Sie nimmt einen Malfy.« Ich hob den Blick und sah in das gebräunte Gesicht und die lachenden Augen von Daniele Rossi. »Das ist ein italienischer Gin. Man nennt ihn den erwachsenen Cousin des *Limoncello.* Er wird dir helfen, rasch über ihn hinwegzukommen.«

»Du hast es mitgekriegt?« Zum Glück konnte man bei dem gedämpften Licht der Bar mein Erröten nicht sehen.

»*Sì.* Männer wie Luciano Fioravanti sind für den schlechten Ruf der italienischen Männer verantwortlich. Ich hoffe, du weißt, dass wir nicht alle so sind?«

Ich nickte, obwohl ich nicht ganz sicher war, ob ich es wirklich wusste. Schließlich verhielten sich nicht nur italienische Männer nach einer gewissen Zeit wie hinterhältige, egoistische Wichser.

Danieles Stirn furchte sich vor Sorge. »Du bist doch nicht in ihn verliebt?«

»Herr im Himmel, nein!«

»Gut. Es überrascht mich, dass Tommaso dich nicht vor Luca gewarnt hat.«

»Das hat er. Aber ich habe ihm nicht geglaubt.« Ich hatte gedacht, er wäre einfach nur eifersüchtig, aber er hatte recht gehabt, der verdammte Kerl.

Luca hatte mich nur benutzt. Ob zu seinem Vergnügen oder wegen des Weinguts, spielte keine Rolle. Wie alle anderen hatte er mich als Person nicht genug gewollt. Und vielleicht hatte ich deshalb das Gefühl, dass ich am liebsten gekotzt oder jemanden verprügelt hätte. Warum konnte ich nie genügen?

Der Barkeeper schob mir das eiskalte, mit Kondenswasser beschlagene Glas hin. Ich nahm es und prostete damit Daniele zu. »*Salute!*« Dann leerte ich das Glas in einem Zug.

25. KAPITEL

Non c'è amore come il primo amore
Keine Liebe ist wie die erste Liebe

Beatrices dreißigster Geburtstag fiel auf das Fest von Mariä Himmelfahrt mitten im August. Das lieferte den Rossis einen willkommenen Vorwand, um eine große Party zu feiern. Beatrice und ich fuhren zu dem großen Outlet-Center auf dem Weg nach Arezzo, um uns neue Kleider für diese Gelegenheit zu kaufen.

»Es interessiert mich nicht, wie klassisch ein kleines Schwarzes sein mag, du wirst auf keinen Fall schwarz bei meiner Party tragen!«, erklärte Beatrice entschlossen, als ich ein gesittetes schwarzes Kleid vom Ständer nahm.

»Dann lass mich mein blau-grünes Sommerkleid tragen.«

Aber das akzeptierte Beatrice ebenfalls nicht. »Du hast dieses Kleid schon einmal angehabt. Es ist ganz hübsch, aber du brauchst etwas, das dich strahlen lässt.«

Ich lachte. »Ich brauche nicht zu strahlen. Du hast Geburtstag!«

Sie ignorierte mich einfach. »Wie wäre es damit? Das betont die Farbe deiner Augen.«

»Ist es schlammfarben?« Ich drehte mich um, um es mir anzusehen.

»Deine Augen sind nicht schlammfarben! Sie haben wunderschöne, grüne Flecken.«

Das Kleid, das Beatrice ausgesucht hatte, war ein Cocktailkleid im Stil der Fünfzigerjahre mit einem langen Rock und einem runden Halsausschnitt in Jägergrün, eine Farbe, bei der ich an den Garten des Castello im Zwielicht denken musste. Der Schnitt war schlicht, aber das Oberteil hatte eine Applikation aus Spitze in derselben Farbe wie das Kleid. Ich warf einen Blick auf das Etikett, und mir wäre fast das Herz stehen geblieben. »Das ist ein superteures Modelabel!« Ich hatte schon seit Monaten keinen Bonus mehr bekommen, und selbst wenn, hätte ich mir diese Marke nicht leisten können. Ich kniff die Augen zusammen. »Das ist doch kein Geschäft mit Imitaten?«

Beatrice lachte. »Nein, die Sachen sind echt. Aber das hier ist ein Factory-Shop. Hier bekommen wir die Prêt-à-porter-Kleidung vom letzten Jahr zu wirklich günstigen Preisen.«

Das war eindeutig ein Pluspunkt des Lebens in Italien.

Ich probierte das Kleid an und drehte mich vor dem Spiegel. Ich musste zugeben, dass meine Augen tatsächlich grüner wirkten und nicht mehr wie trübes Wasser. »Und was ist mit dir, Geburtstagskind?«

Beatrice schleppte mich durch drei weitere Läden und probierte mindestens zehn weitere Kleider an, bevor sie das perfekte fand. Es war ein eng anliegendes Kleid in Weinrot. Ich seufzte, als ich sie darin sah. »Perfekt!«

Jetzt konnten wir uns endlich ein Eis genehmigen.

*

Am Tag der Party holte Daniele mich früh ab, damit ich bei den Vorbereitungen helfen konnte. Wir versteckten den mehrstöckigen Kuchen in der Speisekammer der Trattoria, wo Beatrice ihn nicht sehen konnte. Denn Matteo hatte sie für den ganzen Tag aus der Küche verbannt.

Wir stellten lange Tische und Bänke auf den Rasen zwischen der Trattoria und dem Herrenhaus, und spannten bunte Laternen zwischen die Äste der Bäume. Auf den Tischen lagen grüne Decken, weiße Rosen aus dem Garten schwammen in großen Schalen, und überall waren weiße Blüten verstreut. Selbst im Tageslicht sah es magisch aus.

Als die Sonne unterging, eilten Beatrice, ihre Schwägerin Silvia und ich rasch hinein, um uns fertig zu machen. Es war wie eine dieser Prom-Nacht-Szenen aus einem Hollywood-Film, wo die Kleider überall herumlagen, ebenso Schuhe, Lockenwickler und Make-up, nur dass die Protagonisten keine naiven Teenager mehr waren, sondern aufgeregte Frauen.

Ich stand vor Beatrices mannshohem Spiegel und erkannte mich kaum wieder. Durch all die ungewohnte körperliche Arbeit hatte ich abgenommen. Außerdem hatte ich natürlich mehr Farbe im Gesicht als bei meiner Ankunft in der Toskana. Ich brauchte zwar immer noch Mascara für meine kaum vorhandenen Wimpern, aber ich musste meine vampirartige Blässe nicht mehr länger mit Make-up verdecken. Ich sah gesünder aus und fühlte mich auch so.

Mein Haar war diesen Sommer ebenfalls gewachsen, und das lange kastanienbraune Haar war von der Sonne aufgehellt und fiel mir über die Schultern. Ich bürstete es zu einem Pferdeschwanz und drehte es dann zu einem klassischen Knoten hoch, den ich mit Haarnadeln sicherte.

Beatrice trat neben mich. »Du siehst überhaupt nicht mehr aus wie diese ernsthafte, bleiche Frau, die hier vor ein paar Monaten aufgetaucht ist.«

Ich lachte. »Das muss an der vielen Bewegung liegen. Ein altes Haus zu renovieren ist harte Arbeit!« Und die Tatsache, dass ich schon seit Monaten kein Junkfood in mich hineingestopft, sondern nur konservierungsmittelfreie, gesunde Lebensmittel gegessen hatte.

Als wir auf die Terrasse zurückkehrten, brannten die Laternen bereits und eine Liveband spielte. Die Gäste tauchten auf, tranken Prosecco und redeten und lachten.

Wir blieben in der Tür des Herrenhauses stehen und genossen den Anblick. Beatrice hakte sich bei mir unter. Dann brachte Daniele uns Gläser mit Prosecco, und wir mischten uns unter die Gäste und begrüßten sie. Die gesamte Familie der Rossis, ihre Freunde und Nachbarn waren anwesend, und alle trugen ihren Sonntagsstaat. Ich kannte sehr viele, und wen ich nicht kannte, stellte Beatrice mir vor. Ich war äußerst erleichtert, dass die Rossis und Fioravantis keine guten Freunde waren, sodass ich nicht riskierte, heute Abend hier auf Luca zu treffen. Aber so sehr ich mir auch den Kopf verdrehte, ich konnte Tommaso in der Menge der Gäste ebenfalls nicht entdecken.

»Du brauchst nicht die ganze Nacht auf mich aufzupassen«, flüsterte ich Beatrice zu. »Das hier ist deine Party.«

»Die anderen werden alle bei meinem nächsten Geburtstag ebenfalls hier sein, und am übernächsten auch, aber du bist in ein paar Wochen weg.«

Meine Kehle war wie zugeschnürt. Ich würde sie vermissen. Ich würde sie alle vermissen. Ich lächelte, um diese plötzliche Gefühlsaufwallung zu überspielen, und ließ mich von ihr durch die Menge führen.

In den paar Monaten meines Hierseins hatte sich mein Italienisch erheblich verbessert, und Konversation war sehr viel einfacher geworden. Jedenfalls glich sie jetzt nicht mehr einer schlechten Pantomime.

Als unsere Gläser leer waren, bot ich mich freiwillig an, sie zu füllen, und ging über den Rasen zu dem Tisch, den Alberto zur Bar umfunktioniert hatte.

Kinder in Badeanzügen liefen zwischen den Bäumen durch das bläuliche Zwielicht, spielten Fangen, Verstecken oder Fußball und kreischten vor Lachen, wenn sie in den Swimmingpool neben dem Herrenhaus sprangen. Lächelnd und mit einem mehr als nur etwas sehnsüchtigen Gefühl machte ich einen Bogen um sie, während ich über den Rasen ging.

»Amüsierst du dich?«, fragte Alberto.

»Sehr. Es ist eine wundervolle Party.«

Sein Blick glitt über die Gäste. »Es sind immer die Menschen, die eine Party gelingen lassen.« Er seufzte glücklich.

»Und alle lachen so viel! Es kommt mir so vor, als würden die Menschen in England nicht so viel lächeln oder lachen wie ihr hier.« Jedenfalls nicht in den Kreisen, in denen ich mich bewegte, mit der einen Ausnahme von Cleo.

Alberto tippte sich gegen einen Nasenflügel, als wollte er sagen, dass er ein Geheimnis kannte. »Das liegt daran, dass wir hier arbeiten, um zu leben. Wir leben nicht, um zu arbeiten. Wie kann man glücklich sein, wenn man Sklave seines

Berufs ist? Möchtest du noch ein Glas Prosecco oder lieber Wein?«

Ich betrachtete sorgfältig die Etiketten und entschied mich dann für einen Brunello, den ich bisher noch nicht probiert hatte. Ich drehte die Flasche herum, um die Beschreibung auf der Rückseite zu lesen. Alberto lachte tief und volltönend. »Genauso hätte dein Vater es auch gemacht.«

Er füllte mir ein Glas mit dem aromatischen, samtroten Brunello und reichte es mir. Er wartete, während ich kostete. »Er war so stolz auf dich, dein Vater. Er redete immer über seine Tochter, die wichtige Finanzfrau in London, und über deine Erfolge.«

Wie hätte er das tun können, wenn er doch kaum etwas von mir gewusst hatte? Mein Blick verschleierte sich, und ich blinzelte. Ich war nicht mehr einundzwanzig und hoffte, dass mein Vater sich die Mühe machen würde, ein paar Stunden zu reisen, um bei meiner Abschlussfeier dabei zu sein.

Albertos Lächeln verwandelte sich von mitfühlend zu einladend, als sein Blick über meine Schulter fiel. Ich drehte mich um, um zu sehen, wer ein so herzliches Willkommen ausgelöst hatte, und mir stockte der Atem. Einen Moment war mir schwindelig.

Tommaso trug einen maßgefertigten blauen Anzug mit einem weißen, am Hals offenen Hemd. Er schlenderte über den sanft abfallenden Hang auf uns zu.

Sicher, Luca war sexy, in dieser jungenhaften, fotomodellartigen Art und Weise, die sagte: »Ich bin sexy, und ich weiß es«. Aber er konnte Tommaso nicht das Wasser reichen. Selbst glatt rasiert und mit kürzerem Haar strahlte Tommaso ungebändigte Männlichkeit aus. Ich unterdrückte einen anerkennenden Seufzer.

»Ich habe schon gehört, dass du dir den Bart abgenommen hast«, dröhnte Alberto. »Was, oder vielmehr wer, ist dafür wohl der Grund, frage ich mich?« Dann drehte er sich zu mir um. »Das wurde auch langsam Zeit, findest du nicht?«

Ich nuschelte etwas Unverständliches in mein Glas.

Tommaso lächelte. »Ich hatte es satt, für einen Einbrecher gehalten zu werden und Schläge auf den Kopf zu riskieren, also war ich der Meinung, ich sollte lieber etwas respektabler aussehen. Viel geholfen hat es allerdings nicht.« Seine Augen funkelten, als unsere Blicke sich begegneten.

»Das mit der Astschere war ein Unfall.« Ich versuchte ernst zu bleiben, aber mein Mund zuckte gegen meinen Willen. Tommaso hatte ein wirklich hinreißendes Lächeln, wenn er nicht gerade finster dreinsah, und es war schwer, es nicht zu erwidern.

Ohne Tommaso nach seinen Wünschen zu fragen, schenkte Alberto Rotwein in ein Glas, und zwar nicht von dem Brunello, den ich trank, und hielt es ihm hin. »Sag mir, was du davon hältst.«

Tommaso atmete den Wein ein. »Ein zartes Blumenbukett.« Er trank einen Schluck und rollte die Flüssigkeit in seinem Mund herum. »Kirschen, mit einem subtilen wässrigen Nachgeschmack. Barolo?«

»Natürlich. Aber kannst du auch den Jahrgang erraten?«

»Ist das so ein italienisches Männlichkeitsding?«, warf ich ein. »Ihr wisst schon, dasselbe wie Armdrücken bei anderen Männern, um herauszufinden, wer stärker ist?«

Tommaso lachte. »Dein Vater hat damit angefangen, als er mir alles über Wein beibrachte.«

»Und es hat funktioniert.« Alberto schlug ihm auf den Rücken. »Für jemanden, der erst spät in seinem Leben zur Weinherstellung gekommen ist, bist du einer der sachkundigsten Winzer, die ich kenne. Man würde niemals vermuten, dass du nicht hineingeboren wurdest.«

»Oh, ich wurde hineingeboren, obwohl es schon ein paar Generationen her ist, seit meine Vorfahren Wein angebaut haben.« Tommaso senkte die Stimme und beugte sich zu mir, als wollte er ein intimes Geheimnis verraten. »Allerdings haben meine Vorfahren auf dem Land des Sant'Angelo gearbeitet, statt es zu besitzen«, fuhr er dann flüsternd fort.

An diesem Status hatte er eindeutig etwas verändert.

Eine Glocke heischte um unsere Aufmerksamkeit, und wir gingen zusammen mit den anderen Gästen zu den langen Tischen, um das Festmahl zu beginnen. Und was es für ein Fest war. Ich hatte noch nie so viele Speisen auf einem Haufen gesehen. Eine ausgewachsene Wildsau dominierte das Büfett. Die Tische ächzten unter dem Gewicht von Antipasti, röhrenförmigen Rigatoni-Nudeln in einer Käsesahnesauce, Gemüsebeilagen, Sommersalaten, Früchten, Käse und einer Auswahl meiner selbst gebackenen Brote.

Ich saß neben Adriano, einem von Beatrices Cousins, der bei der örtlichen Polizei arbeitete. Er war sehr freundlich und engagiert und sprach sehr gut Englisch. Es war nicht seine Schuld, dass meine Aufmerksamkeit immer wieder zu dem Teil des Tisches abschweifte, wo Tommaso permanent von einer Gruppe junger Frauen belagert zu werden schien. Ganz offensichtlich machten sein kürzeres Haar und der fehlende Bart ihn erheblich attraktiver für das andere Geschlecht. Ich war wahrscheinlich die Einzige, die seinen wilderen Look vermisste.

Wie bei jedem guten italienischen Essen schien die Zeit stillzustehen. Um uns herum verwandelte sich das Zwielicht in Dunkelheit, und der Mond ging auf. Er tauchte den Garten in silbernes Licht. Es gab kein Gefühl von Eile oder Dringlichkeit. Nur immer mehr Gelächter, immer mehr Wein, immer mehr Speisen und immer mehr Freundschaft.

Adriano forderte mich zum Tanzen auf, und ich ließ mich von ihm zwischen den Tänzern auf der Terrasse der Trattoria herumwirbeln. Der Duft von allmählich verwelkendem Geißblatt lag in der Luft. Ich war keine besonders gute Tänzerin, aber mit einem so sicheren Partner wie Adriano brauchte ich mich einfach nur führen zu lassen.

Ich sah Tommaso am Rand der Tanzfläche von wo aus er uns beobachtete. Dann wirbelte Adriano mich herum, und ich verlor Tommaso aus den Augen. Als ich fertig war, lachend, atemlos und ein bisschen schwindelig, war er verschwunden.

Später rollten Alberto und Matteo den Geburtstagskuchen heraus, und die anerkennenden Rufe blubberten in mir wie Proseccobläschen. Der Kuchen bestand aus drei Schichten schwerem Orangenkuchen, der von einer Glasur überzogen und mit zierlichen grünen Weinblättern, gelben Kletterrosen und winzigen Orangen aus Zuckerguss verziert war. Ich hatte fast die ganze letzte Woche damit verbracht zu lernen, wie man sie herstellte. Danke, YouTube.

Beatrice blies die Kerzen aus und schnitt den Kuchen an. Dann wurden den Gästen die Stücke serviert. In England hätte ich einen solchen Kuchen für viel zu schade gehalten, um ihn zu essen. Aber hier in Italien war nichts zu gut, um es zu essen. Hier packte man das Leben mit beiden Händen und bewunderte es nicht aus der Ferne.

Ich hatte keine Ahnung, wie spät es war. Bestimmt schon nach Mitternacht. Ein paar der älteren Partygäste hatten sich bereits auf den Heimweg gemacht, aber es sah aus, als würden die Musik und das Tanzen noch stundenlang weitergehen.

Ich blickte auf die Menge, die sich um die Reste des Kuchens scharte, und auf den Tanzboden, wo sich junge Paare zum wummernden Beat bewegten, und dann zur Bar, wo Daniele Grappa servierte. Von Tommaso war nichts zu sehen.

Da ich heute nicht fahren musste und mich außerdem nicht im Geringsten beschwipst fühlte, höchstens trunken von der Atmosphäre, ging ich zur Bar und ließ mir von Daniele ein Glas Grappa einschenken.

Mit dem bernsteinfarbenen, in Eichenfässern gealterten Tresterschnaps in der Hand schlenderte ich zu den Tischen unter den Bäumen, wo immer noch kleine Grüppchen aßen oder Wein tranken. Dort fand ich endlich Tommaso.

Zum ersten Mal an diesem Abend war er allein. Er saß da, das Kinn auf die Hände gestützt und sah mir entgegen. Als sich unsere Blicke trafen, grinste er verwegen und nickte zum Tanzboden. Dabei hob er fragend eine Braue.

Ich leerte den Grappa, spürte den starken Schnaps, der mir

Mut in die Adern brannte, und ging über den Rasen zu ihm. Ich war bereit, das Leben mit beiden Händen zu packen.

Wortlos stand er auf und wartete lächelnd auf mich. Als ich ihn erreichte, nahm er meine Hand und führte mich zum Tanzboden. Aber er fing nicht einfach an, sich zu der Musik zu bewegen wie die anderen Paare. Stattdessen zog er mich in die Arme, drückte mich an seinen Körper und presste meine Hüften gegen seine. Ich vergaß zu atmen.

Die Party verblasste, verschwand aus meinem Fokus, in weite Ferne, als wir zusammen tanzen. Die Musik änderte sich, als wollte sie sich unserem langsamen Tempo anpassen, und ich registrierte nur vage, wie Paare den Tanzboden verließen und andere kamen.

Tommaso hatte mir den Arm um die Hüfte geschlungen, seine Finger lagen gespreizt auf meinem Kreuz, so wie sie es schon Dutzende Male in meinen Fantasien getan hatten. Ich spürte die Wärme, die von seinem Körper ausging, durch die dünne Seide und Spitze meines Kleides. Meine Hand lag in seiner, eingeklemmt zwischen unseren Körpern auf meiner Brust, seine Wange an meinem Kopf.

Atme, Sarah. Verdammt, atme!

Als ich schließlich Luft holte, berauschte sein Duft mich. Sein subtiles Aftershave und das schwere, erdige Aroma von Sonne und Erde und Hitze. Ich war verloren. Es gab kein Zurück mehr. Oder vielleicht war ich ja zurück. Ich war wieder siebzehn, und verliebte mich zum ersten Mal in meinem Leben.

»Weißt du noch?«, flüsterte er in mein Haar.

Natürlich konnte ich mich erinnern. Es war eine Hochzeit gewesen. Ich wusste nicht mehr genau, wessen Hochzeit. Die von irgendjemandem, der auf dem Weingut von Castel Sant'Angelo arbeitete. Es war das erste Mal, dass ich Grappa getrunken hatte, und damals hatte ich mich auch mutig gefühlt, und wild, frei und zu allem fähig.

Tommaso und ich hatten in jener Nacht auch getanzt, so wie jetzt, und ich hatte auch damals schon gewusst, dass es kein Zurück geben würde.

Er konnte nicht mehr länger Tommy sein, mein Freund, weil ich mich vollkommen und hoffnungslos in ihn verliebt hatte, so wie man es nur mit siebzehn Jahren tun konnte.

Wir waren von der Party durch die Weinfelder nach Hause gelaufen. Es war September und die Nächte waren kühler geworden, aber ich hatte innerlich gebrannt. Obwohl die Blätter sich noch nicht verfärbt hatten, lag der Jahreszeitenwechsel in der Luft.

Wir gingen Hand in Hand zwischen den Reihen der Rebstöcke entlang, und das Mondlicht beleuchtete einen silbernen Pfad vor uns. Wir redeten, lachten und berührten uns. Und wir küssten uns.

Als ich jetzt in dieselben ernsten grauen Augen blickte, erkannte ich denselben Funken des Verlangens, den ich damals gesehen hatte.

Und dann sagte er dasselbe, was er vor all den Jahren gesagt hatte.

»Ti voglio.«

Ich will dich.

26. KAPITEL

Amore e pianto, vivono accanto
Liebe und Tränen sind miteinander verknüpft

Wir fuhren schweigend nach Hause. Es war diese Art von köstlichem, erwartungsvollem Schweigen, das mehr sagte, als Worte es jemals vermocht hätten. Seine Hand lag auf meinem Schenkel, und ich legte meine darauf, verschränkte meine Finger mit seinen und bedauerte jedes Mal, wenn er seine Hand wegnehmen musste, um zu schalten. Tommaso bog von der Landstraße auf eine kleinere Nebenstraße ein. Über diese Straße fuhren wir nicht oft. Es war nicht die Hauptstrecke in die Stadt, sondern ein Feldweg, eine Abkürzung nach Hause.

Andere Höfe blinkten in der Dunkelheit, während wir fuhren, dann waren nur noch Rebstöcke zu sehen, und selbst in der Dunkelheit erkannte ich die Landschaft. Wir waren jetzt auf unserem eigenen Besitz und würden schon bald zu Hause sein. Mein Körper verkrampfte sich fast vor Begehren.

»Was ist das denn?« Ich deutete auf einen Streifen grauer Wolken am Horizont, und Tommaso fuhr langsamer. Die Wolke hing bedrohlich tief und wirkte hell vor dem dunklen Himmel. Sie schimmerte im Mondlicht in einem sonderbar grellen Orange.

Tommaso runzelte die Stirn, und spähte durch die Frontscheibe. Dann schaltete er herunter und fuhr noch langsamer. Die Wolke wurde größer, schien dann den ganzen Himmel zu verschlingen, und schließlich sahen wir in ihrer Mitte das verräterische Lodern von roten Flammen.

»Die Weinfelder brennen.« Tommasos Stimme klang leise und angespannt. Er gab Gas, und der Wagen schlingerte ein bisschen auf den lockeren Schottersteinen, als er auf einen noch unebeneren Wirtschaftsweg zwischen den Rebstöcken einbog. Wir holperten über diese Buckelpiste, und ich hielt mich an meinem Sitz fest.

Dann sahen wir das Feuer, eine lange Reihe von Flammen vor uns, die immer größer und deutlicher wurden und Furcht einflößender, je näher wir kamen. Schließlich konnten wir das Feuer nicht nur sehen, sondern auch das Knistern und Fauchen hören, die verbrannte Vegetation riechen, als der Gestank durch die offenen Wagenfenster ins Innere drang. Während wir näher kamen, schien das Feuer immer größer zu werden. Rauch umgab uns auf allen Seiten und reflektierte unheimlich die Lichtkegel der Scheinwerfer.

Tommaso trat auf die Bremse, und wir kamen rutschend zum Stehen. Dann zog er sein Handy aus dem Handschuhfach und drückte es mir in die Hand. »Ruf Alberto an. Er weiß, wen er verständigen muss.« Im nächsten Moment war er aus dem Wagen gesprungen und rannte los.

Ich musste ein Stück des Weges zurückgehen, Richtung Hauptstraße, um Empfang zu bekommen. Der Rauch war so dicht, dass ich hustete, als er mir in die Kehle drang.

Überraschenderweise antwortete Alberto nach dem dritten Klingeln. »Ihr seid ja recht früh aufgebrochen«, sagte er. Seine Stimme klang nicht nur jovial, sondern auch ein bisschen undeutlich.

»Unsere Weinfelder brennen. Tommaso sagte, du wüsstest, wen du anrufen musst.«

»Ja.« Alberto klang plötzlich stocknüchtern. »Wir sind so schnell da, wie wir können.«

Ich verstaute das Handy wieder im Wagen. Da ich nichts Besseres tun konnte und von Tommaso nichts zu sehen war, tastete ich im Kofferraum des Wagens herum und fand einen Picknickkorb mit einer Decke. Ich rollte die Decke zusammen, klemmte sie mir unter den Arm und ging in die Richtung, in die Tommaso verschwunden war.

Ich fand ihn am Rand eines Weinfeldes, wo er mit seiner Anzugjacke auf die züngelnden Flammen an einer Reihe von Rebstöcken einschlug. So sehr er sich auch bemühte, kaum hatte er eine ausgeschlagen, loderten andere auf. Die Hitze war unerträglich, und obwohl der warme Sommerwind von hinten kam und die Flammen von uns wegwehte, flogen ständig Funken hoch, die mir die Haut versengten. Ich trat neben ihn, mit einem Schritt Abstand, wo andere Flammen sich einem Rebstock näherten. Ich entfaltete die Decke und hieb auf die Flammen ein, wie Tommaso es tat. Aber es schien so hoffnungslos zu sein. Hinter dieser Reihe aus Feuer sahen wir, wie die Flammen sich von uns wegbewegten, und die zundertrockenen Rebstöcke knackten, wenn sie sich entzündeten.

Ein Pick-up mit den Arbeitern vom Castello kam uns zu Hilfe. Der Motor des schweren Fahrzeugs war selbst über das Fauchen des Feuers zu hören, bevor er rumpelnd in Sicht kam.

»Daniele hat uns angerufen!«, rief Marco, während er aus der Fahrerkabine sprang und von der Pritsche einen Eimer mit Sand nahm.

»Habt ihr keine Feuerlöscher mitgebracht?« Ich stellte die Frage, ohne in meinen verzweifelten Bemühungen, die kleineren Flammen in Schach zu halten, innezuhalten.

Marcus schüttelte den Kopf. »Die Chemikalien würden die Trauben vernichten. Wir können es uns nicht leisten, noch mehr zu verlieren als das, was das Feuer bereits zerstört hat.«

Wir bauten uns in einem langen Halbkreis rund um den Rand des Feuers auf und versuchten, die Flammen daran zu hindern, sich auszubreiten. Es gelang uns nur, es einigermaßen in Schach zu halten und zu verhindern, dass es über den Feldweg sprang und die Rebstöcke auf der anderen Seite angriff. Die Hitze wurde immer größer, der Rauch war fast undurchdringlich, und wir konnten nicht einmal mehr sehen, wie groß das Feuer inzwischen war. Feine Asche wehte hoch und brannte mir auf den nackten Armen und meinem Gesicht.

Ich hustete in der stickigen Luft und spürte, wie die Hitze mir die Luftröhre zu versengen schien. Mir tränten die Augen, mein ganzes Blickfeld verschwamm, und ich hatte Mühe zu atmen.

Dann hörten wir zu unserer Erleichterung Sirenen und weitere Wagen. In dem Rauch und der Verwirrung sah ich, dass es nicht nur ein, sondern zwei Feuerwehrwagen waren. Alberto war da, und Daniele, und Adriano der Polizist, und viele andere Männer, die mit Eimern mit Sand und Wasser und Feuerdecken bewaffnet waren.

Die Feuerwehrmänner rollten ihre Schläuche aus, und schon bald spritzte ein feiner Strahl aus Wasser in hohem Bogen über unsere Köpfe hinweg in die Mitte des Feuers, wohin wir nicht hatten vordringen können. Ein leichter Nieselregen überzog auch uns Feuerbekämpfer, und ich hob das Gesicht in das Nass. Die plötzliche Kühle fühlte sich himmlisch auf meiner überhitzten Haut an. Meine Arme schmerzten vor Anstrengung und Erschöpfung. Wie lange hatten wir schon gegen das Feuer gekämpft? Vielleicht eine halbe Stunde, aber es hätte auch die ganze Nacht sein können.

Die Decke in meinen Händen war nutzlos. Sie war rußig und von qualmenden Löchern überzogen. Ich warf sie zur Seite und trat auf die Funken, die sich in dem Stoff verfangen hatten, dann drehte ich mich um und suchte nach Tommaso.

Er stand am Rand des Feuers, so dicht bei den Flammen, wie er konnte. Er hatte schon längst die zerfetzten Reste seiner Jacke weggeworfen und hielt jetzt eine der feuerdämmenden Decken in den Händen. Er erstickte damit die Glutnester, die die unberührten Rebstöcke nach wie vor bedrohten. Er war angespannt, seine Miene war konzentriert, als stünde er selbst in Flammen.

Die uniformierten Feuerwehrmänner rückten näher vor, und endlich gab es mehr Rauch als Flammen.

Und Asche, so viel Asche! Sie überzog alles, lag auf unserem Haar, bedeckte den Boden und verwandelte die Rebstöcke in geisterhafte Skelette.

Jetzt erst hörte Tommaso auf, gegen das Feuer anzukämpfen. Er stand da, die Arme an den Seiten, und sein Gesicht war eine starre Maske, als er über die Rebstöcke blickte. Sie wurden allmählich sichtbarer, als der Wind den Rauch davonwehte. Ich ging zu ihm.

Ich hätte ihn am liebsten in die Arme genommen, aber er schien so weit weg zu sein, so in sich gekehrt, dass ich stattdessen nur seine Hand nahm. Wollte er sich überhaupt daran erinnern, dass wir noch vor wenigen Stunden in ein schwindelerregendes, grappagetränktes Verlangen versunken waren und nach Hause wollten, um uns zu lieben?

»Das sind mindestens fünf oder sechs Hektar«, sagte er leise und drückte meine Hand.

Ich erwiderte den Druck, um so viel Trost zu spenden, wie ich konnte. »Was sind das für Trauben?«

»Zum größten Teil Malvasia Nera.«

Die geheime Zutat in seinem Angelica.

Ich sagte nichts, sondern blieb neben ihm stehen und sah zu, wie der Rauch sich langsam verzog, und das graue Licht des frühen Morgens das ganze Ausmaß der Verheerung enthüllte. Soweit wir sehen konnten, waren die Rebstöcke geschwärzt und verbrannt. Rauchfahnen stiegen immer noch daraus empor, und auch vom Boden, wo sich das Wasser und die Hitze vermischt hatten. Die Feuerwehrleute schienen ewig zu brauchen, bis sie selbst das letzte Glutnest gelöscht hatten, um zu verhindern, dass sich das Feuer neu entfachte.

Wir waren die Letzten, die gingen, nachdem sich die Arbeiter und Partygäste verabschiedet hatten und die Feuerwehrwagen wieder verschwunden waren. Wir hatten uns bei allen bedankt und genickt, als der Feuerwehrhauptmann uns mitteilte, dass seine Ermittler später am Tag vorbeikommen würden. Dann standen wir allein neben Tommasos Auto.

»Es tut mir so leid«, flüsterte ich.

Er hielt immer noch meine Hand. Dann hob er sie an den Mund und küsste meine Handfläche. »Danke.«

Ich lachte gequält. Mir brannte die Kehle, und mein Mund schmeckte nach Asche. »Wofür?«

»Dafür, dass du hier bist. Dass du mir geholfen hast, das Feuer zu löschen.«

»Natürlich habe ich geholfen. Das ist auch mein Weingut.«

Diesmal kniff er bei dieser Bemerkung nicht die Augen zusammen wie sonst immer. Stattdessen zog er mich an sich und barg das Gesicht in meinem Haar. »Hätte ich es nicht so eilig gehabt, mit dir nach Hause zu kommen, dann hätte ich diese Straße niemals genommen. Und diesen Abschnitt des Weinguts kann man weder vom Castello noch vom Weinkeller aus sehen.«

Hätten wir die Straße zu diesem Zeitpunkt nicht genommen, hätten wir die Flammen vielleicht erst in vielen Stunden entdeckt. Der Schaden wäre viel, sehr viel größer gewesen. Ich erschauerte, und er ließ mich los, strich mir mit den Händen durch die Haare.

Als ich ihm ins Gesicht blickte, konnte ich mir ungefähr vorstellen, wie ich aussehen musste. Sein Haar war wild und zerzaust und an einigen Stellen versengt. Er hatte rußige Flecken auf den Wangen, und die Asche in seinem Haar, auf seinem Gesicht und seiner Kleidung hatte sich mit dem Wasser vermischt und eine graue, schmierige Masse gebildet. Mein wundervolles Partykleid war zweifellos genauso ruiniert wie sein Anzug, und wir stanken beide nach Schweiß, verbrannter Kleidung und Rauch. Es war alles andere als ein sexy Anblick, und doch hatte ich mich noch nie begehrenswerter gefühlt als in diesem Moment, als er mit seinen großen, schwieligen Händen mein Gesicht umfasste und mir in die Augen sah.

Und ich hatte noch nie irgendjemanden mehr begehrt als Tommaso in diesem Moment.

Nur ein einziges Mal in meinem Leben hatte ich für jemanden so gebrannt. Und das war ebenfalls Tommaso gewesen.

Zum Teufel mit Urlaubsaffären. Das hier war keine Chemie, und es war nicht flüchtig. Ich liebte diesen Mann, seit ich siebzehn Jahre alt war.

Ich lächelte, als er den Kopf senkte und den Mund auf meine Lippen drückte. Sein Kuss schmeckte nach Asche und Adrenalin und Verlangen, und ich erwiderte ihn, schlang ihm die Arme um die Taille. Dieser Kuss war noch besser als die Erinnerung an jenen ersten Kuss vor so langer Zeit. Dies hier war kein ungeschicktes Gefummel, keine nervöse Begegnung, angefeuert durch einen ersten Schluck Grappa. Selbst stocknüchtern war dieser Kuss süßer und berauschender und leidenschaftlicher.

Als wir uns schließlich trennten, atemlos und gierig wie Teenager, hob er mich ein Stück vom Boden hoch, sodass er mir in die Augen blicken konnte. »Hast du Bedenken oder können wir da weitermachen, wo wir so rüde unterbrochen wurden?«

»Ich habe überhaupt keine Bedenken. Aber ich könnte wirklich erst eine Dusche gebrauchen.«

Er grinste. »Ausgezeichnete Idee.«

27. KAPITEL

Casa sporca, gente aspetta
Ein unordentliches Haus zieht unerwartete Gäste an

Es war schwer zu glauben, dass das Morgenrot nach einer Nacht voller Rauch und Asche so wunderschön sein konnte. Als wir uns dem Castello näherten, überzogen pinkfarbene und goldene Streifen den Himmel. Eine Wolkenbank hing tief am Horizont und tauchte das Haus in einen rosigen Schimmer.

Was auch immer die Immobilienmaklerin gesagt hatte, das Castello wirkte bereit für den Verkauf. Dieser Gedanke hätte mich begeistern sollen, aber heute Morgen wollte ich nicht ans Verkaufen denken. Oder ans Abreisen.

Wir hielten uns immer noch an den Händen, als wir um das Gebäude fuhren und auf dem Hinterhof parkten. Dort stand bereits ein anderes Fahrzeug.

Wir wechselten einen kurzen Blick, und ich glaube, ich habe hörbar geseufzt.

Da sowohl das Haus als auch das Cottage abgeschlossen waren, eine Vorsichtsmaßnahme, die wir seit dem Akt des Vandalismus im Weinkeller ergriffen hatten, fanden wir unsere unerwarteten Gäste auf der Terrasse vor.

Oder vielmehr meine unerwarteten – und unerwünschten – Gäste.

»Hallo, Sarah, Liebling!«

Das konnte doch nicht wahr sein! Die Wut, die mich durchströmte, machte meiner Lust auf der Stelle den Garaus. Eis floss mir jetzt durch die Adern, wo vorhin noch mein Blut gekocht hatte.

»Was zum Teufel hast du hier zu suchen?«

Geraldine und ein blonder Mann, der nicht viel älter zu sein schien als Tommaso und ich, saßen am Tisch auf der Terrasse unter dem neuen, von Bougainvilleen bedeckten Spalier. Einige zerschrammte Rollkoffer, die mit zahllosen Aufklebern irgendwelcher Airlines beklebt waren, standen zwischen ihnen.

Sie riss die Augen auf, als sie unseren Zustand sah. »Hallo, Liebling! Ich habe bei dir zu Hause angerufen, und deine entzückende Mitbewohnerin hat mir von Johns Tod erzählt und mir gesagt, dass du hier bist.«

Ich würde Cleo umbringen! Sie wusste besser als jeder andere, dass ich sehr gut darauf verzichten konnte, meine Mutter wiederzusehen!

Geraldine grinste und schien meine Feindseligkeit nicht zu bemerken. Tommaso dagegen schon. Er betrachtete mich, als wäre mir plötzlich ein zweiter Kopf gewachsen. Ich ignorierte ihn und verschränkte die Arme vor der Brust. »Wenn du hier in der Hoffnung aufgetaucht bist, einen Anteil an dem Weingut abzugreifen, kannst du dich gleich wieder auf den Rückweg machen.«

Geraldine schüttelte den Kopf, und ihre langen Ohrringe klimperten. »Sei nicht albern, Liebling. Mir ist klar, dass der Tod deines Vaters dich ziemlich mitgenommen haben muss, also dachte ich, ich sollte in der Stunde der Not für dich da sein.«

Das war mal eine Premiere. Aber ich kaufte ihr die Liebevolle-Mutter-Nummer nicht ab. Selbst wenn ihre Sorge aufrichtig sein mochte, ich kam immer erst nach Geraldines eigenen Bedürfnissen und Wünschen. »Du hättest anrufen sollen, dann hättest du dir die Mühe sparen können.«

»Das habe ich versucht, aber ich habe immer nur deine Mailbox erreicht. Und du weißt ja, wie ich es hasse, Nachrichten zu hinterlassen.«

Ihr Begleiter war ebenfalls aufgestanden. Jetzt trat er vor, und ich konnte ihn zum ersten Mal richtig sehen. Mit seinem blonden, zerzausten Haar und seiner bunten Shorts sah er aus wie ein Surfer, der den Weg zum Strand nicht gefunden hatte. Er grinste. »Du musst die Tochter sein!«

Ich verdrehte die Augen. Natürlich hatte sie einen Freund mitgebracht! Es gab immer einen Freund. Wahrscheinlich hätte ich dankbar sein sollen. Denn wenn sie keinen Liebhaber im Schlepptau hatte, bediente sie sich für gewöhnlich bei meinen Männern. Und ich hatte nicht vor, Tommaso mit irgendjemandem zu teilen.

Geraldine stand ebenfalls auf und klimperte mit den Wimpern, als sie Tommaso ansah. »Und wer bitte schön sind Sie? Du bist ja wahrhaftig ein stilles Wasser, Sarah, Liebes.« Sie blinzelte bedeutungsvoll und hielt Tommaso die Hand hin. Er schüttelte sie höflich.

Ich zuckte mit den Schultern. »Das ist Tommaso, Johns Geschäftspartner.«

Er sah mich verwirrt an, und das konnte ich ihm auch nicht verübeln. Aber ich hatte nicht vor, ihn meiner Mutter als meinen … Was war er überhaupt?

»Das ist Geraldine Wells«, sagte ich.

Tommaso hob eine Braue. »Es ist mir ein Vergnügen, Sie kennenzulernen, Mrs. Wells.«

»Ach, seien Sie nicht albern – nennen Sie mich Geraldine. Das tun alle! Das hier ist Per Gunnarsson. Wir waren gerade unterwegs von Thailand nach Schweden, als wir die schreckliche Nachricht von Johns Tod gehört haben. Per war so freundlich, einen Umweg über Italien zu machen, damit ich nach meiner Sarah sehen kann.«

Tommaso nickte Per grüßend zu. »Nun, Geraldine. Sie haben uns in einem ziemlich unpassenden Moment angetroffen, wie Sie ja selbst sehen.« Er lächelte sie an, und ich runzelte die Stirn. »Wir haben die ganze Nacht ein Feuer auf dem Weingut bekämpft und sind deshalb auf Gäste nicht direkt vorbereitet.«

Geraldine maß mich von Kopf bis Fuß. »Ich erkenne dich ohne deine Bürouniform kaum wieder, Liebling. Wer hätte gedacht, dass du so tollkühn bist, ein Feuer zu bekämpfen?« Dann drehte sie sich zu Tommaso um und lachte, ein unbekümmertes, perlendes Lachen. »Kümmern Sie sich nicht um uns – wir machen keine Mühe! Ich kenne mich hier noch gut aus. Wir richten uns hier einfach ein und …«

Ich schüttelte heftig den Kopf. Ich würde niemals zulassen, dass meine Mutter es sich hier im Castello gemütlich machte. »Es gibt jede Menge Hotels in der Stadt, Geraldine.«

Sowohl Tommasos als auch Geraldines Augen wurden groß ob der Schärfe in meinem Tonfall. Tommasos vor Überraschung, und die von Geraldine in einer wirklich guten gespielten Imitation von Verletztheit. Nur der blonde Surfer schien unbeeindruckt zu sein.

»Du kannst deine Mutter doch nicht in einem Hotel übernachten lassen«, protestierte Tommaso. »Das Castello hat genug Zimmer.«

»Danke, Tommaso. Wie schön, dass wenigstens einer hier Manieren hat.« Geraldine warf ihr honigblondes Haar zurück. Die Enden waren mauve gefärbt. Das letzte Mal hatte sie kobaltblaue Strähnen gehabt. An jeder anderen Frau hätte das wie ein affiger Versuch ausgesehen, sich als Teenager auszugeben. Ehrlicherweise musste ich zugeben, dass es an Geraldine gut aussah.

Ich starrte die beiden finster an. »Schön, aber das hier ist kein Hotel. Ich werde weder für euch kochen noch sauber machen, und solange ihr hier seid, macht ihr euch nützlich. Kapiert?«

»Aber natürlich, Liebling.«

Ohne ein weiteres Wort machte ich auf dem Absatz kehrt und marschierte über den Hof, um die Tür zur Küche aufzuschließen. Ich brauchte eine Dusche, und ich brauchte Kaffee – in dieser Reihenfolge. Und zwar allein.

*

»Du nennst deine Mutter Geraldine?«, fragte Tommaso, als wir endlich im Büro des Weinguts allein waren. Ich hatte geduscht und zwei Tassen Kaffee getrunken, aber die Kehle brannte mir immer noch, und die Haare auf meinen Armen rochen immer noch versengt. Ich konnte den Gestank von Rauch und Feuer nicht aus der Nase bekommen, obwohl ich mein Haar zweimal gewaschen hatte.

Tommaso saß hinter seinem Schreibtisch und wirkte erheblich alarmierter, als er Grund dazu hatte, während ich wie ein gefangener Tiger im Büro hin und her lief.

»Glaub mir, es ist ihr sogar lieber so. Es gefällt ihr nicht, daran erinnert zu werden, dass sie alt genug ist, um meine Mutter zu sein.«

»Sie sieht dafür auch tatsächlich nicht alt genug aus.«

Ich warf ihm einen finsteren Blick zu. »Das passiert eben, wenn man mit siebzehn schwanger wird. Alle dachten immer, sie wäre mein *Au-pair* und nicht meine Mutter, und Geraldine hat sie nur zu gerne in diesem Glauben gelassen.« Sie liebte es, wenn meine Freunde sie mehr wie eine große Schwester als wie eine Mutter behandelten. Während ich einfach nur eine Mom hatte haben wollen wie alle anderen auch, jemand, der Regeln aufstellte und einen sicheren Job hatte. Jemand, der Abendessen machte und dessen Kopf nicht immer in den Wolken steckte.

Ich lockerte die Schultern. Ich wollte das Alter meiner Mutter nicht diskutieren, und ganz sicher wollte ich nicht zugeben, dass Geraldine trotz ihrer dreiundfünfzig Jahre durchaus als zwanzig Jahre jünger durchgehen konnte. Sie hatte sich immer fit gehalten, gut gekleidet und vermied Zucker und Fette aller Art. Mein größter Akt der Rebellion war damals gewesen, die süßesten Kuchen zu backen, die ich backen konnte.

Ich warf einen Blick auf die Versicherungspolice in meinen Händen. Ich musste mich ablenken. »Diese Police ist eindeutig. Sobald wir den Bericht des Ermittlers haben, schicken wir ihn mit den Antragsformularen an die Versicherungsgesellschaft und warten darauf, dass der Schätzer sich mit uns in Verbindung setzt. Das Komplizierteste dürfte sein, den Wert dessen festzulegen, was vernichtet wurde, damit du eine Entschädigung beantragen kannst. Ganz gleich, wie groß die Summe ist, die du beantragst, der Schätzer wird nach Schwachpunkten suchen, um die Auszahlungssumme zu senken.«

»Also können wir wenigstens Entschädigung beantragen«, erklärte Tommaso sanft und trat um den Schreibtisch herum, um mich mitten in der Bewegung aufzuhalten. »Und ich habe dich nicht gebeten hierherzukommen, um mit dir über Versicherungen zu reden, so sehr ich deine Fachkenntnisse auch zu schätzen weiß. Ich habe dich gebeten hierherzukommen, damit wir allein sein können.« Er schlang mir einen Arm um die Taille.

»Ich halte das nicht für eine gute Idee.« Ich befreite mich aus seiner Umarmung, ging um ihn herum und nahm meine Wanderung durch das Büro wieder auf.

Er runzelte die Stirn. Jetzt sah er wieder aus wie der mürrische Papabär, für den ich ihn einst gehalten hatte. »Ich dachte, du hättest keine Bedenken?«

»Vorhin nicht, aber jetzt schon. Das ist eine wirklich schlechte Idee.«

»Weil deine Mutter hier ist? Sie scheint sehr gut mit der Tatsache zurechtzukommen, dass du eine Frau und alt genug bist, um Sex zu haben. Du glaubst doch nicht wirklich, dass Per und sie in getrennten Zimmern schlafen, oder?«

»Nein. Aber der Grund ist nicht, dass meine Mutter hier ist. Das heißt, vielleicht ein bisschen. Es ist einfach …« Ich konnte es nicht in Worte fassen. Wie hätte ich ihm sagen können, dass ich Bedenken hatte, weil ich nicht so sein wollte wie meine Mutter?

Mit siebzehn war ich vor ihm davongelaufen, weil ich mein Leben nicht so hatte vermasseln wollen, wie meine Mutter es getan hatte. Aber jetzt, mit fünfunddreißig, würde ich weggehen, weil ich keine Schlampe sein wollte, die mit jedem ins Bett ging, ob die Beziehung nun eine Zukunft hatte oder nicht. Tommaso hatte sich nur mit Frauen eingelassen, die wieder abreisten. Ich würde ebenfalls abreisen. War das der einzige Grund, warum er mich wollte? Weil ich nicht lange genug hierbleiben würde, um diese Beziehung kompliziert werden zu lassen?

Denn für mich war sie bereits kompliziert. Abgesehen vom Grappa und dem adrenalingespeisten Verlangen, war ich nicht die Art Frau, die mit ein bisschen Spaß und einem anschließenden lockeren »Lebwohl« glücklich wurde. Ich brauchte einen Mann, der zumindest irgendeine Art von Verbindlichkeit äußerte, bevor ich mich ihm hingab. Und Tommaso machte mir keinerlei Versprechungen. Er hatte nicht einmal gesagt, dass er mich mochte. Nur, dass er mich begehrte, und im kalten, hellen Tageslicht betrachtet, war das nicht genug.

Ich biss mir auf die Unterlippe und drehte mich zu ihm um. »Das alles geht zu schnell. Du, meine Mutter, das Feuer ... Ich brauche Zeit.«

Er runzelte die Stirn. »Also tun wir einfach so, als wäre letzte Nacht nichts passiert?«

»Es ist letzte Nacht nichts passiert.« Abgesehen von einem vollkommen überwältigenden und atemberaubenden Kuss.

Tommaso kniff die Augen zusammen, dann jedoch seufzte er und strich mir mit den Fingern über die Wange. »Ich warte auf dich – nimm dir die Zeit, die du brauchst«, sagte er leise.

Ich hörte nur das Echo von Lucas Versprechen: *Auf dich warte ich auch tausend Jahre*, und seufzte. Ich hatte das alles schon einmal gehört. Als ich Kevin gesagt hatte, dass ich eine lange Verlobungszeit wollte, um die Dinge nicht zu überstürzen, antwortete er, er würde so lange warten, wie es nötig war.

Ich schüttelte den Kopf. Ich hatte Luca gesagt, dass ich nichts weniger als einen Mann verdiente, der mein Glück über alles andere stellte. Tommaso war ebenfalls nicht so ein Mann. Wie mein Vater kam bei ihm das Weingut immer an erster Stelle. Verführt von Wein und Mondlicht hätte ich das fast vergessen.

Ich drehte mich auf dem Absatz um und trat zur Tür. »Ich muss zurück zum Castello.« Mit etwas Glück hatte Geraldine sich überlegt, dass es hier in der Toskana nicht genug Abenteuer für sie gab, sodass sie mit Per nach Schweden weiterziehen würde. Dann hätte ich das Haus wieder für mich.

Ich ging hinaus und ließ Tommaso mit der mir mittlerweile so vertrauten finsteren Miene zurück.

*

Ich schlenderte über das Weingut zum Castello und atmete den frischen Geruch von Erde und fruchtbarem Grün ein, und den nicht ganz so frischen Gestank von Verbranntem, der selbst hier in der Luft hing. Bedauerlicherweise war Geraldine nicht verschwunden, als ich zum Castello zurückkam, aber Ettore war da, um weiterzuarbeiten. Er hatte die Besucher kurzerhand dazu verdonnert, die schrecklichen Blumentapeten in den oberen Schlafzimmern abzureißen. Ungeheuer dankbar lud ich Ettore in die Küche ein, zu einer Kostprobe des Zitronenbaiser-Kuchens, den ich in der Speisekammer verwahrte. Als wir am Küchentisch zusammensaßen, schilderte ich ihm das Drama der letzten Nacht.

An diesem Nachmittag schwärmten die Ermittler über die verbrannten Felder. Tommaso und ich gingen mit ihnen über den Weinberg, eine unheimliche, schwarze, verbrannte, dystopische Landschaft, die sich bis zum Horizont erstreckte, und schilderten ihnen unsere Version der nächtlichen Ereignisse. Der wolkenlose blaue Himmel schien uns mit seiner Fröhlichkeit verspotten zu wollen.

Nachdem sie uns mit Fragen nach dem zeitlichen Ablauf des Feuers gelöchert hatten und alle Einzelheiten wissen wollten, an die wir uns erinnern konnten, schickten sie uns weg. Tommaso ging zum Weingut, wo er eine australische Touristengruppe begrüßen musste, und ich kehrte ins Castello zurück. Im Weinkeller wäre ich ohnehin nur hin und her gerannt, und das bereitete mir gerade Kopfschmerzen.

Ich sammelte meine Zutaten zusammen und machte mich daran, einen Kuchenteig auszurollen. Ich brauchte nicht zu backen, weil die Trattoria heute geschlossen hatte, aber ich musste etwas tun, um mich von der unheilvollen Vorahnung abzulenken, die über mir schwebte.

Ich wusste, dass Geraldine Mürbeteig ebenso wenig mochte wie Zucker, also bereitete ich *torta della nonna* zu, Großmutters Kuchen. Es war der erste Kuchen, den ich in dieser Küche zu backen gelernt hatte – ein Mürbeteig, der mit Eischnee gefüllt war und nach Zitrone, Vanille und Pinienkernen schmeckte.

Ich holte ihn gerade aus dem Ofen, als Tommasos Wagen draußen hielt. Er sah so müde aus, wie ich mich fühlte, also schnitt ich ihm ein Stück des warmen Kuchens ab, machte uns beiden Kaffee und setzte mich mit ihm an den Tisch.

»Wo ist deine Mutter?«, fragte er.

»Ettore hat sie zum Arbeiten verdonnert. Sie hat Angst vor ihm. Als ich vorhin nach ihr gesehen habe, hat sie diese großen Kulleraugen gemacht, damit ich sie da raushole.«

»Ganz offensichtlich hat sie ihn noch nie ›O Sole Mio‹ singen hören, sonst wüsste sie, dass er nur ein Softie ist.«

»Guter Hinweis. Ich werde ihn bitten, solange die beiden da sind, Rammstein zu spielen.«

Tommaso lachte wieder, tief und wohltönend, was ich so genoss. Ich war froh, dass er nicht mehr böse auf mich war. »Was ist das da für ein Problem zwischen dir und deiner Mutter?«

Ich zuckte gekonnt mit der Schulter und wechselte das Thema. »Du bist aber früh wieder da.«

»Der Feuerwehrhauptmann kommt in Kürze hierher und präsentiert uns seine Ergebnisse.«

»Ist das so üblich? Könnten sie uns den Bericht nicht einfach mailen?«

»Wir hatten hier nie mehr als kleine Buschfeuer.« Tommaso zuckte ebenfalls mit der Schulter. »Aber es war ein heißer, trockener Sommer, und Feuer kommen immer wieder vor. Ich nehme an, das ist Routine für sie.«

»Ich weiß, dass der Verlust von so viel Malvasia-Nera-Reben die Produktion des Angelica beeinflussen wird, aber wir können das zu unserem Vorteil drehen. Mit einer großen Versicherungssumme können wir viel von den Schulden des Weinguts zurückzahlen. Nächstes Jahr wird bestimmt ein besseres Jahr.«

Er grinste. »Du planst doch nicht irgendetwas Halbseidenes, oder?«

»Ich habe noch nie irgendetwas Illegales in meinem Leben getan!«, protestierte ich. »Aber ich habe lange genug mit Zahlen herumhantiert, um zu wissen, wie wir das Beste aus dieser Situation machen können. Aber was diesen Kredit angeht …«

»Ja, ich weiß. Es ist jetzt sehr wahrscheinlich, dass wir die Ratenzahlungen nicht bedienen können, nachdem wir so viel Liter der nächsten Abfüllung verloren haben. Und dann auch noch der Verlust der Malvasia-Rebstöcke! Vielleicht verlieren wir die fünfzehn Hektar, die wir als Sicherheit gegeben haben.« Er legte mir seine Hand auf den Arm. »Aber ich bin dir so dankbar, dass du diesen Deal ausgehandelt hast. Mir ist bewusst, dass die Sicherheit, die wir gegeben haben, weit weniger wert ist als die Höhe des Kredits. Wir hätten sehr viel mehr Land verloren, wenn du nicht so gute Konditionen für uns erzielt hättest.«

Er würde mir nicht mehr lange dankbar sein. Aber ich hatte keine Gelegenheit, ihm mehr zu erzählen, weil in dem Moment die anderen die Küche betraten, um einen Kaffee zu trinken. Und kurz darauf tauchte der Feuerwehrhauptmann auf. Er kam nicht allein. Der Polizist Adriano, Beatrices Cousin, war bei ihm.

Ich servierte Kaffee und Kuchen, und nachdem genug Höflichkeiten ausgetauscht worden waren, räusperte sich Adriano sichtlich unbehaglich. »Die Ermittler glauben, dass das Feuer absichtlich gelegt worden ist, und zwar gestern Abend kurz nach Einbruch der Dunkelheit. Sie haben eine Zigarettenkippe an der Stelle gefunden, wo das Feuer ausgebrochen ist.«

Tommaso schüttelte den Kopf. »Das war Leichtsinn, vielleicht, aber eine Zigarettenkippe allein macht noch keinen vorsätzlichen Akt.«

Adriano verschränkte die Arme vor der Brust. »Es wurde auch die Verwendung eines Brandbeschleunigers festgestellt.« Wir mussten ziemlich verwirrt ausgesehen haben, denn er beugte sich eindringlich vor und stützte die Arme auf den Küchentisch. »Eine Spur von leicht entzündlicher Flüssigkeit wurde gelegt, um dafür zu sorgen, dass sich das Feuer schnell ausbreitete.«

Mein Magen krampfte sich zusammen. Diese dunkle Vorahnung war gerade zu dem lauten Schrillen von Alarmglocken geworden. »Wer würde so etwas tun?«

Adriano blickte auf seinen Kuchen, und überließ es dem Feuerwehrhauptmann, uns den letzten Schlag zu versetzen. »Vielleicht einer von Ihnen, in der Hoffnung, Geld von der Versicherung zu erschleichen. Laut einer Informationsquelle hat das Weingut sehr viele Schulden, und Sie haben bereits erst kürzlich einen Antrag auf Schadensersatz eingereicht.«

Tommaso und ich wechselten einen Blick. Er wirkte perplex, ich jedoch nicht. Ich hatte eine sehr klare Vorstellung davon, wer diese »Informationsquelle« war. Das war übel, sehr übel.

»Nennen Sie mir ein Weingut, das keine Schulden hat.« Tommasos finstere Miene war wieder zurückgekehrt.

»Und wir waren beide auf Beatrices Party«, fügte ich hinzu. »Sie haben uns dort gesehen, Adriano. Sie wissen, dass keiner von uns das Feuer gelegt haben kann.«

»Aber Sie könnten jemanden dafür bezahlt haben, es zu tun.« Adriano zuckte hilflos mit den Schultern. »Wir werden vielleicht niemals herausfinden, wer es gelegt hat oder warum. Alle Beweise sind wahrscheinlich im Feuer zerstört worden. Aber wir haben einen Spezialisten aus Rom hinzugezogen, einen Spezialermittler für Brandstiftung.«

Brandstiftung. Ich hatte das Kleingedruckte der Versicherungspolice gelesen. Wenn Castel Sant'Angelo nicht von jeglicher Beteiligung an diesem Feuer freigesprochen wurde, würde der Schadensersatzanspruch abgelehnt werden. Und ohne die Auszahlung der Versicherungssumme gab es keinen Silberstreif am Horizont für uns.

Abgesehen von dem Schaden durch den Vandalismus und dem Verlust der Malvasia-Nera-Reben, würden wir auch den Kredit nicht bedienen können. Und Tommaso würde ein Viertel seines Landes verlieren.

An Giovanni Fioravanti.

28. KAPITEL

La famiglia è la patria del cuore
Die Familie ist die Heimat des Herzens

»Ich habe Geraldine nicht verraten, wo sie dich finden kann!«, protestierte Cleo. »Das muss Moira gewesen sein. Warum schickst du sie nicht einfach weg?«

»Das habe ich versucht, aber Tommaso hat sie eingeladen zu bleiben. Er scheint es für unhöflich von mir zu halten, wenn ich meine eigene Mutter auf die Straße setze.«

»Du könntest ihm von ihr und Kevin erzählen.«

Ich lachte. »Na klar. *Ich habe meine Mutter seit einem Jahr nicht gesehen, weil sie bei unserer letzten Begegnung nackt war und ihre Beine um die Hüften meines gleichfalls nackten Verlobten geschlungen hatte* ist nicht gerade eine super Gesprächseröffnung.« Außerdem wollte ich Tommasos Mitleid nicht.

»Aber es ist die Wahrheit.«

»Er hat schon genug Sorgen. Er muss nicht auch noch meine Familienprobleme auf seine Schultern laden.«

»Seit wann kümmert es dich, was Tommaso empfindet? Ist das nicht derselbe Mann, dem du ein Bügeleisen auf den Kopf geschlagen hast – der Mann, der dir dein Geburtsrecht gestohlen hat?«

»Das mit dem Bügeleisen war ein Unfall, und das hier ist schwerlich mein Geburtsrecht. Wir sind Partner, keine Rivalen.«

Ein Moment herrschte Schweigen am anderen Ende. Ich fuhr mit dem Finger das Muster der Häkeldecke nach.

»Du klingst fast so, als hättest du Bedenken«, sagte Cleo.

Was?

»Bist du wirklich sicher, dass du die Toskana verlassen willst?«, fuhr Cleo fort. Mein Herz hörte auf zu hämmern. Wow! Einen Moment hatte ich befürchtet, sie hätte erraten, was zwischen Tommaso und mir passiert war. Sie würde mir wahrscheinlich sagen, dass ich dumm wäre und mich meinen ruchlosen Bedürfnissen hingeben und mich flachlegen lassen sollte, wie sie es schon von Anfang an bei diesem Abenteuer für mich gewollt hatte. Und ich wollte diesen Ratschlag noch weniger hören als am Anfang, denn mittlerweile war ich vielleicht verlockt, ihn zu befolgen.

»Natürlich will ich die Toskana verlassen. Warum sollte ich nicht nach London zurückkehren wollen? Oder gibt es da etwas, was du mir verschweigst? Hat Kevin mich schon ersetzt?«

»Sei nicht albern. Kevin hätte dich schon vor Wochen wieder an deinen Schreibtisch zurückbeordert, wenn die Personalabteilung ihn gelassen hätte. Jetzt, wo du nicht mehr hier bist, hat er endlich begriffen, was du wert bist. Nein, ich meinte, du klingst, als würden dir das Weingut und das Castello am Herzen liegen.«

»Natürlich tun sie das, aber warum sollte ich deswegen hierbleiben wollen?«

»Welchen Grund hättest du, zurückzukommen?«

»Ein Heim, einen Job, eine Zukunft …« Aber dieses Mal stand ich nicht hinter meinen Worten. Der Schlafmangel hatte mir meinen Enthusiasmus geraubt. Oder vielleicht war es auch Geraldines Ankunft, die mir meine Begeisterung genommen hatte. Oder vielleicht das Damoklesschwert der Brandstiftung, das über dem Besitz hing. Ich rieb mir die schmerzenden Schläfen.

»Du bist so sehr auf diesen Plan fixiert, den du dir für dein Leben zusammengezimmert hast, dass du möglicherweise etwas Wundervolles direkt vor deiner Nase verpasst.« Cleo klang gereizt. »Warum muss dein Heim ein Reihenhaus in London sein? Warum musst du einen Job hinter dem Schreibtisch haben? Du hast in den letzten Monaten glücklicher geklungen, als ich dich jemals zuvor erlebt habe.«

»Selbst wenn ich wollte, könnte ich nicht bleiben. Ich habe ein lukratives Kaufangebot von Florian und Yusuf, und ich brauche ihr Geld, um die Schulden des Weinguts zu begleichen.«

»Du wolltest sagen, deinen Anteil an den Schulden des Weinguts?«

Ich zupfte an einem losen Faden in der Decke. »Nein. Ich habe vor, alles zu begleichen.«

Schweigen. »Bist du verrückt geworden?«, explodierte Cleo dann. »Wenn du die gesamten Schulden mit der Summe, die du mit dem Verkauf des Castello erzielst, abzahlst, bleibt nichts mehr für dich übrig. Du musst als Partner in dem Geschäft bleiben, bis Tommaso dich auszahlen kann. Ich dachte, du wolltest den Laden loswerden?«

Ich atmete langsam aus. »Ich kann Tommaso nicht auf dem Kredit sitzen lassen. Es ist mein Fehler, dass das Weingut in Gefahr ist. Ich habe meinen Biss verloren. Eine Umschuldung zu arrangieren sollte das Einfachste auf der Welt für mich sein, etwas, was ich im Schlaf abwickeln kann. Stattdessen habe ich mich einwickeln lassen.«

Cleo seufzte. »Du hast deinen Biss nicht verloren. Du hattest nur nicht alle Fakten. Wir beide sind Zahlen-Menschen. Wir verstehen etwas von Aktivposten und Verbindlichkeiten, aber nicht von Motiven und Emotionen. Wie könnte dir eine Bilanzaufstellung verraten, ob ein Kunde sich ethisch korrekt verhält oder nicht?«

Ganz einfach. Wenn etwas zu gut aussieht, um wahr zu sein, ist es das wahrscheinlich auch. »Ich hätte sorgfältiger recherchieren müssen. Ich hätte tiefer buddeln und mehr Fragen stellen müssen.« Ich straffte die Schultern. »Hör zu, ich muss Schluss machen. Ich brauche dringend etwas Schlaf, wenn ich mich morgen früh mit Geraldine auseinandersetzen soll. Ich halte dich auf dem Laufenden.«

»Versprich mir einfach nur, dass du sie nicht umbringst.«

»Das verspreche ich. Jedenfalls nicht, wenn irgendwelche Zeugen in der Nähe sind.«

*

Die Küche war am schönsten am frühen Morgen, bevor Ettore zur Arbeit kam und wenn meine Hausgäste noch schliefen. Allein mit dem Morgenchor, der durch die geöffneten Fenster hereinzwitscherte, und dem Duft von warmem Brot in der Luft fühlte ich mich in der Lage, mich allem zu stellen, ohne einen Mord zu begehen. Fast allem.

Es gab nur eine Sache, der ich mich nicht stellen konnte, und das war Tommaso, wenn er herausfand, mit wem ich die Umschuldung des Kredits abgeschlossen hatte. Ja, es war feige. Aber nachdem ich mich die ganze Nacht schlaflos herumgewälzt hatte, war ich zu dem Schluss gekommen, lieber ein Feigling zu sein, als Tommasos Respekt und seine Freundschaft zu verlieren. Denn wenn er es jemals herausfand, wusste er genauso gut wie ich, dass Giovanni Fioravanti sowohl für den Vandalismus als auch für das Feuer verantwortlich sein musste.

Nur war es ohne Beweise völlig sinnlos, diesen Verdacht auch nur laut auszusprechen.

Ich zog gerade ein zweites Blech mit Brötchen aus dem Ofen, als Geraldine in die Küche schwebte. Sie trug ein transparentes, schwarzes Negligé und ihre blond- und mauvefarbenen Locken waren vom Schlaf zerzaust.

»Gibt es hier keinen elektrischen Wasserkocher?«, nuschelte sie.

Ich fand, dass der elektrische Wasserkocher in der Speisekammer gut aufgehoben war. Schließlich war es Stromverschwendung, wenn der Ofen ja bereits heiß war. »In der Espressokanne ist frischer Kaffee«, sagte ich.

Ich stellte das Blech auf den Küchentisch, und der Duft von frisch gebackenen Brötchen erfüllte die Küche mit gemütlicher Wärme.

Geraldine schnüffelte. »Das riecht göttlich, aber wirklich, allein der Anblick von so viel Gluten bereitet mir Bauchschmerzen.«

»Dann ist es ja gut, dass die nicht für dich sind.«

Geraldine hatte keine Glutenintoleranz gehabt, bis es schick geworden war.

Sie schenkte sich eine Tasse schwarzen Kaffee ein und setzte sich an den Küchentisch. Seufzend stützte sie das Kinn in die Handfläche. »Sieh dich nur an, an den Ofen gekettet wie ein echtes Heimchen am Herd. Wer hätte gedacht, dass meine erfolgreiche Finanzanalystin irgendwann so häuslich werden würde?«

Das musste ich werden. Irgendjemand musste erwachsen sein, die Mahlzeiten kochen und die Wäsche machen. Ich holte tief Luft, um mich zu beruhigen, und konzentrierte mich darauf, die sternförmigen *Semelle*-Brötchen von dem Backblech in die Holzkiste mit dem Trattoria-Logo der Rossis zu legen. Dann schälte ich weiter Äpfel, bevor der Timer sich meldete. Es war die Jahreszeit für Äpfel, also waren diesen Monat in allem, was ich backte, Äpfel.

»Obwohl häuslich vielleicht nicht das richtige Wort dafür ist.« Geraldine betrachtete mich, während sie ihren Kaffee trank. »Du machst keine halben Sachen, stimmt's? Statt deinen Urlaub zu genießen wie jeder normale Mensch, hast du ihn in eine Landlust-Industrie verwandelt.«

Wenn es sich lohnt, etwas zu tun, dann lohnt es sich auch, es gut zu machen. Das hatte John mir immer gesagt. Ich blickte konzentriert auf meine Hände. »Weil ich vielleicht, anders als du, nicht einfach durchs Leben treiben will. Ich habe gerne ein Ziel.«

Geraldine lachte scharf. »Ein Ziel haben wir alle. Aber du warst immer so ehrgeizig. Das musst du von deinem Vater haben, denn von mir hast du es ganz sicher nicht.«

Ich konnte es mir nicht verkneifen. »Nein, niemand würde dich jemals beschuldigen, dass du ehrgeizig wärest. Du schwebtest einfach nur von der Befriedigung eines egoistischen Bedürfnisses zum nächsten. In einem Monat Thailand, im nächsten Schweden. Hast du niemals ein Heim gewollt?« *Oder eine Familie? Oder mich?*

Geraldine biss jedoch nicht an. Sie lächelte, fast traurig. »Und wolltest du denn nie einfach nur glücklich sein? All diese Dinge, denen du nachgejagt bist – beste Noten in der Schule, der hochbezahlte Job, die schicke Wohnung, der Mann im Anzug – hat all das dich glücklich gemacht oder haben sie dir nur Stress bereitet? Ist es das, was du wirklich willst, oder sind das Dinge, von denen die Welt sagt, dass du sie wollen solltest?«

Prompt waren wir wieder bei dem Hippie-Antikommerz-Geschwafel gelandet. Ich hatte es in den letzten Jahren bis zum Überdruss gehört. Ich schnitt die geschälten Äpfel in Spalten, vielleicht etwas nachdrücklicher als üblich. »Es gibt mehr im Leben als Vergnügen. Wir alle haben Verpflichtungen.«

Sollten Mütter nicht ihre Töchter eigentlich dazu ermutigen, gut in der Schule zu sein und vernünftige Jobs zu haben? Meine Mutter war die einzige Mutter, die ihre Tochter ermutigt hatte, leichtsinnig zu sein. »Sicherheit macht mich glücklich. Zu wissen, wo ich morgen bin, macht mich glücklich. Und zu wissen, dass ich auf eigenen Beinen stehen kann, ohne mich auf jemand anderen verlassen zu müssen, macht mich glücklich.«

»Und deshalb bindest du dir einen Klotz ans Bein und lässt dich von einem Schreibtisch oder Ofen versklaven?« Geraldine schüttelte den Kopf.

»Ich bin kein Sklave! Ich war noch nie freier, als ich jetzt bin. Und glücklich bin ich auch!« Ich schnappte nach Luft, als mich diese plötzliche Erkenntnis überkam.

Cleo hatte recht: Ich war hier glücklich. So glücklich wie schon seit Jahren nicht mehr!

Ich wischte mir die Hände an der Schürze ab und ging in die Speisekammer, um einen Moment ungestört zu sein, damit ich den Gedanken verarbeiten konnte. Hier lebte ich nach meinem eigenen Stundenplan, hetzte nicht dem nächsten Zug, der nächsten Konferenz, dem nächsten Kunden hinterher. Wie eine echte Italienerin beherrschte ich dieses Work-Life-Ding plötzlich perfekt.

Aber es war mehr als das. Ich war hier glücklich, weil ich das alles für mich getan hatte. Nicht um irgendjemanden zu beeindrucken. Nicht um Lob einzuheimsen oder die Liebe meines Vaters oder um gut genug zu sein, damit die Leute mich wirklich wollten. Vielleicht zum ersten Mal in meinem Leben hatte ich nur versucht, mir selbst zu gefallen. Ich hatte getan, was Geraldine normalerweise tat.

Ich lehnte die Stirn an das Regal, auf dem jetzt das schwere Bügeleisen stand. Carmelo, der Antiquitätenhändler, hatte mir für dieses alte Bügeleisen einen wirklich guten Preis geboten, aber ich hatte es nicht über mich gebracht, mich davon zu trennen.

Wollte ich bleiben? Klar. Wer würde nicht gern sein Hobby zum Beruf machen? Wer würde nicht gerne sein eigenes Castello in der Toskana haben? Und einen hinreißenden Mann mit lachenden, grauen Augen?

Aber ich würde nichts von alldem bekommen. Als ich diesen Kreditvertrag mit Tommasos ärgstem Rivalen abgeschlossen hatte, hatte ich jede Chance auf mein eigenes Glück in den Wind geschlagen. Ich musste das Castello verkaufen und wieder zurück nach London gehen, in meinem Job weitermachen, denn wenn ich es nicht tat, würde Tommaso alles verlieren, was er am meisten liebte. Und das würde ich niemals zulassen.

Nein, ich war absolut nicht wie meine Mutter. Ich würde nicht einfach meinen Launen folgen und tun, worauf ich gerade Lust hatte, ganz gleich, wen es verletzte. Wie immer würde ich verantwortlich und pragmatisch handeln und das tun, was getan werden musste.

»Geht es dir gut da drin?«, rief Geraldine.

»Klar. Alles super.« Ich schnappte mir die Packung mit Haferflocken, die ich manchmal als Ersatz für Semmelbrösel benutzte, und ging in die Küche zurück. Dann knallte ich die Packung vor Geraldine auf den Tisch. »Das ist zwar auch nicht glutenfrei, aber das ist so ziemlich das fettärmste Nahrungsmittel, das du in diesem Haus finden kannst.«

Dann machte ich mich daran, das größte Pfannenfrühstück zuzubereiten, das ich je gemacht hatte, mit Olivenöl, Schinken, fetten, italienischen Würstchen, Eier vom Rossi-Hof, Tomaten und Zucchini, die ich selbst angebaut hatte, und Pilzen, die ich im Wald zwischen dem Castello und dem Weingut gesammelt hatte. Ich briet sogar Scheiben von dem Brot, dass ich heute Morgen erst gebacken hatte.

»Ich bin wohl im siebten Himmel gelandet«, meinte Per, der eine halbe Stunde später in die Küche schlurfte und sich den Schlaf aus den Augen rieb.

Ich bot ihm Kaffee an und einen Teller mit so viel Fett und Gluten und Cholesterin, wie eine Person nur verputzen konnte. Und als uns Ettore und Tommaso kurz danach Gesellschaft leisteten, bekamen sie ebenfalls einen gehäuften Teller davon vorgesetzt. Schweigen breitete sich in der Küche aus, als sie sich alle darüber hermachten. Alle, bis auf Geraldine, die ihre Schüssel mit Kleie und Milch halb voll stehen gelassen hatte. Ich grinste. Es waren oft die kleinen Freuden, die das Leben erträglich machten.

*

Es war Ettore, der herausfand, dass Per Klempner gewesen war, bevor er Tauchlehrer geworden war, und ihn aufforderte, die Marmorspüle zu installieren, die ich in Grosseto gekauft hatte. Nachdem er Geraldine beauftragt hatte, weiterhin Tapete zu entfernen und die Wände sauber zu kratzen, erbot er sich freiwillig, in die Stadt zu fahren und Farbe zu kaufen. Meinen Vorschlag, ihn zu begleiten, lehnte er ab.

»Aber sollte ich nicht dabei sein, um die Farben auszusuchen?«

Ein Moment lang sah er genauso aus wie der Furcht einflößende Ex-Häftling bei unserer ersten Begegnung. »*Ich* suche die Farben aus!«

Ich wagte nicht zu widersprechen.

Da ich kein Verlangen hatte, auch nur in der Nähe meiner Mutter zu arbeiten, beschloss ich, die nächste Aufgabe auf meiner Liste in Angriff zu nehmen: Tomaten verarbeiten. Die Vögel hatten bereits angefangen, über die Tomaten herzufallen, und ich musste die Früchte ernten, bevor ich noch mehr verlor.

Nachdem ich meine kleine Ernte eingefahren hatte, wusch ich den Vorrat an Einmachgläsern, den Nonna angelegt hatte, packte die Tomaten in die Gläser und krönte sie mit Basilikumblättern. Dann verschloss ich die Gläser und stellte sie in kochendes Wasser.

Es gab kein befriedigenderes Gefühl, als Einmachgläser zum Abkühlen in die Speisekammer zu tragen. Ich würde sie mit nach England nehmen, damit ich den Duft von Italien bei mir hatte, der mir über die Wintermonate helfen würde. Damit ich mich an dem festklammern konnte, was ich in diesem Sommer gefunden hatte.

»Wusstest du, dass Tomaten ursprünglich gar nicht aus Italien stammen?«

Ich fuhr bei seiner Stimme herum und presste mir unwillkürlich die Hand auf mein heftig pochendes Herz. »Du musst aufhören, dich so an mich heranzuschleichen!«

»Ich schleiche mich nicht heran. Ich wollte dir meine Hilfe anbieten, falls du sie brauchst.«

»Musst du nicht im Weinkeller arbeiten?«

Tommaso zuckte mit den Schultern. »Jetzt bleibt uns nur zu warten, bis die Trauben reif für die Lese sind. Bis dahin gehöre ich ganz dir.«

Mein Herz hämmerte plötzlich auf eine ganz andere Art, als hätte es einen Schlag ausgesetzt. »Okay, also woher kommen die Tomaten?«

Er grinste. »Aus Südamerika. Sie wurden von den spanischen Konquistadoren in Europa eingeführt.«

*

Als Ettore mit den Farben zurückkehrte, musste ich zugeben, dass er eine überraschend gute Auswahl getroffen hatte. Ein sanftes Pistaziengrün für die Küche, das das Grün der Porzellankacheln auf dem Ofen wiederholte, ein lebhaftes Sonnengelb für das Wohnzimmer, das zu der Farbe passte, die Fiorella hinter dieser schrecklichen Tapete entdeckt hatte, Eierschalenblau, ein weiches Buttergelb und ein blasses Lavendel für die Schlafzimmer. Weiß war nur für die Decken vorgesehen.

»Es ist jedenfalls erheblich bunter, als ich es ausgesucht hätte«, stellte ich zurückhaltend fest.

Geraldine warf einen Blick über meine Schulter. »Wenn du die Farben ausgesucht hättest, wäre alles weiß.«

Das konnte ich nicht abstreiten. »Aber wir haben keine Ahnung, welche Farben Florian und Yusuf bevorzugen«, protestierte ich schwach.

»Sie werden sie mögen«, stellte Ettore schlicht fest, als hätten die beiden keine Alternative.

»Dein Leibwächter hat wirklich viele verborgene Talente«, flüsterte Geraldine.

Und ich musste zugeben, dass es wirklich Spaß machte, mit allen zusammen Wände zu streichen. Untermalt von Ettores volltönendem Bariton machten wir uns alle an die Arbeit. Da Tommaso die Aufgabe bekommen hatte, die Dachbalken abzuschleifen und zu versiegeln, sorgte ich dafür, dass ich immer in dem Raum strich, in dem er gerade arbeitete. Das gab mir jede Menge Gelegenheit, seinen knackigen Po zu beäugen, während er auf der Leiter balancierte. Und es gab mir viel Zeit darüber nachzudenken, ob es nicht dumm von mir gewesen war, ihn abzuweisen. Vielleicht hätte ich Cleos Ratschlag befolgen und mich flachlegen lassen sollen. Vielleicht hätte ich dieses eine Mal mehr meinem Herzen als meinem Kopf folgen sollen. Allerdings war es nicht mein Herz, das sich lautstark bemerkbar machte. Diese Forderung kam von einem Körperteil, das erheblich tiefer lag als mein Herz.

*

Nachdem die Sonne untergegangen und es zu dunkel war, um weiter zu streichen, versammelten wir uns im Esszimmer, unter den bunten Farben von Fiorellas restauriertem Fresko. Ich hatte die Mahlzeit hastig zusammengestellt, *Pici* mit einer Sauce aus frischen Fava-Bohnen und Pecorino.

Tommaso öffnete eine Flasche Sant'Angelo Sangiovese, und Ettore, der zum Abendessen eingeladen worden war, brachte den Toast aus: »Auf die Familie!«

»Salute!«, antworteten wir alle, selbst ich, da ich Geraldine gegenüber versöhnlicher gestimmt war, weil sie fast den ganzen Tag mit ungebrochener Begeisterung gearbeitet hatte. Sie hatte sogar weitergearbeitet, wenn Ettore einmal nicht hingeguckt hatte.

Nach dem Essen servierte ich Apfel-Crostata, einen Mürbeteigkuchen mit Apfel, und nachdem wir Ettore auf seiner kleinen Vespa verabschiedet hatten, gingen wir mit unseren Drinks auf die Terrasse, um den warmen Abend zu genießen.

Geraldine setzte sich auf Pers Schoß, und sie kuschelten wie Teenager, was ich so gut ich konnte ignorierte, damit ich mir nicht vorstellte, wie ich in derselben Position auf Tommasos Schoß saß.

Ich hörte die Geräusche zuerst. Ein Schnaufen und Grunzen, die Laute eines wilden Tieres. Ich spähte in die Dunkelheit und lauschte.

»Was ist das?« Geraldine saß stocksteif auf Pers Schoß und klang verängstigt.

Tommaso und ich wechselten einen kurzen Blick. *»Cinghiale!«*, riefen wir gleichzeitig.

Wir sprangen auf, und Tommaso grinste, als wir auf die Geräusche zurannten. Wir wedelten mit den Armen und johlten. Wie aufgeregte Kinder rasten wir durch den Garten, um die Wildschweine zu verscheuchen, die in den Blumenbeeten nach Wurzeln suchten. Wir jagten sie durch den Maschendrahtzaun hinaus, der den Garten einrahmte, und dann flickte Tommaso notdürftig das Loch, durch das sie hereingekommen waren.

Als wir zur Terrasse zurückkehrten, waren wir immer noch atemlos und lachten.

»Was waren das für Kreaturen?«, fragte Geraldine. Sie stand jetzt am Rand der Terrasse und wartete auf uns, die Arme um den Oberkörper geschlungen.

»Schweine?« Per trat neben sie.

Tommaso nickte. »Wildschweine. Zu dieser Jahreszeit fressen sie sich Winterspeck an. Und in den letzten Jahren haben sie sich stark vermehrt, deshalb wagen sie sich bei ihrer Futtersuche immer weiter aus dem Wald heraus.«

Im unbarmherzigen Licht des nächsten Tages untersuchten wir den Schaden, den die Wildschweine angerichtet hatten. Sie hatten Löcher in den Rasen gegraben, die Irisknollen herausgewühlt, und einen Pfad der Zerstörung im Garten hinterlassen. Tommaso verbrachte den ganzen Morgen damit, den Maschendrahtzaun zu reparieren, aber es half nichts.

Als ich vom wöchentlichen Marktbesuch zurückkehrte, hörte ich Geraldine schreien. Ich umrundete das Haus und ging den Hang zum Swimmingpool hinab, und erreichte sie gleichzeitig mit den Männern. Geraldine war im Wasser, umringt von Wildschweinen, die zum Pool gekommen waren, um zu saufen. Sie hatten den Zaun erneut durchbrochen, indem sie die Pfosten herausgestoßen und eine Mulde unter dem Zaun gegraben hatten.

»Morgen könnte ich einen elektrischen Zaun ziehen«, bot Per an, nachdem wir die Schweine wieder verjagt hatten.

»Du weißt, wie man das macht?«, fragte ich.

Er nickte. »Bevor ich als Klempner gearbeitet habe, habe ich elektrische Zäune gebaut.«

Ich lachte. Ich wünschte mir vielleicht, dass meine Mutter verschwinden würde, aber Per war ein ausgesprochen willkommener Hausgast.

*

An einem Nachmittag unterbrachen wir die Arbeit, um im Wald hinter dem Weingut Haselnüsse zu sammeln, bevor die Wildschweine sie alle wegfraßen. An diesem Abend saßen wir am großen Küchentisch und wickelten die gerösteten Nüsse in heiße, feuchte Tücher, um die inneren Häute aufzuweichen, damit man sie leichter abschälen konnte.

Aus unserer Beute machte ich Schoko-Haselnuss-Biscotti

und mächtiges Feigen-Haselnuss-Panforte, das ich fürs Erntedankfest lagerte. Für die Trattoria backte ich Mürbegebäck mit Haselnuss, und Schokoladen-Calzone gefüllt mit Haselnusscreme.

»Von mir aus muss ich nie wieder eine Haselnuss sehen, solange ich lebe«, sagte Geraldine stöhnend, als wir endlich die letzte Nuss geschält hatten. »Ich brauche jetzt dringend eine Maniküre!«

*

Da mein Schlafzimmer durchdringend nach frischer Farbe roch, schlief ich ein paar Nächte in einem der Gästezimmer. Als ich schließlich wieder in mein eigenes Schlafzimmer zurückzog, am Ende eines weiteren langen Tages, an dem ich Wände abgeschrubbt und gestrichen hatte, stellte ich fest, dass Ettore mir ein unerwartetes Geschenk hinterlassen hatte. Ein gemalter Zweig gelber Rosen, der die blassblaue Wand hinaufkletterte und sich um das Fenster wand. Die Blüten waren zierlich und unglaublich realistisch. Ich stieg in das große Himmelbett und lag lange in die Betrachtung des Gemäldes vertieft da, während mich das vertraute Konzert der Zikaden in den Schlaf lullte.

Am nächsten Tag widmete sich Ettore Johns Zimmer. Ich hockte auf dem Bett, das er in die Mitte des Raumes geschoben und mit Staublaken zugedeckt hatte, und sah zu, wie er einen verzweigten Strang aus Weinblättern malte, an denen schwere rote Traubenbüschel hingen. Er verlief über Wand und Decke. Ettores große, fleischige Hände führten den winzigen Pinsel mit überraschender Sorgfalt und Geschicklichkeit.

»Du hast mir nie erzählt, dass du ein Künstler bist!«, stellte ich fest.

Er zuckte mit den Schultern. »Ich wusste es ja selbst nicht. Ich hatte nie zuvor die Möglichkeit, es auszuprobieren.«

Mit einigen wenigen Pinselstrichen schuf er einen grünen, verdrehten Zweig, und schob dabei vor Konzentration die Zunge zwischen die Zähne.

»Meinem Vater hätte das sehr gefallen. Er hätte es geliebt, mit dem Blick auf seinen Wein einzuschlafen.«

Ettore nickte.

»Kanntest du ihn?«

»Ich habe manchmal hier bei der Lese geholfen, bevor ...« Er verstummte.

Ich kannte ihn gut genug, um vor der nächsten Frage nicht mehr zurückzuschrecken. »Bevor du ins Gefängnis musstest?«

Er antwortete nicht. Ich räusperte mich. »Ettore, weswegen warst du im Gefängnis?«

Einen Moment lang war ich nicht sicher, ob er antworten würde. Dann legte er den Pinsel weg, wischte sich die Hände an seinem Overall ab und drehte sich zu mir um. »Ich habe einen Mann verprügelt. So schlimm, dass er ins Krankenhaus musste.«

Obwohl ich ihn bei unserer ersten Begegnung ganz anders eingeschätzt hatte, konnte ich mir jetzt nicht mehr vorstellen, dass Ettore auch nur einer Fliege etwas zuleide tun würde. Er hatte nicht ein einziges Mal auch nur die Stimme erhoben, außer wenn er sang.

»Warum?«

»Er war nicht nett zu seiner Freundin. Sie sagte No, und er hat nicht auf sie gehört. Jemand musste ihr helfen.« Er sagte es ganz schlicht, als wäre das selbstverständlich. Vielleicht war es auch wirklich so einfach. Wenn ich mit jemandem ausging, der ein Nein nicht akzeptierte, wäre ich ziemlich froh, wenn mir jemand wie Ettore zur Seite stehen würde. Er wandte sich wieder ab und zeichnete einen Schatten hinter einer Traube von Reben. Ich verließ leise das Zimmer.

*

In den letzten zwei Wochen hatte ich kaum einen einzigen Moment allein mit Tommaso gehabt. Es war immer jemand dabei, es musste immer irgendetwas erledigt werden. Fast als hätte sich das Schicksal verschworen, uns in diesen letzten Wochen meines Aufenthalts in der Toskana voneinander fernzuhalten. Wahrscheinlich ist es auch besser so, sagte mir mein Verstand. Mein Körper widersprach vehement.

In dieser Nacht lag ich im Bett, betrachtete die gelben Rosen an der Wand und stellte mir immer noch Tommasos Hände auf meinem Körper vor, durchlebte immer wieder unseren Kuss zwischen den verbrannten und qualmenden Rebstöcken.

In der ersten Septemberwoche regnete es, und wir mussten im Haus bleiben. Als der Regen aufhörte, lag der Duft von reifenden Trauben in der Luft, und ich konnte sie fast auf der Zunge schmecken, wenn ich einatmete. Die Früchte hingen schwer an den Stöcken, und die Hügel nahmen diesen magischen, goldenen Schein an, der so verlockend auf den Postern in den Reisebüros wirkte.

Jeden Tag ging Tommaso durch die Weinberge, kontrollierte die Reben und wartete darauf, dass sie die perfekte Balance zwischen Süße und Säure erreichten. Jeden Abend überflog er ängstlich den Wetterbericht, ob es vielleicht wieder regnete, was dazu führen könnte, dass die Trauben verfaulten. »Die Trauben müssen trocken sein, wenn sie gelesen werden. Damit es kein zusätzliches Wasser während der Fermentierung gibt«, erklärte er mir. »Die *Véraison,* der Beginn der Reifephase, setzte dieses Jahr sehr früh ein, also sollte die Lese ebenfalls früher losgehen. Aber die etwas kühlere Luft zögert es hinaus.«

Ich war ebenfalls dankbar für die kühleren Temperaturen, die der Regen mit sich brachte. Die Hitze war jetzt erträglicher, als wir wie verrückt letzte Hand an das Castello legten. Ich konnte kaum glauben, dass dies dasselbe Haus war, das ich vor vier Monaten vorgefunden hatte.

Und mir blieben nur drei Wochen Zeit, es zu genießen.

Ich schickte Florian Fotos von den renovierten Räumen, von der Terrasse, die von Töpfen mit weißen Hortensien gesäumt war, von dem restaurierten Fresko im Esszimmer. Ich schickte ihm sogar Fotos von den Badezimmern, obwohl wir keine Veränderungen dort vorgenommen hatten, außer den Reparaturen, die Per dort durchgeführt hatte.

»Ich wusste ja, dass uns Renovierungsarbeiten erwarteten, wenn wir eine alte Villa kaufen«, mailte Florian als Antwort auf die Fotos von den veralteten Siebzigerjahre-Badezimmern.

Du machst dir ja keine Vorstellung!

Und dann, an einem Abend gegen Ende der ersten Septemberwoche, kam Tommaso zu spät zum Abendessen. Um dann wie ein Knallfrosch ins Esszimmer zu platzen. »Es ist so weit! Morgen fangen wir mit der Lese an!«

29. KAPITEL

Col tempo e con la paglia si maturano le nespole
Mit der Zeit trägt alles Früchte

Tommaso weckte uns in aller Herrgottsfrühe, indem er einfach die Treppe hinaufbrüllte. Seine Stimme hallte laut durch das schlafende Haus. Es war selbst für mich ziemlich früh.

»Weißt du eigentlich, wie spät es ist?« Geraldine steckte missmutig den Kopf aus der Tür ihres Schlafzimmers, das sie sich mit Per teilte. Sie rieb sich müde die Augen.

»Klar, es ist zwei Uhr früh«, antwortete Tommaso strahlend und sprang dann in die Küche, um das Feuer im Ofen zu schüren. Sobald wir bequeme Kleidung und Schuhe angezogen und reichlich Kaffee getrunken hatten, verfrachteten wir eine mürrische Geraldine auf den Rücksitz von Tommasos kleinem Alfa und fuhren zum Weingut. Ein leichter Nebel lag über dem Tal und reflektierte das fahle Mondlicht. Es war ein bisschen unheimlich.

»Müssen wir wirklich im Dunkeln arbeiten?«, erkundigte sich Geraldine. Mir fiel auf, dass sie tatsächlich noch Zeit gefunden hatte, sich zu schminken.

»Für die Trauben ist es besser, wenn wir sie pflücken, wenn es kühl ist.« Tommasos Blick blieb starr auf den Lichtkegel der Autoscheinwerfer gerichtet. »Dadurch bleibt der Zuckergehalt stabil. Und vertrau mir, du wirst schon bald zu schätzen wissen, wenn du das nicht in der Mittagsglut machen musst.«

Vor dem Keller parkten bereits Autos und eine ganze Flotte von Vespas. Tommaso öffnete den Verkostungsraum, und wir traten ein. Landarbeiter, Freunde und Nachbarn waren bereits versammelt. Es wurde laut durcheinandergeredet, während Geraldine und ich Kaffee aus Thermoskannen und Salbeikekse verteilten, die ich für diese Gelegenheit zurückgelegt hatte. Studenten und Wanderarbeiter, die sich etwas dazuverdienen wollten, gesellten sich zu uns, und sogar eine Handvoll neugieriger Touristen.

Es waren fast alle da, die ich kannte: Ettore und seine Freunde, Carlotta und Marco, Alberto und der größte Teil seiner Familie. Sogar Adriano, der Polizist, war gekommen.

Marco trug sie alle sorgfältig in eine Liste ein.

»Das sind aber viele Leute, die wir bezahlen müssen«, merkte ich an.

Marco schüttelte den Kopf. »Es werden nicht alle bezahlt. Viele von ihnen sind Freiwillige. Die Unterlagen sind für die Versicherung.«

Alberto hatte einen Berg von *Focaccia* für die Arbeiter mitgebracht. Als kleinen Imbiss zum Frühstück, bevor der Tag anfing. »Beatrice bringt später das Mittagessen vorbei«, sagte er, als er mich kurz umarmte.

Ich betrachtete die Menschenmenge. »Dann braucht sie aber einen sehr großen Lieferwagen!«

Es wurde viel gelacht und geredet, als wir über den staubigen Pfad zwischen den Rebstöcken gingen. Alle waren trotz der frühen Stunde gut gelaunt. Einige Arbeiter fuhren hinten auf den Traktoren mit, auf deren Hänger wir Kisten und Körbe geladen hatten, und der Rest von uns marschierte zu Fuß. Als wir die Felder erreichten, wo wir mit der Lese beginnen wollten, wurden die Lampen angeschaltet, die an den Traktoren montiert waren, um die dunklen Reihen der Rebstöcke zu beleuchten.

Tommaso kletterte auf die Pritsche eines Traktors und fuchtelte mit den Armen, um die Aufmerksamkeit der Anwesenden zu erregen.

»Die meisten von euch wissen, wie das hier funktioniert«, begann er auf Italienisch und wiederholte es für die Besucher auf Englisch. »Diejenigen von euch, die neu sind, suchen sich einen Partner, mit dem ihr zusammenarbeitet, bis ihr wisst, was ihr tut.« Er zog den Korken aus einer Flasche Sangiovese und goss etwas von dem Wein auf den trockenen Boden. »Wir haben keine Zeit zu verschwenden, also fangen wir an!«

Als die Menge sich verteilte, sprang er von dem Anhänger herunter und nahm meine Hand. »Du bleibst bei mir.«

Ich deutete auf die Flasche in seiner Hand. »Wofür war das denn?«

»Das hat dein Vater immer gemacht.« Er lächelte. »Wusstest du, dass der Name Sangiovese von dem lateinischen Ausdruck *Sanguis Jovis* stammt, das Blut von Jupiter, dem Göttervater? John hat immer gesagt, es wäre klug, die Lese mit einem Opfer an die Götter zu beginnen, damit wir eine erfolgreiche Ernte haben würden.«

Eine solche romantische Ader hätte ich bei meinem Vater niemals vermutet. Ich erwiderte das Lächeln. »Wusstest du, dass es ebenfalls die spanischen Abenteurer waren, die die Trauben vom amerikanischen Kontinent nach Europa gebracht haben?«

Tommaso nickte. »Und wusstest du, dass Trauben zu fast achtzig Prozent aus Wasser bestehen? Deshalb sind sie eines der kalorienärmsten Nahrungsmittel.« Er drückte meine Hand. »Ich könnte den ganzen Tag Tatsachen über Weintrauben herunterbeten.«

»Okay, du hast gewonnen. Aber irgendwann werde ich etwas finden, was du nicht weißt.«

»Kannst es gern versuchen.«

Ich streckte ihm die Zunge heraus, und er lachte.

Er hielt mich immer noch an der Hand, als er mich zu einem Gang zwischen den Rebstöcken führte, wo Marco bereits Geraldine und Per zeigte, wie man die Traubenbüschel mit kleinen Baumscheren abschnitt.

»Haltet die Reben mit einer Hand fest und schneidet das ganze Büschel von dem Rebstock ab«, erklärte Marco. »Es mit den Händen abzubrechen ist schwieriger und verletzt zudem die Pflanze, also müsst ihr ein scharfes Schneidewerkzeug benutzen. Dann legt ihr das Traubenbüschel in euren Korb, aber schön vorsichtig, damit die Haut nicht aufplatzt.«

»Gibt es denn heutzutage keine modernen Maschinen, die diese Arbeit erledigen könnten?«, fragte Geraldine.

Tommaso lachte. »Maschinen würden die Häute der Trauben verletzen und dadurch würde der Gärungsprozess zu früh einsetzen.« Er ergriff ihre Hand und drehte sie um. Dann strich er über ihre weiche Handfläche. »Man muss sehr vorsichtig sein, damit die Früchte nicht beschädigt werden und das Aroma erhalten bleibt, das durch die Haut geschützt wird.«

»Du bist ja so ein Charmeur! Habe ich nicht recht, Sarah?« Geraldine strahlte übers ganze Gesicht, und ich verdrehte die Augen. Meine Mutter war wirklich einfach unverbesserlich.

Wir arbeiteten den ganzen Morgen, während der Himmel erst graute und dann allmählich blau wurde. Das Licht kroch langsam die Hänge hinauf und in die Täler, stahl sich zwischen die Rebstöcke und erhellte allmählich die Umgebung. Dann kam die Sonne heraus und ließ das Grüngold der Blätter leuchten, das Braun des Holzes und der Erde und das Violett der Trauben. Die großen Lampen an den Traktoren wurden ausgeschaltet, und wir arbeiteten schneller, als es immer wärmer wurde.

Die Regenfälle der letzten Tage hatten den Boden an manchen Stellen schlammig gemacht, und die Trauben waren klebrig. Ihr Saft lief mir die Finger hinunter, während ich unablässig pflückte. Schon bald waren meine Jeans und mein T-Shirt vollkommen fleckig, und durch das ständige Bücken und Ducken schmerzten Muskeln, von deren Existenz ich bis jetzt nicht die geringste Ahnung gehabt hatte.

Die Sonne stieg höher und brannte mit einer Heftigkeit auf uns herab, die sich mehr wie Juli als September anfühlte. Tommaso zog sein Hemd aus, und die Augenweide, die sein Anblick bot, genügte, um mich zu motivieren, weiterzumachen. Ich hätte nichts dagegen gehabt, mein T-Shirt ebenfalls auszuziehen. Der Schweiß lief mir den Rücken hinunter, zwischen die Schulterblätter unter die Arme, bis ich vollkommen schweißüberströmt und schmutzig war, und außerdem war mir heiß. Mittlerweile hegte ich keinerlei liebevolle oder sanfte Gefühle mehr für die Trauben.

Obwohl die Büschel schwer an den gespreizten Zweigen

hingen, fielen sie mir nicht einfach von den Rebstöcken in die Hände, sondern sie mussten abgeschnitten werden. Obwohl ich Handschuhe trug, die Tommaso mir gegeben hatte, hatte ich von der Schere bereits Blasen auf der weichen Haut zwischen Daumen und Zeigefinger. Meine Arme waren zerkratzt, weil ich durch die knorrigen Zweige der Rebstöcke greifen musste, um die Traubenbüschel zu erreichen.

Tommaso unterbrach seine Arbeit immer wieder, um zwischen den Reihen der Rebstöcke umherzugehen und uns über die Schulter zu schauen. Er blieb bei mir stehen und rieb meine Arme. »Soll ich sie küssen, damit sie heilen?« Seine Augen funkelten herausfordernd, und ich hätte plötzlich keinen einzigen Grund mehr benennen können, warum ich jemals Nein zu ihm gesagt hatte.

»Mach dich vom Acker!«, antwortete ich stattdessen. Mein Tonfall war eine Mischung aus Frustration und Belustigung.

Ich war allerdings dann doch nicht zufrieden, als er tatsächlich davonging, zurück zu dem Rebstock, wo er weiterpflückte. Ich hatte es genossen, den Anblick seiner nackten Brust und Schultern aus nächster Nähe bewundern zu können. Kein Wunder, dass er so nahtlos braun war.

Aber die Lese war nicht nur harte Arbeit und Schweiß. Während wir von Rebstock zu Rebstock gingen, plauderten wir, lachten und tratschten. Einige unserer Kollegen sangen sogar. Ich sah amüsiert zu, wie Ettore ungeniert mit einer der Studentinnen flirtete, die mit ihren Freunden mit dem Bus aus Rom gekommen war, um an der Weinlese teilzunehmen. Ich erfuhr, dass Aurelio und Silvia ihr erstes Kind erwarteten, dass Carlottas kleine Schwester, die Lehramt studierte, sich diesen Tag freigenommen hatte, um bei der Lese zu helfen, und stellte ebenfalls fest, dass Marco ein weit größeres Repertoire an schmutzigen Witzen hatte als jeder andere Mensch, den ich je kennengelernt hatte.

Ab dem Vormittag fuhren Marco und ein Team aus Fahrern die gefüllten Körbe und Kisten zur Kellerei, wo sie sie in dem kühlen, klimatisierten Kelterhaus lagerten.

Als die Sonne im Zenit stand, machten wir eine Pause für das Mittagessen. Wir suchten uns so gut es ging ein schattiges Plätzchen und aßen die Speisen, die Beatrice und Matteo aus der Trattoria mitgebracht hatten. Aufschnitt und Brot mit Käse. Crostini mit Schinken und Oliven, Bruschetta mit Salami und saftigen Tomaten. Das alles spülten wir mit Wein herunter. Und aßen zum Nachtisch viele süße, runde Trauben, die wir nach Belieben pflücken konnten.

»Wer kocht eigentlich in der Trattoria, solange ihr beide hier seid?«, fragte ich Matteo.

»Niemand. Es ist *La Vendemia,* die Lese. Wir haben die Küche geschlossen und ein Schild aufgehängt. So lange, bis alle Trauben geerntet sind.«

Nach dem Essen, im glühenden Sonnenschein, kehrten wir zum Keller zurück. Wir drängten uns auf den Pritschen der Lastwagen, zwischen den Kisten und Plastiktonnen, die bis zum Überquellen mit den saftigen Trauben gefüllt waren.

»Morgen zur selben Zeit am selben Ort«, verkündete Tommaso bester Stimmung, bevor alle nach Hause gingen, um eine wohlverdiente Dusche und ihre Ruhe zu genießen.

Ich konnte es kaum erwarten, auch unter die Dusche zu springen. »Kommst du nicht mit?«, fragte ich Tommaso, als er mir seine Autoschlüssel in die Hand drückte.

Er schüttelte den Kopf. »Wir fangen jetzt mit der Sortierung der Trauben an.«

»Dann bleibe ich auch. Gleichberechtigte Partner, schon vergessen?«

Er nahm meine Hand und hob sie an seine Lippen. Sein Bart kratzte verführerisch auf meiner Haut.

Anders als die Lese wurde das Sortieren nicht mehr mit der Hand durchgeführt. Ein hochmoderner optischer Sortierer trennte die schimmeligen und fehlerhaften Trauben von den guten Früchten, die dann auf ein Laufband gelegt wurden. Ich verzog das Gesicht, als ich sah, wie die schadhaften Trauben aussortiert wurden. *Klingeling.* Noch mehr Verschwendung. Obwohl es mich nicht mehr so betrübte wie zuvor.

Nur die besten Trauben ergaben den besten Wein, und Castel Sant'Angelo hatte schließlich einen Ruf zu verteidigen.

Als Tommaso und ich schließlich ins Castello zurückkehrten, war ich sowohl überrascht als auch erleichtert, dass Geraldine ein Abendessen zubereitet hatte. Allerdings war es eine merkwürdige Komposition aus Eiern und Gemüse, was vielleicht als Omelette gedacht gewesen war. Immerhin war der Tisch gedeckt und gekühlter Malfy Gin erwartete uns.

»John liebte diesen Gin«, meinte Geraldine etwas sentimental.

Ich duschte und zog mich um, und obwohl ich mich etwas weniger klebrig und verschwitzt fühlte, änderte das nichts an meinem Geruch. Mein Haar und meine Kleider stanken immer noch nach Traubenmaische, und das Aroma schien sogar das ganze Haus durchdrungen zu haben. Wir aßen fast schweigend im Esszimmer, sowohl körperlich als auch geistig zu müde für Gespräche. Es war noch hell draußen, als ich ins Bett fiel, mich einkuschelte und augenblicklich einschlief.

Der nächste Tag verlief genauso. Ich wusste nicht mehr, wie viele Rebstöcke ich leer gepflückt hatte, wie viele Reihen, auf wie vielen Feldern. Tommaso leistete uns mittlerweile bei der Lese nicht mehr länger Gesellschaft. Stattdessen überwachte er die Sortierung und das Pressen der Trauben, die jetzt in einem nicht abreißen wollenden Strom im Kelterraum landeten, eine Traktorfuhre nach der anderen.

Geraldine suchte sich ebenfalls eine neue Aufgabe. Sie sammelte die gefüllten Kisten und Körbe ein und schleppte sie zu den wartenden Traktoren. Dann brachte sie die geleerten Behälter zu den Pflückern zurück. Also arbeiteten Per und ich als Team weiter, in einem friedlichen Wettkampf gegen die anderen Pflückerteams, um herauszufinden, wer am schnellsten erntete. Während ich neben ihm arbeitete, stellte ich fest, dass der sonst so schweigsame Schwede einen sehr trockenen Sinn für Humor hatte. Und ich bekam auch endlich heraus, warum Geraldine eigentlich hier in der Toskana war, warum sie sich so Hals über Kopf in die Lese gestürzt hatte.

»Ich habe sie gefragt, ob sie mich heiraten will«, erklärte Per unvermittelt.

Ich ließ fast meine Schere fallen.

Per schien meinen Schock nicht zu bemerken, oder falls doch, ließ er es sich nicht anmerken, wie üblich bei ihm. »Wir sind unterwegs nach Schweden, damit sie meine Familie kennenlernt. Meine Kinder sind schon ganz aufgeregt, weil sie Geraldine endlich kennenlernen werden.«

Kein Wunder, dass meine Mutter zögerte. Sie war noch nie gut darin gewesen, »große, glückliche Familie« zu spielen. Ich sah ihn nicht an. »Ich wusste nicht, dass du Kinder hast.«

»Zwei Söhne aus meiner ersten Ehe. Sie werden beide bald zwanzig.«

Ich hoffte nur, dass er nicht noch mehr Kinder haben wollte. Ich versuchte mir meine Mutter als Stiefmutter von zwei ungestümen Teenagern vorzustellen und lächelte. Solange sie abenteuerlich drauf waren und bereit, Ski zu fahren, zu surfen und zu tauchen wie ihr Vater, würde sie vermutlich besser mit ihnen zurechtkommen, als sie jemals mit mir klargekommen war. Und da es sich nicht um kleinere Kinder handelte, die man zum Beispiel rechtzeitig zur Schule bringen oder dafür sorgen musste, dass sie ihr Pausenbrot eingepackt hatten oder mit denen man Hausaufgaben machen und für sie kochen musste, würden sie sie vermutlich ebenfalls mögen.

Am Abend aßen wir alle in der Küche. Bei einem schnellen Imbiss mit aufgewärmter Suppe und *Semelle*-Brötchen.

»Ich bin so froh, dass wir hergekommen sind«, sagte Geraldine und lächelte Tommaso an. »Das hier hat so viel Spaß gemacht! Wusstest du, dass ich John hier zur Erntezeit auf diesem Gut kennengelernt habe? Meine Freunde und ich sind den Sommer über in Europa herumgereist, und im September sind wir zur Weinlese hierhergekommen. Wir haben uns sofort gut verstanden, und ich weiß noch, wie wir bis spät in die Nacht geredet und Gin getrunken haben, hier an diesem Tisch.«

Sie hatten erheblich mehr gemacht, als nur zu reden und Gin zu trinken. Ich war der lebende Beweis dafür. Aber Geraldine seufzte und warf Tommaso einen schmachtenden Blick zu. »Du warst heute genauso eine Augenweide wie John damals. Arbeitest du eigentlich immer ohne Hemd?«

Ich verschluckte mich an der Suppe.

Tommaso lachte nur.

Als das Abendessen vorbei war, passte ich Geraldine an der Treppe ab. »Ist ein Mann nicht genug für dich?« Ich zischte und sprach so leise, dass man mich in der Küche nicht hören konnte.

»Sei nicht albern, Liebling. Ein kleiner, harmloser Flirt hat noch niemanden umgebracht. Du bist in Italien. Das müsstest du doch mittlerweile begriffen haben?« Geraldine warf sich das üppige Haar über die Schulter. »Nein, das hast du noch nicht, stimmt's? Denn wenn du es kapiert hättest, würden Tommaso und du nicht immer noch umeinander herumschleichen, während alle, die Augen im Kopf haben, sehen, dass ihr verrückt nacheinander seid.«

Ich ballte unwillkürlich die Hände zu Fäusten. »So einfach ist das nicht, und es geht hier auch nicht um Tommaso. Was ist mit Per? Glaubst du nicht, dass dein Verlobter ein bisschen Respekt verdient hätte? Glaubst du nicht auch, dass er es verdient hat, dass seine zukünftige Frau sich nicht vor seinen Augen anderen Männern an den Hals wirft?«

Sie erstarrte. »Er hat es dir erzählt?«

»Ja, er hat es mir erzählt. Aber es wäre nett gewesen, von meiner Mutter selbst zu hören, dass sie heiratet. Und das zum ersten Mal in ihrem Leben.«

»Ich bin nicht ganz sicher, ob ich wirklich heiraten will.«

»Du hast doch nicht etwa Schiss, oder doch?«

Sie richtete sich auf. »Natürlich habe ich Angst. Ich bin dreiundfünfzig, Liebes, und es kostet sehr viel Mühe, fit genug zu bleiben, um einen halb so alten Mann interessiert zu halten. Eines Tages werde ich diesen Kampf verlieren, und dann wacht er auf und stellt plötzlich fest, dass er mit einer alten Frau verheiratet ist.«

Ich war dankbar, dass das schwache Licht auf der Treppe

mein Lächeln verbarg. »Er ist nicht halb so alt wie du. Er ist nur zwölf Jahre jünger.«

»Dein Vater war zwölf Jahre älter als ich, und das fühlte sich wie ein himmelweiter Unterschied an.«

»Nur weil du so jung warst. Aber du bist nicht mehr siebzehn. Lass das, was dir mit John passiert ist, nicht jede Entscheidung beeinflussen, die du triffst.« Ich nahm ihre Hand. Es war der erste Körperkontakt seit einer Ewigkeit, der von mir ausging. »Per ist gut für dich.« Jedenfalls erheblich besser als die meisten anderen Männer, mit denen sie eine Affäre gehabt hatte. »Lass ihn nur nicht zu lange warten, sonst verlierst du ihn vielleicht.«

Sie wischte sich die Tränen aus den Augen und lachte. »Das musst ausgerechnet du mir sagen! Lass du lieber Tommaso nicht zu lange warten.«

Ich schüttelte den Kopf. Sie verstand es nicht. Selbst ich erkannte, dass die Beziehung zwischen ihr und Per weit über reine Lust hinausging. Aber Tommaso und ich … Es stand viel zu viel auf dem Spiel, als dass dies jemals mehr als nur bloße Lust werden konnte.

*

Wir arbeiteten zwei weitere Tage im selben anstrengenden Tempo weiter, von den frühen Morgenstunden bis zum Mittag. Die Menge der Arbeiter nahm mit jedem Tag ab, da die Touristen und Freiwilligen sich lieber weniger anstrengenden Aktivitäten zuwandten. Aber die Rossis kamen jeden Tag, und die Trattoria blieb weiterhin geschlossen, sodass Beatrice uns alle mit Nahrung versorgen konnte. Selbst Silvia bestand darauf, jeden Tag zu kommen. Sie hatte nur Spott für die Vorstellung übrig, dass ihre Schwangerschaft sie behindern könnte. Und sie hatte recht. Obwohl Tommaso sie zu einer weniger körperlich anstrengenden Tätigkeit einteilte, nachdem ich ihn ins Gebet genommen hatte. Er erlöste sie von der Gluthitze, und bat sie zu helfen, die Fuhren zu überwachen, die im Kelterraum ankamen.

Schließlich war die Ernte eingefahren. Nur noch ein Feld blieb ungelesen, und zwar das mit den weißen Trebbiano-Trauben. Das hatte Tommaso zurückgestellt, um Vin Santo zu machen. Am letzten Nachmittag versammelten sich alle Arbeiter auf dem Hof der Kellerei, um ein episches Fest zu feiern. Ein ganzes Lamm wurde an einem Spieß gegrillt, und es gab außerdem das allgegenwärtige Wildschwein, das allerdings vorher mariniert worden war, um das scharfe Aroma des Fleisches abzumildern. Beide wurden so perfekt zubereitet, dass das Fleisch förmlich vom Knochen fiel. Es gab Auberginenauflauf, Gnocchi mit Lammragout, Zucchini und weiße Cannellini-Bohnen, Mangold mit Pinienkernen und Knoblauch, und Quiches mit Ziegenkäse und Spargel. Ich servierte die Biscotti und das Panforte, die ich vorbereitet hatte, und natürlich gab es Wein. Er wurde direkt aus dem Fass in die Gläser gefüllt.

Die Party dauerte bis lange nach Einbruch der Dunkelheit, und obwohl ich seit den frühen Morgenstunden auf den Beinen war, war ich überhaupt nicht müde. Als die letzten Gäste endlich gingen, halfen Geraldine und Per, Geschirr und Gläser wegzuräumen. Dann gab Tommaso ihnen seine Wagenschlüssel.

»Wir gehen zu Fuß nach Hause, sobald wir den Keller abgesperrt haben«, sagte er.

Ich widersprach nicht. Obwohl jeder Muskel in meinem Körper schmerzte und ich das Gefühl hatte, als hätte ich seit Tagen nicht mehr geschlafen, wäre ich mit ihm zu Fuß zum Mond gelaufen, wenn er mich darum gebeten hätte.

Als der kleine Alfa um die Kurve verschwunden war, schalteten Tommaso und ich die Lichter aus und sicherten die Türen. Aber als wir fertig waren, führte er mich nicht zu dem Feldweg zum Castello, sondern in die andere Richtung, zu den Rebstöcken.

Der abnehmende Mond warf nur ein schwaches Licht über das Tal. Es war jetzt nachts kühler, und Tommaso gab mir seine Jeansjacke, die ich über meine von der Arbeit dreckige Kleidung zog. Wir schlenderten den langen, sanften Hang des

Weinbergs hinab, überquerten einen schmalen Kanal und gingen durch ein Gehölz aus Wacholder, zum Rand der Wüste, die das Feuer hinterlassen hatte.

»Wir hätten noch einen ganzen Tag lesen können, wenn diese Rebstöcke nicht verbrannt wären«, sagte er, als wir am Rand der schwarzen Stümpfe stehen blieben, die von den Rebstöcken übrig geblieben waren.

Ich griff nach seiner Hand und verschränkte meine Finger mit seinen, obwohl die Berührung meinen Puls auf eine Art und Weise beschleunigte, die es mir sehr schwer machte, der Versuchung zu widerstehen.

»Ich habe Ettore engagiert, damit er auf dich aufpasst«, sagte er unvermittelt.

»Ich weiß.«

Tommaso sah mich erstaunt an.

Ich zuckte auf Italienisch. »Du hast einen ehemaligen Sträfling engagiert, der im Gefängnis war, weil er wehrlose Frauen beschützt, und zwar am Tag, nach dem nachts jemand in den Weinkeller eingebrochen wurde. Man musste kein Genie sein, um dahinterzukommen.«

Er lächelte, aber seine Augen waren dunkel und ernst. »Ich hatte keine Ahnung, wer hinter dieser Sache steckte, und ich wollte dich nicht in Gefahr bringen. Schließlich hättest du auch einen rachsüchtigen Ex haben können.«

So wie er es aussprach, klang es wie eine Frage, und ich erwiderte sein Lächeln. Gleichzeitig wärmte mich die Erkenntnis, dass ihm schon damals so viel an meiner Sicherheit gelegen hatte. »Es gibt keinen Ex, der sich die Mühe machen würde, mir in die Toskana zu folgen, geschweige denn, ein Feuer zu legen. Und was ist mit dir? Gibt es irgendwelche rachsüchtigen Ex-Freundinnen, von denen ich wissen sollte?« Es gelang mir, amüsiert zu klingen und den Eindruck zu vermeiden, dass ich eigentlich nach Informationen fischte.

Er hob meine Hand an die Lippen und küsste meine Handfläche, eine Geste, die allmählich behaglich vertraut wurde. »Keine, die eine Rolle spielt.«

Dann schwiegen wir und blickten lange auf das verbrannte Feld.

»Was machen wir, wenn die Versicherung unseren Verlust nicht deckt?«, fragte ich.

»Le preoccupazioni del domani appartengono al domani. Den Problemen von morgen stellen wir uns morgen.«

Dann kehrten wir um und gingen durch den Weinberg zum Castello. Wir näherten uns von vorn, ein Blick, den ich selten auf dieses Haus hatte. In dem schwachen Mondlicht wirkte es wie ein Motiv auf einer Postkarte, mit seiner falschen Fassade aus Türmen und Zinnen.

Ich würde es vermissen. Das Haus, den Geruch von Traubenmaische, Tommaso … Ich blinzelte, als mir plötzlich Tränen in die Augen traten. Ich wollte diese letzten Wochen nicht verderben, in dem ich mich mit Dingen quälte, die ich nicht haben konnte. Sondern ich wollte das Beste aus dem machen, was ich hatte.

Er führte mich zur Tür, nicht zur Küchentür, wie er es schon so oft gemacht hatte, sondern zu der frisch gestrichenen Haustür, die sich jetzt vollkommen problemlos öffnen ließ.

Ich steckte den alten, antiken Schlüssel in das Schloss und öffnete es. Aber als ich den massiven, eisernen Türgriff herunterdrücken wollte, legte Tommaso seine Hand auf meine und drehte mich sanft zu sich herum.

Dann küsste er mich.

Ich öffnete den Mund, lud seine Zunge ein, genoss das Gefühl und den Geschmack seiner Lippen, so erdig und intensiv wie köstlicher Brunello. Er zog mich an sich. Ich griff in sein Haar, strich ihm mit den Händen über den Rücken, wollte alles von ihm spüren, seine Kraft und seinen festen Körper. Ich presste mich an ihn, spürte seine Erektion an meinem Bauch, und mein eigener Körper schmerzte fast vor Lust und Begehren. Es war, als wären alle Fantasien, die ich je gehabt hätte, endlich wahr geworden.

Als er den Kuss beendete und zurücktreten wollte, hielt ich ihn fest. »Geh nicht.«

Er hob die Brauen. »Wolltest du nicht mehr Zeit haben?«

Zeit war genau das, was ich nicht mehr hatte. Ich schüttelte den Kopf.

Er grinste, und machte wieder einen Schritt auf mich zu, um mich erneut zu küssen, noch gieriger. Mit einer Hand öffnete er die Tür. Das Knarren klang überlaut in der stillen Nacht. Ich kicherte und barg das Gesicht an seinem Hals, um das Geräusch zu ersticken. Dann nahm ich seine Hand und führte ihn über die Schwelle. Er schloss die Tür sorgfältig, bevor wir Hand in Hand die Treppe hinaufschlichen, wie zwei frisch verliebte Teenager. Wir gingen in mein Schlafzimmer, wo das große Holzbett mit seiner frischen weißen Leinenwäsche ein heller Fleck in der Dunkelheit war. Hastig streiften wir die Schuhe ab und fielen aufs Bett, atemlos vor lautlosem Lachen.

Meine Hände waren überall, glitten unter sein Hemd, um endlich, endlich diese festen Bauchmuskeln spüren zu können, die sich genauso gut anfühlten, wie sie aussahen. Er streichelte mein Gesicht, küsste meinen Hals und die Mulde über meinem Schlüsselbein, und ich seufzte, schloss die Augen und lächelte, als ich seinen Mund auf meinem Kinn und seinen Atem auf meinen Wangen fühlte.

Dann gähnte er.

Ich lachte leise. »Du weißt wirklich genau, wie du es schaffst, dass eine Frau sich begehrenswert fühlt.«

»Entschuldige«, murmelte er undeutlich an meinem Hals.

Ich strich ihm das Haar aus der Stirn. »Schlaf. Wir haben noch viel Zeit.« Noch zwei Wochen, bis die Deutschen hier eintreffen würden. Das war zwar nicht annähernd genug, aber ich hatte vor, alles aus jedem einzelnen Moment herauszuholen.

30. KAPITEL

Si canta sempre di cuore – quando si è pieni d'amore
Man singt aus voller Kehle, wenn einem das Herz von Liebe überläuft

Ich wachte am nächsten Morgen auf und spürte ein ungewohntes Gewicht auf meiner Hüfte. Langsam schlug ich die Augen auf. Letzte Nacht war ich zu müde gewesen, um auch nur die Vorhänge vorzuziehen, und jetzt erfüllte blendendes Sonnenlicht den Raum. Ich drehte mich in Tommasos Armen um, um ihn beim Schlafen zu beobachten. Seine Brust hob und senkte sich in einem sanften Rhythmus, sein Gesicht war entspannt und sein Mund zu einem schwachen Lächeln verzogen. Ich küsste ihn auf den Mundwinkel, aber er wachte nicht auf.

Wir waren beide noch vollkommen angezogen, und der Bund meiner Jeans drückte mir unangenehm in die Haut. Wir mussten wirklich erschöpft gewesen sein, um so einzuschlafen. Ich löste mich vorsichtig aus seiner Umarmung, stand auf und schlich zum Fenster, um die Vorhänge zuzuziehen. Tommaso bewegte sich zwar, wachte aber nicht auf. Dann suchte ich mir frische Kleidung, das sommerliche, salbeigrüne Trägerkleid, das ich aus England mitgebracht hatte, und ging ins Bad, um zu duschen.

Geraldine und Per waren bereits in der Küche, als ich hinunterkam. Geraldine hatte den elektrischen Wasserkocher gefunden und eine Kanne Tee aufgesetzt. Sie hatte sogar in der Speisekammer ein paar Brötchen aufgetrieben und mit Butter bestrichen. Ich war sehr froh, dass ich nicht auch noch Frühstück machen musste. Mein ganzer Körper schmerzte von der Arbeit der letzten Tage.

»Jemand namens Carmelo hat angerufen und wollte dich sprechen«, sagte Geraldine.

Ich nippte an dem kochend heißen Tee, den sie mir hingestellt hatte. »Das ist der Antiquitätenhändler.«

Sie setzte sich mir gegenüber an den Tisch. »Ich wollte dich nicht wecken, aber er sagte, du solltest ihn anrufen. Er klang sehr aufgeregt.« Dann runzelte sie die Stirn. »Ich habe gesehen, dass du Johns Sachen noch nicht ausgeräumt hast. Glaubst du nicht, dass du das erledigen solltest, bevor die Käufer kommen?«

Ich zuckte mit den Schultern. Johns persönliche Habseligkeiten einzupacken, hatte sich zu endgültig angefühlt, als würde ich damit akzeptieren, dass er tatsächlich für immer verschwunden war. »Ich frage mich nur, was Carmelo will?«, sagte ich stattdessen.

Er wollte nichts, wie sich herausstellte, sondern hatte etwas zu berichten. »Es gibt ein Geschäft in Siena, das einen ganzen Stapel handgemalter neapolitanischer Fliesen aus dem achtzehnten Jahrhundert hat. Für das Haus, das Sie renovieren, wären sie perfekt. Aber Sie müssen schnell reagieren. Sie werden sie bald verkaufen!«

Ich dankte ihm überschwänglich für den Tipp und saß immer noch neben dem alten Wählscheibentelefon, als es erneut klingelte. Ich nahm ab und hielt mir den Hörer ans Ohr. »Hallo?«

Ich erwartete, Cleo zu hören, da wir schon seit einigen Tagen nicht mehr gesprochen hatten. Aber ich war noch nicht bereit, ihr von mir und Tommaso zu erzählen. Deshalb war ich erleichtert, was mir ein schlechtes Gewissen machte, als die Stimme eines Mannes am anderen Ende der Leitung ertönte. Er sprach mit starkem Akzent. »Signora Wells?«

»*Sì.*«

»Ich rufe wegen des Versicherungsschadens an, den Sie aufgrund des Feuers auf Ihrem Weingut gemeldet haben. Ihr Anspruch auf Schadensersatz wurde abgelehnt.«

Ich konnte nur flüstern. »Vollständig?« Ich hatte Stunden damit verbracht, die Schadensmeldung zu formulieren, und hatte dabei nicht nur den finanziellen Verlust während der nächsten Jahre einberechnet, sondern auch die Kosten für die Neupflanzung.

»Ja. Angesichts der Ergebnisse des Sonderermittlers, die für Brandstiftung sprechen, wird die Gesellschaft auf Grundlage von Paragraph acht unseres Vertrags nicht zahlen, es sei denn, es kann zweifelsfrei bewiesen werden, dass diese Brandstiftung in keiner Weise mit Castel Sant'Angelo in Verbindung gebracht werden kann. Verstehen Sie das?«

»Ich verstehe.« Das Herz schlug mir bis zum Hals, und ich konnte kaum sprechen. »Gibt es irgendwelche Hinweise darauf, wer der Brandstifter gewesen sein könnte?«

»Nichts Verwertbares.« Er klang fast tadelnd, als vermutete er, dass ich die Schuldige sein könnte. Das konnte ich ihm kaum verdenken. Ich fühlte mich ja ohnehin schon mehr als schuldig.

Ich schluckte die Enttäuschung und die Angst herunter. Die Enttäuschung, weil ich gehofft hatte, dass die Ermittler Beweise fänden, die Giovanni Fioravanti als Drahtzieher hinter dieser Brandstiftung entlarvten. Ohne jegliche Beweise jedoch würde einfach nur mein Wort gegen seines stehen. Das ausländische Mädchen, das nur zu Besuch in Italien war, gegen einen allseits respektierten und einflussreichen Winzer, dessen Familiengeschichte Hunderte von Jahren zurückreichte.

Hinzu kam die Furcht davor, dass wieder etwas passierte, weil der Täter noch frei herumlief. Es war mir nicht entgangen, dass mittlerweile mindestens zwei Arbeiter in der Kellerei Wache schoben, selbst letzte Nacht, als alle anderen gefeiert hatten.

Ich bewegte die Schultern, um sie zu lockern. Ohne die Versicherungssumme konnte das Weingut die Kreditraten nicht zahlen. Und es war mir vollkommen klar, dass es hier niemals darum gegangen war, eine alte Spielschuld einzulösen.

Die Sabotage würde weitergehen, bis Tommaso schließlich bankrott war und Giovanni Fioravanti das Land bekam, auf das er schon so lange scharf war. Und zwar nicht nur diese fünfzehn Hektar, sondern alles. Und nichts auf der Welt wollte ich weniger, als dass die Fioravantis auch nur einen einzigen Hektar unseres Landes in die Finger bekamen.

Es gab nur eine Lösung. Alles hing davon ab, dass Florian und Yusuf ihre Unterschrift unter den Kaufvertrag setzten. Ich musste das Castello verkaufen und den Kredit komplett zurückzahlen, so wie ich es Cleo gesagt hatte. Erst dann hatten wir uns Giovanni Fioravanti vom Hals geschafft.

Ich rieb mir die müden Augen und sah mich in Johns Zimmer um. Abgesehen von dem Neuanstrich hatte ich nichts in diesem Raum verändert. Seine Kleidung hing immer noch in dem großen Kleiderschrank, seine Bücher und Papiere lagen immer noch auf dem Tisch unter dem Fenster, das Bett war mit seinem Bettzeug bezogen und seine Toilettenartikel stapelten sich auf dem Regal im Bad. Geraldine hatte recht. Das hier war das Herrenschlafzimmer, und Florian und Yusuf würden es zweifellos sofort für sich nutzen wollen.

Für die beträchtliche Summe, die sie für das Castello zu zahlen bereit waren, konnten die Käufer erwarten, dass dieses Hauptschlafzimmer bezugsfertig war. Wenn ich diese alten Fliesen bekam und eine anständige Wanne fand sowie eine neue Toilette und ein neues Waschbecken, konnten wir dieses Bad noch fertig machen, bevor sie ankamen.

Und wenn ich das Bad als Vorwand benutzte, um die unausweichliche Aufgabe hinauszuschieben, Johns Habseligkeiten zusammenzupacken, war das doch verständlich, oder?

*

Als Tommaso verschlafen in der Küche auftauchte und nach Kaffee suchte, hatte ich meine Route bereits geplant. Ich würde den Pick-up des Weinguts nehmen. Ich wartete, bis er die erste Tasse Kaffee getrunken hatte und einigermaßen wach war, bevor ich ihm meinen Tagesplan unterbreitete. »Siena ist nur eine Fahrstunde entfernt. Ich bin heute Nachmittag wieder zurück.« Dann konnten wir hoffentlich dort weitermachen, wo wir letzte Nacht aufgehört hatten ... In meinem Bauch kribbelte es in einer Mischung aus Unruhe und Erwartung.

»Ich fahre mit«, bot er an und stellte die Tasse in die frisch installierte Marmorspüle.

»Das musst du nicht. Du hast doch sicherlich einen Haufen Arbeit in der Kellerei zu erledigen.«

Er nahm meine Hände in seine und drückte sie gegen seinen sinnlichen Mund, denselben Mund, der letzte Nacht meine Haut geküsst hatte. Ich erschauerte bei der Erinnerung.

»*Tesoro mio*, es ist ein wunderschöner Tag. Wir können ein bisschen Sightseeing machen und vielleicht irgendwo, wo es schön ist, zu Mittag essen.«

Ich lächelte und fühlte mich wieder wie dieses siebzehnjährige Mädchen, das sich Hals über Kopf in ihn verliebt hatte.

Und weil es so ein entzückender Tag war, nahm Tommaso eine landschaftlich schönere Route durch die Weinberge und silbrig schimmernde Olivenhaine und wilde Wälder, der wir zunächst nach Osten und dann nach Norden folgten. Wir fuhren mit offenen Fenstern und der berauschende Duft des Spätsommers erfüllte das Wageninnere. Ich atmete ihn tief ein und versuchte ihn mir im Gedächtnis einzuprägen.

In dem großen Tal unter der Trattoria der Rossis lag die romanische Abtei von Sant'Antimo, eines der meistfotografierten Motive der südlichen Toskana. Ihr warmer Travertin-Stein glühte im Sonnenlicht.

»Die Kirche wurde im zwölften Jahrhundert erbaut«, sagte Tommaso. Aber wusstest du, dass die Abtei schon aus der Zeit von Karl dem Großen stammt?«

Ich lachte. »Das wusste ich allerdings. Du hast es mir schon erzählt, als wir noch Kinder waren.«

»War ich wirklich so langweilig als Kind?«

»Du warst alles Mögliche, aber langweilig warst du ganz bestimmt nicht.« Ich legte ihm meine Hand aufs Knie, und er verschränkte die Finger seiner freien Hand mit meinen. »Weißt du noch, als Nonna mit uns hierher zur Messe gegangen ist und wir die gregorianischen Choräle gehört haben? Ich habe immer davon geträumt, wieder hierherzukommen und diese Messe noch einmal zu hören.«

»Dafür bist du ein paar Jahre zu spät.«

Enttäuscht drehte ich mich zu ihm um. »Sie singen nicht mehr? Aber ich habe noch vor ein paar Monaten einen Post in einem Blog darüber gelesen!«

»Die letzten Mönche sind im Jahre 2015 weggezogen, nach mehr als tausend Jahren Dienst.« Seine Augen funkelten wieder so teuflisch. »Die Abtei ist zwar immer noch einen Besuch wert, aber wenn du unbedingt Gesang willst, weiß ich etwas Besseres.«

Da er sich weigerte zu verraten, was er meinte, lehnte ich mich zurück und genoss die Landschaft um uns herum. Wir fuhren an Montalcino vorbei, das auf seinem Hügel in der Mittagssonne badete und schließlich hinter uns zurückblieb. Kaum fünfzehn Minuten später bog Tommaso nach rechts ab, von der Landstraße in eine Seitenstraße.

»Wohin fahren wir? Siena liegt in dieser Richtung.« Ich deutete auf die Landstraße zurück.

»Wir machen einen kleinen Umweg, damit dein Traum Wirklichkeit wird.«

Ich verdrehte die Augen. Es musste in den Genen der italienischen Männer liegen, dass sie alles zu einem großen Ereignis aufblasen konnten.

Unser neues Ziel entpuppte sich als eine weitere Abtei, die noch größer war, aus hübschen roten Ziegelsteinen bestand und auf einer Klippe stand, umringt von dunklem Wald. Tommaso parkte den Wagen, und wir legten den Rest des Wegs Händchen haltend zu Fuß zurück. Wir betraten die Abtei über eine Zugbrücke, die von einer bunt bemalten Statue der Muttergottes mit dem Jesuskind bewacht wurde.

»Diese Abtei ist relativ neu, da der größte Teil davon erst im fünfzehnten Jahrhundert gebaut wurde«, erklärte Tommaso. »Aber sie wird noch betrieben, und ihre gregorianischen Gesänge sind legendär.«

Wir hatten jedoch leider die Morgenmesse verpasst, und die

Kirche war tagsüber geschlossen. Also aßen wir im kleinen Café der Abtei etwas zu Mittag und vertrieben uns die Zeit, bis die Kirche wieder öffnete. So konnten wir durch die ruhigeren Kreuzgänge schlendern, die einen mit Zitronenbäumen bepflanzten Hof umringten, und die Fresken an den Wänden bewundern. Im Gegensatz zu Luca trieb Tommaso mich nicht zur Eile an, sondern ließ mir Zeit, all die wunderschönen Gemälde anzuschauen, die Episoden aus dem Leben des Heiligen Benedikt zeigten. Da jetzt die touristische Hochsaison vorbei war, hatten wir das Kloster fast für uns allein. Wir ließen uns Zeit und genossen die nach Zitronen duftende Luft und die bezaubernde Atmosphäre dieses Ortes. Die Bibliothek war ebenfalls eine Offenbarung; kühl, ruhig und mit vielen Schätzen gefüllt.

»Es tut mir leid, dass wir dir deinen Traum heute nicht erfüllen konnten«, sagte Tommaso, als wir zum Wagen zurückkehrten. »Aber vielleicht können wir auf dem Heimweg von Siena zum Abendgebet hier Halt machen.«

Als wir Siena erreichten, den Wagen geparkt und den kleinen Antiquitätenladen gefunden hatten, den mir Carmelo beschrieben hatte, war es nur noch eine knappe halbe Stunde bis zum Feierabend.

»Sie kommen zu spät.« Der kleine Mann hinter dem Tresen spreizte bedauernd die Hände. »Die Fliesen wurden heute Nachmittag an ein Geschäft in San Gimignano verkauft.«

Wir standen auf der gepflasterten Straße, und Tommaso warf einen Blick auf seine Armbanduhr. Er fluchte. »Wir schaffen es nicht vor Geschäftsschluss nach San Gimignano. Wir müssen nach Hause fahren und es morgen erneut versuchen.«

Ich lächelte, als mich ein sonderbarer Impuls überkam. Es war die Art von Impuls, dem Geraldine ihr ganzes Leben gefolgt war, und dieses eine Mal hatte ich nichts dagegen, ihm ebenfalls nachzugeben. »Wir müssen nicht nach Hause fahren. Geraldine und Per sind alt genug, um eine Nacht allein zurechtzukommen.« Er hob eine Braue, und mein Lächeln verstärkte sich. »Wir könnten spontan sein und hier in Siena übernachten«, schlug ich vor.

»Du willst so etwas Verrücktes tun?«

Ich lachte. »Ich lebe jetzt seit fast vier Monaten ein Abenteuer. Ich glaube kaum, dass ein weiterer Tag Impulsivität und Verrücktheit da sonderlich viel Schaden anrichten kann. Offensichtlich färbt Italien langsam auf mich ab.«

»Das können wir nur hoffen.« Er nahm meine Hand. »Aber wenn wir schon spontan sind, dann lass uns nach San Gimignano weiterfahren. Es ist eine wundervolle Stadt, und wenn wir zum Sonnenuntergang dort ankommen, siehst du sie auch von ihrer schönsten Seite.«

Wir machten eine kleine Pause, um ein Eis zu essen, und setzten uns dazu auf die sonnenwarmen Fliesen der Piazza del Campo. Dort wuselte es nur so vor Touristen und Einheimischen, und überall ertönte Gelächter, Gespräche und Musik. Ich schickte meiner Mutter feigerweise nur eine SMS, in der ich erklärte, dass wir erst am nächsten Morgen nach Hause kämen. Ich wollte nicht hören, wie sie sich darüber amüsierte, dass ich endlich einmal etwas annähernd Abenteuerliches unternahm. Dann setzten wir unsere Reise nach Norden fort und kamen gerade rechtzeitig an unserem Ziel an. Wir erreichten die märchenhafte Stadt auf dem Hügel, als das Licht des heraufziehenden Abends die vielen Türme ihrer Skyline vor dem dunkler werdenden, tiefblauen Himmel in Gold tauchte.

Die Gebäude der Stadt waren siena-, ocker- und pfirsichfarben und gealtert von den zahllosen Jahren, der Sonne und dem Leben. Es fühlte sich an, als hätte ich ein anderes Universum betreten, eine magische Welt, die von jener, die ich kannte, vollkommen getrennt war. Es war fast unmöglich zu glauben, dass die Menschen in dieser perfekt erhaltenen mittelalterlichen Stadt ein ganz alltägliches Leben führten, dass sie einer Arbeit nachgingen, dass ihre Kinder die Schule besuchten und sich mit ihren Hausaufgaben abmühten, dass sie unter Rechnungen und Mieten stöhnten, genauso wie meine Kollegen und Nachbarn in London.

Es war, als stünde die Zeit hier still. Und ich wünschte, ich könnte meine eigene Zeit ebenfalls anhalten. Ich wollte diesen

Moment für immer festhalten, nur Tommaso und ich, als wir uns Hand in Hand in die *passeggiata* stürzten, diese abendliche Stunde, wenn die Pärchen flanierten, Nachbarn sich besuchten und die Kinder auf den Straßen spielten.

Ich kniff die Augen zu, als die Gefühle mich zu überwältigen drohten, aus Trauer um alles, was ich schon bald zurücklassen würde: diesen Ort, wo Menschen sich die Zeit nahmen, das Leben zu genießen, statt gnadenlos und ständig getrieben zu sein, ein Ort, wo gesundes Essen gepriesen wurde und wo Erfolg nicht an materiellem Wohlstand, sondern an Freundschaft und Gelächter gemessen wurde.

Obwohl die Touristensaison fast vorbei war, hatten wir Mühe, ein freies Zimmer in einem Hotel zu finden. Gerade als ich anfing, meinen spontanen Beschluss zu bedauern, fanden wir ein kleines, modern eingerichtetes Hotel im mittelalterlichen Herzen der Stadt, nicht weit von der Piazza della Cisterna entfernt, das noch nicht vollkommen ausgebucht war.

»Wir sind heute Nacht sehr ausgelastet«, erklärte die Rezeptionistin am Tresen. »In der Stadt findet eine kunsthistorische Tagung statt, und jedes Hotel ist besetzt. Aber Sie haben Glück – wir hatten ein paar Stornierungen.« Sie musterte uns etwas geringschätzig über ihre klassisch römische Nase hinweg, als sie merkte, dass wir keine Koffer dabeihatten. »Ein Zimmer oder zwei?«

Meine Wangen brannten, aber Tommaso blieb cool. »Ein Zimmer genügt.«

Obwohl das Zimmer minimalistisch und in Weiß gehalten war, war es geräumig und wurde von dem riesigen, schmiedeeisernen Bett dominiert, das mit weißer Leinenbettwäsche bezogen und mit rosafarbenen Rosenblüten bedeckt war. Wir standen uns etwas verlegen rechts und links neben dem Bett gegenüber. Mir krampfte sich der Magen zusammen, in einer Mischung aus Vorfreude und Aufregung.

Als wir uns das letzte Mal so an einem Bett gegenübergestanden hatten, von demselben Begehren erfüllt, hatte ich so große Angst gehabt. Es war mehr als nur die Angst gewesen, meine Jungfräulichkeit zu verlieren. Die Situation in ihrer Bedeutungsschwere hatte mich schlicht überfordert. Als würde sich mein Leben für immer verändern. Und ich war weggelaufen.

Ich empfand es immer noch als lebensverändernd, was geschah, und es flößte mir auch immer noch Furcht ein, aber ich war keine siebzehn mehr, und diesmal würde ich nicht weglaufen.

»Sollen wir ein bisschen spazieren gehen und uns vor dem Abendessen ein wenig die Stadt ansehen?«, schlug Tommaso vor. Er schien mein Zaudern nicht zu bemerken. Ich warf erneut einen Blick auf das mit Rosenblüten bestreute Bett und nickte.

Wir schlenderten zu der zweiten der drei Mauern aus dem dreizehnten Jahrhundert, die die Stadt umringten, und spazierten darauf entlang, als die Sonne unterging. Von dort oben betrachteten wir die malerische Landschaft.

Als wir stehen blieben, um den Ausblick zu bewundern, seufzte ich. »Italien kommt mir wirklich ewig vor. England ist alt, aber dort fühlt es sich an, als wäre die Vergangenheit eben einfach nur das – Vergangenheit. Sie ist verschwunden und hat nur geisterhafte Relikte zurückgelassen. Hier jedoch ist die Vergangenheit lebendig und atmet. Wir stehen hier unter demselben Himmel und blicken auf dieselben Hügel, auf die die Etrusker geblickt haben, und die Römer, die benediktinischen Mönche und die Medicis. Und jetzt stehen wir hier, Teil dieses endlosen Zyklus.«

Ich breitete die Arme aus, als könnte ich all das umfassen, als könnte ich es festhalten. Ich wollte diesen Moment verewigen, dieses Gefühl von Frieden und Zeitlosigkeit. Das Gefühl von Einklang mit der Welt.

Tommaso stand dicht hinter mir. Ich lehnte mich zurück, bis ich ihn spürte, und er schlang die Arme um mich. Seine Brust war warm und fest an meinem Rücken, seine Arme ein sicherer Hafen. Ich atmete ihn ein, seinen rauen, männlichen Duft, das anhaftende Aroma von Traubenmost.

Dann gab er mir einen zärtlichen Kuss auf die Schläfe, und ich öffnete die Augen. Es war dunkel geworden, während wir hier standen, und die Sonne war nur noch ein Glühen hinter den Hügeln im Westen.

»Suchen wir uns ein Restaurant«, schlug er vor. »Das Mittagessen ist schon Stunden her, und ich bin am Verhungern. Außerdem ist der hiesige Wein eine Kostprobe wert.«

Ich stöhnte. »Ich wäre froh, wenn ich nie wieder eine einzige Traube probieren müsste.«

Er lachte. »Nicht, wenn du die Tochter deines Vaters bist.«

*

Er hatte recht. Es musste doch mehr von meinem Vater in mir stecken, als mir klar gewesen war. Ich probierte den hiesigen Wein, ein leichter, spritziger Weißwein, aus der Vernaccia-Traube, ohne Tannine. Er war sehr erfrischend und angenehm süffig nach den schweren Rotweinen, an die ich mich mittlerweile gewöhnt hatte.

Wir aßen in einer Osteria mit roten Ziegelmauern und schönen weißen Tischtüchern. Kerzen schmückten die Tische und erzeugten eine romantische Stimmung – obwohl die Stimmung nicht lange anhielt. Eine große Gruppe von Kunsthistorikern platzte herein, schob mehrere Tische zusammen und kaperte das Restaurant. Sie unterschieden sich sehr von den ernsthaften, in Tweed und Khaki gekleideten Wissenschaftlern, die ich aus meiner eigenen Universität kannte. Diese Kunsthistoriker hier strahlten Selbstbewusstsein aus und waren genauso gut gekleidet wie die Modefans auf den Straßen von Rom. Ihre Gespräche wurden zunehmend lebhafter, während der Wein in Strömen floss, und ihre Diskussionen über die Vorzüge des einen Renaissancekünstlers im Vergleich zum anderen wurden immer hitziger.

Zum Entsetzen unseres Kellners hasteten wir durch unsere Mahlzeit und ließen sogar Kaffee und Nachtisch aus. Stattdessen stellten wir uns für noch ein Eis auf der sonderbar dreieckigen Piazza della Cisterna an, mit ihrem großen, öffentlichen Brunnen. Dann schlenderten wir zu unserem Hotel zurück und leckten uns das tropfende Eis von den Fingern. Aber das Hotel war ebenfalls von lauten und mittlerweile angetrunkenen Kunsthistorikern überlaufen. Sie hatten die Bar und die Lounge und die Außenterrasse besetzt.

»Ich bin immer noch viel zu nüchtern, um diese ganze intensive intellektuelle Debatte ertragen zu können«, flüsterte Tommaso mir ins Ohr. Als ich nickte, bestellte er eine Flasche Chianti und zwei Gläser aus der Bar, und wir gingen in den Garten, in dem es zum Glück ruhig war.

Wir legten uns ins Gras und starrten in die Sterne, wie wir es früher jeden Sommer gemacht hatten. Der Mond war nur eine schmale Sichel vor dem samtigen Schwarz, und die Sterne schienen hell und kristallklar. Wenigstens löste der Chianti den angespannten Knoten in meinem Bauch, den ich seit dem Moment mit mir herumtrug, als wir neben dem großen Hotelbett gestanden hatten. Schließlich begriff ich die Ungeheuerlichkeit dessen, was ich wollte.

Als jetzt mein Kopf an seiner Brust lag und der Duft von frisch gemähtem Gras und Kiefern, die den Garten umringten, über uns hinwegwehte, fühlte es sich nicht mehr so an, als würde ich ein lebensveränderndes Spiel wagen. Es fühlte sich einfach nur richtig an.

Ich wandte mich Tommaso zu, und er küsste mich, ein leichter, zärtlicher Kuss, der Funken schlug und ein Feuer entzündete. Im nächsten Moment lag ich in seinen Armen, meine Hände fuhren unter sein Hemd, erforschten seine straffen Muskeln, und ich hatte seinen Geschmack auf der Zunge.

Er stöhnte und strich mir mit den Händen über den Rücken, packte meinen Po und drückte mich an sich. Wir rollten uns im Gras herum, und mein Körper brannte förmlich vor Verlangen und Begehren.

»Voglio sentirti sulla mia pelle«, flüsterte ich und wiederholte seine Worte aus jener Nacht vor all den Jahren. *Ich will dich auf meiner Haut spüren.*

31. KAPITEL

Il bacio sta all'amore come il lampo al tuono
Ein Kuss ist für die Liebe wie der Blitz für den Donner

Tommaso richtete sich in einer geschmeidigen Bewegung auf. Dann half er mir hoch. Ohne meine Hand loszulassen, zog er mich an sich und küsste mich erneut. Dann liefen wir die Steintreppe zur Terrasse hinauf. Die Kunsthistoriker schienen nicht einmal zu bemerken, wie wir an ihnen vorbeistürmten.

Wir nahmen zwei Stufen auf einmal die Treppe zu unserem Zimmer hinauf und lachten atemlos, als wir die Tür erreichten. Tommaso musste die Schlüsselkarte zweimal durch das Schloss ziehen. Ich war froh, dass nicht nur ich allein so nervös war, als wäre das unser erstes Mal.

Ich schüttelte unwillkürlich den Kopf. Es war unser erstes Mal!

Dann standen wir endlich schwer atmend in dem dunklen Zimmer, und Tommaso drückte mich gegen die Tür. Er schob die Hand unter mein Kleid und strich über meinen Körper und schien ihn in Brand zu setzen. Wir küssten uns und zogen uns hastig aus, ohne unsere Lippen voneinander zu lösen. Dann stolperten wir zu dem großen Bett und fielen nackt und eng umschlungen auf die mit Blüten bestreute Tagesdecke.

Er schob sich über mich, küsste meinen Hals, meine Wangen, und ich spürte seinen harten Schwanz an meinem Schoß.

»Sag mir, was du willst.« Die Worte waren ein dunkles Grollen an meiner Wange.

»Dich.«

Er drehte sich etwas zur Seite und stützte sich auf einen Ellbogen, um mich anzusehen. »Sag mir, was ich tun soll.«

Ich war noch nie gut darin gewesen, mein Verlangen auszudrücken oder einzufordern, was ich wollte, aber bei Tommaso war alles so einfach. Ich sah ihm in die Augen. »Ich will dich in mir fühlen.«

Ich drängte mich an ihn, und er küsste mich erneut. Wieder spürte ich ihn an meinem Schoß, und dann drang er in mich ein. Das langsame Gleiten von Haut auf Haut war einfach wundervoll. Er hielt inne, und schenkte uns beiden einen kleinen Moment, um diese Empfindung vollkommen auszukosten. Dann bewegte er sich, stieß tiefer in mich. Ich legte ihm die Hände auf die Taille und hielt ihn sanft, aber nachdrücklich fest.

»Wir müssen verhüten«, sagte ich bedauernd.

Er war tief in mir, und ich spürte, wie er zitterte. Dann seufzte er, zog sich zurück und robbte übers Bett. Er tastete nach der Brieftasche, die er auf den Nachttisch gelegt hatte. Ich hoffte, dass diese Brieftasche geräumiger war als sie aussah. Und er die Voraussicht besessen hatte, mehr als ein Kondom mitzubringen.

Als er sich wieder zu mir umdrehte, hatte er bereits das Päckchen geöffnet, das Kondom herausgenommen und es über seinen atemberaubend schönen Schwanz gerollt. Es tat mir in der Seele weh mit anzusehen, wie dieses Prachtstück so verhüllt wurde, aber wir konnten auf keinen Fall ohne Schutz weitermachen. Wenigstens blieb mir die Erinnerung an diesen glorreichen Moment, als er ganz in mich eingedrungen war und mich vollkommen ausgefüllt hatte.

Ich schloss die Augen und öffnete sie erst, als er sich über mich beugte und sich auf einen Arm stützte. Mit seiner großen, schwieligen Hand umfasste er sanft meine nackte Brust.

»Ich fürchte, ich kann mich nicht zurückhalten.« Seine Stimme war tief und heiser. »Nach diesem Vorgeschmack will ich dich noch mehr, und ich kann mich nicht mehr gedulden.«

Ich nickte und sah ihm in die Augen, als er wieder tief in mich eindrang, hart zustieß, aber ich war bereit für ihn. Ich hob die Hüften und erwiderte seine Stöße. Er stöhnte, als er in einen Rhythmus verfiel, dem ich nur zu gerne folgte.

Ich verlor mich in diesen Bewegungen, in diesem archaischen Tanz von Stoßen und Gleiten, und mein ganzes Wesen war vollkommen auf diesen einen Punkt konzentriert, an dem sich unsere Körper verbanden. Mein Puls hämmerte mir in den Ohren. Selbst wenn er es hätte langsam angehen lassen wollen, ich konnte es nicht. Ich rauschte dem Höhepunkt entgegen, stöhnte immer lauter, und dann ging ein Ruck durch seinen Körper. Er erbebte, und einem wilden, verrückten Augenblick sehnte ich mich danach, ihn ohne diesen Schutz zu spüren. Dann jedoch kam ich selbst. Ich keuchte, bäumte mich auf, presste mich an ihn und verlängerte so seinen Höhepunkt.

Als mein Orgasmus schließlich abklang, hörte Tommaso auf sich zu bewegen und sank neben mir aufs Bett. Dabei zog er mich sanft an sich. Ich seufzte, atmete langsam aus und schmiegte mich mit dem Kopf in die Kurve zwischen seinem Hals und seinen Schultern. In seinen Armen zu liegen, vermittelte mir das Gefühl absoluter Geborgenheit. Ich schloss die Augen und überließ mich dem Schlaf.

*

Die Glocken des Kirchturms weckten mich mit ihrem dröhnenden Chor, und durch einen Spalt in den weißen Vorhängen erhaschte ich einen verlockenden Blick auf die berühmten Kirchtürme der Stadt. Ich streckte mich genüsslich und rollte mich herum. Tommaso war bereits wach und beobachtete mich. Das Laken bedeckte knapp seine Taille und ließ seine großartige gebräunte Brust verführerisch nackt. Ich lächelte und wanderte mit der Hand über all diese straffen Muskeln.

Er strich mir ein paar Haarsträhnen aus der Stirn. Seine Finger glitten sanft über meine Haut, und ich stöhnte, als ich mein Gesicht an seine Brust drückte. »Ich sehe bestimmt furchtbar aus!«

Gestern Nacht hatte sich mein Haar gelöst, und ich war zuerst viel zu beschäftigt und hinterher zu müde gewesen, um es zu einem Zopf zu flechten, bevor ich eingeschlafen war. Jetzt wollte ich es hochbinden, aber Tommaso packte meine Handgelenke und hielt mich fest. »Nicht! Ich mag es, wenn du es offen trägst.«

Dann bog er mir die Handgelenke über den Kopf, setzte sich rücklings auf mich und küsste sich meinen Hals hinab. »Ich brauche erst eine Dusche!«, stieß ich hervor, obwohl meine Stimme rau und verlangend klang.

Er lachte an meinem Hals. »Nur wenn du mir versprichst, dein Haar offen zu lassen, wenn du fertig bist.«

Ich grinste. »Versprochen.«

Ich duschte rasch und wusch mir die Haare, mehr als ein bisschen enttäuscht, dass Tommaso mir nicht Gesellschaft leistete. Als ich wieder aus der Dusche kam, eingehüllt in den flauschigen Hotelbademantel, hatte er jedoch bereits Kaffee gemacht.

»Es ist leider nur Instantkaffee«, entschuldigte er sich, als er mit den beiden dampfenden Bechern zum Bett kam. »Aber ich habe dir mehr als nur etwas Kaffee mitgebracht.«

Ich sah an seinem nackten Körper herunter und grinste anerkennend. Er war gebräunt, muskulös, behaart und schon wieder hart. Seine Erektion war beeindruckend.

Er stellte die Becher ab. Seine Miene war ernst, und seine Augen loderten, als er aufs Bett kroch. Ich spreizte die Beine, und er lächelte gierig. Dann bückte er sich vor, um mich zu küssen. Sein Mund fühlte sich warm auf der empfindlichen Haut meines Halses an. Er öffnete den Gürtel des Bademantels und strich mit den Händen über meine Haut. Er berührte zärtlich jeden einzelnen Zentimeter. Ein Kribbeln überlief mich, und ich bekam eine Gänsehaut, obwohl mir nicht kalt war.

Dann rutschte er langsam an mir herunter, begann mich zwischen den Schenkeln zu küssen, und ich erschauerte bei dieser sinnlichen Berührung, genoss es, wie er mich gekonnt mit der Zunge verwöhnte. Er ließ sich Zeit, hatte es nicht eilig, und hätte ich ihn nicht längst geliebt, dann wäre es jetzt um mich geschehen gewesen.

Als ich gekommen war, rutschte er aufs Bett und legte sich mit seinem ganzen Körper auf mich. Meine Glieder waren schwer und träge nach meinem Höhepunkt. Trotzdem bog ich mich ihm entgegen, denn ich konnte nicht genug von ihm kriegen. Er lachte leise an meinem Hals, dann glitt er von mir herunter und griff erneut nach den Kondomen. Ich schickte ein stilles Dankgebet an die Götter, dass er seine Brieftasche so gut ausgestattet hatte.

*

Noch lange danach lagen wir ineinander verschlungen da, befriedigt und atemlos. Ich ruhte mit der Wange auf seiner Brust, und ich lauschte, wie sich sein wilder Herzschlag allmählich wieder beruhigte. Während er mein feuchtes Haar streichelte, schloss ich die Augen und ließ meinen Gedanken freien Lauf. Obwohl sein unrasiertes Kinn die zarte Haut meiner Wangen gereizt hatte, und trotz des sanften Schmerzes zwischen meinen Beinen, oder vielleicht sogar deswegen, war ich noch nie glücklicher gewesen.

Plötzlich und ungebeten breitete sich eine Vision meiner Zukunft vor mir aus, kristallklar. Und es war keine Vision meines Hauses in Wanstead, mit seiner ordentlichen, modernen Küche und dem winzigen Garten. Und auch nicht von meinem Eckbüro mit seiner deckenhohen Verglasung und dem Gedränge der Menschen auf der Straße darunter. Ebenso wenig tauchte in dieser Vision ein Mann in einem schicken Anzug und mit einem charmanten Lächeln auf, wie Kevin oder Luca.

Nein, meine Gedanken zeigten mir ein Bild von der geräumigen Küche im Castello, mit dem Holzofen und den Porzellankacheln und dem Kamin aus Stein, auf dem Kupfertöpfe standen. Ich sah Tommaso in Jeans und einem am Kragen offenen Hemd, staubig von einem Tag auf dem Weingut, mit leuchtenden Augen und lächelnd.

Die Vision war so real, dass ich sie fast schmecken konnte, wie ich den kräftigen Rotwein auf meiner Zunge schmeckte und seine kehlige Stimme hörte, die mich aufforderte: »Rate den Jahrgang.«

Ich hatte vor zu tun, was Geraldine immer getan hatte: das, was ich wollte, mit beiden Händen zu ergreifen. Und ich wollte diesen Mann, diesen launischen und mürrischen Mann, der so leidenschaftlich und umsichtig war und selbst mit zerzaustem Haar und Bartstoppeln sexy wirkte. Ein Mann, der gerne seine Abende damit verbrachte, Sterne zu betrachten oder Fantasyserien im Fernsehen anzusehen, und mich liebte, als hätten wir alle Zeit der Welt.

Ich wollte dieses Leben, diese Zeitlosigkeit, das langsame Dahinfließen der Jahreszeiten, von *Véraison* und *la Vendemmia*, die himmlischen Stunden, die wir gemeinsam nackt im Bett verbrachten. Mehr als alles wollte ich Zeit, wollte sehen, wie die Dinge, die ich geschaffen hatte, Wurzeln schlugen und wuchsen. Wie die Bougainvillea, die wir auf der Terrasse gepflanzt hatten, und der Traubenmost, der jetzt im Keller gärte.

Ich richtete mich auf und sah Tommaso an. Er hatte die Augen geschlossen, aber dann öffnete er sie, lächelte träge, und ich versank in der Tiefe seiner außergewöhnlichen grauen Augen.

Im nächsten Moment zerplatzte die Vision.

Denn ich war nicht Geraldine, und ich würde mich nicht wegen eines Mannes zum Narren machen, der in mir nur irgendeine weitere Frau sah, die durch sein Leben streifte.

Ich war Sarah Wells, verantwortungsbewusst, pragmatisch und vernünftig. Und das Vernünftigste war, das Castello zu verkaufen, die Schulden des Weinguts zu begleichen und mein gewohntes Leben weiterzuführen, selbst wenn das bedeutete, dass ich mein Herz ein zweites Mal in Italien zurücklassen würde.

Ich stand auf, schwang die Füße aus dem Bett auf den kalten, gefliesten Boden, sammelte meine unordentlich auf dem Boden verstreute Kleidung auf und ging ins Badezimmer.

Als ich angezogen war und mein Haar wieder hochgesteckt hatte, hatte ich das Gefühl, mich wieder so weit im Griff zu haben, dass ich lächeln und lachen und plaudern könnte, als hätte ich nicht gerade eben die bedeutsamste Nacht meines

Lebens erlebt, als würde ich diesen Mann nicht von ganzem Herzen lieben und als wäre mein Herz nicht schon längst gebrochen.

Ich hatte nur noch zwei Wochen, und ich würde keinen einzigen Moment davon mit irgendwelchen Wenns, Vielleichts oder gar mit Bedauern verschwenden.

Auf der Hotelterrasse war es ruhig, und wir konnten ungestört frühstücken. Die einzige Gesellschaft war das unaufdringliche Hotelpersonal. Entweder hatten die Kunsthistoriker ihre Streitereien in die Konferenzräume der Stadt verlagert, oder sie schliefen noch ihre zweifellos historischen Räusche aus.

»Wann willst du nach London zurückkehren?« Tommasos Stimme klang fast zerstreut, als er damit beschäftigt war, Honig auf seinen Toast zu streichen.

Ich nippte an meinem Espresso und verbrannte mir die Zunge. Ich brauchte einen Moment, bevor ich antworten konnte. »Sobald die Deutschen den Kaufvertrag unterschrieben haben, denke ich. In spätestens zwei Wochen.«

Er platzierte sein Messer sehr sorgfältig auf den Rand seines Tellers und sah mich an. »Musst du denn abreisen?«

Oh.

Ich brauchte einen Moment, um meine Gedanken zu entwirren und daran zu denken, Atem zu holen. »Ich dachte ...« Ich verstummte, unfähig, diesen Satz laut zu Ende zu bringen. Wie konnte ich sagen, dass ich gedacht hatte, dies hier würde ihm nichts bedeuten? Und dass ich geglaubt hatte, er hätte nur mit mir geschlafen, eben weil ich bald abreiste?

Er will, dass ich bleibe?

»Was ist mit dem Castello? Was ist mit Florian und Yusuf?«

Tommaso zuckte mit den Schultern. »Unterschreib einfach nicht. Nach all der Arbeit, die du dir mit dem Haus gemacht hast, könnten wir das Castello im Frühling als *Agriturismo* eröffnen. Wir müssen vielleicht diese fünfzehn Hektar dem Kreditgeber überschreiben, aber mit dem Einkommen aus einem Gästehaus könnten wir es schaffen.«

Wir. Ich starrte in meine dunkle Tasse, unfähig, Tommasos Blick zu erwidern. Er wollte, dass ich blieb. Er servierte mir alles, was ich wollte, auf dem Silbertablett. Und doch … Was bot er mir wirklich an? Eine geschäftliche Partnerschaft, eine Freundschaft mit gewissen Vorzügen, oder mehr?

Er hatte noch kein einziges Mal gesagt, dass er mich liebte.

Außerdem hatte ich einen Job in London, musste eine Hypothek abzahlen und auf mich warteten Pflichten, zu denen ich zurückkehren musste. Ich konnte das doch nicht einfach alles aufgeben. Oder doch?

»Kann ich darüber ein bisschen nachdenken?«, brachte ich schließlich heraus.

Er nickte und strich weiter Honig auf seinen Toast, unerschütterlich wie immer, als hätte er nicht eben eine Bombe in meinem Leben gezündet. Jetzt wusste ich, wie er sich gefühlt haben musste, als ich ihn mit dem Bügeleisen überrumpelt hatte.

Konnte ich das denn tun? Konnte ich mein altes Leben gegen dieses neue eintauschen? Hier zu leben war jedoch etwas ganz anderes, als hier Urlaub zu machen. Und solange ich nicht genau wusste, was er von mir wollte, wie er für mich empfand …

Mein Atem fühlte sich wie Melasse an und drohte mich zu ersticken.

Dann klingelte mein Handy. Ich durchwühlte meine Tasche, holte es heraus und nahm das Gespräch an, ohne vorher einen Blick auf das Display geworfen zu haben.

»Sie sind schon da.« Geraldine klang atemlos.

»Wer ist wo?«

»Florian und Yusuf. Hier.«

Mein Herz hämmerte augenblicklich wie verrückt. Abgesehen von den Atemproblemen wurde mir jetzt auch noch schwindlig. »Aber sie sollten doch erst in zwei Wochen kommen!«

»Offensichtlich haben sie es sich anders überlegt. Sie sind gestern gelandet und haben ein Zimmer in einer Pension in Montalcino gebucht. In ein paar Stunden werden sie auf dem Gut sein.«

»In ein paar Stunden? Wir kommen so schnell nach Hause, wie wir können!«

Tommaso sah mich beunruhigt an, aber ich schüttelte den Kopf, um ihn zu beschwichtigen. »Die Deutschen sind schon da. Wir müssen nach Hause fahren.«

Wir checkten aus dem Hotel aus und gingen zu dem Antiquitätenladen. Die Fliesen lagen in einer Kiste, alle einzeln in Papier gepackt, und sie waren wunderschön. Weiße Keramik, mit einem handgemalten Muster aus Schlingpflanzen und großen Sonnenblumenköpfen, in Waldgrün, Kanariengelb und Lapislazuliblau.

Sehr vorsichtig trugen wir unseren Schatz zum Parkplatz und verstauten die Kiste im Kofferraum von Tommasos kleinem Alfa.

»Wie schnell fährt dieses Auto?«, fragte ich.

Tommaso grinste. Aber das Lächeln erreichte seine Augen nicht.

*

Ich wollte nicht darüber nachdenken, was Tommaso mich beim Frühstück gefragt hatte, und füllte die Heimfahrt mit sinnlosem Geplauder. Er ließ mir das durchgehen, obwohl er diesmal meine Hand beim Fahren nicht hielt. Seine Finger trommelten einen Rhythmus auf das Steuerrad, der nicht zu der Rockmusik passte, die aus den Lautsprechern drang.

Wir fuhren an der Abzweigung zur Abbazia di Monte Oliveto Maggiore vorbei, dem Benediktinerkloster, das wir tags zuvor besucht hatten. Ob ich noch einmal die Chance bekommen würde, zu hören, wie die Mönche eine gregorianische Messe sangen?

»Was sind deine Pläne für den Rest des Tages?«, erkundigte ich mich.

Tommaso zuckte mit den Schultern. »Ich muss in der Kelterei nach dem Rechten sehen und überprüfen, wie die Dinge dort laufen. Außerdem muss ich dafür sorgen, dass die Quelle überprüft und gereinigt wird. Es könnte da irgendwo eine Blockade oder ein Leck geben. Mir ist aufgefallen, dass der Wasserstand des Bachs nicht mehr so hoch ist, wie er sein sollte.«

»Die Quelle?«, wiederholte ich und hörte im Kopf ein fernes Echo meiner Stimme.

Er warf mir einen Seitenblick zu. »Ja, wir haben unsere eigene natürliche Quelle. Aus ihr entspringt der Bach, der durch den Garten des Castello fließt und den Brunnen speist. Meistens benutzen wir das Wasser für die Bewässerung der Rebstöcke.«

Er konzentrierte sich wieder auf den Verkehr, sodass ihm meine plötzliche Schweigsamkeit nicht auffiel. Jetzt wurde mir auch klar, warum die Worte wie ein Echo geklungen hatten. Diese Immobilienmaklerin hatte Luca gefragt, ob ich diejenige mit der Quelle sei. Mich überlief eine Gänsehaut, aber diesmal nicht aus einem angenehmen Grund. »Ist es üblich, dass Weingüter eigene Quellen haben?«

Es musste an meinem Tonfall gelegen haben, denn jetzt sah er mich aufmerksam an und runzelte die Stirn. »Eigentlich nicht. Angesichts des zunehmenden Wassermangels gewinnt es aber zunehmend an Bedeutung, dass wir eine eigene Wasserquelle haben.«

Ich musste mich räuspern, um weiterreden zu können. »Liegt diese Quelle auf dem Land, das Giovanni Fioravanti unbedingt in die Hände kriegen will?«

»Nicht auf dem Land, aber ganz in der Nähe davon. Warum?«

»Nahe genug, dass er den Wasserlauf umleiten könnte?«

Tommasos Miene verfinsterte sich noch mehr, und die Falten auf seiner Stirn vertieften sich. »Das wäre vermutlich möglich, aber das ist jetzt nicht mehr sehr wahrscheinlich. Er würde sich dann ja mit den Leuten anlegen, die uns den Kredit gegeben haben. Ich hätte nie gedacht, dass es auch etwas Gutes haben könnte, wenn wir dieses Stück Land verlieren, aber vermutlich ist es doch so. Denn damit haben wir einen Puffer zwischen uns und den Fioravantis. Auf diese Weise ist die Quelle vor den Fioravantis geschützt, und sie können sie nicht einfach so umleiten oder heimlich anzapfen. Denn wenn sie das machen würden, genügte eine trockene Saison, und wir wären möglicherweise nicht mehr in der Lage, den Rest des Kredits zurückzahlen zu können.«

Oh Mist! Mist!

Wie hatte ich mir bloß einreden können, ich würde davonkommen, ohne Tommaso die Wahrheit beichten zu müssen?

Mein Atem ging plötzlich flacher. Vielleicht kam ich doch davon – wenn ich das Castello verkaufte und den Kredit bei Giovanni Fioravanti abzahlte.

Nur … wenn es kein Castello mehr gab und auch kein *Agriturismo*-Geschäft, würde dann Tommasos Einladung von heute Morgen noch gelten?

32. KAPITEL

A ogni uccello il suo nido è bello
Jeder Vogel findet sein eigenes Nest wunderschön

Als wir zurückkamen, stand ein Leihwagen auf dem Hof. Tommaso parkte daneben, und ich hatte die Tür schon geöffnet, bevor der Alfa ganz zum Stehen gekommen war. Tommaso legte mir eine Hand auf den Arm, um mich festzuhalten. »Was wirst du ihnen sagen?«

»Ich werde ihnen gar nichts sagen. Wir brauchen das Geld.«

Seine Hand glitt von meinem Arm. Als ich zum Haus eilte, folgte er mir nicht. Ich hörte in der Küche, wie der Alfa vom Hof und zur Kellerei fuhr.

Florian und Yusuf warteten auf der Terrasse, wo Geraldine ihnen Kaffee und ein paar von meinen Salbeikeksen serviert hatte. Die beiden waren jünger, als ich erwartet hatte, Anfang vierzig. Yusuf war der dunklere und schlankere der beiden, während Florian mit seinem grau melierten Haar und seinen warmen, schokoladenbraunen Augen mich mehr an meinen Vater erinnerte. Sie waren ein sehr attraktives Paar, gut gekleidet, höflich und vollkommen verzückt von dem Haus. Ich würde das Castello in gute Hände geben.

Da ich schon viel zu aufgedreht war, um noch mehr Kaffee zu trinken, machte ich mit ihnen eine Besichtigungstour. Sie bestaunten mit gebührendem Lob den Fortschritt unserer Renovierungen. Das Haus und der Garten hatten noch nie idyllischer ausgesehen. Die Sonne schien, nicht zu heiß, aber intensiv genug, um die Räume mit warmem Sonnenlicht zu erfüllen, und sie ließ die Farben des Gartens leuchten. Die Begeisterung der beiden wurde nur ein wenig gedämpft, als wir Johns Zimmer erreichten.

»Ich hatte vorgehabt, die Renovierung dieses Zimmers noch vor Ihrer Ankunft abzuschließen«, sagte ich entschuldigend.

»Ich habe wunderschöne handbemalte Fliesen im Wagen. Wir haben sie erst heute Morgen aus San Gimignano geholt.«

Ich plapperte einfach drauflos, aber seit ich heute Morgen Giovanni Fioravantis wahre Motive begriffen hatte, hatte ich einen Stein im Magen. Ich konnte es mir nicht leisten, diesen Verkauf zu vermasseln. Wer wusste schon, ob und wann wir ein weiteres Kaufgebot bekämen, und dann noch ein so großzügiges wie dieses hier. Und vor allem, weil die hiesige Immobilienmaklerin für die Fioravantis arbeitete. Denn mittlerweile hegte ich keinen Zweifel mehr daran, dass Luca ihr eingeschärft hatte, mich davon abzuhalten, das Haus zum Verkauf anzubieten. Er hatte nicht gewollt, dass ich es verkaufe, weil er damit ein Druckmittel gegen unser Weingut in der Hand hatte. Ich ballte die Hände zu Fäusten.

Yusuf nickte und verließ das Badezimmer. »Wir hatten überraschend Zeit und wollten das Haus unbedingt sehen. Natürlich geben wir Ihnen liebend gerne zwei weitere Wochen, um die Renovierungen zu beenden. Ich kann Ihnen gar nicht sagen, wie glücklich wir sind, dass Sie diese Arbeit für uns erledigen! Das hat uns sehr viel Zeit und Mühe erspart. So können wir unsere ersten Gäste bereits über Nacht einladen, bevor das Wetter zu schlecht wird.«

Ich hustete, um den Kloß in meinem Hals loszuwerden. Es funktionierte nur leidlich. »Sie nehmen es also?«

»Selbstverständlich!«

Wir setzten uns auf die Terrasse, um den Kaufvertrag zu unterschreiben. Bienen bevölkerten die bunt bepflanzten Blumentöpfe, und ihr leises, musikalisches Summen wurde nur von dem Kratzen meines Füllers unterbrochen, mit dem ich jede Seite des Vertrags unterschrieb.

Es war richtig so. Das Castello zu verkaufen würde das Weingut retten. Trotzdem hatte ich plötzlich ein flaues Gefühl im Magen.

Schließlich unterschrieb ich die letzte Seite und schob Florian das Dokument zu. Der strahlte. »Ich rufe meinen Notar an, damit er die Überweisung tätigt. Es sei denn, Sie hätten einen hiesigen Notar, den Sie lieber beauftragen würden?«

Ich schüttelte den Kopf und raffte mich zu einem Lächeln auf, denn das wurde schließlich von mir erwartet. »Sie werden hier sehr glücklich sein. Ich jedenfalls war es.«

Nachdem sie wieder gefahren waren, stand ich allein in der Küche des Castello und sah mich um. Der Raum war so anders als damals am ersten Tag, als ich mich mit Luca an den Tisch gesetzt und er mir mitgeteilt hatte, dass ich nicht die Erbin meines Vaters war.

Die Küche war nicht mehr nur eine Oase in einem heruntergekommenen Haus. Sie war das Herz eines Heims geworden. Ich setzte mich an den Küchentisch, weil meine Beine mich plötzlich nicht mehr tragen konnten.

Das hier war das Heim, von dem ich geglaubt hatte, ich hätte es nie gehabt. Hier hatte Nonna mich gelehrt zu backen, hier hatten Tommaso und ich uns zum ersten Mal getroffen, zwei schüchterne Kinder, die umeinander herumgeschlichen waren. Es war, als hätte das Castello schon immer nur darauf gewartet, dass ich es endlich in Besitz nahm. Und jetzt hatte ich es an Fremde verkauft. Entzückende Menschen, zugegeben, aber trotzdem Fremde.

John wäre so schrecklich enttäuscht von mir gewesen. Ich hätte ihn fast um sein Weingut gebracht. Und jetzt waren nur meinetwegen das Weingut und das Castello für immer voneinander getrennt.

»Sarah, Liebes?« Ich blickte hoch. Geraldine stand in der Tür. Sie wirkte ungewöhnlich zögerlich. »Per und ich werden heiraten.«

Schlagartig besserte sich meine Stimmung. »Das ist großartig! Ich bin so froh für dich. Was hat denn diesen Meinungsumschwung bei dir bewirkt?«

Sie betrat das Zimmer und setzte sich neben mich an den Tisch. Sie wirkte mehr mit sich im Reinen, als ich es jemals erlebt hatte. »Wir waren in Johns Badezimmer und haben die alten Fliesen heruntergeschlagen, als ich Per einfach nur angesehen hatte. In dem Moment habe ich es begriffen. Das mit ihm ist keine Sommeraffäre. Der Sommer ist vorbei, und er ist immer noch da. Auch wenn es zugegebenermaßen so angefangen hat. Ich meine, sieh uns doch an: Er ist jung und heiß und könnte jede Frau haben, die er will. Ich fühlte mich geschmeichelt und hab mir gesagt: Was soll's, zum Teufel? Warum soll ich nicht das Beste daraus machen, solange ich noch kann? Aber dann hat er mich überrascht. Es fühlt sich an, als würde er mich wirklich sehen. Es hat vor ihm nur einen einzigen Mann gegeben, bei dem ich mich so gefühlt hatte, und das war dein Vater.«

Ich schluckte. »Und warum habt John und du es nicht geschafft?«

»Wir haben es versucht. Nicht dieses erste Mal, als ich schwanger wurde, natürlich. Das war nur eine Ferienromanze, und es war romantisch, leidenschaftlich und dumm. Nein, ich meine später. Du erinnerst dich wahrscheinlich nicht an dieses erste Mal, als ich mit dir hierhergekommen bin? Du warst erst fünf Jahre alt, und John hatte uns eingeladen, den Sommer hier zu verbringen. Es war magisch. Eine Weile habe ich wirklich gedacht, dass wir es hinbekommen könnten. Aber das Leben ist nicht nur ein einziger langer Sommer, stimmt's? Irgendwann hat die Realität zugeschlagen. Ich war erst dreiundzwanzig und wollte nicht den Rest meines Lebens in dieser Küche versauern, Hausfrau und Mutter spielen, während er seiner Leidenschaft frönte. Ich wollte meine eigene Leidenschaft finden, meinen eigenen Träumen folgen, und das konnte ich hier nicht.«

Wenn der Kloß in meinem Hals noch viel größer würde, würde ich bestimmt daran ersticken. »Ich kann mich daran erinnern.«

Vielleicht nicht daran, dass meine Eltern glücklich zusammen gewesen waren, aber ich erinnerte mich, dass zumindest ich in diesem ersten Sommer hier glücklich gewesen war. Im nächsten Jahr hatte Geraldine mich allein hier zurückgelassen, John hatte sich distanziert und abweisend verhalten, und ich hatte nicht gewusst, warum.

Sie lächelte traurig. »Vielleicht war es egoistisch von mir, aber mir tut nichts davon leid. Immerhin hatten wir ja dich.«

Ich blinzelte.

Sie beugte sich vor und verschränkte die Arme vor sich auf dem Tisch. »Wir haben nie über Kevin geredet.«

Oh nein, bitte! Nicht jetzt! Das Gespräch hatte auch so schon mehr zutage gefördert, als ich so mal eben verarbeiten konnte. »Das ist schon okay. Du brauchst wirklich nichts zu sagen. Ich gebe zu, dass ich verletzt war, aber Kevin ist immerhin ein erwachsener Mann. Er wusste, was er tat.«

»Sicher, aber das entschuldigt nicht, was ich getan habe. Ich bin deine Mutter. Deine Gefühle hätten Vorrang für mich haben sollen, und ich bedaure sehr, dass es nicht so war.« Geraldine holte tief Luft. »Ich habe mir immer wieder gesagt, dass ich eine Midlife-Crisis hatte, dass ich schwach und verletzlich gewesen bin, aber in Wahrheit waren das alles nur Ausreden. Ich war einfach egoistisch, und das tut mir leid. Ich weiß, dass ich es nicht wiedergutmachen kann, und würde auch verstehen, wenn du mir das nicht verzeihen kannst, aber ich möchte dich trotzdem bitten, es zu versuchen.«

Ich atmete zischend aus. »Es ist schon okay, Mum. Lassen wir es einfach hinter uns.«

»Das ist das erste Mal seit zwanzig Jahren, dass du mich Mum nennst.«

»Entschuldige, es ist mir einfach herausgerutscht.«

»Aber nein, es gefällt mir.« Sie beugte sich über den Tisch und legte ihre Hand auf meine. »Ich weiß, dass ich eine miese Mutter war, aber da ich die Einzige bin, die du hast, würdest du da meine Brautjungfer sein, oder meine Trauzeugin, oder wie man das heutzutage so nennt?«

Ich lachte. »Sicher, das mache ich gerne. Sag mir einfach nur wann und wo.«

»Morgen, hier im Rathaus.«

»Morgen! Was sitzen wir dann hier noch herum?«

*

Ich bestellte ein Taxi und fuhr mit Geraldine und Per in die Stadt. Sie hätten ohne weitere Umstände auch in Jeans geheiratet, aber davon wollte ich nichts hören. »Da ihr das nur einmal im Leben macht, müsst ihr es richtig machen.«

Ich schickte Per los, damit er sich einen Anzug aussuchte, und Geraldine und ich gingen ein Kleid kaufen. Ich rief Ettore an, damit er mir half, Blumen und einen Fotografen aufzutreiben, und als wir nach Hause zurückkamen, machte ich mich in der Küche zu schaffen. Da Per keinen Obstkuchen mochte und Geraldine keine Schokolade, entschied ich mich für einen saftigen Zitronenkuchen.

Da ich keine Zeit für komplizierte Verzierungen hatte, überzog ich den Kuchen nur mit einer Zuckerglasur und schmückte ihn mit einem breiten lilafarbenen Band und einem Lavendelzweig aus dem Garten. Etwas Schlichtes passte ohnehin besser zu Geraldine und Per.

Aus der Stadt hatte ich Tommaso die Neuigkeiten gesimst, aber ich hatte keine Antwort bekommen. Vielleicht war er ja irgendwo draußen auf dem Gut und hatte keinen Empfang.

Aber er kam auch nicht zum Essen nach Hause. Besorgt rief ich im Keller an, aber es war nicht Tommaso, der ans Telefon ging. Sondern Marco. »Er ist im Labor«, sagte er. »Ich richte ihm aus, dass du angerufen hast.«

*

Cleo kreischte wie verrückt, als sie die Neuigkeit erfuhr. »Mein Gott, wie gern wäre ich auch dabei! Ich kann es einfach nicht glauben!« Dann beruhigte sie sich. »Und wie steht es zwischen euch beiden? Habt ihr geredet?«

»Ja, wir haben geredet. Es ist alles gut.«

»Was stimmt denn nicht? Du klingst bedrückt.«

»Es ist nichts. Mir geht es gut.« Ich trat ans Fenster von Johns dunklem Schlafzimmer, so weit die Telefonschnur reichte. Im Cottage war es immer noch dunkel. Tommaso war noch nicht nach Hause gekommen, und er hatte auch auf meinen Anruf nicht reagiert.

»Lügen haben kurze Beine, das weißt du doch! Wenn es dir gut geht, warum habe ich dann das Gefühl, als wärst du eine Million Meilen weit weg?«

Ich lächelte schwach. »Es sind nur etwa tausend Meilen.«

»Du weißt genau, was ich meine. Du verschweigst mir etwas.«

Ich ging wieder zum Bett zurück und wusste nicht, was ich sagen sollte. Cleo würde mir wahrscheinlich versichern, es wäre gut, dass ich endlich mein inneres wildes Kind freigelassen und mich einer Affäre hingegeben hatte. Aber es fühlte sich überhaupt nicht gut an. Es fühlte sich mies an.

»Ich glaube, ich bin verliebt.« Ich schluchzte, während ich das sagte.

»Doch nicht etwa in diesen miesen Anwalt?« Cleo klang entsetzt.

»Nein, natürlich nicht. Es ist viel schlimmer.« Ich schniefte. »Zuerst dachte ich, es wäre nur eine alberne alte Teenager-Verknalltheit … Aber dann … Und jetzt weiß ich nicht, was ich machen soll …«

»Was meinst du mit Teenager-Verknalltheit – es ist jemand, den du noch von früher …?« Sie verschluckte sich an der Luft. *»Etwa Tommaso?«*

Als ich nichts sagte, atmete Cleo zischend aus. »Auf Wiedersehen Regen, hallo Traufe!« Ich konnte praktisch hören, wie sie die Stirn runzelte. »Ich kenne dich jetzt seit fünfzehn Jahren, und du hast nicht ein einziges Mal auch nur ein Sterbenswörtchen über ihn erzählt. Warum hast du so ein großes Geheimnis daraus gemacht?«

»Von ihm habe ich meinen ersten Kuss bekommen. Es war keine große Sache.«

»Natürlich ist der erste Kuss eine große Sache.« Wieder machte sie eine Pause und diesmal ging ihr eine ganze Scheinwerfer-Batterie auf. »Er war deine erste große Liebe!«

»Ich wusste damals nicht mal, was Liebe ist. Ich war erst

siebzehn. Ich war nur ein Jahr jünger als meine Mutter, als sie mich bekommen hat.«

»Du bist aber nicht deine Mutter, und du bist schon gar keine siebzehn mehr!« Cleo seufzte verärgert. »Sarah, du weißt, dass ich das nur sage, weil ich dich liebe, aber du musst wirklich endlich einmal deinen Kopf aus dem Sand ziehen und aufhören, dich von den Fehlern deiner Eltern beherrschen zu lassen. Du darfst allmählich ein paar eigene Fehler machen.«

»Das habe ich doch schon. Kevin war ein Fehler, oder etwa nicht?«

»Ja, aber nur, weil du geglaubt hast, ein Mann mit einer englischen Hypothek wäre der einzige infrage kommende Mann für dich. Schlaf mit Tommaso. Habe ich dir nicht gesagt, dass du eine Urlaubsaffäre brauchst? Also, das hier ist die Gelegenheit!«

Als ich nicht antwortete, schnappte Cleo nach Luft. »Du hast schon mit ihm geschlafen! Gut gemacht, Mädchen!«

Cleo hielt das für eine gute Sache. Aber ich hatte mit Tommaso geschlafen, und es war eine erstaunliche und erschütternde Erfahrung gewesen. Und jetzt zog er sich von mir zurück und kehrte zu seiner einzigen wahren Liebe zurück, dem Wein, genauso wie mein Vater es getan hatte.

Ich schniefte erneut, und wollte unbedingt verhindern, dass mir die Tränen kamen. »Deshalb glaube ich nicht an Urlaubsaffären, Cleo. Weil ich kein Mädchen bin, dass anschließend einfach weiterzieht, ohne dass ihr Herz gebrochen wäre. So etwas endet immer mit Liebeskummer.«

Allerdings hatte mir Kevin nicht das Herz gebrochen. Weil ich Kevin auch nicht geliebt hatte. Jedenfalls nicht so richtig und ganz sicher nicht achtzehn Jahre lang.

»Dann bleib doch einfach!«

Sie hatte leicht reden, aber sie kannte die Zusammenhänge nicht. »Ich kann nicht bleiben. Ich habe heute das Castello verkauft. Und jetzt glaubt Tommaso wahrscheinlich, ich hätte es getan, weil ich abreisen will. Ich kann ihm die Wahrheit nicht erzählen, weil er mich dann hasst. Wenn ich diesen verdammten Kredit nicht abzahle, verliert er alles, woran ihm etwas liegt. Das darf ich nicht zulassen, und mir fällt einfach keine andere Möglichkeit ein, wie ich meinen Fehler wieder ausbügeln könnte.«

»Es gibt immer einen Weg, wie man Dinge geradebiegen kann. Und im Zweifel folge dem Geld – hast du mir das nicht immer gepredigt? Also solltest du dich jetzt genau an deinen eigenen Ratschlag halten!«

33. KAPITEL

Una buona moglie fa un buon marito
Eine gute Ehefrau macht einen guten Ehemann

Tommaso kam erst sehr spät nach Hause. Ich lag bereits im Bett und starrte auf das fahle Mondlicht, das zwischen den Fensterläden hindurchschien, als ich seinen Wagen hörte. Er kam nicht ins Castello, obwohl ich die Küchentür nicht verschlossen hatte. Dafür fiel die Haustür des Cottage mit einem lauten Knall ins Schloss.

Am nächsten Morgen sah ich ihn ebenfalls nicht. Ich hatte die Nacht über kaum ein Auge zugetan. Irgendwann musste ich dann doch eingeschlafen sein, aber als der Wecker klingelte, hatte ich das Gefühl, es wären erst zehn Minuten vergangen.

Selbst wenn ich mir bisher nicht sicher gewesen war, dass er mir aus dem Weg ging, wusste ich es nun mit Gewissheit. Und nun hatte ich auch meine Antwort. Er hatte mich von Anfang an nicht gewollt. Sicher, er hatte seinen Spaß mit mir gehabt, so wie mit all den anderen Frauen, die durch sein Leben spaziert waren. Aber er hatte mich nicht zum Bleiben eingeladen, weil er mich liebte, sondern nur weil er hatte verhindern wollen, dass ich das Castello verkaufte.

Ich war mir nicht einmal sicher, ob er zur Hochzeit kommen würde, bis wir alle vor dem Bürgermeister im Palazzo Comunale standen, in einem eleganten Raum mit hohen Fenstern und Gemälden an den Wänden. Tommaso stürmte im letzten Moment in die Halle und stellte sich neben Ettore. Sein Haar war zerzaust, als wäre er ständig mit den Händen hindurchgefahren, und mit seinem Zweitagebart sah er wild und sexy aus.

Der Bürgermeister sprach die Worte der standesamtlichen Zeremonie auf Italienisch und wartete geduldig, bis der Dolmetscher sie übersetzt hatte. Es hätte kaum romantischer sein können.

Die Braut trug ein knielanges elfenbeinfarbenes Kleid, klassisch und elegant, das ihre großartigen Kurven betonte. Per stand im dunklen Anzug neben seiner frischgebackenen Frau und strahlte.

Aber ich konnte meine Augen nicht von Tommaso nehmen. Er trug einen schwarzen Anzug und ein am Hals offenes weißes Hemd. Ich senkte den Blick. Er hatte nicht das Recht, hierherzukommen und so verdammt atemberaubend und unbekümmert auszusehen, während ich die ganze Nacht nicht geschlafen hatte.

Als die Zeremonie vorbei war und die Dokumente unterzeichnet waren, traten wir aus dem Schatten des Palazzos aus dem vierzehnten Jahrhundert in das Sonnenlicht der Piazza.

Tommaso küsste Geraldine kurz auf die Wange und schüttelte Per die Hand. »Ich wünsche euch beiden alles Gute«, sagte er.

»Du kommst nicht mit zum Essen?« Geraldine war sichtlich enttäuscht.

Er schüttelte den Kopf. Ohne mich eines Blickes zu würdigen, drehte er sich um und ging davon. Ich lief ihm nach. »Tommaso, warte!«

Der Gesichtsausdruck, mit dem er mich ansah, war derselbe wie in der Nacht, als ich ihm das Bügeleisen auf den Kopf geschlagen hatte.

»Wir müssen reden.« Ich hatte eigentlich nicht so damit herausplatzen wollen, und schon gar nicht hier, mitten auf einer belebten Piazza im Gewühl der Kauflustigen und Touristen, aber er ließ mir keine Wahl.

Seine Augen wirkten wie bedrohliche dunkle Gewitterwolken, in denen Blitze zuckten. »Es gibt kein ›Wir‹. Du bist jetzt frei. Du kannst nach England zurückfliegen, wie du es immer gewollt hast.«

»Ich musste das Castello verkaufen! Ich hatte keine Wahl.« Ich musste allen Mut zusammenkratzen, um mich ihm zu stellen und nicht einfach wegzulaufen. »Ich muss dir etwas über diesen Kredit erzählen, den ich im Rahmen der Umschuldung eingefädelt habe.«

Er blieb stehen und hörte zu, aber sein Ärger strömte ihm aus allen Poren.

»Die Sache ist die …« Ich musste mich räuspern, um weitersprechen zu können. »Der neue Gläubiger ist Giovanni Fioravanti.«

Er kniff die Augen zusammen, sagte aber nichts. Das Schweigen dehnte sich, so schmerzhaft, dass ich das Gefühl hatte, ich würde Glasscherben einatmen.

»Das ist aber nicht der Name auf dem Kreditvertrag, den du mir gezeigt hast«, sagte er schließlich.

»Es ist eine Holding-Gesellschaft, die Giovanni besitzt.«

Seine Lippen waren ein schmaler Strich. »Also selbst nachdem ich dir gesagt habe, dass man den Fioravantis nicht trauen darf, hast du hinter meinem Rücken einen Deal mit ihnen gemacht?«

»Es war eine wirklich gute Vereinbarung«, verteidigte ich mich, obwohl ich im selben Moment Johns warnende Worte in meinem Kopf hörte.

»Jedenfalls wissen wir jetzt, wer hinter dem Vandalismus und dem Feuer gesteckt hat.« Er kniff die Augen noch mehr zusammen. »Oder wusstest du das schon die ganze Zeit?«

Ich hob die Hände, als wollte ich seine Worte abwehren. »Beschuldigst du mich etwa, daran beteiligt gewesen zu sein? Wie kannst du so etwas auch nur denken?«

»So wolltest du mich zwingen zu verkaufen. Damit du dein Geld bekommst und weglaufen kannst, ein Vorhaben, das du ja schon seit dem Tag deiner Ankunft unmissverständlich klargemacht hast.«

Wut und Furcht und Schmerz brannten mir wie Säure im Magen. »Du musst gerade reden! Du hast vom ersten Tag an ebenso unmissverständlich klargemacht, dass du mich loswerden willst!«

»Aber so viel Glück hatte ich ja nicht! Ich bin nur froh, dass dein Vater nicht mehr erleben muss, wie du sein Lebenswerk zerstörst! Na gut, jetzt kannst du deinen dicken, fetten Scheck für das Castello einkassieren und dahin zurückkehren, wo du hingehörst!«

Man hatte mir schon Schlimmeres in Vorstandszimmern und Büros an den Kopf geworfen, aber Tommasos Worte trafen mich sehr. Er wollte mich nicht hierhaben, ebenso wenig wie mein Vater mich hatte hierhaben wollen. Ich hätte niemals hierherkommen sollen. Und ganz sicher hätte ich nicht bleiben sollen.

Aber wenn ich nicht geblieben wäre, dann hätte ich mich niemals neu entdeckt. Und ich hätte niemals Frieden mit Geraldine geschlossen.

Ich sprach langsam und deutlich, um das Zittern in meiner Stimme zu unterdrücken. »Ich hatte weder etwas mit der Sabotage noch mit dem Feuer zu tun. Hätte ich gewusst, dass Giovanni Fioravanti so tief sinken würde, hätte ich mich auf diese Vereinbarung niemals eingelassen.«

Er zuckte verächtlich mit den Schultern, als wollte er mich abschütteln, drehte sich um und ging davon. Ich sah ihm lange nach, wie er sich entfernte, während mein Herz in eine Million Stücke zersplitterte.

Als ich zu den anderen zurückkehrte, musterte Geraldine mich prüfend.

»Was?« Ich straffte die Schultern, um nicht zu verraten, wie gebrochen ich mich fühlte.

»Sprich nicht in diesem Ton mit mir, junge Lady! Was ist mit euch beiden los? Was ist in San Gimignano passiert, dass ihr beide euch kaum noch ansehen könnt?«

»Was weiß ich! Gehen wir feiern. Beatrice hat für uns einen Prosecco auf Eis gelegt.« Und ich brauchte unbedingt einen Drink.

*

Beatrice hatte sich große Mühe mit dem Hochzeitsessen gegeben. Sie hatte überall auf der Terrasse der Trattoria weiße Tücher aufgehängt, und in kleinen Vasen auf den Tischen standen Sträuße mit Lavendel und weißen Rosen.

»Wo ist Tommaso?«, erkundigte sich Beatrice, als wir uns gesetzt hatten.

Alle sahen mich an. Ich zuckte mit der Schulter. Ich hoffte, dass dieses Schulterzucken sagte: *Bitte seht mich nicht an, weil ich mich gerade nur so zusammenreißen kann, und wenn ihr mich alle weiter so anseht, dann fange ich an zu heulen!*

»Sie hatten Streit«, verkündete Geraldine.

Ich durchbohrte sie mit meinem finstersten Blick. Das half. Wenigstens hatte ich nicht mehr das Bedürfnis zu weinen.

»Eine Meinungsverschiedenheit unter Liebenden?« Beatrice versuchte vergeblich, ein Lächeln zu verstecken.

»Nein, eine Auseinandersetzung unter Geschäftspartnern!«, sagte ich und bedachte beide mit einem bösen Blick. »Er hat mich nur daran erinnert, dass er mich nie hierhaben wollte und es kaum erwarten kann, dass ich verschwinde.« Schon wieder brannten mir die Augen. Ich blinzelte die Tränen weg.

Beatrice legte mir eine Hand auf den Arm. Ich blinzelte noch stärker.

»Natürlich will er nicht, dass du abreist! Seit ich Tommaso kenne, habe ich ihn noch nie so glücklich erlebt wie in den letzten Monaten. Nicht einmal, als Gwen noch hier war.«

Schlagartig hörte ich auf zu blinzeln. »Ich dachte, sie wäre in Schottland geblieben?«

»Nein, sie ist mit Tommaso hierhergekommen, als er sich um Nonna gekümmert hat. Aber sie hat es hier nicht lange ausgehalten. Sie passte nicht hierher und hat es hier gehasst.« Sie beugte sich näher zu mir und senkte die Stimme, damit nur ich ihre Worte hören konnte. »Ich muss zugeben, dass du mich sehr an sie erinnert hast, als ich dich das erste Mal sah. Ich war ziemlich sicher, dass du dich auch schnell langweilen und bald verschwinden würdest. Aber als wir dann zum ersten Mal gemeinsam auf den Markt gegangen sind, schienst du dich so wohlgefühlt zu haben …«

Weil ich mich wohlgefühlt hatte. Ich hatte mich zu Hause gefühlt. Ich schluckte. Hatte ich Tommaso auch an Gwen erinnert? War er deshalb immer so mürrisch zu mir gewesen?

Das Essen, das Matteo uns servierte, waren typisch toskanische Speisen, einfach und herzhaft und unglaublich lecker.

Mein Bruschetta mit Basilikum-Pesto und sonnengereiften Tomaten, Tomatensuppe à la *Pappa al pomodoro*, und ein Hauptgericht aus geröstetem Kalbfleisch in einer feinen Trüffelsauce, mit Babykartoffeln und Spinat und anderen frischen Gemüsen aus ihrem Garten.

Wir leerten etliche Flaschen Prosecco, während wir auf die Braut und den Bräutigam anstießen, und ich hatte vielleicht ein bisschen mehr getrunken, als unbedingt notwendig war. Gut, ich hatte erheblich mehr intus. Aber der leichte, prickelnde Prosecco schaffte es nicht, die schmerzende Taubheit in meiner Brust zu lindern.

Der Kuchen war ebenso perfekt, und er sah fast zu gut aus, um ihn zu essen. Fast. Zum Glück waren wir hier in Italien.

Lachend schnitten Geraldine und Per den Kuchen gemeinsam an und fütterten sich gegenseitig mit einem Stück. Geraldine warf mir einen tadelnden Blick zu, als sie schmeckte, was für einen Kuchen ich da gebacken hatte. Alle anderen fielen über den Kuchen her, Ettore, Beatrice und Matteo und auch Alberto, der mit seinem Traktor hergekommen war, um uns Gesellschaft zu leisten. Sogar die Touristen an den anderen Tischen auf der Terrasse bekamen ein Stück ab.

Braut und Bräutigam hatten jedoch nicht lange Zeit. Sie hatten einen Flug von Rom nach Stockholm für diesen Abend gebucht, und ein Taxi würde sie schon sehr bald abholen.

»Ich habe Angst«, gab Geraldine zu, als wir endlich einen Moment allein draußen vor der Trattoria auf das Taxi warteten, während Alberto und Per ihre Koffer holten.

Ich lachte, und zwar ziemlich überzeugend, fand ich, da mein Herz nicht daran beteiligt war. »Es ist schließlich nicht so, als hättet ihr nicht schon einmal miteinander geschlafen.«

»Ich rede nicht von der Hochzeitsnacht. Ich meine Pers Familie. Wenn seine Kinder mich jetzt nicht mögen?«

»Selbstverständlich werden sie dich mögen. Alle mögen dich.«

Sie verdrehte die Augen. »Und was wirst du wegen Tommaso unternehmen?«

»Ich werde gar nichts tun. Er ist genauso wie John. Ihm liegt mehr an dem Weingut als an mir.«

Geraldine schüttelte den Kopf. »Dein Vater war nicht immer so. Er wusste einfach nur nicht, wie er anders mit dem Schmerz klarkommen sollte, außer sich von allen anderen abzuschotten. Er wurde gewissermaßen zu einem Einsiedler, und das war meine Schuld. Ich habe ihm das angetan. Wiederhole meine Fehler nicht, Liebling. Rede mit Tommaso, stell die Sache klar. Du willst bestimmt nicht weitere dreißig Jahre warten wie ich, um einen anderen Mann zu finden, den du so liebst.«

Ich sah sie finster an. »Du gehst davon aus, dass Tommaso mich liebt. Das tut er aber nicht. Denn wenn er es täte …«

»Wenn er dich nicht lieben würde, wäre er nicht so verletzt, weil du das Castello verkauft hast.«

»Ganz genau! Er ist wütend, weil ich ein Gebäude verkauft habe, für das er Pläne hatte. Er hat bisher noch nicht ein einziges Mal gesagt, dass er mich liebt. Und ich habe es verdient, mehr geliebt zu werden als einige Hektar Weinberge oder ein alter Pseudopalazzo!«

Sie packte meine Hände und zwang mich, sie anzusehen. »Oh ja, das hast du. John und ich waren egoistisch und so mit unseren eigenen Gefühlen beschäftigt, dass wir dich nicht vorangestellt haben, wie wir es hätten tun sollen. Denn das hast du absolut verdient. Aber Tommaso ist überhaupt nicht wie wir. Gib ihm eine Chance.«

»Das verstehst du nicht. Es ist verkauft, und dann ist da noch der Kredit und …«

Geraldine stieß verärgert die Luft aus. »Du machst das alles viel zu kompliziert. Du arbeitest für eine erfolgreiche Bank, also erzähl mir nicht, dass du nicht mit einem Kleinkredit fertigwirst. Was auch immer du tust, versprich mir, dass du meine Fehler nicht wiederholst. Versprich mir, dass du Tommaso sagst, dass du ihn liebst und dass du ihm eine Chance gibst, dir zu antworten, bevor du wegläufst.«

Dieses eine Mal sah sie mich wie eine Mutter an, nicht nur

wie Geraldine. Ich wand mich unbehaglich unter ihrem Blick, erwiderte aber nichts.

Dann war das Taxi da, und Per und Alberto tauchten auf. Sie luden die Koffer in den Kofferraum, wir umarmten uns alle und verabschiedeten uns.

Geraldine hielt mich fest. »Du weißt, dass ich dich liebe, das weißt du doch?«, flüsterte sie. »Du bist das Beste, was ich jemals in meinem Leben gemacht habe.«

Ihre Augen glänzten verdächtig, und ich spürte, wie auch mir die Tränen kamen.

»Fang bloß nicht an zu weinen!«, ermahnte ich sie streng. »Du wirst dein Make-up ruinieren, und du willst sicherlich nicht Pers Familie mit Mascara-Spuren auf den Wangen gegenübertreten.«

Sie lachte und packte dann fest meine Hände. »Versprich es mir!«, beharrte sie.

Ich seufzte. »Also gut, ich verspreche es.«

Dann stieg sie ins Auto und beugte sich aus dem Fenster. »Ich möchte, dass du ihn behältst. Ich kann ihn ohnehin nicht mit ins Flugzeug nehmen.« Sie warf mir ihren Brautstrauß aus Lavendel zu, und ich fing ihn auf.

Der Wagen fuhr weiter, aber Geraldine beugte sich noch weiter aus dem Fenster. »Ruf mich an! Ich will wissen, wie es weitergeht!«

*

Ettore nahm mich auf seiner Vespa mit nach Hause. Ich klammerte mich an seine Lederjacke, als wir über den holprigen Feldweg knatterten, viel zu schnell für meinen Geschmack. An der Kreuzung fiel mein Blick auf den alten Schrein, und ich zupfte an Ettores Jacke. »Du kannst mich hier absetzen!«, überschrie ich den Wind und die Geräusche des kleinen Vespamotors.

Er hielt auf dem Grasstreifen der Straße an. Ich sprang ab, und meine Beine waren noch ein bisschen zittrig von der halsbrecherischen Fahrt. »Von hier aus gehe ich zu Fuß weiter«, sagte ich und hielt ihm seinen Helm hin.

Er lächelte und umarmte mich. »Dein Vater wäre so stolz, wenn er dich heute sehen könnte.« Dann legte er einen Gang ein und fuhr winkend und mit einem fröhlichen *»A domani!«* davon.

Ich sah ihm nach, ohne ihn wirklich zu sehen, weil meine Augen in Tränen schwammen. John wäre ganz und gar nicht stolz auf mich gewesen. Tommaso hatte recht. Ich hatte alles zerstört, was mein Vater geliebt hatte. Vielleicht hatte ein Teil von mir es auch zerstören wollen. So viele Jahre hatte ich das Weingut dafür verantwortlich gemacht, dass ich mich ungeliebt und ungewollt fühlte. Aber es war gar nicht das Weingut gewesen. Die Schuld daran trugen nur zwei unfähige und verletzte Menschen, die nicht gewusst hatten, wie sie sich gegenseitig lieben sollten.

Ich atmete zitternd aus und drehte mich zu dem kleinen Schrein um. Wenn ich dieses Chaos, das ich angerichtet hatte, beseitigen und mein Versprechen an Geraldine halten wollte, brauchte ich unbedingt göttlichen Beistand.

Ich kniete mich vor den Schrein nieder. Es war unglaublich, dass ich ihn noch nie zuvor besucht hatte, obwohl ich öfter daran vorbeigefahren war, als ich zählen konnte. Der gemalte Engel stand in einer Marmornische. Die Farbe war alt und verblasst und blätterte an manchen Stellen auch schon ab, aber das Bildnis war trotzdem klar. Es zeigte einen Engel mit ausgebreiteten Flügeln neben einem Wasserbecken. Das hellblaue Wasser entsprang einem felsigen Hügel und sammelte sich in einem Becken, das von allen Seiten von Weinstöcken umgeben war.

Eine kleine Bronzeplakette war in den Stein unter das Gemälde geschraubt. Darauf stand *Arcangelo Raffaele alla piscina di Bethesda.* Erzengel Raphael am Becken von Bethesda.

Mein Wissen über Erzengel entsprach dem, was man von einer Person erwarten konnte, die ihr Leben den Zahlen gewidmet hatte. Aber ich hatte schon von dem Becken von Bethesda in Jerusalem gehört. Das Wasser hatte angeblich heilende Kräfte. Obwohl ich irgendwie bezweifelte, dass das Becken in Jerusalem mitten in einem Weinberg lag.

Wenn das der Engel war, der Castel Sant'Angelo seinen Namen gegeben hatte, dann war er vielleicht, ganz vielleicht geneigt, mir zu helfen, das Weingut zu retten. Außerdem hatten wir in gewisser Weise eine Gemeinsamkeit. Mein zweiter Vorname lautete Raphaela.

Ich schloss die Augen. Es war schon sehr viele Jahre her, seit ich um etwas gebetet hatte, und ich kam mir ziemlich idiotisch vor, als ich mich jetzt hier niederkniete, umgeben von Rebstöcken, so weit das Auge sehen konnte.

»Ich brauche einen Neustart«, gestand ich dem Engel. »Weil die Dinge niemals wieder so werden können, wie sie einst waren. Ich bin nicht mehr dieselbe Person wie vor vier Monaten, und selbst wenn ich nach London zurückgehe, wird mein Leben dort ganz anders verlaufen.« Aber das war es ja gar nicht, was ich wollte, stimmt's?

Ich war noch nie sehr gut darin gewesen, um das zu bitten, was ich haben wollte. Es fühlte sich unglaublich egoistisch an, die Worte laut auszusprechen, aber ich tat es trotzdem. »Ich möchte hierbleiben, im Castello. Ich möchte mit Tommaso zusammenleben. Ich möchte, dass er genauso für mich empfindet wie ich für ihn.« Ach so, und da ich ja gerade ohnehin um Wunder bettelte … »Ich möchte, dass mein Vater mich geliebt und gewollt hat.« So sehr, wie er ganz eindeutig Tommaso gemocht, respektiert und gewollt hatte.

Ich atmete aus. Das war es. Mehr fiel mir nicht mehr ein. Das heißt, vielleicht war da noch eine Sache. »Ich möchte, dass Geraldine und Per glücklich zusammen werden.«

Da ich keine Opferkerze oder irgendeine andere Gabe hatte, legte ich Geraldines Brautstrauß unter das Bild auf den Boden vor dem Becken. Sie hätte ganz bestimmt nichts dagegen gehabt.

34. KAPITEL

Chi non fa, non falla
Nur wer nichts tut, macht keine Fehler

Ich war sehr erleichtert, als ich sah, dass Lucas Wagen vor seinem Büro stand. Da er so wenig zu arbeiten schien, hatte ich Sorge gehabt, dass ich ihn vielleicht nicht antreffen würde.

Seine Sekretärin, eine mütterlich wirkende, grauhaarige Frau, ließ mich zu ihm vor, ohne mich zuvor anzukündigen. Luca blickte von seinem Schreibtisch hoch, ein wenig erschrocken zunächst, aber dann grinste er, und seine Augen leuchteten auf.

»Du hast mir verziehen?« Er stand auf und kam mir mit ausgestreckten Armen entgegen.

Es fiel mir immer noch unglaublich schwer, diesem gewinnenden Lächeln zu widerstehen, diesen Grübchen und seinem ansteckenden Enthusiasmus. Aber es gelang mir.

»Das ist kein Freundschaftsbesuch, sondern etwas Geschäftliches.« Seine Sekretärin schloss leise die Tür hinter sich, und ich drehte mich mit den Händen in die Hüften gestemmt zu Luca um. »Wir können es auf die harte Art und Weise machen, oder ... das heißt, genau genommen gibt es nur die harte Art und Weise.«

Das dämpfte seine Begeisterung spürbar. Er sah sogar ein bisschen verwirrt aus. Vielleicht bestand ja doch noch Hoffnung für ihn.

»Möchtest du dich vielleicht setzen?« Er bot mir den bequemen Stuhl neben seinem Schreibtisch an.

»Nein danke. Ich habe nicht vor, lange zu bleiben. Ich bin nur gekommen, um dir das hier zu bringen.« Ich nahm einen Scheck aus der Tasche und legte ihn auf Lucas Schreibtisch. Es war eigentlich eine Requisite, weil ich schon seit Jahren kein Scheckbuch mehr benutzt hatte, schon gar nicht für so viel

Geld. Aber es wirkte viel dramatischer, als wenn ich einfach nur eine elektronische Überweisung getätigt hätte. Diese vielen Nullen sahen schwarz auf weiß sehr viel beeindruckender aus.

»Damit ist der Kredit vollkommen zurückgezahlt. Wir bekommen nicht nur wieder die volle Kontrolle über das Land zurück, das wir als Sicherheit geboten haben, sondern es gab auch, wenn ich mich recht entsinne, ein beträchtliches Skonto, wenn wir die Schulden vor dem vereinbarten Datum zurückzahlen.«

Natürlich gab es das. Schließlich hatte ich selbst darauf bestanden.

»Du hast das Castello verkauft. Aber was ist mit deinem Anteil am gesamten Besitz? Du willst das doch nicht alles aufgeben, um Tommasos Schulden zu begleichen?«

»Es sind unsere gemeinsamen Schulden. Dank dieses Partnerschaftsvertrages, den du für mich und Tommaso aufgesetzt hast, sind wir gleichberechtigte Partner bis zu dem Zeitpunkt, an dem Tommaso mich auszahlen kann. Und wegen einiger angeblicher ›Unglücksfälle‹ kann er das frühestens in einem Jahr. Also sieht es so aus, als hätte er mich bis dahin als Partner am Hals.«

Ich wusste noch nicht, wie Tommaso diese Neuigkeiten aufnehmen würde. Ich hoffte nur nicht so schlimm wie Luca, dessen Gesichtsfarbe ganz grau geworden war.

Er riss sich jedoch schnell zusammen und schaffte es sogar, zu lächeln. »Ich bin sehr froh, dass es dir gelungen ist, die Schulden zu begleichen. Du wirst mir wahrscheinlich nicht glauben, aber ich hatte keine Ahnung, was mein Vater vorhatte oder wie weit er gehen würde. Dennoch ist er nun mal mein Vater …«

»Ich glaube keineswegs, dass du etwas mit dem Vandalismus oder dem Feuer zu tun gehabt hast.« Dafür war Luca viel zu leicht zu durchschauen. »Aber nach dem Feuer musst du Verdacht geschöpft haben. Und es war ein viel zu großer Zufall, dass es zu diesem Sabotageakt gekommen ist, unmittelbar nachdem wir den Vertrag unterschrieben hatten. Und das

Feuer wurde gelegt, kurz nachdem du herausgefunden hast, dass es einen Käufer für das Castello gibt. Also musste dein Vater eine andere Möglichkeit finden, um zu verhindern, dass wir die Ratenzahlungen leisten konnten, stimmt's? Ich war auch noch so dumm, dir die Idee dafür einzuflößen, hab ich recht? Wenn ich mich richtig erinnere, habe ich selbst gesagt, nur eine Sintflut, Feuer oder ein Akt Gottes könnte verhindern, dass Tommaso seine Schulden begleicht.«

Er wurde bleich und spreizte die Hände, als wollte er mich um Verständnis bitten. Und verstehen konnte ich ihn. Niemand konnte so gut nachvollziehen wie ich, wie es sich anfühlte, sich ein Leben lang um die Anerkennung seiner Eltern bemühen zu müssen. Man brauchte kein Psychologiestudium, um zu begreifen, dass wir zumindest das gemeinsam hatten.

Er runzelte die Stirn. »Was hast du gemeint, als du sagtest, dass wir das hier auf die harte Art und Weise abwickeln würden?«

Ich widerstand dem Impuls, billige Rache zu nehmen und auch noch zu lächeln, als ich ihm den entscheidenden Schlag versetzte. »Du hattest recht damit, als du sagtest, dein Vater sei ein schlechter Spieler.«

Das verwirrte Luca noch mehr.

»Dir ist bewusst, dass ich für eine Investmentbank arbeite?« Obwohl das Geschichte war. Ich hatte Kevin heute Morgen meine Kündigung geschickt. Ich hatte noch keine Ahnung, was ich tun würde, aber was es auch sein mochte, es würde weder in einem Büro im sechsten Stock stattfinden noch eine lange Zugfahrt zur Arbeit erfordern. Vielleicht eröffnete ich ja stattdessen eine Bäckerei in Wanstead ...

»Wer etwas im großen Stil finanzieren oder zum Beispiel einen ziemlich großen Kredit geben will und dafür Aktien verkauft, spielt mit erheblich mehr als mit einem Stück Land.«

Er sah immer noch verwirrt aus, und ich hatte plötzlich Mitleid mit ihm. »Dein Vater hatte nicht genug Bargeld zur Verfügung, um uns einen Kredit zu geben. Also hat er sich das Geld beschafft, indem er einen Teil seines Aktienpakets veräußert hat. Dieses Aktienpaket gehört jetzt der Bank, für die ich arbeite.«

Ich ließ ihm einen Moment Zeit, damit ihm die Bedeutung meiner Worte aufging.

»Also besitzt meine Bank jetzt eine Mehrheitsbeteiligung am Weingut Fioravanti.« Wer hätte gedacht, dass es auch Vorteile hatte, wenn mein Ex-Boss immer noch von seinem schlechten Gewissen gepiesackt wurde, weil er mich betrogen hatte? Und Cleo schuldete ich eine lebenslange Versorgung an Wein. Und zwar keinen billigen Tetra-Pak-Fusel, sondern den echten Stoff. Immerhin hatte sie mich darauf hingewiesen, dass ich dem Geld folgen sollte.

Luca ließ sich auf den erstbesten Gegenstand fallen, den Lehnstuhl, den er mir erst vorhin angeboten hatte. »Ich kann dir nicht verdenken, dass du wütend bist«, sagte er. »Mein Vater hat das verdient.«

»Ich bin nicht wütend. Aber ich gebe zu, dass ich mehr als nur ein wenig verletzt war, als ich herausfand, dass du mich nur benutzt hast, um mein Weingut in die Hände zu bekommen.«

Er schüttelte den Kopf, und ich war sowohl überrascht als auch erleichtert, als ich sah, wie seine Augen empört funkelten. »Ich gebe zu, dass ich einiges getan habe, was fragwürdig ist, aber ich bin kein Lügner. Du bist eine sehr schöne Frau, und ich habe Zeit mit dir verbracht, weil du mir gefällst, nicht weil mein Vater mich darum gebeten hat. Du darfst nicht glauben, dass ich mich nicht zu dir hingezogen fühle. Denn das tue ich.« Er zuckte mit den Schultern. »Es ist leider nur so, dass ich mich zu vielen Frauen hingezogen fühle …«

Wie immer bauchpinselte Luca mein Selbstbewusstsein, aber ich konnte mir trotzdem ein Lachen nicht verkneifen. »Eines Tages, Luca Fioravanti, wird sich das gegen dich wenden. Ich hoffe sehr, dass du einmal eine Frau triffst, die du mehr als alle anderen begehrst und dass sie dir wirklich das Leben so richtig schwer macht.«

Ich öffnete die Tür, blieb aber auf der Schwelle stehen. »Eines noch: Richte deinem Vater aus, dass Feuer DNA-Spuren nicht gänzlich zerstören kann. Heutzutage fällt es der Spurensicherung bei Brandstiftung überraschend leicht, DNA selbst von einem verbrannten Zigarettenstummel zu gewinnen. Wenn die Person, die er dafür angeheuert hat, vorbestraft ist, ist ihre DNA auch im Polizeicomputer.«

Es war ein Schuss ins Blaue, denn in Wahrheit hatte ich bis auf ein paar Infos durchs Googeln keine Ahnung, aber Luca nickte. Seine Miene war zum ersten Mal, seit ich ihn kannte, sehr ernst. »Ich werde es ihm sagen.«

*

Der Spur des Geldes zu folgen und Luca zu konfrontieren war der leichte Teil der Aufgabe, die ich zu erfüllen hatte. Mein Versprechen an Geraldine zu halten war dagegen eine ganz andere Angelegenheit. Zuerst jedoch gab es etwas, was ich schon viel zu lange aufgeschoben hatte.

Ich fing mit Johns Badezimmer an. Ich räumte sein Rasierzeug weg, das Shampoo und das Duschgel, das fast leer war. Morgen würde Ettore sich dieses Raums annehmen und ihn für die Anbringung der neuen Fliesen und Armaturen vorbereiten.

Als Nächstes kam der große Kleiderschrank an die Reihe. Johns Garderobe roch nicht länger nach ihm. Stattdessen rochen die Klamotten einfach nur muffig. Ich packte die Kleidung und die Schuhe in Kisten, um sie zur Wohlfahrt zu geben, und wischte die Regale feucht aus.

Dann nahm ich mir den Schreibtisch vor. Wirklich, wieso hatte ich so eine große Sache daraus gemacht, dieses Zimmer leer zu räumen? Die Schreibtischschubladen enthielten nur den üblichen Müll, den Leute in Schreibtischen anhäufen: Bürobedarf, ein Brieföffner, ungeöffnete Pakete mit Batterien und ein paar alte Rechnungen. Die unterste Schublade enthielt Dokumente, die ich mir für später aufhob – Johns abgelaufener Reisepass, Bankdokumente und andere Papiere. Es waren all die offiziellen Dokumente, die bewiesen, dass hier ein Leben gelebt worden war.

Ich zog das Bettzeug ab, und nachdem alles Persönliche entfernt worden war, sah das Zimmer leer und unbewohnt aus. Ich wollte gerade das Bettzeug nach unten in die Waschküche bringen, als mir eine Kiste unter dem Bett auffiel. Ich kniete mich hin und zog sie heraus. Es war eine große Andenkentruhe aus Holz, mit einem glatten Deckel und geschnitzten Seiten. Ich schob den Riegel zurück, öffnete den Deckel und plötzlich schlug mir das Herz bis zum Hals.

Ich wischte mir ungeduldig über die Augen und nahm den Inhalt heraus. Der Montblanc-Füller, den ich John einmal zu Weihnachten geschenkt hatte. Die goldenen Manschettenknöpfe mit seinen Initialen, die ich ihm als Geburtstagsgeschenk zum Fünfzigsten geschickt hatte. Die elegante Piaget-Uhr, ein Geschenk zu seinem Sechzigsten, die, wie ich jetzt begriff, viel zu unpraktisch war, um sie auf einem Weingut tragen zu können. Und ein Bilderrahmen mit einem Foto von meinem Universitätsabschluss.

Ich saß lange da und starrte die Gegenstände an, wusste aber nicht, ob sie einfach verstaut oder als Schätze aufbewahrt worden waren.

Darunter lag ein kleiner Stapel mit handgeschriebenen Briefen, die mit einem alten Band von einer Fortnum & Mason-Schokoladenschachtel zusammengehalten wurden. Ich hatte nicht das Recht, diese Briefe zu lesen, aber da mich meine Emotionen ohnehin schon schmerzten, löste ich das Band und öffnete den ersten Brief.

Er war an mich adressiert. Und er war auf den Tag datiert, an dem ich meine Abschlussfeier an der Uni gehabt hatte.

Die krakelige, enge Handschrift meines Vaters bedeckte die Seite, und ich brauchte eine Weile, um die Tränen wegzublinzeln, damit ich den Brief lesen konnte.

Liebe Sarah,

ich wünschte, ich könnte heute bei dir sein, wenn du deinen Master-Abschluss erhältst. Ich weiß, dass deine Mutter dort ist, um dich zu unterstützen wie immer, und ich werde im Geiste bei dir sein. Ich bin so stolz auf das, was du alles in deinem Leben schon erreicht hast.

Heute werden wir einen neuen Verschnitt abfüllen, den ich entwickelt habe. Und zu Ehren dieses besonderen Anlasses, deines Abschlusses, habe ich den Wein Angelica genannt, meinen kleinen Engel.

Denn du bist mein eigener Erzengel Raphaela.

Warum hatte er diese Briefe niemals abgeschickt?

Der nächste Brief war ein paar Jahre später geschrieben worden.

Liebe Sarah,

Nonna ist krank und wird nicht mehr lange bei uns sein. Tommaso ist nach Hause gekommen, um sich um sie zu kümmern. Er ist jetzt verheiratet, und seine Frau erinnert mich in vielerlei Hinsicht an dich. Sie hat dein Lächeln, deine Energie und auch deinen Antrieb. Aber Tommaso sieht sie nie so an, wie er dich angesehen hat. Vielleicht bilde ich mir das ja auch nur ein. Vor langer Zeit einmal habe ich gehofft, dass ihr beide euch verlieben und glücklich zusammen leben würdet.

Den nächsten Brief hatte er einen Tag, nachdem ich ihm am Telefon von der Auflösung meiner Verlobung erzählt hatte, geschrieben. Ich hatte John gesagt, dass Kevin mich betrogen hatte, aber ihm keine Einzelheiten mitgeteilt und schon gar nicht, mit wem Kevin mich betrogen hatte. Stattdessen hatte ich ihm versichert, dass ich mich gut fühlte, dass es besser so wäre, und dann das Thema gewechselt und über meine Arbeit geredet. Ich war damals so stolz auf mich gewesen, wie ruhig und gefasst ich war.

Liebe Sarah,

ich weiß, wie es sich anfühlt, wenn einem das Herz bricht, und wie man sich versucht fühlt, sich vor dem Schmerz zu verstecken, indem man sich in die Arbeit ver-

gräbt. Du bist mir viel zu ähnlich, und du benutzt deine Zahlen als Zufluchtsort. Aber ich bitte dich, mach nicht denselben Fehler, den ich begangen habe, und lass nicht zu, dass deine Arbeit dein ganzes Leben bestimmt. Denn eines Tages wirst du dich umsehen und bemerken, dass du alles verloren hast, was wirklich Wert besitzt.

Es gibt einen Unterschied zwischen Zufriedenheit und Glück. Glück erfordert, dass man ein Risiko eingeht. Als deine Mutter mich verlassen hat, hätte ich sie bitten sollen zu bleiben. Ich hätte ihr folgen sollen. Aber ich hatte zu viel Angst und wollte dieses Risiko nicht eingehen. Deshalb habe ich sowohl sie als auch dich verloren. Lass dich nicht von Furcht leiten, so wie ich es getan habe. Gehe Risiken ein. Begnüge dich nicht mit Zufriedenheit. Du verdienst Glück.

Ich ließ den Brief sinken. Ich konnte ohnehin nicht mehr sehr viel erkennen. Mir verschwamm alles vor den Augen. Er hatte recht. Die Zahlen waren immer mein Zufluchtsort gewesen. Sie waren vorhersagbar, und ich konnte sie kontrollieren, im Gegensatz zu Emotionen. Ich tupfte mir die Tränen mit dem Ärmel aus den Augen. Wir waren viel ähnlicher gewesen, als ich mir je vorgestellt hätte. Vielleicht hatte ich so viele Jahre so sehr versucht, nicht wie meine Mutter zu werden, dass ich mich stattdessen in meinen Vater verwandelt hatte.

Der letzte Brief in dem Stapel trug das Datum vom ersten Weihnachtstag. An diesem Tag hatte ich das letzte Mal mit meinem Vater gesprochen.

Liebe Sarah,

wenn du diesen Brief liest, bin ich gestorben. Mittlerweile wirst du wissen, dass ich meinen ganzen Besitz Tommaso hinterlassen habe. Ich hoffe, du bist nicht böse auf mich, aber das ist die einzige Möglichkeit, die mir eingefallen ist, um dich nach Hause zu holen. Hätte ich das Weingut einfach zwischen euch aufgeteilt, wäre es zu leicht für euch gewesen, den Besitz aufzuteilen und euer Leben weiterzuführen. Aber das hier ist Italien, deshalb wirst du nicht ohne deinen Pflichtteil bleiben. Nur musst du dafür hierherkommen und mit Tommaso zusammen die Dinge regeln.

Ich liebe euch beide, und es tut mir weh, euch beide so einsam zu erleben. Vielleicht glaubt ihr, dass ihr glücklich seid, aber ihr erinnert euch nicht mehr daran, wie es war, als ihr beide noch jung wart, als ihr euch geliebt und miteinander gelacht habt. Ich habe nur einen Wunsch für euch beide, dass ihr euren Weg dorthin zurückfindet und euch daran erinnert, wie es ist, glücklich zu sein.

Ich bin nicht gut mit Worten oder mit Gefühlen. Aber ich möchte, dass du weißt, dass ich dich immer geliebt habe. Du wirst immer mein kleiner Engel sein.

Danke, Erzengel Raphael. Zwei von drei Wünschen ist wirklich eine gute Quote. Aber wenn ich alles auf eine Karte setzen und herausfinden wollte, ob der dritte Wunsch, um dessen Erfüllung ich gebetet hatte, auch wahr werden konnte, musste ich den Rat meines Vaters annehmen, ein Risiko eingehen und meine Gefühle preisgeben. Selbst wenn ich dadurch nur herausfand, dass Tommaso mich nicht liebte.

35. KAPITEL

Chi non risica non rosica
Wer nicht wagt, der nicht gewinnt

Ein sechzig Hektar umfassendes Weingut ist ein ziemlich großer Ort, wenn man dort nach einer einzigen Person sucht.

Tommaso war nicht im Weinkeller, und Marco wusste nicht, wo er stecken konnte. Also streifte ich durch das Weingut, ohne ein richtiges Ziel im Sinn zu haben, und wandte mich nach Süden, zur Grenze zum Land der Fioravantis.

Das war die Gegend, in der noch nicht gelesen worden war, wo die großen, grünen Sommertrauben noch an den letzten Weinstöcken hingen. Sie dufteten süß und reif im warmen Septembersonnenschein. Die Rebstöcke waren nur brusthoch, sodass ich in alle Richtungen blicken konnte, deshalb war ich ziemlich überrascht, als ich plötzlich das Plätschern eines Wasserfalls hörte. Dann teilten sich die Rebstöcke hinter einem kleinen Felsvorsprung und gaben den Blick auf einen kleinen Felshügel frei, von dem das Wasser gurgelnd in ein Becken stürzte, bevor es zwischen den Rebstöcken bergabfloss. Von dem kleinen Wasserfall stieg ein feiner Dunst auf, und kühle Tropfen landeten auf meiner Haut.

Es war dasselbe Becken, das auf dem Schrein an der Kreuzung abgebildet war. Es war nicht das Becken von Bethesda, sondern unsere eigene kleine Quelle. Und neben diesem Becken schwebte auch kein Engel. Tommaso stand knietief im Wasser, als er sich bückte und versuchte, einen Felsbrocken zur Seite zu hieven, der in dem Kanal steckte. Ganz offenbar war der Wasserlauf tatsächlich umgelenkt worden, auf eine so primitive Art und Weise, dass es fast wie ein natürliches Ereignis hätte aussehen können.

Ich blieb stehen und beobachtete ihn, genoss den Anblick der Sonne in seinem dichten Haar und seine Muskeln, die sich unter dem Stoff seines Hemdes abzeichneten, als er versuchte, den Felsbrocken zu verschieben. Dann plötzlich bewegte sich der Fels, rollte zur Seite. Tommaso verlor das Gleichgewicht und landete mit dem Hintern im Wasser.

Ich lachte. Er sah zu mir hoch und runzelte die Stirn.

Der Fluss strömte jetzt, nachdem das Hindernis beseitigt worden war, wieder durch das trockene Bett.

Tommaso richtete sich auf und watete zum Ufer. Er sah Furcht einflößend aus, wie ein Racheengel. »Was machst du hier?«

Sein nasses Hemd klebte ihm am Oberkörper. Ich glaube, ich habe mir unwillkürlich die Lippen geleckt.

»Ich habe nach dir gesucht. Ich habe gute Nachrichten, und ich habe schlechte Nachrichten.«

Er schnappte zwar nicht nach dem Köder, aber ich sprach trotzdem weiter. »Die guten Nachrichten zuerst: Ich habe den Kredit bei Giovanni Fioravanti abgezahlt. Ganz.«

Tommaso kniff die Augen zusammen. »Ich nehme an, du erwartest jetzt, dass ich mich bedanke?«

»Das wäre zumindest ein guter Anfang.«

»Du willst noch mehr?«

»Ich will immer mehr. Ich bin eine Streberin, schon vergessen?«

Er antwortete nicht. Stattdessen zog er sich das nasse Hemd über den Kopf und gewährte mir so eine noch bessere Aussicht. Der Mund wurde mir plötzlich trocken.

»Und was sind die schlechten Nachrichten?«, fragte er dann.

»Die schlechten Nachrichten lauten, dass ich einen anderen Kredit aufnehmen musste.«

Er verdrehte die Augen. »Und warum musstest du das machen?«

»Genau genommen habe ich Investoren an Land gezogen, um Giovannis Kredit abzuzahlen. Wie sich herausgestellt hat, sehen ziemlich viele Investoren eine Zukunft im Weingeschäft. Es gibt da nur ein ganz kleines Problem …«

Er knüllte das Hemd zusammen und warf es auf das Ufer. »Warum überrascht mich das nicht?«

»Verstehst du, da Castel Sant'Angelo jetzt sehr hohe Schulden abzuzahlen hat, wirst du mich lange Zeit nicht auszahlen können, was bedeutet, dass du mich noch eine ganze Weile länger als Partner am Hals hast.«

»Da stimme ich dir zu. Das sind schlechte Nachrichten.« Tommaso stemmte die Hände in die Hüften, und obwohl er immer noch knöcheltief im Wasser stand, kein Hemd trug und seine Jeans von Schlamm bedeckt waren, und ich zudem auf ihn herunterblickte, schaffte er es, auszusehen, als wäre er der Herr der Lage. »Was für eine Art Partnerschaft hast du im Sinn? Die lästige Art von Partnerschaft, bei der du das Weingut mit deiner Anwesenheit beehrst, oder die Partnerschaft, bei der du bereits deine Koffer gepackt und einen Flug nach London gebucht hast?«

Sei mutig. Geh ein Risiko ein. Lass dich von Buffy Summers inspirieren. »Das kommt zum sehr großen Teil auf dich an.«

Er hob eine Braue, sagte aber nichts.

»Du hast mich gebeten, hierzubleiben. Sollte ich als Geschäftspartnerin bleiben, als die Person, die dein *Agriturismo* leiten sollte, oder …?«

Er betrachtete mich lange mit einem undurchdringlichen Blick. Das Herz hämmerte mir wie verrückt in der Brust. Wenn er mich jetzt nur als Geschäftspartnerin wollte? Oder wenn er mich gar nicht wollte?

Er sprang auf die niedrige Böschung und baute sich dann unmittelbar vor mir auf. Gott möge mir helfen, aber mein Herzschlag wurde noch heftiger.

»Ganz eindeutig *oder*.«

Es gelang mir nur unter größten Schwierigkeiten, meine Miene unter Kontrolle zu halten. »Das brauche ich schon ein bisschen genauer.«

Er verzog den Mund. »Oder du könntest als meine Ehefrau hierbleiben.«

Ich hatte nicht damit gerechnet, dass er so etwas sagen würde, aber ich hatte es gehofft. Obwohl es sich in meiner Fantasie eher angehört hatte wie: »Bleib als meine Geliebte.« Das Wort mit E zu hören, überraschte mich nun wirklich. Ich verkniff mir ein Lächeln. »Solltest du nicht niederknien, wenn du mich so etwas fragst?«

Gehorsam kniete er sich ins Gras. »Willst du mich heiraten, Sarah Wells?«

»Unter einer Bedingung.«

»*Al diavolo!* Ein einfaches Ja oder Nein genügt.«

Da war es wieder, dieses Stirnrunzeln und die zusammengezogenen Falten. Oh, wie ich diese finstere Miene liebte!

Ich hob die Hände. »Eine einzige Bedingung!«

Er stieß gereizt den Atem aus.

»Ich muss wissen, ob du mich willst oder das Weingut.«

Die Gefühle, die in seinen Augen aufblitzten, waren teils Gereiztheit und teils Belustigung. »Weißt du denn nicht, dass das Weingut immer nur der Trostpreis für mich war? Es gab nur eins, was ich jemals wirklich gewollt habe, und ich warte immer noch auf deine Antwort, damit ich endlich erfahre, ob ich es bekomme oder nicht.«

Goldene Wärme durchströmte mich. »Ja.« Ich wiederholte es. »Ja, ich will dich heiraten, Tommy di Biasi.«

Ich erwartete eigentlich, dass er aufstand, stattdessen jedoch packte er mich an der Taille und zog mich auf das nasse, glitschige Gras zu sich herunter. Er verlor das Gleichgewicht, und wir landeten rücklings auf der Böschung. Dann lachte er und küsste mich.

»Und du wirst mich nicht wegen der hellen Lichter der Großstadt verlassen?«, fragte er, als wir uns schließlich voneinander lösten.

»Ich habe nichts, wohin ich zurückkehren könnte. Ich habe meinen Job gekündigt, und Cleo kauft mein Haus.« Er grinste, als hätte ich ihm gesagt, dass er gerade im Lotto gewonnen hätte.

»Ich habe aber kein großes, elegantes Castello, in dem du leben könntest«, warnte er mich. »Das Beste, was ich dir anbieten kann, ist ein Cottage mit zwei Schlafzimmern, und das auch nur, wenn deine deutschen Käufer mich dort wohnen lassen.«

Ich lächelte. »Dann ist es ja ein richtiges Glück, dass ich zufällig ein großes, elegantes Castello besitze, in dem wir beide leben können, was? Obwohl, um der Ehrlichkeit die Ehre zu geben, es ist eigentlich nur ein übergroßes Herrenhaus, das sich ein bisschen aufplustert.«

Verständnislos schüttelte er den Kopf. »Was redest du da?«

»Ich konnte das Castello nicht verkaufen. Die neuen Investoren wollten einen Businessplan sehen, der die zukünftigen Erträge des Weingutes aufführt, und ein Gästehaus ist Teil dieses Plans.«

»Aber was ist mit dem Geld?«

Ich schlug ihm mit der flachen Hand auf den Arm. »Hast du mir denn überhaupt nicht zugehört?«

»Ehrlich, du hast dagestanden und wie Buffy ausgesehen, die gleich einem Dämon in den Hintern treten will, und außerdem ist dein Rock durchscheinend, wenn die Sonne von hinten kommt. Wie soll ein Mann unter solchen Bedingungen denken?«

»Wie könnte ich dir widersprechen, wenn du so hübsche Sachen sagst?« Ich kicherte wie ein aufgedrehter Teenager, was möglicherweise daran gelegen haben könnte, dass ich rücklings auf einer Böschung lag, während sich Tommaso über mich beugte und ich mich voll und ganz wie ein aufgedrehter Teenager fühlte.

»Wie haben Florian und Yusuf die Nachrichten aufgenommen?«, fragte er.

»Zuerst waren sie nicht besonders glücklich, aber zufälligerweise steht da eine sehr hübsche Villa am Rand der Stadt zum Verkauf. Da sie vorhaben, viele Gäste in ihrem neuen Urlaubsdomizil zu empfangen, habe ich ihnen nahegelegt, dass sie vielleicht glücklicher würden, wenn sie dichter an Bars und Restaurants wohnten. Sie haben eingewilligt, sie sich anzusehen. Die Villa hat sogar mehrere voll ausgestattete und funktionstüchtige Badezimmer.«

Tommasos Miene wurde nachdenklich. »Wir sind also die stolzen Besitzer eines Weinguts, von dem ein Viertel aussieht wie eine dem Untergang geweihte Einöde, eines verfallenen Castellos und einer riesigen Kreditschuld?«

»Bingo. Letztendlich läuft es darauf hinaus. Du hast doch jetzt nicht plötzlich Bedenken, mich zu heiraten? Du willst dir nicht lieber eine hinreißende italienische Erbin suchen, vielleicht eine, die nebenbei mehr so zum Spaß Fresken restauriert?«

»Ich habe keine Ahnung, von wem du da redest. Es gab immer nur eine Frau für mich. Ich habe sie seit dem Tag geliebt, an dem ich sie kennenlernte.«

»Du lügst.« Ich schlug ihn erneut spielerisch auf den Arm. »Immerhin gefiel dir Fiorella so gut, dass du dir ihretwegen den Bart abgenommen hast.«

Er zischte ungeduldig. »Ich habe ihn mir deinetwegen abrasiert. Da es nicht geklappt hat, dich mit Fiorella eifersüchtig zu machen, habe ich gehofft, dass ich damit wenigstens deine Aufmerksamkeit erregen würde.«

»Oh, das hat es!« Ich schluckte gegen den Kloß in meiner Kehle an. »Aber ich behaupte trotzdem, dass du lügst. Du kannst dich unmöglich an den Tag erinnern, an dem wir uns das erste Mal getroffen haben. Das ist fast dreißig Jahre her.«

Er strich mir mit den Fingern durchs Haar und löste den Knoten, zu dem ich es gebunden hatte. »Ich erinnere mich noch daran, dass du sieben Jahre alt warst und ich zehn. Ich saß im Castello am Küchentisch und leckte den Kuchenteig aus der Schüssel, den Nonna gerade angerührt hatte. Dein Vater kam mit dir vom Flughafen. Du trugst ein pinkfarbenes Kleid und ich weiß noch wie ich dachte: *Oh nein! Ein Mädchen!* Und dann hat Nonna gesagt …«

»Sie sagte, *Nimm die Finger aus der Schüssel und hol zwei Löffel, denn von jetzt an musst du teilen.*«

Ich blickte in diese funkelnden grauen Augen, fuhr mit der Hand durch sein dichtes Haar, streichelte seine unrasierte Wange, und mein Herz schwoll an, so voller Liebe und Glück, dass ich glaubte, es müsste gleich platzen.

Tommaso grinste. »Und dann hast du gelächelt, und ich dachte *Wenn ich schon mit jemandem teilen muss, dann gibt es niemanden, mit dem ich lieber teilen würde.* Sind wir jetzt endlich fertig mit reden? Denn ich würde dich wirklich schrecklich gerne küssen.«

EPILOG

Chi si volta e chi si gira, sempre a casa va a finire
Ganz gleich, wohin du dich auch drehst und wendest,
du wirst immer zu Hause landen

Es war zwar gerade erst fünf Uhr am späten Nachmittag, aber draußen war es schon dunkel. Es war diese frühe Dunkelheit des Winters, die so plötzlich kommt, ohne dass die lange Dämmerung des Sommers einem den Übergang erleichtern würde. Schneeflocken klatschten gegen die Fenster, aber im Wohnzimmer war es wundervoll warm und hell. Wir hatten den ganzen Tag über dekoriert und in der Ecke des riesigen Raumes stand der Baum, den Alberto und Daniele für uns auf ihrem Hof geschlagen hatten.

Ein Feuer brannte in dem riesigen Kamin aus Stein und warf flackernde Muster über die frisch restaurierten Fresken auf der Wohnzimmerwand. Es war ein Gemälde des Erzengel Raphael, der die Weine von Castel Sant'Angelo segnete. In der Ferne lag Montalcino, und es sah kaum anders aus als vor uralten Zeiten. Die märchenhaften Lichter am Weihnachtsbaum verliehen den Farben ein besonderes Leuchten. Dunkles Orange, Weinrot, glänzendes Gold, Dunkelgrün, strahlendes Korallenrosa und Indigoblau.

Tommaso beugte sich zum Kamin und drehte die Kastanien herum, die neben dem Feuer rösteten. Buffy, unser junger, schlaksiger Labrador, lag in seinem Körbchen neben dem Kamin und schnaufte im Schlaf.

Es war wie das ruhige Auge inmitten eines Hurrikans. In den letzten Tagen waren die Inspektoren der DOCG über das Weingut hergefallen und hatten uns schließlich für würdig erachtet, die höchste Qualitätsauszeichnung zu bekommen, die es in Italien gab. Morgen würden unsere Gäste eintreffen, Geraldine und Per, Cleo, Tommasos Vater und dessen Freundin.

Am ersten Weihnachtstag würden wir die größte Party geben, die dieses Haus seit einem halben Jahrhundert erlebt hatte. Der gesamte Rossi-Clan würde uns besuchen, ebenso Florian und Yusuf, und Ettore brachte seine Freundin mit, die entzückende Studentin aus Rom, die uns damals bei der Lese geholfen hatte.

Ich benutzte diese Party als Testlauf für unsere Hochzeit im Frühling. Danach würde das Castello seine Pforten für die ersten zahlenden Gäste öffnen.

Ich schloss die Augen und atmete den Duft des brennenden Olivenholzes ein. Tommaso schmiegte sich wieder neben mich auf unser Deckenlager auf dem Boden.

»Bestimme die Sorte«, sagte er und gab mir ein Glas. Ich hielt es ins Licht des Feuers und beobachtete, wie die Flammen in der dunklen, bernsteinfarbenen Flüssigkeit tanzten. Dann atmete ich das Aroma ein, genoss das süße Bouquet. »Das ist ein *Vin Santo*.« Ich trank einen Schluck. »Zum größten Teil Trebbiano-Trauben.«

»*Brava!* Wusstest du, dass man aus Trebbiano-Trauben auch den Balsamico-Essig macht?«

»Das wusste ich. Aber wusstest du, dass Balsamico-Essig einmal so teuer war, dass er beim Adel gern der Mitgift hinzugefügt wurde?«

Er antwortete nicht, und ich freute mich diebisch. Es kam nicht oft vor, dass ich ihn sprachlos machte.

Er griff hinter sich und zog ein kleines, zerknittertes Paket in einfachem braunem Packpapier hervor. »Ich habe ein Weihnachtsgeschenk für dich.«

»Aber Weihnachten ist doch erst in ein paar Tagen!«

»Ich wollte es dir jetzt geben, solange wir beide noch allein sind.«

Er hielt mir das Paket hin. Ich nahm und öffnete es und lachte, als ich das brandneue *Sunnydale High School Slayers*-T-Shirt hochhielt.

»Dein altes pfiff allmählich auf dem letzten Loch«, sagte er. Im Schein des Feuers wirkten seine Augen dunkler als gewöhnlich. Er sah glücklich aus.

»Ich kann nicht glauben, dass du derselbe mürrische Mann bist, den ich bei meiner Ankunft hier vor all den Monaten getroffen habe«, erklärte ich lächelnd.

»Kannst du es mir verübeln, dass ich mürrisch war? Du hast mir ein Bügeleisen auf den Kopf geschlagen und mich nicht einmal erkannt!«

»Wirst du mir das jemals vergeben?«

»Nein.« Er rollte mich auf den Rücken und zerdrückte mein neues Lieblings-T-Shirt zwischen uns. »Ich habe vor, diese Geschichte noch unseren Kindern und Kindeskindern zu erzählen.«

Über Tommasos Schulter fiel mein Blick auf den Kaminsims, wo ich ein paar Familienfotos aufgestellt hatte. Ein Schwarz-Weiß-Foto von John hatte einen Ehrenplatz. Ich lächelte zu dem Foto hoch.

Danke, John, dass du mich in die Toskana zurückgeholt hast. Danke, dass du uns wieder zusammengebracht und mich ermutigt hast, ein Risiko einzugehen und mein Herz in beide Hände zu nehmen. Das lange Warten hat sich gelohnt.

DANKSAGUNG

Dieses Buch würde ohne meine Lektorin, Charlotte Ledger, nicht existieren. Ich hatte wirklich Glück an jenem Tag, als mein erstes Manuskript auf deinem Schreibtisch gelandet ist. Und jetzt, fünf Jahre später, empfinde ich es immer noch als ein unglaubliches Glück, mit dir arbeiten zu können. Danke, dass du mich inspiriert hast, dieses Buch zu schreiben. Ich hoffe, ich habe deiner Vision von Tommaso und Sarah Genüge getan.

Ich danke Claudia Dallabona und Manuela Steffenini für ihre Hilfe bei der italienischen Sprache. Alle Fehler sind ausschließlich meine Schuld und dürfen nicht ihnen angelastet werden!